史夢蘭集（一）

爾爾書屋詩草
爾爾書屋文鈔
附 爾爾書屋詩文輯補

（清）史夢蘭◎原著
石向騫◎主編
孫春青◎點校

天津出版傳媒集團
天津古籍出版社

圖書在版編目（CIP）數據

史夢蘭集 / (清) 史夢蘭原著 ; 石向騫主編. － 天津 : 天津古籍出版社, 2015.6

ISBN 978－7－5528－0327－3

Ⅰ. ①史… Ⅱ. ①史… ②石… Ⅲ. ①中國文學－古典文學－作品綜合集－清代 Ⅳ. ①I214.92

中國版本圖書館CIP數據核字(2015)第126532號

史夢蘭集（全八册）

著　　者：（清）史夢蘭　主　編：石向騫

出 版 人：張　瑋　　封面設計：傳　薪

責任編輯：唐　艦　石　玉

出　　版：天津古籍出版社

地　　址：天津市和平區西康路35號康岳大厦　郵　編：300051

網　　址：http://www.tjabc.net

印　　刷：北京天正元印務有限公司

發　　行：全國新華書店

開　　本：710mm×1000mm　1/16

字　　數：2000千字　印　張：246.5

版　　次：2015年6月第1版　印　次：2015年6月第1次印刷

書　　號：ISBN 978－7－5528－0327－3

定　　價：1480.00圓

《史夢蘭集》編輯委員會

主　任　王長華

委　員（以姓氏筆畫爲序）

王文才　王　雙　石向騫　李金善　秦進才

高光新　郭萬青　孫春青　孫　微　景紅録

鄧子平　劉博倉

主　編　石向騫

副主編　孫春青　王　雙

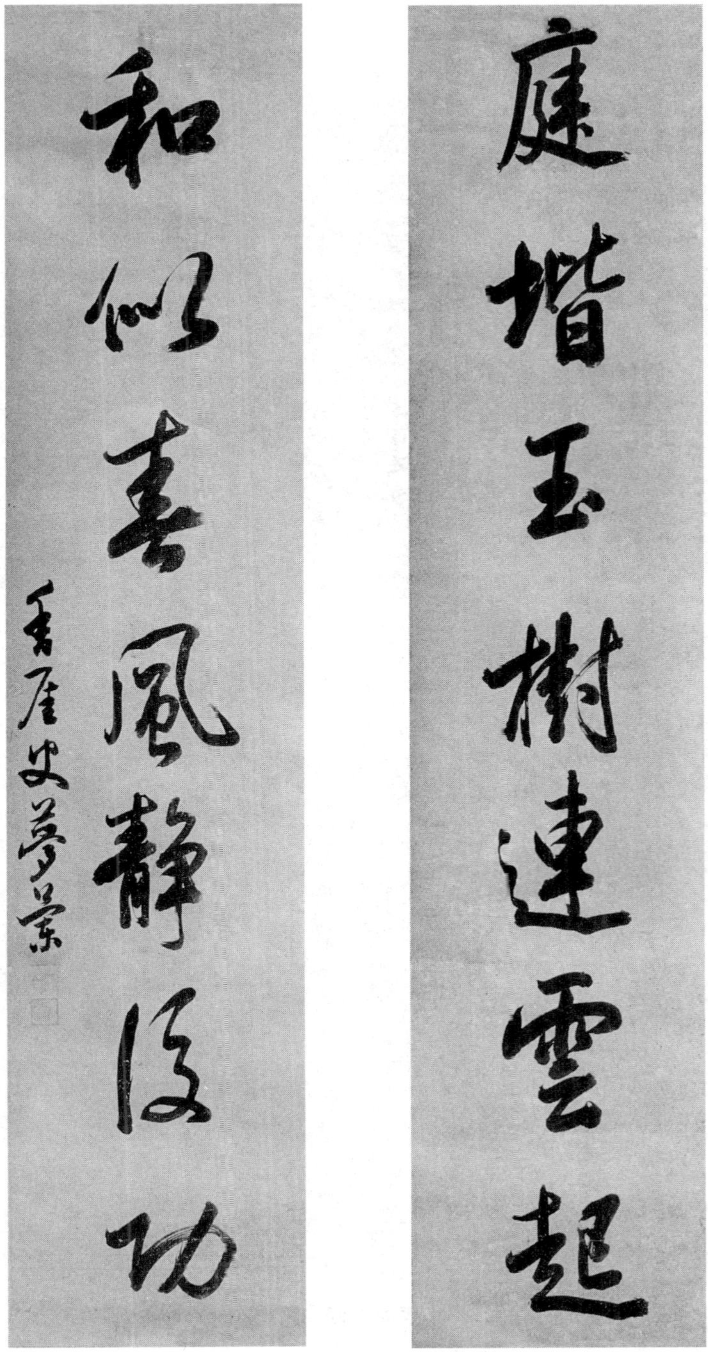

◎史夢蘭手迹之一

碩園尋舊

我於勝地舊徘徊無勝侶伕策
出南郊言尋莊尺子有今生注
今葉春瓊寒堂宜去志吐蹤
蠋垂柳陰飛花殘無主頸園
昔曾游相距不數步話此度
溪橋到迤無阡靚老樹伴
枯槎芫榛復稅磋花木年
林煙亭樹一杯土四塚全
盛時平泉堪芭數滄桑
一剎那轉瞬成今古如廣
慶蓮隆等境送愛雨
見蒲著青依稀誤游者
長軒店題堅昨狂遊西東來
誰与話奧寞閟佛蛙鼓
柘諸古近茬迤八約歸自傑陽
必性游之
數年舊作 南原游歷續補

蝗老衲体祇為青山有緣
分東風偲樂道善講
涵州旅次步磵上韻
涵磨城壹跨軒黃沚洲
絲竹傾蒸市涵詮著祖
生骸斜日覽進塔長橋
倍百川堂光今未請西
坐吾山煙
传桓侯坊吾
三國抒三傑拒箋此牧鄉
樓桑同井邑刁斗六文
章若蘚封砰沒風沙
程路長戚雲今古在店
為掃槍槍近作課呈
葉石老大人雨正
樂曾史蒡蘭蘸畫卅

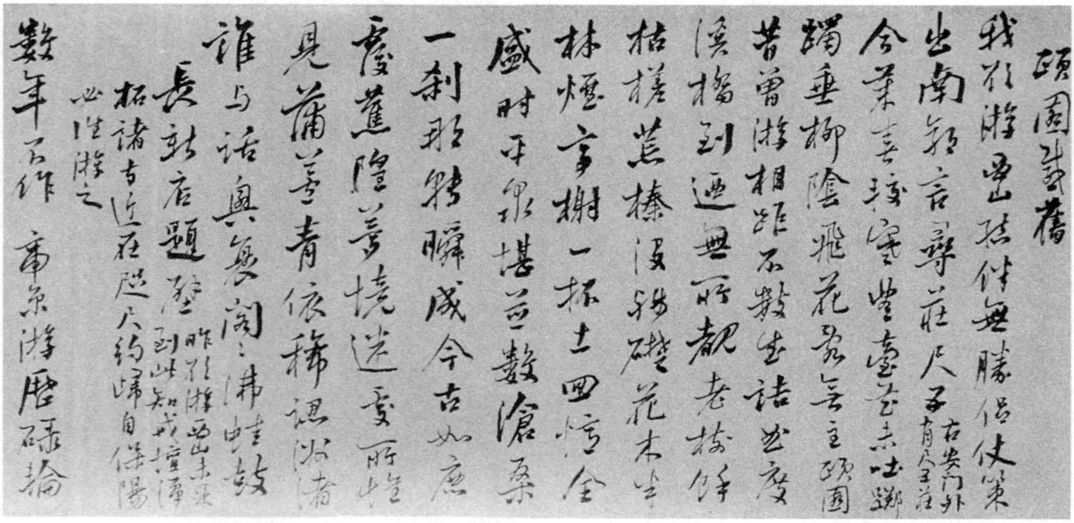

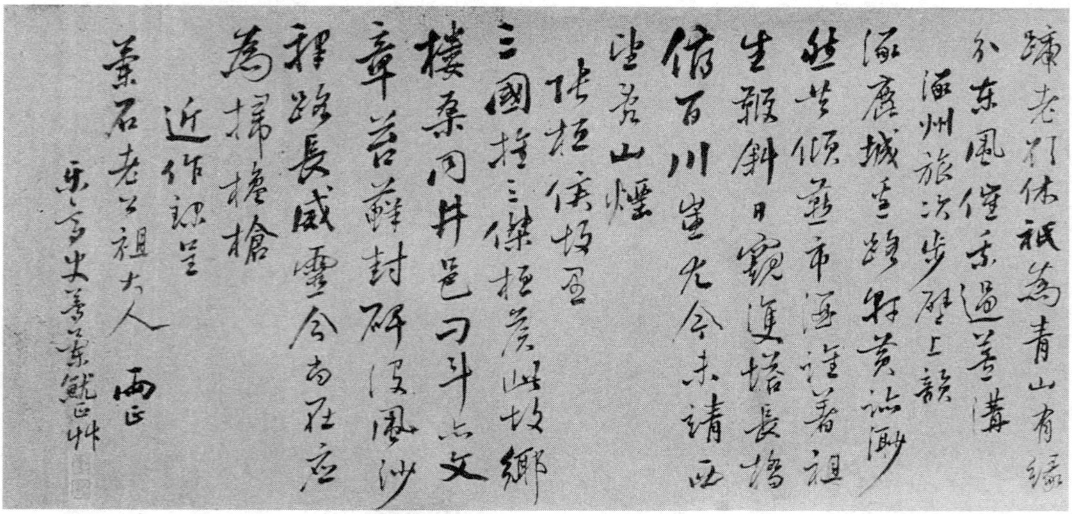

○史夢蘭手迹之二

前言

吾鄉先賢史夢蘭先生，字香厓，號硯農，又自號竹素園丁，生於清嘉慶十八年四月二十九日（一八一三年五月二十九日），殁於光緒二十四年十二月二日（一八九九年一月十三日）。史氏祖上於明代遷至直隸樂亭縣大港村，其後裔遂世居於此，至清中葉，成爲一個富裕的耕讀之家。史夢蘭生六月而喪父，在祖父史成獲與母親王氏的教養下長成。十九歲從灤州畢梅先生遊，道光庚子（一八四〇）舉於鄉，後應禮部試，屢薦不售。自道光辛卯（一八三一）鄉試至咸豐丙辰（一八五六）會試，史氏凡入棘闈者十有四次，二十餘年間可謂艱辛備嘗。道光庚戌科會試，已擬中，適因本房考官朱久香與總裁某爲選刻闈墨事言語搆釁，内監試曹某又媒蘖其間，其卷遂被撤去。榜後以史館謄録議敘選授山東朝城知縣，但在母親的建議下未就任。自此絶意進取。

同治元年（一八六二），史夢蘭於昌黎碣石山仙人臺下購得山田一區，次年春在此修建别業一座，名之曰『止園』，取『綿蠻黄鳥，止於邱隅』之意。又在家鄉村東辟一園，亦名止園。於是往來於兩個止園，奉母教子，讀書會友，課徒著述。

同治八年（一八六九），直隸總督曾國藩於保定蓮池設禮賢館，徵招畿輔德行才學之士，特首辟史夢蘭，並寓手書再三敦請。夢蘭念國藩爲當代偉人，乃就道往見。二人縱論古今學術得失及地方利病大端，並互贈各自所刻圖書，甚相得。國藩深器之，稱之爲『直隸一人』，欲聘以主蓮池書院講席，且爲館中諸人表率。夢蘭以親老力辭。臨别，國藩手書堂額爲史母壽。

當時與史夢蘭交往密切的名賢，有新化游智開（子代）、桐城方宗誠（存之）、貴築黄彭年（子壽）、定州王灝（文泉）、遷安高繼珩（寄泉）、永年武澄清（秋瀛）、天津梅寶璐（小樹）、天津楊光儀（香吟）等。

咸豐十年（一八六〇）春二月，爲遏阻英法内犯，僧格林沁至樂亭布防，史夢蘭受囑出私財募練鄉勇，以資守禦，事後被清廷獎以五品銜。光緒十七年（一八九一），刑部侍郎、督順天學政周德潤（生霖）以學行疏薦，朱批賞加四品卿銜。光緒二十四年（一八九八），徐會灃復以碩學耆儒疏請加國子監祭酒銜。時又有『京東第一人』『京東第一才子』之稱。

作爲居於官府與底層民衆之間的鄉紳，史夢蘭衆望所歸，德行垂範。他天性和易、篤孝，自奉儉約而喜施與。鄉里生發糾紛，每爲之排解；有相訟就質者，得其一言可以息爭。遇公事義舉，輒先人倡，而未嘗以私事干謁公門。府縣官員涖任，每先來見，詢及風土人情及地方利弊，必詳告之。平生不立崖岸，喜奬掖後進，遠近知名士執弟子禮者數十人。

史夢蘭善藏書，一生旁搜博採，極耳目所至，無不走訪，積至四萬卷。同治三年（一八六四），曾於都門故家購得一部完整的《古今圖書集成》，以兼車載歸，鑿壁藏之，護以紗櫥，時時涉獵。他還不惜金費，自家雕版刊刻《止園叢書》二十餘種。

史氏工書法，亦能繪事。楷法則鍾王歐柳兼而有之，行草則近似米董。繪事得兼祧父史紀元（書菴）家法，而絶不爲人作畫，以其妨讀書功之故。

史夢蘭學問淹通。除一般的經史之學外，他在小學、輿地、方志、民俗、方言及詩文方面均造詣深湛、著述宏富。其著作計有以下種種：

《論語翼注駢枝》二卷。史氏深慨國家取士囿於朱注、士子拘於功令而束書不觀，於是博採古今之説，旁參互證，認爲先儒異説皆可以廣見聞、翼經傳。

《論語説箋》二卷。畢梅以韵語著《論語説》，史夢蘭爲之箋注。

《疊雅》十三卷。取古代經史子集及諸家注疏中所用疊字，類聚意義相同的爲一條，依《爾雅》之體例加以訓釋。每條之後都自爲疏證；引書極廣，出處清晰。所收疊字多有不見於《爾雅》《小爾雅》《廣雅》《駢雅》《埤雅》者。後附《雙名録》一卷，輯録古人以雙字爲名者。

《全史宫詞》二十卷。稿創於道光丙申，補作於光緒丙戌，前後歷五十年而書成。這是迄今史上規模最大的一部宫詞著作，詠自黄帝至明朝的歷代宫闈史事，且於每首詩下對所詠史事敘注詳核。這也是史氏生前影響最廣的一部著作，出版後受到多方贊譽。朝鮮使臣和越南使臣曾努力購求，其中朝鮮使臣一次購歸數十部。

《史肪》八卷。已佚。

《氏族考異》四卷。已佚。

《姓氏異同小録》。一册，不分卷。

《小名録》一册，不分卷。集歷代史傳所載人物小名，以爲一編。以女子小名爲主，分宫闈、仙媛、婢妾、妓女四類。

《青衣小名録》二卷。輯録歷代史傳所載童僕、家奴小名。

《異號類編》二十卷。輯列史籍中古人異名别號，分門别類，注明出處，解釋意味。

《古今風謡補注》一卷，《古今諺補注》一卷。係楊慎《古今風謡》《古今諺》的補注，合稱《古今謡諺》。

《古今風謡拾遺》四卷，《古今諺拾遺》六卷。合稱《謡諺拾遺》。

《輿地韻編》二百卷。以歷代地志因革建制之迹，其疆域名號參錯紛紜，多失統紀，於是依韻編次，以便檢稽。已佚。

《燕説》四卷。訓釋樂亭一帶的方言俚語。

《爾爾書屋詩草》八卷。史氏素嗜吟詠，反對將作詩視爲於科舉有害無益的『閒家具』；集平生所作諸體詩，删定成編。

《爾爾書屋文鈔》上下兩大卷。爲史氏所作記、傳、序跋、碑銘、書札等。另附《家藏書畫記》一卷。

《止園筆談》八卷。輯史氏所作隨筆及雜録。

《止園隱語》一册，不分卷。輯録古籍中部分隱語、字謎、雜謎、射覆、繇辭、偈語等。

《糞心録》一册，不分卷。感於人皆知糞其田而莫知糞其心，於是採他人集中萃語，以勵今人以學糞心。

《四朝詩史》九十卷。擇唐宋元明諸家詩中有關時事可與史相表裏者，都爲一集，以爲論世知人之助。

《永平詩存》二十四卷，《永平詩存續編》四卷。史氏咸豐初年開始採訪編輯，約於光緒辛卯（一八九一）刻成全編。全刻收清代順治至光緒年間永平府所轄樂亭、灤州、遷安、昌黎、盧龍、撫寧、臨渝（包括清初之山海衛）七屬詩人一百八十餘家，詩二千六百餘首。詩家之後附以作者小傳，並綴以《止園詩話》，對作者生平、創作加以點評。

《遼詩話》一卷。已佚。

《畿輔古今文匯擬目》，附《畿輔叢書擬目》。本爲助王灝校刊《畿輔叢書》起見而編。史夢蘭提議編纂《畿輔文匯》，收畿輔歷代作者之别集及零散詩文，乃擬定目録並撰寫例言。

《畿輔藝文考》十二卷。著録自周末荀卿以下至清末葉籍貫在畿輔疆域内作者之著作，分條注釋。亦爲助三灝校刊《畿輔叢書》起見而編。

《圖書便覽》一百五十六卷。因《古今圖書集成》卷帙浩繁，艱於披覽，乃摘其乾象、曆法、職方、山川、邊裔、藝術、神異、禽蟲、草木、經籍、學行、字學、食貨、禮儀、樂律、戎政、考工各典之有圖者，命工摹出，酌爲圖説。所重在圖，故圖必取其全，而書只摘其要。並擬以此推而廣之，凡有清一代禮樂制度、冠服器用載在《會典》、有異前代者，無不繪圖立説以續其後，而外洋諸國山川人物之圖説，亦加博採，以成宇宙之大觀。

史夢蘭極重視整理地方文獻，以發潛闡幽、表彰先賢爲己任。曾編輯、刊刻地方文人著作十餘種。又應府縣之聘纂修了《樂亭縣志》《遷安縣志》《撫寧縣志》與《永平府志》。同治十年（一八七一），李鴻章委黄彭年續修《畿輔通志》，聘史夢蘭襄助；史雖婉辭，但之後不斷與黄通信，於通志的體例多有建言，還曾於光緒六年（一八八〇）親赴保定志局與黄面商修志事宜。後又助王灝校刊《畿輔叢書》，其間較重要的是採搜删定了清初山海衛人李集鳳所著《春秋輯傳辨疑》七十二卷。

史夢蘭堪稱清代後期漢學、宋學走向調和的代表人物。新城王樹枏在其所撰《皇清誥授通議大夫四品京卿史公神道碑銘》中，稱史夢蘭『於書靡所不通，而持躬履世一以宋儒爲歸，無朱陸異同之見；其治經也，溝合漢宋，不拘守一家之學』。史夢蘭在《止園筆談》首卷卷首即記清初黄梨洲（宗羲）、顧亭林（炎武）、李二曲（顒）、應潛齋（撝謙）諸先正之學行，仰慕之情溢於言表。他還盛贊曾國藩『以程朱之學，樹韓范之績』。通觀史夢蘭的學術思想，在心性修爲上，他雖浸潤於宋明理學，强調『君子重内修』，但又反對空談性理良知，而講究實修實證；因此在治學上，他不滿於僅僅通過保守僵化的『格物』來獲得形上的德性之知，而主張『於談藝之中隱寓講學之意，文行並重，本末兼修……德性尊之，問學道之』，『博古通今，明體達用』，『實事求是，加以擴充』，從而獲得『真才實學』。他鄙棄僥倖科名的『空疏無用』，一生不務虛名，篤學樂道，數十年如一日，力求知行合一。而在具體的學術實踐中，他一方面遵乾嘉樸學之法，埋首經史，考訂群籍；一方面又承清初實學之緒，注目現實，以期通經致用。

中年之後，史夢蘭雖絶意仕進，但並不甘做一個出世的隱者。他對清中後期以來内外交困的局面充滿了憂患，對當時社會的衰敗、官場的黑暗以及科舉取士的弊端體認深刻，且一直保持着較清醒的批判意識。他同地方中下層官吏及普通文人廣泛交遊，關注地方吏治和興革事務，力圖興利除弊，重振斯文，甚至還參與了樂亭縣城《銀市規條》的制定。作爲一個難以憑外在事功實現修齊治平的儒者，史氏仍勉力以地方士紳身份賡續道統，通過興校、講學、著述、修志、詩文唱和等，倡興民間清議，諷喻世事，臧否官吏。不可否認，史氏的弘道續學之舉，對於馴化、維護、校正『政統』，對於規範官員行政、廓清地方吏治，確實起到了一定作用。這從他與永平知府游智開等地方官吏的交往中可明顯察識。

在奉母盡孝的同時，他還數次外出到北京、天津、保定等地遊歷，考察時局。他關注西方技術、宗教對中國的影響，但一直持守『中體西用』的底線。他曾在北京結識瀘州楊廷熙（挺生），雖欽佩其位卑憂國、冒死上書的勇氣，但顯然並不認同楊氏極端敵視西學的觀念。到了晚年，史氏甚至對現代機器表現出了審慎的興趣。光緒己卯（一八七九），母喪初逾小祥，六十七歲的史夢蘭即襆被出行，欲遂遠遊南國之願。他本擬由山左之吴越，再回櫂上海，乘輪船而歸；不料行至濟南，感患熱嗽，只得半途而返。但後來對此一直耿耿於懷。光緒十三年（一八八七），中國第一條標準軌距鐵路——唐山至胥各莊河頭的運煤鐵路修通至蘆臺並向天津延伸，史氏樂觀其成，於當年赴定州路過時，欣然作詩歌詠火車、煤船。

然而，在思想方法上，史夢蘭仍持守傳統的『義利之辨』『夷夏之辨』來應對現實。他一方面看到了電報輪船等『爲時務之急，勢不能不取法洋人』，但又認爲武備學堂亦俯受其指授，則『大爲失算，且於國體有傷』。而對於弊竇重重的社會，他以爲病因在於任事者的德、能喪失，而『法不必變也』。因此他開出的治世藥方不外人格樹立上的明德盡心與才能歷練上的精通治術。史氏認定『利之所在，害即隨之；法之所存，弊即伏之』，故對變法充滿疑慮，僅寄望於改良變通。但在現實中，他又眼睜睜看着江河日下而手足無措。甚至在一封私人書信中，他無奈地勸一位初入仕途、欲一展抱負的弟子：『文移案牘、書院課藝諸件，體例相沿，自昔已然；雖使古人復生於今……亦不能以此爲俗套，概行鏟除。抱負既殊，施爲自別。吾輩於同中見異，自無礙佼佼錚錚耳。』

在晚清京東地區，圍繞史夢蘭形成了一個數量龐大的傳統士人群體。這類士人與朝廷及『洋務』『維新』派人物有着微妙的互動，但面對『數千年未有之大變局』，他們始終未能突破制度化儒家的政教框架，没有形成現代國家觀念，建立不起新的學術範式，因而缺乏必要的思想資源以重新籌畫中國的制度安排，其憂患意識和批判精神亦往往流爲一腔悲酸蒼白的激憤之情。

由此而言，史夢蘭的學術思想和心路歷程，恰爲後人提供了一個解剖中國社會轉型前夜傳統知識分子内心世界的完好標本，對我們瞭解京東地區中晚清鄉間傳統士紳階層的社會面貌也有重要參考價值。

不過，號稱『京東第一人』的史夢蘭因其行止偏於京東一隅，自身又非顯宦，重大歷史事件均未直接參與，乃至後來的研究者一直没有對以他爲代表的這類中國社會轉型前夜的傳統士人予以足够的重視。荏苒至今，他的許多重要著作雖然存世卻一直湮没無聞，一百餘年間未經校勘整理，殊屬遺憾。

一九七三年，臺北臺灣商務印書館影印了史夢蘭的《古今風謡拾遺》；日本學者長澤規矩也編《明清俗語辭書集成》（上海古籍出版社一九八九年重新影印）收入《異號類編》；一九九一年江蘇廣陵古籍刻印社影印《異號類編》；一九九五年，丘良任先生著《歷代宫詞紀事》，以史氏《全史宫詞》爲綱纂成。一九九九年，黑土、水秀點校的《全史宫詞》由大衆文藝出版社出版。北京出版社影印出版的《四庫未收書輯刊》貳輯第三十册收《全史宫詞》二十卷。上海古籍出版社影印出版的《續修四庫全書》收史夢蘭的著作四種：《疊雅》《爾爾書屋文鈔》《爾爾書屋詩草》《止園筆談》。北京圖書館出版社二〇〇八年影印出版的《地方經籍志彙編》收入史夢蘭的《畿輔藝文考》。

筆者自二十世紀九十年代即着手搜求整理史夢蘭先生的著作，籌謀點校出版《史夢蘭集》；憾乎識能陋隘，經費無措，故左右支絀，難見成效。今有孫春青、劉博倉、王文才、王雙、景紅録、高光新、郭萬青諸君，會爲同道，乘唐山師範學院學科建設與社科研究之筏，共襄此舉，則濟其事必矣。幸甚幸甚！

此次點校整理《史夢蘭集》，以史氏止園藏版《止園叢書》爲底本，收史氏所撰、輯各類著作十四種：《爾爾書屋詩草》八卷，《爾爾書屋文鈔》上、下兩卷（下卷附《家藏書畫記》），《止園筆談》八卷，《燕説》四卷，《疊雅》十三卷，《雙名録》一卷，《異號類編》二十卷，《古今風謡補注》一卷，《古今諺補注》一卷，《古今風謡拾遺》四卷，《古今諺拾遺》六卷，《全史宫詞》二十卷，《畿輔藝文考》十二卷，《永平詩存》二十八卷（包括續編）。此外，整理者又從存世的史夢蘭手稿、刻本底稿及其他書籍中，輯録刻本《爾爾書屋詩草》《爾爾書屋文鈔》收録之外的史夢蘭所作詩文一百餘篇，名之曰《爾爾書屋詩文輯補》，附於集中。

本書的點校工作遵循古籍整理的一般規則。凡有所校訂，則做出校按予以説明。對於書中的引文，儘量查證原始文獻核校；直接引用的加引號標識，只概括原文大意的，則不加引號。異體字、俗體字一般予以保留；少數無關正譌、正俗和意義的，作適當統一。底本中明顯的刻誤、倒錯及避諱缺省字，徑改之，不出校。避諱字涉及到前代人名、書名、地名、年號等專有名詞的，徑改回，餘則仍之。原缺而未能補足的字，以『□』標識。全書採用繁體竪排版式，但原小注中的小字雙行改爲小字單行。

限於點校者的學養識具，舛誤在所難免，尚祈惠正。

在資料準備過程中，唐山圖書館、國家圖書館、樂亭文化研究會以及史夢蘭先生的後人給予了有力協助。本書的整理出版並獲得唐山師範學院科研基金支持，以及北京唐威文化發展有限公司的襄贊，又幸蒙天津古籍出版社唐艦女士的慧眼擷舉及石玉先生的精嚴審校。謹於此並致謝忱。

灤南石向騫二〇一四年七月識於唐山

《史夢蘭集》總目

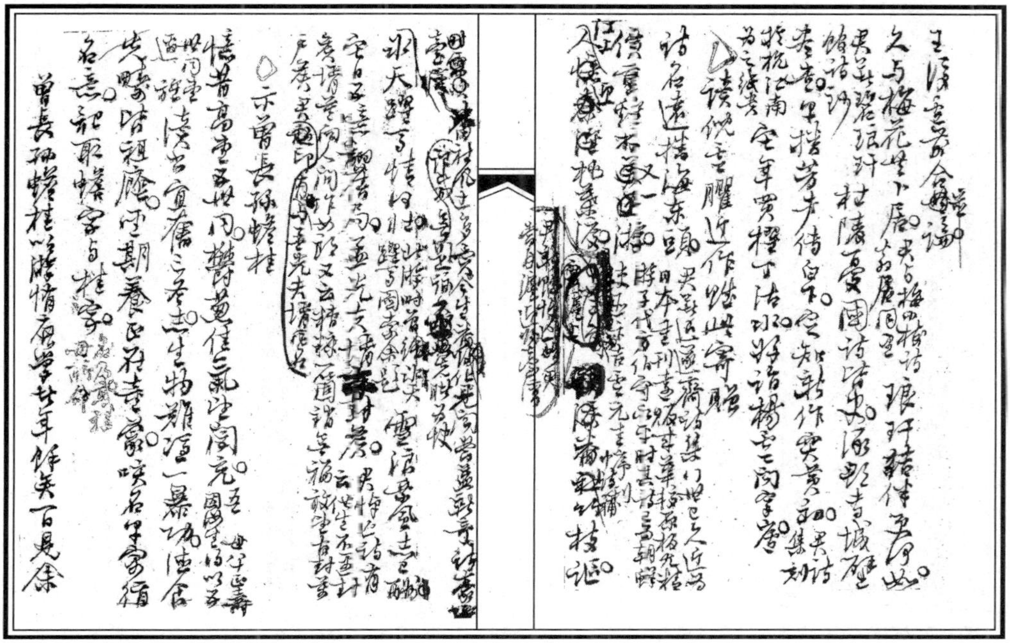

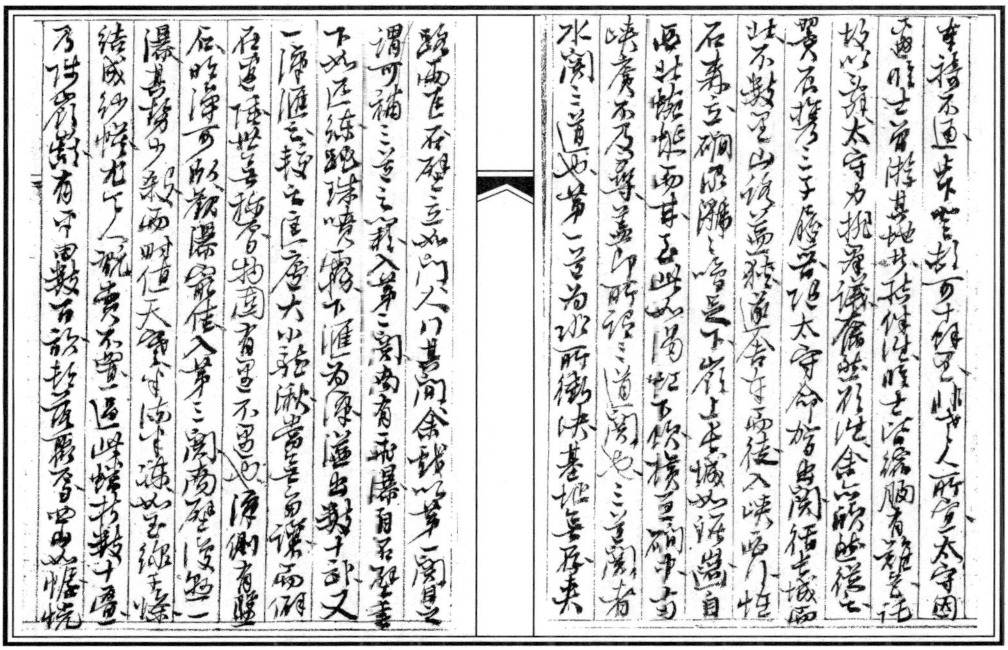

◎史夢蘭手稿之一

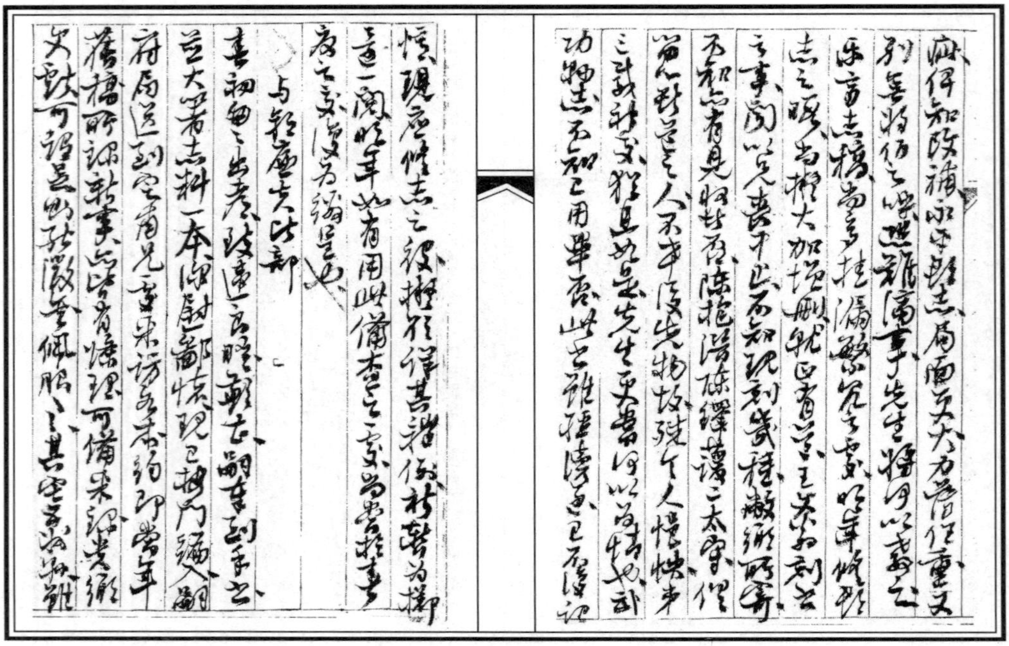

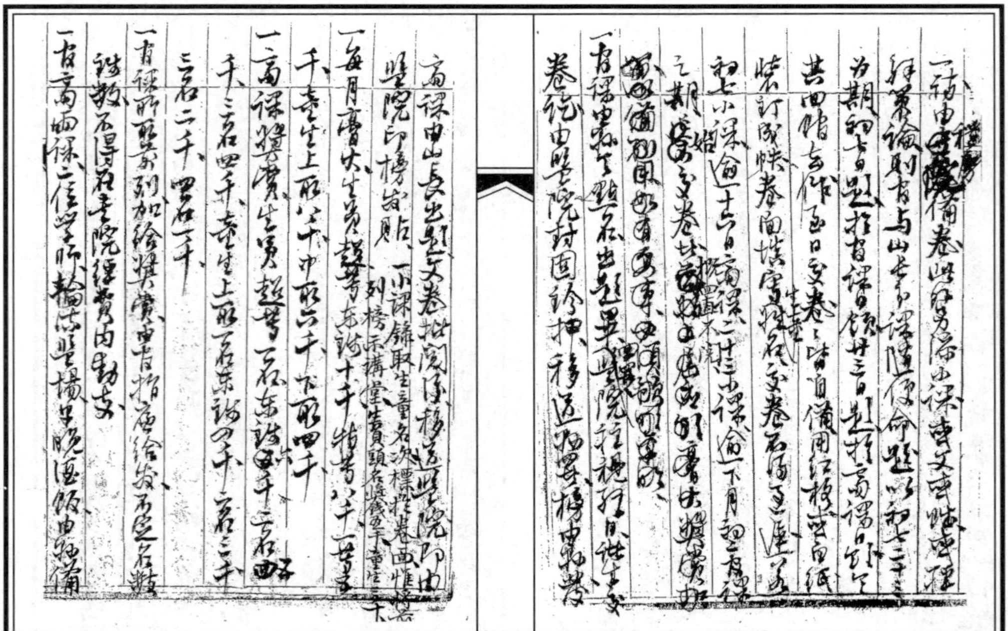

◎史夢蘭手稿之二

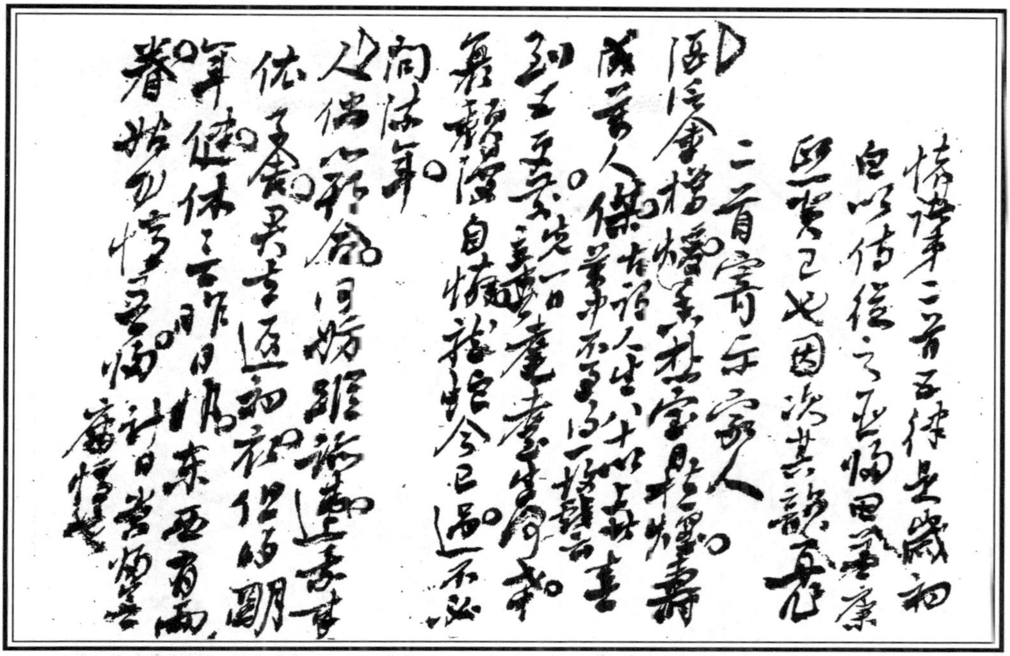

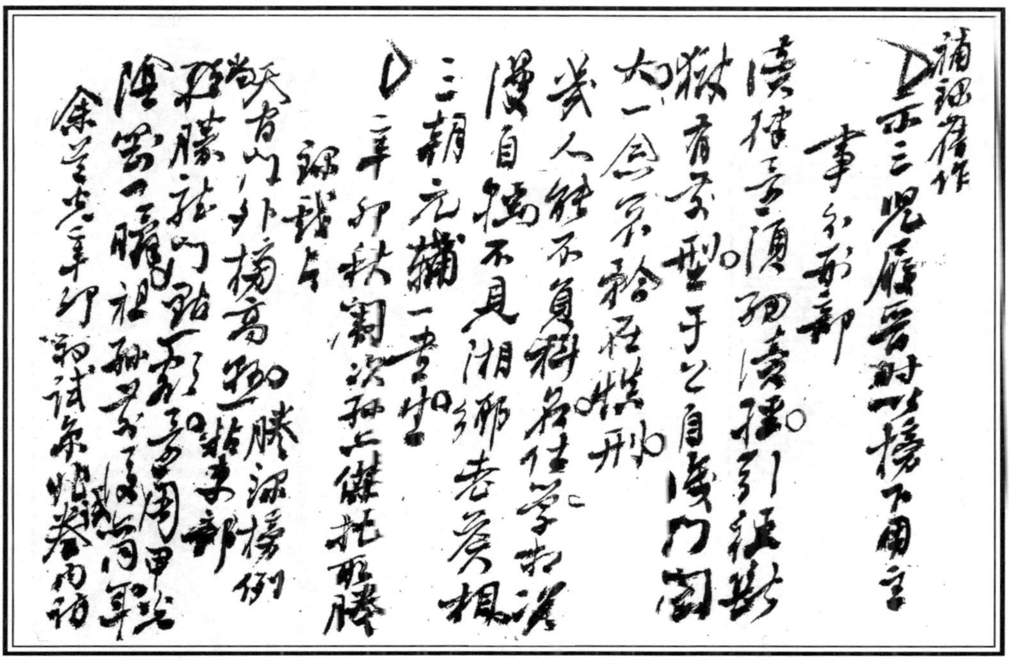

◎史夢蘭手稿之三

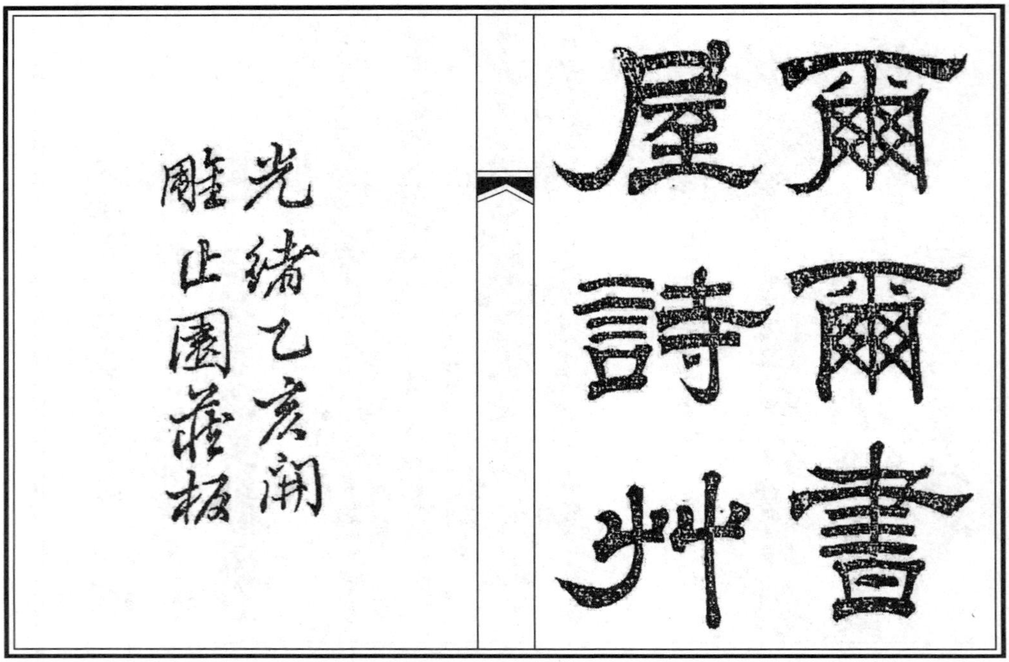

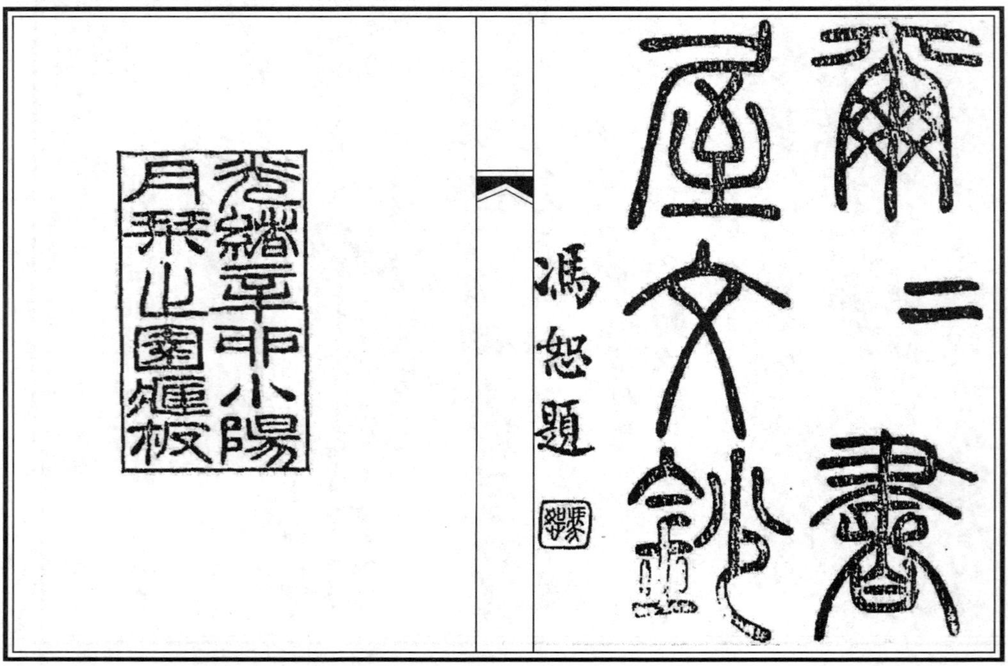

◎《爾爾書屋詩草》《爾爾書屋文鈔》書影

目録

爾爾書屋詩草卷二

七言古

爾爾書屋詩草卷三

五言律

目録

爾爾書屋詩草卷五

七言律

爾爾書屋詩草卷六

五言絶

七言絶

爾爾書屋詩草卷七

竹枝詞

卷下

書札二十七首

爾爾書屋詩文輯補

爾爾書屋詩文輯補之一

爾爾書屋詩文輯補之二

爾爾書屋詩草

薇薇書屋詩草

序一

天地之氣運有盛衰，人心之精力有多少，而文章之轉移、升降因之。自有聲詩以至於今，代輒數變，而其大局，則分而爲二。漢魏以上，天地之氣方盛，其賦於人者厚，人之操而存之者又甚固。偶有抒寫，率皆蘊釀畜積，觸發於必不容已。故雖婦人女子、農夫野老所作，皆足令人異世而興感。六朝、三唐而下，天地之氣稍衰，人之所稟受者薄。又復朝吟暮詠，凡贈答、餞送、游觀、宴會，以及應制、詠物之體，莫不有作。胸中之所有，發洩殆盡。一人之集，動以尺計。而且法視古益密，韻視古益嚴，更有以束縛馳驟之。是非基之以純篤之行，輔之以淵博之學，則本實撥而取精少，雖有超軼古今之才，其詩絶不能工而傳，即傳亦絶不能久且遠。譬如人五十後，氣血漸耗，兼之食少事多，必節欲以固其精神，服藥以調其榮衛，乃能四體康强，五官健旺。韓退之云『餘事作詩人』，杜少陵云『讀書破萬卷，下筆如有神』。故論詩於今日，品行學問莫能偏廢。其視漢魏、『三百』，又別有所以爲詩、與所以爲工者。山心藏此論，未敢以告人者有年矣。今讀香厓先生詩，而不禁有言曰：文章之傳不傳，豈偶然哉？杜必簡之『衙官屈宋』，蘇東坡之『源泉萬斛』，自言造詣，所謂『得失寸心知』也。先生之詩，既不自言，他人苦不能言；山雖欲代言，又不能盡言，姑畧言之。先生有官不仕，家居奉母。曾滌生相國開閣求賢，欲首辟之，以爲一時表率。先生以母老固辭，其行之篤可知。家藏書數萬卷，手自丹黄。所著《全史宫詞》《疊雅》等書，鎔鑄羣言，自爲一集，其學之博可知。故其爲詩也，性情溢於詞章，經籍焕爲文采。不染叫囂之習，而聲調自高；不矜馳騁之能，而情景俱盡。人方講聲韻、談格調、琢字句，千氣萬力，以與之角。卒之傷股中肩，旗靡轍亂，長城如故，而偏師已覆。故何也？不知江河之有源，而溝澮以爲之；不知花木之有根，而翦綵以象之。天下事遺本求末而終歸於敗者，不獨詩爲然也。嗟夫！自『詩有别才』之説興，紛紛作者，自謂李杜韓蘇摇筆即是。而自識者視之，幾同腐鼠鮑魚之不可嚮邇。雖有逐臭者愛之、重之，而盜竊虚名，轉眼澌滅。此雖天地之運會，亦人心之憂也。山故著先生之詩之本於學行者以救之。先生曰：『吾之詩雖不能盡如子之言，然子之言實爲詩者所當知也。以之論詩可，即以之序吾詩，亦無不可。』山唯唯。乃詮次其語，敬書簡端。

受業張山頓首謹撰。

序二

晉之作客樂亭，獲從史香厓先生游。先生藏書幾三萬卷，日攻苦披讀，無晷刻暇。殫力著述，以其餘作爲詩歌。其於古也癖焉、淫焉，優柔饜飫，故雖清詞淺語，皆有深義奧藴，磅礴鬱積，愈味之而愈不能窮。顧不以自熹，積數十年之所爲，僅删存八卷，屬晉之點定。晉之謂已無可疵議，而先生復自汰之，而後刊行，何其慎也！晉之於詩無所得，又性疎野，膏肓泉石。間有模山範水之作，而率歸無用。然深知詩道宜端，而先生之作爲不苟也。蓋詩與史相表裏，而詩之用又切於史。史具一代興亡，惟秉筆出於詞臣，藏之史館，其書多成於異代，雖可以資法戒，當時未必即見於實用。若詩則感於不自知，發於不能已，忠厚悱惻之衷臆，抑揚抗墜，隨聲韻而出，立可呼寐者而使之覺，起盲者而使之明。故古時專設太史采詩觀風，以爲農夫野老、勞人思婦之所歌吟，雖片章隻字，皆吾國家治亂安危之所係，蓋珍之如刀寶球圖而不敢輕也。自詩教不明，工吟詠者不皆出於正聲，矯枉者遂概以風雲月露之詞少之，甚且謂詩爲不可爲，而不知詩之益人而一日之不可無也。後生小子得先生之詩而讀之，攬其大端，以窺其用意之所在。於詠史之篇，辨興衰成敗之機，而即以勘入己身；於敦敘師友、針砭世俗、審慎出處進退之什，以端學術而範性情；更取其流連景光、摹繪風物者，博其趣而暢其天。則於先生之詩不徒讀，而凡所讀之詩，皆可以先生之詩例之也。故晉之之詩雖無用，而深知詩之用於人爲最切。然何以遂能爲有用之詩哉？非卷軸在胸、積理多而閱世深者，其言雖若可用，而聲亦不足以感人。必如先生之以詩書爲性命，攻苦披讀，數十年如一日，庶乎可矣。至於先生之詩，詞旨清腴，雖感憤時艱、表揚忠烈之作，意極迫切而一歸於温厚和平。則由先生絶意仕進，家居奉母，門庭之内洩洩融融。蓋太和之氣之所藴釀，而先生亦不自知其然而然歟？

光緒元年夏四月，薊州王晉之謹序於尊道書院之鉏經齋。

題辭

聽鈞天樂陋凡響，甞太羹味口無爽。工倕執藝本乎道，族匠紛紛失伎倆。而況一代大雅擅詞宗，舉凡才人學人那復妄爭滕薛長。唐宋而降多詩家，蹊徑各殊紛如麻。牛鬼蛇神騁恠異，鶡闟虬户爭鮮華。矯滑甘弊傷澀苦，攙學究氣涉迂腐。專矜格調同俳優，偏恃性靈亦傖父。譬之正法眼藏熄傳燈，野禪小乘何足數。香厓先生德業尊，學探月窟窮天根。餘事作詩詩格厚，雕蟲篆刻那足論。上與李杜韓蘇同，軌轍國風雅頌尋淵源。比類拈詞寓懲勸，布帛菽粟皆精言。興至乘酣吐奇偉，颶迴大海波瀾翻。金和玉節振雍容，其詩肆好來清風。主騷壇盟數十載，葵邱之會藐桓公。宣聖雅言得宗旨，詩人之詩有如此。青天白日舒光明，威鳳祥麟協嘉祉。幾輩金門著作才，宗仰先生固其理。賤子生成愚魯姿，也學蟲鳥鳴凄其。俗不可醫病在骨，孰與伐毛洗髓相砭治？況復飢驅學干禄，東國風塵走麃麃。爲宰愧割武城雞，驕妻或乞墦間肉。恐招移文譏彦倫，那有詩名繼昌谷？拜登大箸勤披吟，頓開茅塞祛塵襟。春風和藹欣入座，醇醪醖釀那辭斟。海涵地負力包舉，金鐘大鏞鳴東序。工詩大半出窮愁，難與先生之人之詩同日語。年來詩筆老彌健，奇才奇福爲時冠。久爲鄉邦繫文獻，餘澤兼陶濟時彦。富貴壽考緜無筭，彌性優游而判奂，吾將執此詩卷以爲券。

光緒十五年歲次己丑五月下浣，同里愚姪孫國楨頓首拜稿。

爾爾書屋詩草卷一

四言

下酒謡有序

余性喜讀史，偶檢班、范兩書，有所觸發，輒以四言八句衍之。共得三十四首，名曰《下酒謡》，亦取蘇子美《漢書》下酒之意云。

釋之結韈，張良進履。是真賢豪，皆能屈己。貴貴尊賢，義各有以。爲相拂鬚，毋乃可耻。
晁錯有父，延年有母。父母諄諄，子曰否否。屠伯遭屠，智囊授首。嗟嗟少年，無輕黄耇。
哀哀人彘，死以野雞。妬婦之毒，竟至於斯。趙王蒼狗，人或疑之。不見彭生，豕立而啼。
亡秦苛法，除自入關。三章之約，百姓懽然。何以肉刑，孝文始蠲。武之蠶室，猶有腐遷。
高祖入關，心豔秦宫。欲圖王業，迺作富翁。樊噲一語，足破夢夢。所以文景，盡免租庸。
誅吕安劉，周勃之勲。槩非酈寄，能入北軍。雖云賣友，誼存君親。譏以由鹿，謬哉吕温。
凡民有喪，救以匍匐。況乎天親，陷身於敵。傷哉王陵，不爲元直。子以使來，母遂伏鑕。

衛青馬卒，李善蒼頭。青以功顯，善以行優。彼何人斯，名竟千秋。甘心人役，斯乃可羞。

盛薦廟樂，宣欲尊武。甚矣夏侯，對孫詈祖。尊親有諱，春秋遺矩。勝之直言，攘羊證父。

郅都行法，親貴無權。蒼鷹雖鷙，豈是貪殘。傳爲酷吏，班史殊偏。何爲東漢，又首董宣。

越巫善詛，術敗仲舒。邪不害正，今古無殊。唐有傅奕，不信浮圖。胡僧之呪，亦如越巫。越巫事見《風俗通》。

身處膏腴，不能自潤。廉如君魚，偏爲衆訕。子孫多財，易招悔吝。遺以清白，吾思楊震。

黄雀銜環，鸛雀銜鱣。羽族何知，兩世周旋。潼亭改葬，大鳥復來。關西孔子，鳳德不衰。

漢重選舉，士每盜聲。盛名難副，有如樊英。姜肱孝友，上遺圖形。稱疾韜面，逃名得名。

中屠作相，蹶張武夫。鄧通失禮，謝罪庭除。人品忠佞，難資格拘。諂事董賢，光禹名儒。

布衣任俠，力折公侯。請誅郭解，公孫遠猷。何爲荀悦，倡説三游。申商小智，貽禍清流。

多財損志，愚更招尤。既成豚犬，空作馬牛。賢哉二疏，不置田疇。一經遺子，更有韋侯。

蕭朱隙末，張陳凶終。管鮑王貢，季世難逢。朋友之交，居五倫中。擇交全交，王丹可風。

博望立苑，制沿思賢。賓客雜進，遂貽禍源。商山四皓，作俑於先。唐宗奪嫡，亦以宏文。

邊臣好貨，外侮易生。身受敵餌，遂爲敵輕。前八都尉，威化不行。還金與馬，惟張然明。

既有德望，自有威容。何物魏應，乃代承宫。魏王貌陋，與此頗同。牀頭捉刀，人識英雄。

王莽之篡，元后之辜。止存漢臘，不亦鋭乎。五侯同封，是誰授旨。假援田蚡，且封苟氏。

北禦匈奴，南定交趾。伏波功名，亦云盛矣。據鞍矍鑠，老不知止。薏苡明珠，謗來有以。

東漢君臣，競徵符命。劉楊張豐，遂欲熒聽。外理言數，其數多誣。宋儒守理，乃有蕘夫。忠臣不和，和臣不忠。人主所患，上下雷同。誰請校尉，督察三公。哲哉光武，不聽江馮。漢明興學，拜老臨雍。胡爲佛教，於此來東。恭默思道，良弼神通。金人之夢，殊遜殷宗。杜密去官，每謁守令。糾惡薦賢，有裨時政。苟非其人，將毋失正。閉門掃軌，我學劉勝。宋均爲政，惟和與寬。不喜文法，止祛貪殘。江淮猛獸，北土雞豚。捐除檻穽，世界一新。割雞啗母，飯客以蔬。茅容厲俗，有道延譽。子則應爾，母當奚如。爲賓截髮，陶母賢乎。桓桓劉訓，信結胡羌。數百義從，迺破迷唐。羌胡相攻，縣官之利。誰爲此言，得無階厲。漢之季世，政移宦官。是誰作俑，又請監軍。宋任童貫，唐使朝恩。千秋禍首，馮緄實然。童昏嗣立，外戚勢張。揆厥禍本，不始孝章。章帝廢慶，光武廢疆。宋弘諷諫，鄭重糟糠。靖亂無術，多寫孝經。宋梟一奏，取笑朝廷。宋梟猶可，向栩實誣。讀經滅賊，適滅其軀。桓譚善琴，鼓以奉帝。宋弘聞之，猶加訾議。邕侍董卓，鼓琴贊事。此何異乎，曹瞞鼓吏。

自題聽泉小照

蒼蒼者山，潺潺者水。我來聽泉，藉砭俗耳。在山泉清，出山泉濁。清可濯纓，濁可濯足。濯纓濯足，兩無容心。心之結契，山水清音。

五言古

遊寶峰寺五峰諸勝

朝旭含遥峰，浮雲籠若羃。雲散日已高，精藍露甋甓。到山疑路窮，羊腸盤亂石。寺前起崇臺，得月亭如翼。寶峰寺，一名水巖寺。前有軒，南向，額曰『得月亭』。房廊隨凸凹，花木縈階墄。颸颸林響交，幽鳥時啾唧。遠山如列屏，近山如攢戟。北出寺門望，遊興轉增劇。遂攜一叟行，亂踏秋雲碧。詰屈度龍潭，潭在香山峰。對面懸崖闢。怪石奔驚驂，流泉披束帛。泉石相舂撞，飛溼霑霡霂。卻顧寺前亭，萬木濃陰積。更轉一山頭，龍蛇留筆畫。舉袖拂蒼苔，模糊辨波磔。龍潭東畔懸崖，有鐫『忠孝節義』四字，大可四五尺。絶頂仙人居，傳聞頗藉藉。古樹受秦封，陰崖留禹跡。披蘿上重巒，足繭情還迫。疾學猨猱升，矯隨飛鳥翮。老叟勸余止，深巖足豺貘。叢棘鬱成林，往遭蛇虺螫。方今秋已深，風雷常不測。況余筋力衰，雙趺成跛躄。聞言神若失，聊就松陰息。仰視頻躊躇，登眺意未適。迤邐步向東，幽遐費搜索。過此六里許，五朵芙蓉擗。恍如太華峰，仙掌巨靈擘。凌虛屋數間，屋後抱石壁。菩薩井三鉤，大夫松一尺。句本尤西堂。入門路忽轉，廟祀昌黎伯。殿角卧殘碑，蘿薜纏其額。又聞湘子亭，留影西山陌。憑欄望東南，山海境無隔。村落如町畦，次第數征舶。盪胸層雲生，放眼坤輿窄。探奇快更進，崱屴入巖隙。路盡見石扉，洞口黝然黑。土人告我云，范公開自昔。傳聞半信疑，附會真堪啞。一云『劉九洞』。先是，有謠云：『若要洞門開，須待劉九來。』明末山石道范志完來此，因其小字劉九，遂鑿石闢門，鐫己像於中。蒼茫獨徙倚，回首日欲夕。煙横山根青，霞明林端赤。相偕覓歸路，側足緣山脊。攀躋固艱辛，直下尤躅躑。野禽隱深麓，一似懼彈射。秋蟲吟草根，聲聲送遊客。薄暮叩禪扃，老僧備罇席。相與共斟酌，醉後風生腋。同遊促余返，餘興猶難擲。一步一回看，煙嵐屢變易。攬策出谷口，城角月已白。

秋日偶成

白露被東皋，人忙日偏短。雞犬散場圃，牛羊下村疃。野曠人聲高，風急鴈飛緩。今年秋有成，家家禾黍滿。野火穿林坳，篝車載稭稈。歸來持雙螯，燈前酒一盌。

昌黎東山晚眺

行行出郭門，直上東山頂。涼風吹我衣，夕陽照孤影。謖謖松濤鳴，高望東南迥。絶頂發狂歌，晚煙迷萬井。

孫貞女詩有序

女容城人，少許字於安州李學博之子炳文，未及嫁而炳文故。時女年十九，誓守志終身，親黨勸阻之不可得。卒適夫家，視殮送葬，俱如禮。事舅姑以孝聞，而於織紉尤勤，迄今已二十年矣。丙辰秋杪，婦兄倪成之茂才以狀索題，因賦。

我讀柏舟詩，掩卷嘗三喟。歎彼金石貞，從一終不二。豈知有奇行，更出柏舟外。容城古名區，扶輿清氣萃。有女其氏孫，巾幗而冠帶。不吟柳絮詩，不識迴文字。少小習女經，獨能明大義。安州李氏子，鬱鬱璠璵器。青松附蔦蘿，百年結盟契。門閥既相當，年庚且相配。美哉雙璧人，方期六禮備。無何李子病，二豎交爲厲。女聞心如擣，閉户潛垂涕。此身久許人，未笄祇週歲。天心儻不慈，誓守終身志。俄而凶問來，父母多方譬。謂婦重節烈，禮經豈無謂？兒既未廟見，改字義非背。況兒正弱齡，所事將奚賴？不恒羞或承，思維宜至再。女聞益號咷，觸柱首幾碎。父母不從兒，偷生復何爲？姑姊苦勸之，摇首泣且拜。戚屬婉諭之，靡他矢不悔。夫家力阻之，掩面若聾聵。孫乃告於李，擇吉允歸妹。女自髽髻臨，冥婚禮弗殺。披帷憑夫棺，痛夫棺已蓋。謂夫有老親，温凊妾可代。妾歸心始安，夫死魂應慰。上堂奉尊嫜，入室勤絡緯。遂以一日心，畢生守勿懈。或云匹耦事，先王有明誡。未嫁而稱孀，矯激無乃太。我聞殊不然，人志各有在。譬如臣事君，不貳固足貴。倘其未委質，守志詎云誖？不見孫夏峰，籍未通明季。聖朝求遺賢，徵召終不至。介節與貞心，義並足萬世。女既同里閈，是否夏峰裔？我詩愧質俚，聊當彤管記。它年旌門閭，綽楔九重賚。

題盧龍謝雲航明府子澄所輯《黃粱夢詩鈔》

人生如傀儡，顛倒戲場中。脚色雖有殊，場散皆虛空。天地當混沌，無始亦無終。媧皇竟多事，摶土誇神功。有人此有夢，夢境生重重。盧生彼何人，夢覺凌仙風。富貴固幻相，神仙豈真容。萬劫人與物，一氣歸鴻濛。披讀黃粱詩，説夢誠夢夢。

題張亦仙茂才山《耳園種菜圖》

董子不窺園，樊遲請學圃。志趣雖不同，古人各有取。君家清河濱，蕭然守環堵。旁有數畝園，云闢自乃祖。問名何由昉，枕流慕孫楚。徑開蔣詡三，柳種陶潛五。長松大十圍，髯蒼鱗更古。隙地手自鋤，菜稜紛難數。灌溉務得時，況此近溪滸。豆棚高壓籬，瓜蔓低垂户。晚菘飽秋霜，早韭翦春雨。四序足嘉蔬，根香最堪茹。藜藿既可甘，荼蓼亦奚苦。君少攻詩書，聲名噪庠序。十上不得志，皤然謝簪組。微利薄蠅頭，虛名輕鷺股。抱甕若終身，繼志期繩武。長安貴遊子，起宅徵歌舞。花木追平泉，珍奇擬郿隖。雖供一餉樂，有如飛蚊聚。轉瞬成滄桑，樓臺餘柱礎。我無食肉相，菜羹當麟脯。牆東有小園，恰對荷花浦。書繙橐駝經，睡學混沌譜。亂耳無箏琶，隨意安甖甒。若逢顧虎頭，合向新圖補。同是種園人，莫謾區賓主。

次韻和史君牧見贈七首

人生意未豁，秋毫天地隔。空懷千里心，轅下傷局迫。良友忽邂逅，奇觀快新獲。文章相切劘，更敘宗祊籍。聚散不可常，願言永朝夕。

馳驅名利場，少年希榮遇。豈知蒲柳資，易迫桑榆暮。掉頭歸去來，動靜隨時數。閉户事鉛槧，與君有同務。作者古如林，在在導先路。陨言半糟粕，君獨領妙趣。褰裳躡後塵，愛極翻成妒。

窮士伏草茅，達官耀紳冕。志趣不容强，同堂可異撰。我生四十餘，虛廁賓興典。何者足自娱，妄意希文辯。吾家大手筆，著述相敦勉。特恐詅癡符，未免示人淺。

國家正多事，大廈資梁棟。翹首問時賢，何事可安衆。惜哉冠儒冠，祇借毛錐重。我無用世才，東園學抱甕。但冀心太平，一任鄒魯閧。

憶昔登高時，睽違倏踰歲。去歲重九日，與君同遊黄山、紫金山、偏凉汀諸勝。夜坐懷同心，寒蛩語陰砌。雙輪無停晷，屑屑人間世。揮手謝浮名，攬袂結遐契。相勖以古人，不爲窮通計。君真江庾流，安得日一詣。

橫濼百里遥，夢中幾來去。相思託鴈魚，不厭郵筒遽。羨君主人賢，詩酒會賓御。共騁才力豪，又得江山助。騷壇狎主盟，羣雄息割據。竭蹶愧駑駘，空佇驊騮馭。

惠我齊紈扇，清風浹肌髓。濡毫爲寫照，況復煩道子。祁季聞刺史爲寫《深樹聽蟬小照》於上。蟬鳴深樹間，人立斜陽裏。境地如許清，撫躬愧難似。楮墨寫性情，謦欬儼密邇。和詩勉學步，將毋邯鄲比。

和祁季聞刺史之鑅《遊空龍山》原韻

衆山如奔驂，脱銜走平曠。灤江自北來，兩峽束秋漲。空龍山最奇，横出扼其吭。憶昔歲在丑，往遊意頗暢。石窟闢蜂房，大小各殊狀。飛軒亂樹圍，古刹危崖傍。一徑引修蛇，蜿蜒碧霄上。老僧出迎客，道我腰脚壯。少憩入洞府，幽深迷背向。怪石撑齒牙，傴僂不敢抗。曲似蟻穿珠，詭如狐穴壙。天光豁然開，騰身出狹巷。更上白雲梯，廟外有石磴，旁鐫『白雲梯』三大字。扶摇接蓬閬。興盡尋歸路，舟中倒杯盎。拱手謝山靈，奇觀此云枊。醉欲闘詩箋，狂思眠酒藏。牛羊忽下陂，落日孤帆颺。别來三載餘，巖花幾開放。同人散如星，謂常職卿、楊魯田兩君。空將尺素貺。低徊溯舊蹤，夢寐猶難忘。公詩善寫生，紙上具波嶂。讀罷心迷惑，煙雲遥漾漾。想見政清暇，出城恣眺望。幕下聚鄒枚，滿座光風蕩。屈指近重九，好山應再訪。霜林夾岸紅，絶頂發高唱。會當杖策從，煩襟同一盪。

得常職卿孝廉守方遼東手札，賦此以代報書

吾家北海濱，園宅多幽僻。深樹擁柴荆，來過無熱客。與君結同心，風雨數晨夕。時抽架上書，疑義相與覈。忽忽三十年，流光駒過隙。東園花木繁，風景今猶昔。如何同心人，頓成千里隔。

窮通有定數，聚散亦常理。顛倒造化中，胡爲分憂喜。違君數十旬，東望時翹企。溟渤浩煙波，衍漾朝霞紫。人生貴知心，縞紵虚文耳。嗟嗟世道交，對面九疑似。苟得志術合，天涯猶尺咫。今歲東園花，春夏遭蟲蠹。葉卷罥蛛絲，瘠如人抱痌。秋來换新葉，忽發花盈樹。人謂氣候愆，余謂别有故。鬱久勢必伸，盈虚理可悟。不畏枝葉傷，惟期根蒂固。書此寄君知，慎勿悲遲暮。蚤歲學文章，妄期傳不朽。抑知身後名，果益生前否。況乎古之人，著述半覆瓿。嗜好殊酸鹹，愛憎易好醜。既難愜我心，焉能齊衆口。吾儕思著書，毋乃享敝帚。終日仰屋梁，不如且飲酒。讀君紀遊詩，千山遼陽山名如在目。相思不得往，奇觀羡君獨。憶昔田盤遊，溥覽窮幽伏。峰高月比肩，磴滑雲生足。絶頂發狂歌，餘響振林谷。好山如好詩，不厭百回讀。會當婚嫁畢，相將友麋鹿。我生過四旬，君年及五十。髮秃齒摇摇，言功何所立。插架數卷書，山淵足樵汲。負郭二頃田，饘粥聊供給。何須名利場，束縛如豚苙。從今與君約，農圃且親習。歸哉復歸哉，客路風霜急。

水塔寺

驅車出郭門，緇塵迎面撲。引領見西山，頓覺豁心目。金碧焕樓臺，清華足水木。蘭若遠相望，煙嵐圍簇簇。言尋相國園，水塔名久熟。取徑御園西，岡巒爭起伏。詰曲度龍潭，一徑入松竹。池榭雖荒涼，邱壑尚迴複。架石以爲梁，牽藤可補屋。繞砌亂泉鳴，依簷飛鳥宿。雲來萬樹平，雨過千峰沐。奇石蹲虎龍，幽林狎麋鹿。仙果間名葩，朝暮散清馥。平居愛名勝，如渴思茗粥。今晨來此間，如畫得飽讀。無奈世網牽，欲留不可復。回首謝山靈，何時此卜築。

由水巖過大峪登紫石厓

纔下東峰巔，又上西山頂。人或笑其勞，吾自厲吾猛。細路循巖嶅，登頓披榛梗。鳥鳴林壑幽，犬吠村塢靜。過澗時低頭，攀崖還引領。流泉足底鳴，激石聲作哽。曲磴盤環環，平梁横侹侹。行行且復休，小坐據高嶺。南望海天闊，晴空開萬頃。城郭帶斜陽，白沙接溟涬。四山紅葉紅，更比春花靚。傍晚尋路歸，十步九换景。童冠共陶然，歌吟忘路永。到寺日已沈，夜遊還燭秉。寓内多名山，焉能遍遊騁。人苦不得閒，蓬萊在人境。

用韻酬王砥山立柱

古人不可見，仰視浮雲馳。漢魏及元明，文陣幾雄師。世運判升降，文品區醇疵。自爲一家言，要皆不可遺。相傳如薪火，相導如龜蓍。嗟余生也晚，未得與同時。終身啜糟粕，人或譏書癡。聲不辨雅鄭，味嘗昧澠淄。有時奮然興，自謂古可追。風雨手一編，寒暑勤孜孜。妄冀堂室入，先期藩籬窺。望道苦未見，毛髮已如絲。安得同心友，晨夕相追隨。蘊真欣所遇，傾吐胸中奇。蒹葭懷伊人，宛在水之湄。安豐竹林彦，摩詰輞川漪。神交踰十載，蹤跡偏多暌。去年客平州，邂逅海鶴姿。咳唾落珠玉，華實交紛披。胸襟既礧硌，氣宇尤嶔崎。抵掌論古今，燭跋神未疲。呼阮籍老兵，稱德祖小兒。彼此意歡然，同恨相見遲。會難别復易，門外駒歌驪。别來閲數月，百里長相思。君才利如劍，我質鈍如槌。譬如行軍旅，君帥我偏裨。又如度林木，君桐我櫟榿。好醜不自見，對鏡呈須麋。自覩徐公美，彌形嫫母媸。小巫愧大巫，東施效西施。猥以一日長，謬蒙青眼垂。歸掃蔣詡徑，時竚貢公綦。浴佛届良辰，稱觥介壽祺。小人有老母，扶杖方含飴。笙簧鳴韣韣，冠蓋羅祁祁。秩秩列殽核，蹡蹡拜階墀。忽報嘉客至，鵲噪庭樹枝。洗盞更斟酌，連倒金屈卮。酒罷敬膝席，請君摛祝詞。祝詞懸百幅，率皆絶妙辭。君獨出新意，當筵撚吟髭。吟成不自足，邀我同敲推。已無毫髮憾，瘢索許毛吹。妙楷書金箋，法本獻與羲。與衆較工拙，羣焉遜般倕。揭來五朵雲，又贈懷人詩。洋洋六十韻，韻險多抵巇。韓筆尚聱牙，鼎説能解頤。知我有遊癖，期我角山陂。憶昔碣石遊，草木方茀離。雲霽仙人臺，日睨文公祠。花邨園簇簇，果圃覽蠡蠡。角山向東望，密邇若鄰比。重陽天氣清，正好手同攜。會當襆被往，絶頂一笻支。天下饒名山，欲往愁路歧。陸地足豺虎，水道伏蛟螭。方今用武時，文弱恐非宜。我不覓封侯，亦將投毛錐。

復崔子玉孝廉樹寶即追和其春初見寄原韻

昔入崔儦室，欲别情殊戀。相知貴知心，跡隔非所恨。一昨尺書來，快談如覿面。何時再登門，藏書發篋衍。人生天地間，飄塵直少選。廊廟與山林，問果孰貴賤。少慕五嶽遊，向禽從未便。深悔從前誤，卅年困文戰。今誓蠟遊屐，先始自畿甸。輞川主人賢，謂砥山。有書來隔縣。期我角山巔，行廚備蔬膳。好山如好友，不厭晨夕見。手扶七尺笻，巖壑踏將遍。知君有同好，聞之定歡忭。重陽風雨晴，霜葉奪花豔。會當賦登高，收入新詩卷。

贈某醫士

我不解醫方，我曾參醫理。用藥如用兵，令行臂使指。將帥有弗諧，小駟僨轅矣。持重與神速，勝負一間耳。區區頒陣圖，執法無乃鄙。九折方爲良，十全能起死。不藥得中醫，古語亦有以。余嘗抱疑惑，願言求一是。君是長桑君，定能洞斯旨。望聞復問切，君臣兼佐使。決勝在幾先，豈似兵談紙。佳兵者不祥，勿藥或有喜。五臟不能言，且飲上池水。

同治七年九月十五日書異

同治歲戊辰，時逢九月望。日晷交申初，天宇晴閬閬。忽覩一星流，喧聲驚里巷。自東投向西，疾如飛礮放。光滅化孤烟，玉帶横天上。首尾翦翦齊，千丈長有長。須臾變態呈，色兼黄碧絳。其直有如繩，其豔有如虹。書傳五色雲，或當異此狀。空際聲鈴鈴，墜地迸火盎。似雷而非雷，天鼓語非妄。《史記·天官書》云：『天鼓有音，如雷非雷。』聲動烟漸闊，散作浮雲漾。休徵抑咎徵，天象原可相。辛酉八月朔，事猶記疇曩。日月璧合雙，五星聯一桁。踰歲初改元，中元夜景曠。鶩地星亂馳，縱横梭織樣。南北與東西，火線飛一餉。天變詔修省，淩晨綸綍降。茲復現此兆，令人心悵悵。軍興廿餘載，到處需勤防。今春盜尤迫，直入畿南掠。所幸數月間，捷奏妖氛蕩。滿目尚瘡痍，難遽云無恙。史記天官書，五行驗衰王。凶吉由人爲，蒼蒼豈予誑。我今賦此詩，用以志不忘。

題方存之明府宗誠所輯《養蒙彝訓》後

赤子心當存，童心不可有。人非慎始基，窮經空皓首。起四語用先曾王父舊句。惡紫恐奪朱，害苗須去莠。性善本生初，勿爲習所狃。習慣若性成，聖狂從茲剖。養正在乎蒙，易象良有取。父兄教不先，子弟行將苟。今君輯是編，循循真善誘。世之聰敏士，論才恒以斗。本實苟先撥，枝葉焉能久。黽勉勵前修，何以告無忸。我願廣斯傳，相與拳拳守。

雜詩

人心有大蔽，惡直而好諛。有過告則喜，卓哉雞冠儒。鄒忌美丈夫，欲擬城北徐。攬鏡頻自照，深愧美不如。妻妾畏愛我，客亦有覬覦。若止聽諛言，幾何不自誣。有家有國者，莫與讒諂居。既使齊人傅，莫使楚人咻。居州雖善士，難恃一居州。大人格君非，俊乂當旁求。僕從皆正人，衮職自然修。歌者田且止，我思趙烈侯。

宦妾固權寵，彼亦有所受。不見仇士良，以術傳其後。人主勿令閒，時以奢靡誘。不使讀書史，最恐近儒耇。百計蠱其心，權斯任我取。其黨拜謝去，心傳期共守。讀史者至斯，亦知警惕否。便辟與善柔，古尤戒損友。

不畏先生嗔，但怕後生笑。歐陽纂己文，戲言真入妙。曾子嚴指示，慎獨勤内照。衛武立史監，賓筵戒怠傲。若不恤人言，當是不自好。充此怕笑心，於道定深造。

校書天禄閣，太乙吹青藜。枕中鴻寶書，當是仙人貽。劉政淡寵利，素具神仙姿。藥服未央丸，仙去或無疑。改名應圖讖，劉歆何貪癡。子政誠騂角，其子反成犁。

世傳火浣布，火鼠毛所爲。魏文著典論，詆爲庸妄辭。豈知天地間，五行各生滋。物生含異氣，難以常理推。蕭邱有寒火，爾雅載火龜。火龜與火鼠，其性無差池。若以目睫論，勿乃坐井嗤。

殷浩諳脉法，一劑起羸尫。耻以醫受役，發憤焚經方。用兵如用藥，攻守須參詳。胡爲將七萬，北伐敗山桑。嗚呼殷深源，素繫蒼生望。年至盜虚聲，僨事真堪傷。用兵其所短，何復棄所長。仁人思濟物，以醫名何妨。古之秦越人，活人功無量。不見小范公，曾欲學岐黄。良醫比良相，特恐不能良。

東陵十畝瓜，藉以避世塵。南山一頃豆，竟以危其身。名利心未淨，何能稱隱淪。激言召奇禍，漫云君寡思。仁得本無怨，身隱焉用文。傷哉楊子幼，難與召平倫。

紹聖黨禍起，賢去如卷蓬。諸賢罷官制，盡出林子中。子中工文章，名齊蘇長公。甘心壞名節，筆舌逞淫凶。老姦擅國語，陰斥宣仁宫。讀者髪爲指，狂吠何訩訩。問渠胡至此，巧宦情多濃。好官終未得，笑罵業厥躬。是非羞惡心，人人原從同。羞鐫黨人碑，獨有安石工。

丁丑初秋太守游公邀同志局諸子登清風臺懷古有作

小住太公祠，志局設此。言尋清聖廟。淩晨起披衣，同放灤江櫂。太守游興豪，諸子多英妙。把盞望西山，指點縱言笑。須臾到廟門，一徑入窈窱。崇臺雲外倚，拾級共展眺。樓影印澄波，松濤激飛瀑。殘暑尚未退，新涼此先到。醉後披襟當，泠泠透毛竅。緬懷古人心，不禁發長嘯。昔待天下清，避居北海隩。豈非以獨夫，腥聞遍四墺。一旦武王來，坶野宣誓誥。待清清有期，應愜心中好。胡爲叩馬諫，責之以仁孝。求仁固得仁，易暴豈以暴。且師已出矣，焉能反汗號。八百國來同，前徒戈盡倒。尚父方鷹揚，早罷渭濱釣。二老皆聖人，底事不同調。特以君臣義，須爲萬世告。藉此扶綱常，非云妄譏誚。後來篡弑輩，往往神器盜。詐具湯武志，動稱古是效。墨胎見及此，數言揭其要。彼功在永清，此聖以清造。質之於太公，當亦心相照。一餓足千秋，爭光並兩曜。今來挹清風，塵慮淨如掃。薄言采薇蕨，聊當蘋蘩芼。

題方存之《棘津詩册》

我生好遠游，足未出閭里。年衰志尚壯，終期副弧矢。昔作保陽行，謬辱賢相禮。與君邂逅遇，相許以國士。分袂忽十年，雲樹思無已。去歲買扁舟，欲汎曲江涘。武城聞弦歌，紆道訪良宰。爲我談湖山，歷歷前途指。旱氣方爞爞，又入炎蒸裏。躑躅齊魯郊，竟爾半途止。今君已倦游，作詩寓微旨。宦海不繫舟，勇退人有幾。君方念蒓鱸，我亦志山水。異日到江南，相逢定莞爾。

頤園感舊

我欲遊西山，結伴無勝侶。仗策出南郭，言尋莊尺五。右安門外有尺五莊。今歲春較寒，豐臺花未吐。躑躅垂柳陰，飛花亂無主。頤園昔曾游，相距不數武。詰曲渡溪橋，到迺無所覩。老樹餘枯槎，荒榛没殘礎。花木半林煙，亭榭一抔土。回憶全盛時，平泉堪並數。滄桑一刹那，轉瞬成今古。如鹿覆蕉湟，夢境迷處所。惟見蒲蘆青，閣閣沸蛙鼓。

過竇店有感竇燕山事

孟言三不孝，無後罪爲大。有子不知教，罪與無後類。昔者竇燕山，聯芳有五桂。佳話傳千秋，義方冠五代。或云有天幸，非盡教之謂。堯舜於朱均，不應乏訓誨。騂角出犂牛，詒謀奚足賴。予曰是不然，中人易成敗。倘無調駒方，便是舐犢愛。愛之能勿勞，宣尼所垂誡。我無燕山福，而有燕山志。感此發狂言，歸以示兒輩。

讀游觀察《藏園詩鈔》書後

我讀藏園詩，我繹藏園旨。春蠢由冬藏，蓄深發乃侈。天道有闗闔，人事判行止。動必相乎時，藏器將有俟。公昔伏衡茅，抱膝空山裏。以藏名其園，養晦道在此。舍藏用則行，仕方踰强仕。所至勵清勤，愛民而下士。庭懸羊續魚，野馴魯恭雉。薊北與江南，頌聲徧遐邇。公餘擘吟箋，詩真餘事耳。即以餘事論，抑豈尋常比。春陵元道州，石壕杜子美。載誦衩夫詞，感歎尤無已。牧令皆衩夫，衩夫亦赤子。即小可喻大，推人在盡己。藹然仁者言，其利誠溥矣。聲音與政通，詩亦通治理。循吏作詩人，治譜兼詩史。昨賜尺一書，命爲審去取。管蠡皃幾何，安足高深擬。惟公自序云，它年殉葬以。殉葬胡爲乎，文冢然乎否。藏之在名山，寶氣騰霄紫。藏之不終藏，應貴洛陽紙。

宿晏城感晏子薦御事

御爲藝之一，聖人所不鄙。要之執鞭士，未足語乎此。昔者齊相嬰，身短而器偉。其御神揚揚，竟爲妻所耻。妻耻夫改行，遂與朝紳齒。筦庫有賢豪，盜亦有傑士。薦賢破資格，美談著書史。今過晏子城，念此歎不已。胡爲古今來，御亦罕有比。世果有其人，不患無晏子。

過津訪梅小樹，適遇病不能見，因口占以寄

落落數晨星，不堪屈我指。君是魯靈光，海内今有幾。闊别五十年，相距三百里。一旦得交臂，詎容失尺咫。白日易西沈，滄波日東駛。文字有因緣，難逢是知己。我想病維摩，當亦勿藥喜。入拜龐公牀，無勞迎倒屣。我非敬容客，逐客令且止。

調小樹

樗以不材全，敢冀靈椿壽。愛我祝我年，謂我宜黄耇。君謂我詩文有壽徵。世事皆浮雲，人生如芻狗。修短亦隨緣，何須歎衰朽。君病方小愈，精神忽抖擻。白首快新知，不覺坐談久。明月照屋梁，清風來户牖。翌晨報我云，沈痾掃如帚。塊已消胸中，方無需肘後。我材非參苓，竟爲藥籠有。寄語老梅僊，壽我梅花酒。梅花酒可以卻老。

西淀作

疇昔買扁舟，爲探西湖奥。南行塗未半，驟返明湖櫂。西湖比西子，明湖敢顰效。至今懷彼美，時時向西笑。今又買舟行，欲踐中山約。有客搜典墳，（王文泉方輯《畿輔叢書》。）邀我事讐校。好書如好山，本我心中好。密邇舟難通，（至保陽水路已盡。）車行畏虩虩。況值夏正中，暑氣將人惱。徘徊西淀間，中山竟空眺。我志在西湖，西淀何足樂。先皇舊水圍，只見閒罾罩。我今發微願，默向神靈禱。吾鄉多名山，但少波光繞。碣石俯滄溟，角山據關隩。横灤有偏涼，危磯亦兀傲。割取數峰來，插向淀之墺。山皆枕水湄，水皆穴山竅。止一轉移間，山水都成妙。西湖有十景，仁皇錫嘉號。此亦宸游地，樓閣餘光耀。燕南十二橋，詎讓六橋造。南北接長堤，應與蘇堤肖。鶯啼柳浪深，魚躍荷風摇。加以峰插雲，便是雲四照。夸娥負太行，輕如鳥卵菢。畀我此區區，當必應帝召。驅石煩神鞭，詎謂秦皇暴。將來布置成，帝定加賞犒。西淀即西湖，任我游且釣。

光緒戊子十月二十九日玄孫喜兒生，書示其父桂

我年迫桑榆，我志愛松柏。守此歲寒姿，不競春花色。憶昔事孀親，畏畏侍晨夕。孤根茁衆芽，遂爾成蕃植。子既受遺經，孫亦食舊德。闖然（闖讀若『郴』）曾孫生，欣然太母懌。五世得同堂，旌門荷天

錫。南山稱壽觥，北堂布瑶席。一幅家慶圖，冠裳錯履舄。我本託庇廕，終愧少封殖。往歲孫生孫，妥冀賦岐嶷。夢未叶熊羆，空花且無寔。生女而殤。今汝又添丁，恰符震一索。墜蓐試啼聲，嶺梅香正劇。吾家世耕讀，書香年踰百。富貴非有常，進修貴無斁。高曾矩矱存，堂構辛勤積。欲卜五世昌，亟保五世澤。

旒言

旒之云者，贅旒之謂也。寒夜圍爐獨坐，追憶舊聞，參以閲歷，偶有所觸，輒以韻語寫之。所言皆古人所已言，亦皆凡人所能言。言之可也，不言之亦可也。故概謂之『旒言』云。

崑山玉抵鵲，彭蠡魚飼獦。非其性獨侈，乃是所産豐。菽粟如水火，熙皞成仁風。安得使天下，比户皆可封。

餉飢以斛珠，不如米一簞。庇寒以尺璧，不如絮一團。貴賤豈有常，惟時使之然。中流失舟楫，一壺值金千。

孔不飲盜泉，曾不入勝母。名惡且避之，何況行真醜。易戒比匪傷，奈何狎損友。室與芝蘭居，肆勿鮑魚偶。

畜魚當逐獺，畜獸當逐豺。豺去獸乃蕃，獺衆魚斯灾。善政在養民，民患惟姦回。子産稱惠人，其惠從何來。

焚林而獵獸，竭澤以求魚。一時雖充牣，恐復無留餘。撙節福之本，暴殄禍所趨。聖人有釣弋，釣弋與人殊。

良藥利於病，未免於口苦。忠言利於行，未免於耳午。酖毒在宴安，女惑男爲蠱。事事求快心，猶如食漏脯。

名因實而得，影隨形以生。無形安有影，無實安有名。嫫母與毛嬙，妍媸皆自呈。把鏡欲相假，羡妬徒營營。

聞謗而怒者，怒每藏禍胎。聞譽而喜者，喜即招佞媒。君子重内修，毁譽皆浮埃。一生坦蕩心，天地同恢恢。

天子稱獨夫，匹夫稱素王。人心所歸往，不在富與强。積善有餘慶，積惡有餘殃。秦皇肆并吞，難免二世亡。

大禹入躶國，欣然而解衣。老聃至西戎，言亦效乎夷。屠龍無所用，不如學割雞。鑒形莫如鏡，盲者取覆卮。

扁鵲能活人，不能肉白骨。箕比能諫君，不能存亡國。和采有所受，要必待甘白。不憤不悱者，聖人誨不得。

造父無鞭策，不克調駟馬。舜禹無勢位，何以治天下。勢位固可憑，勢位空難恃。夏癸與商辛，皆以勢位死。

罷馬不畏鞭，窮鼠能囓狸。一張復一弛，文武道在茲。操杖以呼狗，張弓而視雞。欲强與之合，適益驅之離。
　墨突不暇黔，孔席不及煖。栖栖欲何爲，祇爲多悲憫。伏波矍鑠翁，據鞍猶顧盼。誰乘下澤車，鄉里人稱善。
　孤蓬生麻中，不扶而自直。素紗入緇中，不練而自黑。人弗慎所習，性真能勿漓。墨子悲絲染，楊子泣路歧。
　大禹决江河，不秉畚與鍫。周公築雒邑，不躬版與鼛。大人與小人，心力分其勞。樊遲學稼圃，宜爲世所嘲。
　牛刀可割雞，雞刀難屠牛。力薄而任重，覆餗實堪憂。虛譽不可受，妄福不可求。培塿無松柏，蹄涔無蛟虬。
　相如未逢時，客游賦子虛。揚雲不得志，草玄攜童烏。虞卿昔有言，窮愁始著書。宣尼如大用，春秋作亦無。
　靈草有屈軼，異獸有獬廌。指佞與觸邪，天生佐治理。叔季多詐諼，笑言藏姦宄。安得照膽鏡，鑒此蜮與鬼。
　宋景不移咎，楚昭不禳雲。子產距禆竈，違卜有邾文。吉凶禍福間，在人不在神。虢國將亡日，有神居於莘。
　三箇必自反，兩日如之何。胸中少冰炭，世上無風波。於人不求勝，勝人爲己多。不見藺相如，迴車避廉頗。

人身有嗜慾，如樹抱蝎生。蝎生樹自腐，慾熾身自傾。世無不死藥，何以躋蓬瀛。聖人慎在疾，漫齊殤與彭。

宿瘤貴於齊，莊姜棄於衛。貌不在好醜，亦云遇不遇。顏淵以短折，東陵以壽終。茫茫此天意，我欲問蒼穹。

衛瑕誘尼父，臧倉沮孟叟。得失皆有命，進退焉肯苟。聖賢重理義，小人曰否否。笑駡由他人，好官我自有。

寸煙泄竈突，灾遂灰千室。尺蚓穿河隄，害每漂一邑。君子慎於微，兢兢戒蹉跌。人莫躓於山，而多躓於垤。

走者奪其翼，飛者減其趾。豐後無前足，有角無上齒。天地猶有憾，人苦不知足。帝王求神仙，秦皇方僕僕。

太牢享野獸，九韶樂飛鳥。在此雖諄諄，在彼終藐藐。奏扇於嚴冬，進爐於三伏。既似珠暗投，還愁玉刖足。

善小亦有益，惡小詎無傷。牛胎如鼷鼠，轉瞬成牻㹁。積溜穿巖石，蟻穴隤隄防。商辛製家箸，遂以驕奢亡。

孿子之相似，唯母能辨之。利與害相倚，唯智能先知。金玉炫於前，戈矛伏於後。猩猩解詈人，無如好屐酒。

小人居近市，豈盡賤丈夫。儼然冠裳列，乃甘爲蹠徒。爲富而不仁，較利窮錙銖。以貪成大愚，剖腹藏明珠。

大舜目重瞳，重瞳又西楚。孔子大聖人，貌乃似陽虎。惡婉而美很，性乃與形午。若以貌取人，安免失子羽。

朱詡葬董賢，爲吏亦云忠。雖曰報私恩，公義在其中。其身死非辠，其子膺侯封。哭卓而被戮，傷矣哉蔡邕。

老氏曰知足，佛氏云隨緣。委身名利場，谿壑終難填。登龍罔市利，媚奥竊朝權。已夢半身熱，猶望熱其全。末二句用張敬兒事。

安石行新法，子勸斬富韓。秦檜害武穆，妻言放虎難。向使不助虐，豈必成大奸。父貴有諍子，夫亦望婦賢。

施施自外來，妻妾中庭啼。人生不知恥，安免齊人譏。諂能學狗吠，驕且假虎威。蜣螂以穢飽，方笑玄蟬飢。

北山黄公醫，後藥先寢食。汾陰侯生筮，後卦先人事。凡事有本末，本亂末難治。治道重教養，有養教乃易。

畫鬼易爲巧，寫物難爲工。鬼虚無定質，物實有真容。中庸不可能，爲其不易偏。索隱而行怪，後世有述焉。

耰鋤利五穀，而爲稂莠害。刑法治姦邪，而爲良民賴。霜有成物功，雨多物亦敗。漢黄霸有云，道在去其泰。

龍未遇雷雨，魚鼈相與鄰。驥未遇孫陽，駑駘相與羣。有如錐秘囊，有如玉在珉。詎能識英雄，物色於風塵。

文王葬枯骨，天下稱仁人。商紂斮朝涉，天下稱暴君。所施不必徧，恩怨肌髓淪。一言如挾纊，何況實有恩。

揖讓與征誅，皆自聖人始。堯舜湯武事，悉出不得已。揖讓非其人，豈遂堯舜擬。燕噲與漢哀，千古冷人齒。

天壤有王郎，新婦配參軍。是語成何語，鍹謏皆名媛。名媛語如是，竟入列女篇。晉史好語怪，此亦無乃傎。

自得玄孫同人多以詩見賀，賦此以謝

鬱鬱庭樹陰，去年新栽樹。去年襁褓兒，轉瞬已學步。但冀兒長成，忘卻身遲暮。誦君祝嘏辭，低回頻自顧。

少如來三歲，多孔子四年。用徐陵對北使語，謂七十七也。公孫遇隋文，年歲方齊肩。豈云蒲柳姿，遂難松柏延。羣仙千萬壽，尚擬酬瑤篇。

疇昔飛華牋，徵詩爲壽母。今日自徵詩，無乃訕自取。矜耶自譽耶？余應曰否否。藉慰九京心，母常望兒壽。

爾爾書屋詩草卷二

七言古

書《劉伯温傳》後

誠意伯稱留侯比，興漢興明殊相似。中書不拜小明王，西湖望氣軒然起。高安如逢黄石公，青田偏少赤松子。嗟嗟術數與天文，不救身爲小犢死。

石丈人歌有序

石爲玉田孫氏舊物，上鐫『亦丈』二字。家從父得之，命爲之歌。

嵌空玲瓏一石叟，古貌巍巍神不朽。清癯合是米顛兄，光怪豈同夏王母。何處得來種玉田，昔聞曾載鬱林船。主人没後無知己，棄置泥塗三十年。今朝乞得置書屋，頓覺几席生巖谷。汲取寒流洗舊塵，重見廬山真面目。恍如天上丈人星，夜半隕地光熒熒；又如東嶽丈人峰，飛來不受白雲封。星耶峰耶果何許，我欲問石石不語。眼底煙雲幾代更，依然不改貌崢嶸。安得與丈同不老，隨風直上蓬萊島。

述古

盛世重詩書，叔季重律例。詩書培本源，律例資趨避。科條初定時，準經以取義。後來法愈多，一法滋一弊。官吏習深文，奸宄生倖冀。羅織藏危機，善良少全地。所以古與今，治道分隆替。宰相不用讀書人，英雄猶困刀筆吏。

接臧友山孝廉維城書，兼示見懷及出關紀程諸作，賦此代柬

春風昨夜揺窗扉，枕上驚聞鴈北飛。忽報尺書自天落，讀君新句如君歸。燈前一讀一歎息，讀罷新詩淚沾臆。久客方知行路難，催人不覺年華偪。憶昔秋齋送別時，清霜涼月滿庭墀。鑪灰撥盡猶温酒，蠟淚消殘尚索詩。風霜轉瞬更裘葛，春樹暮雲思若渴。喜見雙魚出水濱，愁看孤鳥投天末。人生枯菀渺難知，得失窮通天所司。壯志無須悲馬櫪，奇材豈肯寄人籬。故園風物今猶昔，碣石蒼蒼滄海碧。行役應思母倚閭，望夫還恐人成石。兔走烏奔總不閒，歸期何日唱刀環。勸君莫讀河梁集，紙上模糊半淚斑。

送梅雪坡一清任無爲州别駕

粤東才子梅子真，廿載蹇滯京華塵。策書十上不得志，天心有意窮詩人。慕君高誼締君交，燕臺詩酒常招邀。燈前論史壺頻碎，花下聯吟鉢屢敲。旦夕追歡契復契，嶺南忽報妖氛熾。破虜誰驅北府兵，思親空灑南雲淚。欲歸不歸心茫然，虎門烽火羊城連。劉蕡下第悲無限，阮籍窮途更可憐。今年佐郡廬州地，半刺風流雞肋細。知君枳棘非久棲，歎我匏瓜尚空繫。江南江北兵滿途，巢湖鵲渚古東吴。君行若上濡須望，爲問紫髯今在無。

書《陰烈婦傳》後有序

烈婦姓李氏，邑處士陰鳴岐室。鳴岐没三日，烈婦題詩壁間，自經死。

有女有女李印孃，幼習書史明綱常。家中進士恨不櫛，父母掌上明珠光。陰郎卓犖名家子，鏡臺締姻門相當。卻扇吟成年及笄，佐郎定省勤温凉。暇時閨中相磨勵，墨楮不僅事詞章。戚黨羨歎舅姑喜，雙雙璧人家之祥。詎料鸞鳳中路拆，擗踴痛哭摧肝腸。此身決意辦一死，還將温語慰姑嫜。歸房閉户焚手蹟，夜半開篋理衣裳。春蚓秋蛇走虚壁，愁紅慘緑繞空梁。家人驚覺斬户入，嚴妝如故身已亡。煌煌旌典輝彤史，皮金翦字骨猶香。吁嗟乎！節烈亦自婦職爾，難得從容竟如此！忠臣殉君婦殉夫，不負所學無二理。君不見芻靈焚時火珠紅，精魂相攜訴蒼穹。又不見呵母哭兒不待訃音通，兒果死矣五日中。事詳本傳。

植枸杞

淩晨坐南窗，花徑無人掃。中有枸杞生，棄置同幽草。瓦礫相蔽虧，枝葉成枯槁。移來石畔栽，灌溉酌寒燠。人言此靈根，仙家祕爲寶。千年化靈厖，食之多壽考。我生無仙姿，修短憑大造。不讀養生書，不識長生道。漢武與秦皇，誰見升蓬島。但乞仙人杖早成，三十年後扶我老。

韓御史釣臺歌

一柱峰前水如注，旁有石磯臨古渡。舟人指點説遺蹤，云是韓公棲隱處。韓公化去三百年，至今遺愛留人間。出爲司李入侍御，緋魚驄馬鵷鸞班。我昔少年讀公傳，如從紙上覿公面。有腳陽春宋廣平，雍梁兖豫行皆遍。蒼生待命方殷殷，掉頭忽爾辭朝紳。十載恩膏布陰雨，半生富貴輕浮雲。古來勇退誰如此，乞歸年甫踰强仕。月白高樓當菟裘，釣臺舊有月白樓。圖書花鳥供驅使。釣臺上，山崢嶸；釣臺下，水澄清。先生所樂在山水，山水因以先生名。君不見君家淮陰功第一，當年羞與噲等匹。釣臺一去不歸來，終教呂雉囚鐘室。人生隱見須有時，塞翁禍福尤難知。我今獨上釣臺望，俯仰高躅生遐思。子陵不仕漢，尚父終臣姬。渭濱嚴灘同釣耳，一出一處不相師。先生出處俱不苟，遂合千古名臣高士兼得之。我生四十猶潦倒，名場端合抽身早。願向先生借釣臺，一竿坐對江天曉。

諺語樂府

近閲崔念堂詩草，見其中有『諺語樂府』四章，首句俱用諺語引起，語含勸戒。斯能於白樂天《新樂府》外，獨開生面者。因效其體。

好事不如無，芝草當門終必除。多事奚如無事好，世本無事人自擾。人生自有當爲事，無事覓事彼何意。

弄巧反成拙，巧亦胡可弄。自智而愚人，請君還入甕。巧拙天所生，弄巧天所憎。人心固巧天更巧，弄巧成拙徒自惱。

閒時置，忙時用，未雨徹桑須鄭重。忙時用，閒時棄，過河拆橋如兒戲。閒時棄，忙時忙，臨渴掘井徒張皇。

澆花澆根，交人交心。吁何爲乎，世人結交須黄金。

看人三隻眼，見人不見己。不知己一身，常有十目視。十目視，十手指，君不見千人所指無病死。

賣獃賣獃，售主不來。有獃不買，自謂不獃。有獃必賣，亦是真獃。賣獃賣獃，還我獃來。

津門健令行有序

《津門健令行》，爲謝明府作也。明府諱子澄，字雲航，四川人。以孝廉宰天津，廉明慈惠，才武過人。津之士庶咸愛戴之。咸豐癸丑初冬，粤匪擾及津門，畿輔震動。公率鄉勇禦賊於城西黄家墳，斬獲千餘級，賊前隊殲除幾盡。既而賊衆大至，公又設計誘之，屢挫其鋒。賊遂退保獨流，爲自守計。公之戰也，每出必身先士卒。一氣踴躍，莫不一以當百，以故屢戰屢勝。十一月二十四日與賊戰，賊已卻矣，因主帥鳴金太早，賊復反追。公徒步殿後，身被數創，力竭無援，遂自沈於河。踰日，有冰類牀，載屍浮水上。軍民環視痛哭，如喪所親，通邑皆縞素焉。噫！自賊犯順以來，所過城邑，往往望風而靡。向使守土者盡得如公，賊安能飛至於此。而公亦何至捐軀鋒鏑也。余曾識公於盧龍，因感賦此什。

賊氛未至令先來，危城得保真幸哉。賊氛未滅令先死，未燼餘灰復熾矣。當今誰是真將軍，煙閣雲臺望策勳。帳下貔貅三百萬，喪師失地何紛紛。謝公作宰津門下，本是西川一儒者。杜母仁能遍邑閭，馮鲂武更嫺弓馬。夜半妖星照郭門，滿城鼙鼓驚心魂。謝公聞之奮袖起，一麾義勇如雲屯。嗚呼鄉勇胡能此，下之好義上所使。負擔爭先運糗糧，稱戈誓欲同生死。手提短刃入賊壘，賊騎當之皆披靡。幺麼相戒避其鋒，共稱南八真男子。國中漫道虛無人，忠勇從茲讓小臣。壯士方期張赤幟，孤軍詎料没黄巾。身先士卒還奔殿，創血淋漓猶步戰。鐵騎哀嘶失主歸，河冰乍拆天飛霰。軍民痛哭風雲愁，一時婦孺服皆變。踰日屍浮水上來，英靈未改生時面。立祠贈爵國恩優，殺賊猶爲厲鬼不。夢醒黄粱剛一瞬，公有所輯《黄粱夢詩鈔》數卷。名垂青史已千秋。健哉公止一縣令，竟能奮勇捐軀命。若假斧鉞使專征，賊氛安得猖獗如梟獍。吁嗟公止一縣令！

沅陵烈婦行並序

烈婦姓羅，名兆漪，辰州沅陵人，湘南顧復齋繼室也。幼静敏，喜讀書。見《辰志》有杜氏絶命詩三章，每咨嗟諷誦，母訶其不祥。年二十八，歸復齋。咸豐壬子，粤匪擾湘楚，合省戒嚴。復齋攜家避於鄂，婦之母亦隨居焉。是年冬，賊陷岳州。婦謀北行，促復齋買舟。適守土者倡『兵以衛民』之説，錮不得出。婦曰：『城廓兵單，戰守俱不易，此地恐爲我等死所矣。』城陷之日，投屋旁井中死。明年正月，賊遁，縋屍出，面色如生。時距投井已三十八日矣。張鐵珊學博以狀索題，賦此。

武昌城頭黑雲起，礮聲如雷轟地底。東家藏匿西家逃，雞犬飛鳴兒女嘷。妾家本在沅陵住，避兵湖北離鄉樹。妾來湖北寇復來，四郊火起城門開。妾身可死不可辱，屋旁井是清涼屋。句用狀中語。妾有母老妾心悲，夫能代養妾瞑目。城中城外女如荼，去或被擄留被污。妾魂縹緲誰伴侣，泉下早有逆流女。《辰志》杜氏稱『逆流女子』。

題《山城春曉圖》

遠山蒼蒼近山紫，花霧冥濛漲春水。城頭初日上浮屠，林深似聞啼鳥喜。鳥啼深樹何處尋，曲徑東西迷尺咫。白雲斷處飛紅雲，樓臺金碧參差起。江南春色畫不如，天工奪付雲林子。研朱滴露寫溪山，興酣落筆雲滿紙。四時最好是春遊，問柳尋花行且止。披圖高喚過橋人，我欲攜壺陪杖履。

癸亥九日遊水巖寺醉後口號

招攜山寺作重陽，歡然共倒菊花觴。短笻扶醉陟崇岡，遠山近山爭低昂。松濤捲地天風涼，無邊秋樹紛丹黃。清泉入聽滌俗腸，從茲脱卻名利繮。洪崖浮邱翼兩旁，乘風直欲淩穹蒼。龍山落帽無此狂，我别此山三十霜。烏飛兔走雙輪忙，追維舊事如亡羊。世人誰到白雲鄉，求仙鹿鹿嗤武皇。山水之間足徜徉，登臨但願腰腳强。

題劉葦沚邑侯鎧《看劍引杯長小照》

袁公好劍通劍術，白虹繞指風雨疾。劉伶頌酒稱酒功，一杯天地皆春風。丈夫意氣貴磊落，局促何取轅駒同。我公好酒復好劍，星宿羅胸吐光燄。繪圖斷取杜陵詩，看劍引杯情不厭。數年作宰臨巖城，連天荆棘豺狼行。從戎誓掃妖氛清，鹿盧常向腰間横。紅旗報捷將軍營，賞功天錫冠帶翎。公以軍功賞戴藍翎。今來下邑多循聲，撫民詰盜勤勞並。吁嗟！我公胸次何不有，割雞暫屈屠龍手。披圖識面兼識心，浩氣英風世無偶。我願提此劍，更願攜此酒。秋風射虎古北平，短衣匹馬隨公後。

登仙臺頂

驪城城北山嶻嶭，就中秀拔仙臺峰。卅年望之未能上，常恐風雨迷樵蹤。今來重九日晴霽，賈勇而上偕冠童。攀蘿捫葛覓苔磴，長松夾路鳴天風。羣山漸漸覺低伏，千巖萬壑來朝宗。鳳巘龍潭列左右，五峰對峙分西東。山有東西五峰。南望溟海在眼底，日光下注玻璃紅。帆檣萬點亂鳧乙，島嶼想像蓬萊宮。七里之海如杯勺，灤江一綫紛橫縱。下視城郭與村落，蒼茫一氣開鴻濛。峰巔闢梵宇，紺碧光融融。排雲駕霧勢縹緲，呼吸可與帝座通。仙臺之高何巃嵸，仙人傳是白兔翁。云有靈藥在絕頂，服之白日能飛沖。我今到此眼界豁，何止雲夢八九吞心胸。我聞北溟有魚南有鳥，飛騰變化窮寰中。人生何爲居甕底，百年甘作醯雞蟲。登山不登頂，終與不登同。寓内山難更僕數，安得一一著屐筇。十二州中環巨鎮，虞帝望祀秦皇封。玆山之遊已稱快，何況東泰西華南衡北恒與中嵩。他年會當結伴遊五嶽，倒騎日月淩虛空。

止園看花有感

去年秋暮來山中，霜林葉比春花紅。今來山中春正燠，花已酣紅葉微緑。紅紅緑緑何交加，青松襯出頻婆花。更有梨花白如雪，夭桃穠李紛橫斜。香雲一片凝不動，有時磵底微風送。危坐盤石恣吟賞，恍疑身入天台洞。憶昔田盤遊，經今已十秋。當時正值春花爛，花前對酌偕朋儔。朋儔共有買山志，今日買山人已逝。謂楊魯田、常職卿。傷心宿草蓋荒墳，延陵挂劍終何濟。花開花落能幾時，春去秋來恒如斯。但願年年花事盛，一杯常向花前持。

史忠正公遺硯歌爲家舍人蓮生賦

烽照竹園紅，血埋梅嶺碧。忠魂毅魄不可招，遺硯猶存一片石。左畔鐫公字，右畔鐫公容。史稱短小精悍目爍爍，今見此硯如見公。明季寇如麻，移符草檄日紛拏，公撫此硯應咨嗟。南朝方唱無愁曲，燕子春燈送殘局。痛哭陳書總不聞，淚眼汪汪對鸜鵒。内有奸相，外有悍將，公處其間，籌兵籌餉。兵餉空如，揚州事徂。乙酉四月十九書家書，絕筆二十一日日未晡，不知此硯尚侍左右無。我聞玉帶生，紫衣光奪目。文山授命歸謝翶，凄涼曾伴西臺哭。物以人而傳，人榮物不辱。公既文山之後身，此硯當與生同族。流落人間世幾遷，落君腕底供磨研。從今篸筆騰華箋，朝朝視草綸扉前，硯何幸際承平年！吾家宗衮靈在天，亦將於此式憑焉，慎勿令成三災之石有愧於前賢。

爲邑侯蔡公少川題金壽門畫梅

江南十月天飛霜，梅花先已回春陽。前江後山老書屋，壽門居湖上，構『前江後山書屋』。千樹萬樹凝寒香。昔耶居士畫成癖，畫梅不數梅花王。南窗走筆自寫照，露枝煙蕋爭芬芳。咄哉畫梅並畫竹，花下森森聳寒玉。墨君來伴墨夫人，李忠定《賦墨梅詩》有云：『世呼墨竹爲墨君，此花宜稱墨夫人。』亭亭品格俱拔俗。我聞居士畫竹師石室，石室畫法古無匹。又聞居士畫梅師玉蟾，玉蟾畫品拔塵凡。今觀此圖工變化，青由藍出深於藍。況乎詩古字亦古，鄭虔三絶洵能兼。流傳今落使君手，高挂琴堂光動牖。與梅共結歲寒盟，竹解虛心堪作友。何年竹帛勒名勳，他日調羹定屬君。我今題詩無別説，惟祝廣平心似鐵。

李小泉《盼雲軒畫傳》歌

兩大之間皆畫稿，畫工惟有化工巧。形成在地象成天，形象區分億萬千。山川草木與蟲鳥，一一樣出鴻濛前。無心作畫畫惟肖，有心求之或未然。我聞施采作會始於有虞氏，山龍華蟲、宗彝藻火及粉米。世傳帝妹敤首開畫先，其説當亦由乎此。神禹鼎，傅巖圖，象物審象胥形模。周官畫繢有分職，青白相次五色俱。漢魏以來益好事，殺粉調鉛出新意。曹衛顧陸樹前型，董展孫楊稱後繼。唐有二李與二閻，宋則營邱實寡二。迄今古畫片楮無，大抵桓玄書畫舟中遭散棄。宣和內府號多藏，靖康流亡隨二帝。元明真蹟已寥寥，何況尚論漢魏六朝唐宋與五季。世之耳食流，好古古多僞。豈知畫好原不分古今，真形日日在天地。黄粱覺客小泉別號今龍眠，興酣落筆霏雲煙。仿古不爲古所泥，畫成古迹皆蹄筌。人物吴生，雲山王墨，花果趙昌，翎毛崔白。不專一家而成家，不拘一格而入格。白描墨暈各有宜，寫意傳神俱無迹。鐫成畫傳傳萟林，搨之萬本壽萬奕。君不見王安節、胡曰從，芥園竹齋異而同，視此都應拜下風。妙在有意復無意，想見盼雲軒裏解衣槃礴神行空。化工無定稿，畫工有譜録。此乃化工之筆非畫工，觀者勿徒奉爲畫傳讀。

孝烈徐氏哀辭

徐氏，湖南善化人，直隸知縣沛然女也。幼通書史，寡言笑。年十八，母疾革，醫不治，潛刲肱以療疾。二十一，歸湖北李君垣爲繼室。李以知州需次直隸，丙寅七月奉檄海運。歸，病篤，於八月十二日卒，踰結褵甫十有八月也。氏視含殮畢，誓以死，水漿不入口者六日。父慰之曰：『而姑既早世，舅又需次山左。而夫前室之女，而女也；而夫故妾之子女，而子女也。而遽死，子女何依。無已，盍俟而舅命。』泣曰：『諾。』理家事如故。數日，舅遣嫗至，視喪具，並取孥行。氏惓惓以子女爲屬。夜半，東嚮哭，拜訣舅，又遥拜父母。入室撫子女，未畢，長號而絶。僕婦理襟帶，餘所食斷金數事。時同治五年八月晦，距夫死十有八日也。制軍劉公上其事，旨予旌，年二十有二。海甯陳明府錫麒爲作傳，湖廣同鄉官持啟徵詩。因作此辭以哀之。

昔讀孝娥碑，孝娥痛父沈江湄。又讀烈女操，烈女殉夫以死報。孝也烈也皆天生，千秋日月爭光明。有一於此已難覯，况云孝烈一身并。賢哉徐氏女，焜燿掌珠擎。母兮忽遘疾，百藥醫無靈。素承母教嫻女經，割股往事心當銘。我股親之股，我肱親之肱。刲肱療母同割股，天心默監通精誠。及笄于歸李刺史，百兩將迎耀閭里。方期鸞鳳常和鳴，豈意鴛鴦竟雙死。句本孟東野《烈女操》。當其未死時，誓死心無移。父曰有舅在，何遽捐生爲。前室子女皆汝兒，汝死汝兒將誰依。舅命既有待，父命尤難違。水漿絶口復入口，中懷輾轉肝腸摧。越日舅使至，云欲取孥歸。子女有依妾心慰，妾夫待久奚遲遲。焚香遥拜與親訣，拜畢一慟氣已絶。衣襟零落霏金屑，結褵剛及十八月。爲女則孝婦則烈，天語煌煌表綽楔。我無黄絹辭，愧難傳奇節。惟願與孝娥之碑、烈女之操，同勒金石，同播管絃，傳之億萬斯年名不滅。

古蓮花池歌

一泓碧沼澄無波，雞距泉水通城河。游泳樓樓名前夏無暑，嶙峋怪石成巖阿。古池云是張柔鑿，新渠循市來西郭。有元歷今五百年，遞增堂榭樓兼閣。中流架石起危橋，臨漪畫檻影落遥。臨漪亭，元張柔所建，今廢。水鑑空明光泚泚，明萬曆間，知府查志隆拓其地，增建堂廡，匾曰『水鑑』。市塵隔絶城中囂。我朝憲皇十一載，書院之修遍寰海。講堂敕闢蓮池旁，棫樸菁莪齊貢采。今年湘鄉相國開府來保陽，好賢更詠緇衣章。設禮賢館於池上。片長並許登薦牘，授餐適館誠心將。我來正值冬子半，冰沍殘荷流已斷。想見當年花盛時，紅衣翠蓋裝池面。蓮花自昔稱君子，品潔香清泥不滓。濟濟羣賢集此池，問誰堪與花相擬。謬荷褒嘉負愧深，金函銀牓拜璆琳。拙著《全史宫詞》及《疊雅》二種，極爲相國賞識。欲留主蓮池書院講席，余以親老力辭，相國爲太息者再。贈所梓《王船山遺書》三百二十二卷，並手書『德侔歐母』四字額爲家母壽。無才仰答求賢意，惟矢蓮花不染心。

過北河楊椒山先生讀書處

燕谷雲横天欲暮，驅車直上河陽渡。道傍突兀見崇碑，大書椒山讀書處。椒山剛烈本天生，肝膽全憑鐵鑄成。勵學早嚴忠佞辨，建言豈計官階輕。是時天子方高拱，宰相青詞承厚寵。朝班靡靡皆私人，獨有先生不爲動。仇鸞驕怯嚴嵩奸，惡嵩更甚惡仇鸞。其初劾鸞遭貶謫，嚴嵩委曲遷其官。嵩因素與仇鸞隙，心善先生首攻擊。曏令氣節少委蛇，通顯何難致瞬息。忠臣惟識報君恩，那識私恩出相臣。草奏鋤奸中夜起，淩風大叫排天閽。天閽萬里誰能扣，猰貐磨牙正蹲守。無端觸邪來神羊，一角未伸中機彀。五姦十罪雖昭彰，反坐偏緣引二王。廷杖無情肉狼藉，沈沈犴狴飛秋霜。幽繫三年天怒歇，嵩亦將納王材説。王材，官司業，嵩門生也。爲公居間，見公自輯年譜。誰言養虎自貽患，奸相聞之殺志決。昔曾狄道化夷番，獨有奸邪總嫉賢。公志已拚逐龍比，公心何屑恨胡鄺。賦詩西市天容慘，浩氣丹心常凛凛。世無怕死楊椒山，用公語。死前早卻蚺蛇膽。兩疏流傳墨尚新，如公方稱讀書人。讀聖賢書學何事，世間佔畢徒紛紛。當日分宜亦名士，十年謝職勤書史。至今談及鈐山堂，猶使千秋人切齒。

琉璃河鐵篙歌

長虹百尺驅黿鼉，行人指説琉璃河。上有一鐵倚橋柱，傳是梁臣撐船之物同摩挲。我來下馬細審諦，魁然重足千鈞多。上歧下鋭形勢古，其脩詎止身三過。誰能操此作舟楫，齊東野語真堪呵。古來鑄鼎象物皆有以，此非鎮水將云何。鐵篙當緣鐵槍誤，亦如琉璃、劉李相傳譌。昔者彦章臣梁著臣節，五代雜傳難同科。胡爲叛逆如存孝，彼偏得譽此遭訶。世俗演劇，恒譽李存孝，而毁王彦章。千古是非任顛倒，謬悠之口多偏頗。試聽趙家莊上中郎曲，孰將漢書列傳陳縷覼。今朝欲辨鐵槍事，濡毫聊作鐵篙歌。

題楊挺生刺史廷熙《我與我周旋圖》

香山有九老，竹林有七賢。人以類聚自古然，何爲我止與我相周旋。人生溷跡紅塵裏，往往徇人而失己。今君守默得真吾，世人那得窺其旨。吾思物皆吾與民吾胞，前賢往哲堪神交。我外即人人即我，無人無我心超超。君不見仕止久速無不可，宣尼毋我何爲者。它年利濟天下應同拔一毛，漫云楊子真爲我。

祁門令

令姓唐，名治，句容舉人，咸豐四年五月死難。桐城方明經宗誠、戴孝廉鈞衡皆爲之傳。

祁門令，守嚴城。四圍賊如蟻，祁門無一兵。請兵上官無人膺，丈夫早視死如生。賊至登城與賊擊，城破被執駡愈力，賊怒磔之水爲赤。令死賊去上官來，祁民求尸河水隈。令尸出水祁民哭，上官欣然報克復。

梁氏二烈女詩

煢煢者女，無母何恃。哀毁不欲生，而姑爲忍死？爲母撫子。一解。咸豐三年，歲次癸丑。粤匪南來，靜海不守。獨流之鎮枕衞河，賊據爲巢冀持久。逃者居者，齊遭踐蹂。二解。時女母，長已矣。時女父，病不起，賊騎紛紛亂如蟻。女去父留，父將誰倚。父亡女存，女無全理。事已急矣復奚徯，向父再拜垂泣涕，善事嚴親屬二弟。三解。初刺其喉，繼揕其胸。兩創不絶，神復從容。投繯别室氣以終，貞魂上達凌蒼穹。四解。女兮女兮，年甫及笄。身繫千鈞，命盡一絲。賊入見之，命覆其屍。嘆爲烈女，咸無異辭。有女如此父何悲，以死慰父父應知。五解。昔女有女弟，褵結而夫亡。仰藥以殉夫，志節嚴秋霜。妹以烈著姊復爾，先後輝映無頡頏。於今綽楔之建出，當陽千秋彤史同流芳。六解。噫嘻乎！死爲世所疾，管仲猶欠一。二女視死竟如歸，巾幗鬚眉兩無匹。我聞有梁嫕，爲漢和帝姨。笄行之瓌瑋，二女能配之。又聞天津上列須女星，間氣往往鍾娉婷。九烈墳頭土花紫，煌煌苦節今猶馨。惟此二女稱後勁，何殊陳氏季方之難爲弟、與元方之難爲兄。此其貞烈由於性成，況有庭訓之明。厥父爲誰，曰梁墨香先生。

刲股吟爲孝女陳俔作

俔錢塘人，抱潛太守女也。太守於道光二十七年曾爲吴舍人兆麟、黄太史彭年作《刲股辨》，蓋以表閨門之賢，且以破腐儒拘墟之説也。越十有九年，而適有季女俔刲股療母之事，蓋其教家有素矣。

刲股刲股，女心何苦。女心雖苦母病愈，母病既愈女無楚。世間鬚眉男子紛紛何足數，有身甘爲貨財妻子殉，猶云親之遺體不可輕毁侮。刲股療疾古所聞，動以非禮求名相齬齟。孝女刲股出至情，豈知悖禮與沽名。不解沽名名遂顯，阿翁曾作刲股辨。

飯桃歌有序

同治辛未冬，直隸制軍、合肥伯相李公，開局於古蓮花池，奏聘貴筑黄子壽太史彭年重修《畿輔通志》。屬任信成、恩福二觀察寓書，邀余襄贊其事，余以親老不克往。太史虚懷善受，時以疑義相函商。既又以《楓林家乘》見示，屬爲題跋。其《賢母録》一篇，乃太史述其妣左太夫人之事實也。婦德母儀，美不勝書。中有斷炊食鄰家桃實一事，讀之令人感泣。成都張君懋畿爲撰《飯桃詩》，附載篇末。因襲用其題，作長歌一首。此雖管中一斑，而婦德母儀諸大端，已檃括其中矣。時家母壽踰八旬，又以五世同堂得邀天寵，海内名流賜祝蝦詞者，百數十輩。歌成録寄，並徵壽言。

昔聞黍雪桃，今將桃代黍。猗與誰家媛，食貧甘如許。卓哉黄母左夫人，相夫教子能安貧。夜半篝燈伴夫讀，萊蕪往往甑生塵。懶書乞米帖，疇爲輸粟秦。北門賢者嘆終寠，室無交謫眉常伸。鄰有種桃叟，系出東家某。鄰爲孔先生，亦寒士也。隔牆聞書聲，與夫稱密友。以桃相餉充飢腸，阿姆殷勤亦餉母。咽李何傷仲子妻，取棗豈似王陽婦。異日夫榮子亦貴，大烹之養君恩厚。賢母不忘飯桃時，敢云芻豢悦我口。惟有廚竈必躬先，膽桃撰栗皆親手。不爲隕穫不充詘，女而士行信無負。綏山一桃安足豪，飯桃爭詠鄰家桃。今日爲桃添故事，桃花從此彌夭夭。我母茹蘖六十載，松竹經霜柯不改。八旬五世邀旌褒，海内詞人助舞綵。先生如肯頒新詩，蟠桃何啻賜瑶池。我作此歌寄君子，聊當投桃思報李。

爲游太尊題《攀轅圖》有序

永平新太守游公，名智開，字子代，湖南舉人。前以保舉知安徽和州，有惠政。同治己巳，湘鄉侯相曾公由兩江移節畿輔，奏調來直。辛未夏，權授灤州，未期年，政成民和，頌聲四起。奏特旨擢守永平，蓋異數也。憶己巳冬仲，余被徵至保陽，桐城方存之先生過訪定交。方與公同寓，因得至其所居。隘巷埤垣，門不容旋馬，望而知爲廉吏也。兹因灤人繪《攀轅圖》以送其行，廣徵詩歌，爰作長句寄題其尾，以識欽慕欣忭之意云。

我聞北齊清河太守宋世良，攀轅昔有丁金剛。三十五政銘肺腑，欲留不得心傍徨。又聞東漢揚州刺史嚴王思，詔因民留遂留之。每遇遷官即如此，十八年依慈惠師。今我游公牧灤郡，持較前賢無少遜。兒寬講學移民風，陽城撫字蘇民困。數月之間政大行，教養兼施孚以信。我居鄰邑百里近，日仰仁心慕仁聞。召杜不來父母誰，翻因健羨成私恨。朝廷任官惟賢才，用人破格無疑猜。知公愛民如愛子，不次之擢源源來。又以民情愛戴不忍負，不擢他郡擢永守。雖不必揚州刺史常我留，終不似清河太守非吾有。寇君之借出天恩，天於此邦亦云厚。灤人方攀轅，永郡齊額手。治永即治灤，畛域夫何剖。昔我邑侯于襄勤，開府保陽功不朽。宦蹟始末在畿輔，公當超遷踵其後。灤人灤人且莫留，黃堂仍在古平州。我惟願逐兒童隊，竹馬歡迎郭細侯。

登澄海樓

海上三山不可即，仙人樓閣際天極。四千里外起罡風，吹來矗向滄溟北。滄溟之北山重重，長城劃斷關西東。南趨入海行且止，勢如峻坂迴奔龍。龍奔欲駐首昂起，雲霞萬丈摩青空。危樓高壓老龍頂，雕梁畫棟疑神工。蜃氣變幻或相似，憑欄俯瞰冰夷宮。鯨吞鼇噏深莫測，驚濤捲地鞭靈鼉。三十年前曾到此，旌旗獵獵斜陽紫。秦皇島畔築新營，記得海防自茲始。當時欲棄終軍繻，請纓無路空踟躕。今來登眺頭已白，海防視昔當何如。列聖東巡此駐蹕，賡歌髣髴唐虞初。樓上天章輝日月，樓前地界接蓬壺。樓建今逾二百載，雨剥風摧形漸改。荆南太守謀鼎新，光緒二年，太守新化游公重修。輪奐依然發光采。舊稱澄海海應澄，金牓猶題御賜名。安得海氛淨如掃，千秋常並黃河清。

梅花外子歌並序

郡守游公以詩集見示，内有《梅花外子歌》一篇。梅花外子者，衡州彭雪琴侍郎别號也。侍郎善畫梅，因自號以此。前以水師破小姑山賊巢，有句云『彭郎新奪小姑回』，蓋用小姑嫁彭郎之諺也，洵稱天作之合。今又欲唤梅爲妻，獨不畏小姑生妒、和靖含嗔乎。因戲作此，以爲梅花解嘲。

幾生修到梅花福，玉骨冰肌不偶俗。胡爲仙子住羅浮，屢向人間稱眷屬。當年曾入師雄夢，月明林下傾春甕。自從嫁得老林逋，頓令伉儷情增重。翩翩鶴子胎成仙，天寒共守孤山前。暗香疎影善寫照，何須後來畫手粉墨爭鮮妍。湘南彭老今豪傑，坐鎮長江心似鐵。偶將餘事寄丹青，獨於梅花稱妙絶。溪藤百幅光融融，千枝萬蕊迴春風。紙帳銅瓶偕卧起，夢魂常與花神通。醉來把盞對花語，約卿一事卿應許。京兆畫眉我畫梅，畫梅亦爲添眉嫵。巢居閣林逋故居廢園林荒，摽梅期誤嗟傾筐。我今欲準小姑例，尹邢一並歸彭郎。彭郎舊是彭鏗叟，娶妻何妨過廿九。與卿好合百千年，誓與小姑山並壽。梅聞此言應致辭，許耶否耶不可知。羅敷有夫君有婦，攘非其耦將奚爲。息嬀歸楚情堪悼，三年不見桃花笑。梅花若肯學桃花，低頭應拜夫人誥。唐杜牧之有《題桃花夫人廟詩》。夫人，蓋息嬀也。種梅處士家西湖，花嶼爭傳入鶴圖。我到西湖將問訊，梅妻改醮君知無。

前詩已成，太守謂詩則佳矣，惟於梅節有傷，奈何？因思彭侍郎與林先生前後同婿於梅氏，或當相謂曰亞。爰續成二絶以懺口過

梅花外子劇風流，鐵幹瓊葩畫筆遒。同向羅浮稱快婿，應呼和靖作邢侯。

一歸處士一高官，縞素家風卻一般。若倚門楣論骨相，九姨終笑七姨寒。用《青箱雜記》劉龍圖事。

遊華不注山即晉逐齊師三周處

巨靈手斷太華臂，擲向濟南插平地。孤峰特起淩蒼穹，毅然揮使羣峰避。縱横野水趨山根，匯合名泉七十二。波光一片浸芙蓉，暮靄朝霞蒸紫翠。嵳山遥望城南隅，三面嵐光相翼蔽。晉齊之戰經千年，山色依然蟠黛髻。我來弔古扣禪關，破廟荒涼古佛殘。當日三周遺跡在，華泉指點餘寒煙。華泉舊有井，今湮。昔聞丑父右公易公位，早開紀信誑楚計。紀信誑楚以忠死，丑父得免真幸事。一時勝敗安足論，代君任患今幾人。問之山僧僧不答，春山無語開笑靨。

爲桂林倪雲臞司馬鴻題《冰天躍馬圖》

平沙萬里連天白，冰雪漫漫少行跡。誰跨追風突兀來，云是桂林老詩伯。桂林山水奇絶倫，洞天棲止多仙真。何期桂海驂鸞客，桂林山水奇秀。韓文公在潮聞之，有詩云：『遠勝登仙去，飛鸞不暇驂。』范石湖帥廣西時，

著有《桂海虞衡志》。其紀行之作，則以《驂鸞録》名之。翻作冰天躍馬人。問君躍馬將何邁，揚鞭欲出盧龍塞。方今中外皆一家，域民剷盡封畺界。北洋遠接東西洋，冰海更在冰天外。樓蘭月氏若閨闥，何數張騫與傅介。聞君今已渡澎湖，淡水雞籠繪陣圖。近有臺灣之行。大瀛環抱幾蝸角，蠻爭觸鬬胡爲乎。邇來生番半歸化，或勦或撫資良謨。鯨鯢潛伏貙虎虐，島夷未殄煩驅除。定羌策，籌海編，將軍幕府開紅蓮。它日功成論爵賞，應偕褒鄂圖淩煙。我生不作封侯夢，撫髀猶自心爲恫。展閲斯圖思與共，追隨亟整青絲鞚，所憾衰遲無所用。君自躍馬我驅牛，春雨一犂古陌頭。但乞雲林妙手點筆鵝溪絹，歷將詩酒所寓、舟車所經一一悉付丹青留，庶得藉君壯游爲卧游。

意大利里亞國馬戲歌

車騎闐門金鼓沸，行人螘聚情如醉。紫竹林中正作場，爭道西洋來馬戲。戲稱以馬戲何居，吐蕃蹀馬或其遺。跳猿舞象鬬犀兕，並及虎豹與熊羆。踏索尋橦無不有，更番間作惟騧驪。直立馬背如錐立，横擔斜抄形離奇。玉鐙低藏蜻點水，金圈連躍鶯穿枝。哄堂喝采齊拍手，赤髪碧眼誇妖姬。我聞謝莊賦舞馬，明皇馬舞金殿下。項羽曾留戲馬臺，此戲彼戲殊難假。魚龍百戲昉西京，走丸跳劍吞刀並。偃師傀儡始作俑，黄公角觝今留名。石虎之時尚猿騎，馬頭尾脇任游戲。走馬或在頭，或在脇，或在尾，馬走如故，名爲猨騎。事詳《鄴中記》。中華馬戲實肇茲，正值羶腥污内地。古先玩好戒奇異，奇技之興皆季世。戲雖刱造尚當袪，況乎盜襲來攘利。世傳西法精曆家，豈知法亦始中華。奈何數典忘其祖，勾股競推歐羅巴。數理精蘊出御譔，泰西算法何足算。鬼工巧説奪天工，眩人多與馬戲同。

放歌行

山未著五嶽之屐，水未泛五湖之舟。向平婚嫁已早畢，志和家宅真堪浮。半生不得意，思爲汗漫游。欲游湖嶽終未果，天胡靳此非多求。人生嗜好殊，奢願良難酬。娶妻願得陰麗華，生子願如孫仲謀。東坡老饕事游宦，又願有蟹無監州。我生俱不願及此，所願似不與人侔。富不羨卓鄭，貴不希王侯。功名不必匹衞霍，文章不須追韓歐。但願薄有腰纏跨鶴背，左攜洪崖右浮邱。緑章早晚奉天敕，定當分付詩囊酒榼拱竢我於十洲三島五城十二樓。

天津楊節孝張氏輓辭

郎無子女，妾有尊章。郎今已矣，尊章在堂。尊章在堂年已邁，子死二老將奚賴。欲殉不殉心徬徨，恐節無虧孝或礙。阿翁痛子中道徂，阿姑咀痛稱孀姑。黃鵠歌中鵠並寡，青鸞鏡裏鸞同孤。蟲聲咽寒砌，燈影暗空幮。與姑同室形影俱，姑心無恫妾心娛。甘旨供罔缺，杖履親爲扶。病侍湯藥殁殯葬，十年拮据手口瘏。昔未殉夫爲事姑，今姑又逝復奚圖。甘心絶粒辦一死，殉夫殉姑無差殊。況以婦職代子職，黃泉相聚應歡呼。南國有貞姬，東海有孝婦。誰則節全孝復全，惟有斯人兩無負。

爾爾書屋詩草卷三

五言律

過馬秀才山莊不遇

一壑晚雲白，結茅松檜陰。亂泉分細溜，殘果落疏林。户閉主人出，山深何處尋。隔籬聞犬吠，獨立對遥岑。

送友入都

匹馬燕京去，金臺話昔遊。輕裝殘卷在，邸壁舊題留。塵世誰青眼，他鄉易白頭。前程難預問，歸老故山邱。

登永平城樓

風雨孤城暮，危樓接太清。亂山肥子國，野水漢家營。飛鳥銜煙出，長虹壓浦明。古來征戰地，憑弔不勝情。

宅東闢園數畝，池亭花木，麤有位置。佔俾之餘，時遊玩其間，致足樂也。客有謂園尚小者，因賦東園四時詩以答之

莫道東園小，春來滿院花。柳絲抽碧玉，杏纈醉紅霞。水暖魚先覺，林深鳥自譁。還分牆外地，一半種桑麻。

莫道東園小，亭虛夏亦涼。蒲桃張翠幄，芍藥鬬紅妝。移石栽新竹，分泉拓小塘。不知炎暑酷，一覺竹方床。

莫道東園小，逢秋亦灑然。窗鳴黄葉雨，井暗碧梧煙。築圃雲堆屋，停琴月照絃。釀成新菊酒，更喜晚菘鮮。

莫道東園小，經冬景倍添。雪晴花滿窖，日曉雀爭檐。暖酒煨殘火，攤書整舊籤。梅花香入夢，睡醒不開簾。

曉渡渾河

馬首背初陽，征衫冒曉霜。河流湮故道，秋色滯他鄉。遠樹囤燕緑，平沙接汴黄。遥知千里外，白髮倚閭望。

東光縣

指點觀津路，衛河抱郭門。屋貧多覆土，寺廢半成園。秋色城邊樹，斜陽水上村。望諸何處弔，極目晚煙昏。

楊村道中

避潦無常路，南轅復北轅。斷鴻投莽蒼，疲馬畏黄昏。闤闠斜通浦，帆檣聚作邨。征鞭回指處，煙樹擁津門。

黑窑廠寓目

一帶坡陀起，還留異代名。野花無節序，老樹半枯榮。葭葵圍荒寺，煙霞傍禁城。誰將林下酒，遍酹古先生。

送友之甯遠

仗劍出榆關，春風匹馬閒。去家四百里，覽勝十三山。邊柝夜驚夢，村醪朝借顏。白雲親舍在，屈指計君還。

自題松陰讀史小照

是我還非我，今吾即故吾。麒麟羞作楦，牛馬任相呼。論史腸猶熱，吟詩興不孤。放翁團扇裏，肯許入林無。

感事

傳説南來信，安危未可論。中原思祖逖，海上嘯孫恩。推轂朝廷重，分符將帥尊。黔黎正塗炭，誰爲達重閽。

書《張禹傳》後

一代推經學，通經卻背經。未逢斬馬劍，且請肥牛亭。臣志圖温飽，君心重典型。後堂絲竹盛，只許戴崇聽。

送才霽堂宇和判官泗州

送君如明月，直上東南山。聞道五河口，今年稼穡艱。民窮應易撫，官小尚能閒。洗耳臨風聽，頌聲朝暮間。

九蓮庵晚歸遇雨

策蹇出禪扉，行衝暮鳥歸。緑苔盤磴滑，紅樹亂峰圍。日脚穿雲破，風頭挾雨飛。孤城何處是，一徑入霏微。

寄懷王五橋同年蔭昌

花發梁園日，樓前記見君。辛丑春闈，五橋寓梁家園。白小山總憲宅樓下，海棠花開甚盛。今當春月暮，已作隔年分。雨漲滹沱水，風開渤澥雲。相思千里外，對酒不成醺。

和常職卿東園題壁原韻

村居無箇事，此更絶塵埃。佳客有時至，雜花無數開。禽魚應共樂，詩酒鎮相催。嘉樹勤封殖，先人手自栽。

和楊魯田東園題壁原韻

共踐尋芳約，緣溪結伴來。題詩捫壁蘚，布席拂階苔。北海樽常滿，西園客並才。管絃林外發，魚鳥漫驚猜。

奇石雙峰矗，深林一徑通。燕歸茅屋雨，人立藕花風。借蔭牽蘿蔦，登盤摘芥菘。好音時惠我，相對愜幽衷。

戊申中元，陰十七丈將赴鞏昌幕，與常職卿、楊魯田同集東園，即席分韻

贈別二首

急雨洗殘暑，客來松徑幽。詩懷空渤澥，别思繞秦州。老圃花初落，邊庭草易秋。離亭一杯酒，折柳當觥籌。

久屈登瀛客，翻爲入幕賓。鵬程應尚遠，鶴俸不醫貧。風雨過三輔，琴書伴一身。赤亭兵戢否，西去問煙塵。去年聞生番不靖。

山行

茅屋圍蒼翠，松林一徑遥。石多泉響碎，村僻犬聲驕。掃地安樽杓，談天聚牧樵。夕陽紅半樹，歸路有鳴蜩。

擬訪常職卿因雨不果

窗竹鳴秋籟，懷人夢寐勞。晚涼蚊市散，薄雨蟻封高。望益開三徑，驚年感二毛。何時新釀熟，相對把霜螯。

春曉偶成

庭樹上初日，雙扉松下開。曉風醒鳥夢，夜雨結花胎。尚友書千卷，封侯酒數杯。連朝無客至，滿砌繡蒼苔。

登盤山雲罩寺

晌午登山頂，到來天已曛。峰高平見月，衣溼暗生雲。薊樹連河盡，邊城隔嶺分。憑欄一長嘯，帝座或應聞。

自雲罩寺回宿天城寺

滿山鐘磬響，何處問天城。歸寺客將倦，到門僧已迎。松寒風墜鼠，人定月窺楹。欲證無生理，空堂佛火明。

過高經略橫灤別墅故址

地已歸禪寂，猶存別墅名。殘僧迷舊事，老樹變秋聲。水落山根豁，雲開岸腳明。謝公墩自在，一任後人爭。

袁大令仲賓以紈扇見貺，詩以謝之

驕陽如酷吏，威逼汗交流。忽惠清風至，全教畏日收。團欒形似月，摇動氣先秋。更願還持贈，揚仁遍海陬。

閱邸報四首

分閫資名將，專城重守官。不當臨難處，那信致身難。草野輸軍急，朝廷馭吏寬。跳梁原小醜，何以肆兇殘。

酷甚東河水，田廬盡蕩然。天心縱魚鼈，人肉飽烏鳶。保息思周政，懷襄痛禹年。如聞髑髏語，猶幸免戈鋋。

食貨曾分職，何爲擾聖心。有天難雨粟，無石可成金。礦綫山輝洩，糧艘水道深。所司須敬慎，莫使吏胥侵。

咄咄此么麽，潢池盜弄戈。誰教養癰潰，其奈噬臍何。狡爾兔三窟，紛如蜂一窩。宋建炎中，有盜名『一窩蜂』。惠哉鄭子産，火烈洽輿歌。

溪上

溪上路橫斜，孤村三兩家。短籬酸棗樹，老屋苦匏花。雀鬪爭殘果，蟲鳴上晚瓜。從茲學農圃，世外有生涯。

晚眺

倦鳥投何處，長林抱幾重。日低明野水，雲斷起孤峰。巷口聞呼鴨，籬根隱泣蛩。鐘聲臨路發，徙倚晚煙濃。

獨坐

獨坐倚西風，藤陰落照紅。孤花留晚蝶，敗葉卷枯蟲。氣候趨嚴肅，年光半歉豐。朗吟秋興句，愁絕杜陵翁。

青龍河泛舟晚歸

扶醉上歸船，蒼茫暮色連。櫓聲摇碎月，山影没寒煙。亂石驚湍急，疏林野火圓。遥聞僮僕語，秉燭候城邊。

偏涼汀晚望

月上西峰頂，平沙澮欲無。江雲横浦斷，漁火對山孤。市散荒墟閉，船歸隔岸呼。臨流一眺望，秋思入菰蒲。

久雨

久雨天如醉，崩騰勢挾風。隰田沈朽麥，破屋捲秋蓬。人共憂荒歲，時方重戰功。擁衾不成寐，起坐望長空。

次韻和史君牧寄題東園二首即以招飲

自顧同樗櫟，甘心木石居。遊仙時託夢，悟道不關書。身世原如寄，林泉合守初。桃源隨處是，安問武陵漁。

連朝風雨霽，春到已多時。老柳將垂綫，殘梅尚戀枝。甕浮新釀酒，牆有舊題詩。屈指花朝近，開尊對槿籬。

疊前韻寄君牧重訂東園賞花之期

吾宗老詩伯，蓮幕當幽居。佳句皆心得，奇文半手書。性喜鈔書。知音憐我少，識面感君初。婚嫁他年畢，相將伴釣漁。

小聚花朝日，分襟又幾時。苔岑思舊雨，草樹發新枝。佐饌親挑菜，擷箋重和詩。流鶯方喚客，莫待菊盈籬。適鐵珊和作有『重醉菊秋籬』之句。

祁季聞刺史步韻枉贈，並訂過飲，因三疊前韻奉酬即用促駕

餓餓賢刺史，下邑暫留居。鄭相多遺愛，郎公好寫書。循聲傳紫極，才調邁黃初。異日灤陽去，公

將即真灤州牧。應思北海漁。

春色行將别，留連駐少時。麥初揺細浪，花漸有空枝。待客方温酒，懷人忽寄詩。明朝風日美，擁帚候東籬。

四疊前韻贈張心航學博

我愛張平子，官閒似隱居。到門無熱客，堆案有奇書。妙詠追長慶，蕪辭録仲初。前索觀拙作《全史宫詞》，選録三百餘首。桃花今正發，好共狎秦漁。

小飲荒園日，逢君奉使時。花朝約飲東園，君適奉府檄監送東兵，未得如約。今來傾竹葉，尚喜對花枝。野老容分席，同人競索詩。時君牧以君獨無和章，作詩調之。陶然須盡醉，斜日透疏籬。

五峰重謁韓文公祠

山色青如舊，荒祠跡已蕪。白雲迷洞口，蒼蘚没碑趺。俎豆千秋接，文章八代扶。南天尚烽火，誰共鱷魚驅。

九日止園

又值重陽節，登高到止園。白沙城外路，黄葉水邊村。地暖霜偏晚，山深日易昏。相逢多舊雨，快倒菊花樽。

晚入山口遇雨

雨到四山暝，撲人嵐氣腥。溼苔滑瘦馬，深樹閃孤螢。磵黑路疑絶，窗紅燈正熒。泉聲亂人語，撼壁走雷霆。

文房十詠

硯屏

侯封分即墨，邦大此維屏。不使風沙溷，聊爲匼匝形。大蘇傳月石，小范護涵星。我亦資藩翰，朝朝鸜眼青。

水滴

水以中丞號，惟茲潤硯田。筆耕資雨露，墨入化雲煙。聊以涓埃報，休教利澤偏。授時還用汝，壺滴漏聲傳。

筆帽

豈無食肉相，冠賜管城侯。廉鍔藏鋒日，英雄養晦秋。臨池時露頂，脱帽亦尖頭。錐處囊中者，還能末見不。

墨盒

欲吐胸中墨，憑君染翰頻。潔常嚴啟閉，堅不避緇磷。擁絮經綸裕，鏤金製作新。相因如倉粟，所忌在陳陳。

鎮紙

先生原姓楮，坐鎮得良儔。不畏飄風起，應從介石謀。品惟資厚重，氣總戒浮游。漫道無文采，安劉屬絳侯。

臂閣

幸毋交臂失，一臂助微勞。借爾扶持力，令人手筆高。功成身自退，任重節無撓。祕閣頭銜貴，司分著作曹。臂閣名筆祕閣，見林洪《文房圖贊》。

韻牌

到處詩牌挂，先將韻作牌。尖叉爭巧思，拈弄約同儕。籌共金杯數，班如玉筍排。牙籤三萬軸，一例插書齋。

詩筒

當今幾詩伯，唱和託郵筒。離緒三秋劇，吟情兩地通。但憑黄耳寄，不用碧紗籠。愧我非元白，殷函欲達空。

界尺

之子邦司直，從心矩不踰。事人無枉道，律己亦繩趨。篆跡扶蝌蚪，斑紋削鷓鴣。用華山道士蘇志恬事。光逢温如玉，文行本來殊。

裁刀

成章斐然者，狂簡未知裁。此以利爲利，能齊材不材。從繩期正正，游刃自恢恢。漠吏多刀筆，蕭曹何有哉。

四君子詠

方書以人蔆、黄蓍、白术、茯苓爲四君子，蓋以其性温厚和平，能補益人也。然用之不得其所，或佐使非宜，則亦不能奏功。國家用賢，豈異是哉。爰作四君子詠。

人蔘

物以人爲體，於人最有功。丹期還姹女，藥足助梁公。異種星精散，嘉名上黨同。當王今更貴，佳氣鬱遼東。

黄蓍

門望推綿上，如綿性獨良。典刑尊老輩，色味應中央。不愧王孫號，曾傳柳後方。懷風有小草，僞學理宜防。苜蓿根可以亂真。

白术

术字形惟肖，於潛品最優。書生誇白面，奴子别蒼頭。固氣黄婆脾神名健，修容黑子收。作甘資土味，理向五行求。

茯苓

嘉茲不死麪茯苓别名，祛溼有奇功。與世交原淡，惟神美在中。兔絲千尺碧，虎魄萬年紅。數典休忘祖，遥遥十八公。

過三屯營弔戚少保

偉矣南塘績，當年此鎮邊。風煙東道靖，鎖鑰北門專。貝錦成萋斐，韜鈐託簡編。角巾歸第後，儒將幾人傳。

景忠山謁三忠祠祠祀諸葛武侯、岳武穆王、文信國公

千載心如見，三忠作等觀。得天皆正氣，遇主盡偏安。古殿春雲合，空山落照寒。瓣香思往事，誰識古人難。

清風臺望孤竹君祠

隔水荒祠在，居然敞聖宮。子能稱義士，父亦藉清風。面麓長林豁，當門小舸通。憐君有中子，國祚久成空。

角山雨望

筭輿衝雨上，極目角山巔。一水曲通海，兩峰高插天。邊城隱雲樹，沙渚浸鹽田。寫此空濛景，憑誰付米顛。

由角山回宿天后宫

雨歇禪堂靜，三更酒半醒。濤聲寒入枕，風力暗穿欞。作達思齊物，勞心感寓形。夢魂忘路險，猶戀角山亭。

七里海晚泊

一白渺無際，真堪以海名。船孤依鴈宿，村遠少雞鳴。敗葦如山積，寒星墜水明。漫嫌太岑寂，終夜夢魂清。

十二連城懷古城爲明李景隆禦靖難兵處

十二城邊路，荒荒故壘平。强藩方靖難，懦將詎知兵。天意興亡定，人謀勝敗爭。齊黄成底事，憑弔不勝情。

千佛山

風雨來初地，翛然萬慮清。但看林際水，莫辨樹中城。上界鐘魚静，遥天鴈鶩横。山靈應笑我，參佛不知名。

樓閣臨無地，蒼茫暮靄沈。亂雲牽客思，踈雨冷禪心。洞憶黔婁被，山有黔婁洞。風懷帝舜琴。山本名歷山。傳爲舜耕處，上有舜祠。筍輿歸去晚，望古一長吟。

涿州旅次步海上芋僧題壁韻

涿鹿城邊路，軒皇迹渺然。共傾燕市酒，誰著祖生鞭。斜日窺雙塔，長橋滙百川。蚩尤今未靖，西望亂山煙。

張桓侯故里

三國推三傑，桓侯此故鄉。樓桑同井邑，刁斗亦文章。苔蘚豐碑没，風沙驛路長。威靈今尚在，應爲掃欃槍。

詠園鹿

養就山林性，軒庭未易馴。清閑宜伴我，飢渴亦親人。苹野懷前夢，蕉湟悟幻身。紫芝如可採，煩爾駕蒲輪。

藏園觀察書訂重陽偕游西山翠微寺諸勝，詩以答之

平生幾兩屐，有約負名山。興到猶忘老，書來爲解顔。丹楓黄菊外，紺宇翠微間。屈指重陽近，煙巒許共攀。

送游子代觀察陳臬蜀中

忽報綸音降，賢良簡帝心。治河三策重，陳臬五刑欽。北闕書名久，西川望澤深。寇君無處借，空戀舊棠陰。

數載桑乾別，何堪更遠離。半生知己感，萬里宦游時。鶴髮憐遲暮，蠶叢繞夢思。愧余豚犬輩，駑鈍負培滋。兒孫素承青眼，迄今尚無寸進以副斯望。

劍閣萬山盤，休言蜀道難。江花迎去旆，峽雨濯征鞍。自有文翁化，遥臚僰長懽。行將蒙顧問，蚤晚候長安。

蹤跡分南北，臨歧各黯然。秋風湘水岸，春樹薊門煙。猶憶高軒過，應知舊榻懸。魚鴻如有便，同慰古稀年。

和梅小樹枉贈原韻

盼過梅花信，東風寄一枝。恰當春暖日，共保歲寒姿。縞紵非關物，因緣總在詩。新交原舊識，回憶少年時。

嗜好酸鹹異，誰將臭味聯。故人悲宿草，知交半多凋謝。即及門中，亦有作古者，如景君其一也。幻夢悟遊仙。

書檢瑯環地，詩吟玳瑁天。宛陵家集在，惟任老夫傳。近又以尊甫吟齋先生古文屬爲甄録。

和小樹見懷原韻並答其書中之意

又見詩筒到，殷勤慰暮年。春風身正健，落月夢同圓。飲啄胥關命，升沈敢怨天。羣真方下顧，忙煞我梅仙。

題晉兒《初學吟草》

三唐詩取士，今日竟如何。愛此閒家具，世之攻舉業者，目詩古文辭爲『閒家具』。殊乖制舉科。窮通有時命，歲月莫蹉跎。黽勉斜川集，憑將慰老坡。

五言排律

贈陰子企明經二十二韻

大雅久寥寂，先生誠古人。文瀾資砥柱，學海指迷津。情思遵周孔，淵源溯洛閩。枕中多秘寶，席上蓄奇珍。幸我居相近，常教訓屢親。忘年論氣誼，請益切咨詢。風雨燕臺路，江山孤竹春。方期鵬共奮，豈識蠖難伸。世業青箱舊，功名白蠟新。劉蕡偏下第，原憲竟長貧。抱璧羞干楚，懷書耻上秦。囊錐材未展，鑄硯志彌純。雅度金堪式，清修玉不磷。萊衣欣舞綵，范甑任生塵。理臟黄婆健，存心赤子真。授徒宣四教，讀梵化三嗔。好《楞嚴》。芸蠹訛憑勘，窗雞性最馴。性好雞，常畜數十翼，坐卧不離。文章終有價，道德詎無鄰。柱下彭鏗老，磻溪釣叟淪。從知輕桂籍，定許就蒲輪。特達圭璋品，後雕松柏身。他年儒行傳，載筆付詞臣。

武秋瀛明府八旬壽詩一百韻

縱目臨洛道，山川阻且長。知心千里隔，僂指卅年强。回憶論文日，同馳校藝場。彈冠期貢禹，勵學約朱昂。初，先生秉鐸於樂，遂以定交。愧我駑材鈍，輸君驥足翔。屈身甘似蠖，奉母且相羊。蘭自庚戌落第後，遂絶意進取。別後升沈判，閒中日月忙。光陰真冉冉，鬢髮各蒼蒼。離緒雲停浦，孤懷月照梁。衷思傾蓋話，願未折梅償。忽報魚箋至，如聞鵲語祥。西平欣有後，南極正垂芒。欲藉松喬祝，恭稱瀲灩觴。平生要最久，行實説能詳。己卯臘月接到手書，長君用章以先生八十壽言見諉。門望崇鄒國，家聲振滏陽。恩榮新紫綬，事業舊青箱。歧嶷由天畀，温醇本義方。髫齡初象舞，壯氣早龍驤。訓記庭趨鯉，功勤壁鑿匡。含飴承祖樂，茹蘖慰親孀。范硯詒謀遠，茅雞孝思彰。祛邪懲赤臭，養志比黄香。冷映孫康雪，貧燃顧簿穅。奪標魁俊彦，發軔始膠庠。勉勉希前哲，卬卬保令望。觀頤安汝止，考履慎其相。品重豐年玉，材儲儉歲粱。楩楠歸大匠，廩餼出神倉。先生年十五失怙，事大父及母，以孝聞。十八歲爲諸生，旋食廩餼，名噪一時。更羨連枝秀，齊騰奕葉光。難兄驂二到，喆弟踵三張。集共珠聯寶，懽偕被覆姜。對床眠夜雨，詠草夢春塘。好是敦廉讓，殷然擁縹緗。吟朋招短李，賦筆敵長楊。名士經綸手，文人錦繡腸。諸昆眉盡白，予仲甲先黄。先生弟二人。仲酌堂成進士，官比部；季禹襄貢成均，皆其教也。藻采相焜耀，科名恰頡頏。棣華風藹藹，桂苑露瀼瀼。夙仰師儒範，羣推學博良。規條遵鹿洞，講席據鱣堂。巧借金鍼度，才憑玉尺量。四科英濟濟，六館士櫑櫑。共沐先生化，能裁小子狂。廣宣槐市教，繼擷杏林芳。茂宰分花縣，鄰邦近厲鄉。荆山高嶫嶫，潕水沸湯湯。道光甲午舉於鄉，主講秀洺書院。甲辰，大挑二等，選授樂亭教諭，成材甚衆。咸豐壬子成進士，以知縣分發河南。甲寅十月，補舞陽縣令。治譜宜探傳，生祠合祀王。謂王十朋。適郊除碩鼠，燬室救赬魴。訟息雀無角，政成蠏有筐。但教鞭示辱，豈作法于涼。造士歌薪槱，巡農勸柘桑。禁恒申佩犢，輕復戒從狼。在任五載，案無留牘。每夜分必出署巡邏，禁賭博，懲盜賊。下鄉檢驗，訊無他故，即當場了結，絶無株累。邑有舞泉書院，又有普濟堂，收養貧民。惟經費無多，先生捐廉修舉，俱有實政在人。叵耐妖氛惡，誰憐涸轍傷。寇俱摇異幟，公獨切同裳。設備邀崔鄖，開誠率廖剛。耰鋤皆冑櫓，忠信即餱糧。竟使民安堵，奚憂盜弄潢。洵稱美且武，應俾熾而昌。爲念萊衣在，尤虞菊徑荒。上官正推轂，下邑忽投裝。韡許崔戎抱，碑難宋璟忘。昔來符剖竹，此去蔭留棠。祖帳遮前路，攀轅泣數行。圖書充宧橐，琴鶴趣歸艎。邑與泌陽角子山爲鄰，捻匪咸聚其中。先生激厲鄉團，互相聯絡，復練勇二百，拏獲巨捻李八千碎、李四能人等數名，聲威大振。丁巳春，捻匪蕭況等嘯聚萬餘人，不時竄擾。先生率衆登陴，分堞防守，並隨南陽鎮邱忠壯公入山勦捕，生擒百餘人，殺斃無算。名列薦章，奉旨賞帶藍翎，加同知銜。己未，皖匪孫葵心等擁衆十餘萬，踞北舞渡，繞城四面皆賊。先生嬰城固守，衣不解帶者十晝夜，危城得全。大吏深爲嘉奬，擬調升信陽，遂以母老告歸。去之日，紳商士民攀轅者以萬計。留其鞾，懸之城門，立德政碑於東關。周密癸辛里，許渾丁卯莊。漁樵尋伴侣，名利脱羈韁。種藥低圍檻，編籬矮過廧。棋敲紅葉寺，茶瀹緑蘿房。閉户烟霏篆，臨池紙截肪。芸窗横劍匣，蕙帶拂書囊。院静階翻蝳，村晴樹噪螗。逸蹤追栗里，幻跡司蕉隍。時勢烏瞻屋，乾坤蝨處襠。幾人急流退，達者善刀藏。世味從來淡，躬修敢弗蘉。窮交資舉火，薄俗革停喪。戚黨霑仁粟，州閭飲義漿。回籍後，養母讀書，不與外事。而地方要務，必身任之。昔郡城多停棺不葬，年久棺朽，甚有暴骨露尸者。先生請官出示，復偕同人所在勸諭。凡無力之家及無歸之骨，悉籌資殯之。風俗爲之一變。貧苦親隣，無不曲加周恤。庶徵決休咎，先生精天文地理、奇門六甲諸書。渥澤及枯僵。邑乘存文獻，新修《永年縣志》，先生之力居多。鄉賢賴表揚。鄉賢閻公允中，著有《芸窗易學》一書，幾至失傳。先生邀集同人，悉心讎校，籌資付梓。繕城嚴鎖鑰，郡城東南隅，坍塌已久。先生商之官，倡捐三百金，紳商鼓舞應之，城垣一律完固。練勇慎團防。謂籌勇糧。薰德兼陶淑，謂修書院、建義學。周飢拯歉歉。謂平糶。耆英堪入會，晝錦快增坊。惟以培基厚，彌徵降福穰。蘐庭躋上壽，梓舍衍餘慶。偉器邢巒擬，佳兒蔡廓當。鵬程知未艾，駒齒已非常。郭憲成均選，賓暘駕部郎。

阿翁猶矍鑠，厥嗣正明馺。貴卜衙排戟，禎符渭釣璜。筍輿孫笑捧，藤杖子扶將。茲值懸弧際，羣趨戲綵傍。賀筵逢燕喜，宸誥煥鸞章。以子用章官兵部郎中，誥封通奉大夫。杯泛糜欽酒，餅盛卻老霜。雕屏環㔽匜，寶炬射煇煌。賜帛還頒几，吹笙並鼓簧。羹調胥進雉，客集儘騎凰。瑶帙珍雙笈，仙璈奏八琅。介眉儀秩秩，拜手珮蹡蹡。未得陪簪笏，聊思頌阜岡。拈毫呈百韻，用禱永無疆。

爾爾書屋詩草卷四

七言律

詠史詩

范蠡

五湖煙水任孤篷，霸越平吴事已空。文種不來徒伏劍，西施相伴亦藏弓。千金未得全驕子，七策虚勞作富翁。鑄像猶煩烏喙拜，漫將貨殖薄朱公。

商鞅

匆匆客舍亦堪傷，詎識申韓作法涼。故相勤勞慚五羖，同朝唯諾聚千羊。市門木徙羣情懾，耕戰書成古制亡。異日稱君豪傑士，居然知己有王雱。

蕭何

咸陽焚後盡凋殘，圖籍先收計獨完。第一功人惟轉餉，無雙國士快登壇。爲民請苑君猶忌，盡室從軍帝始安。不使東陵工畫策，幾何覆轍不彭韓。

周勃

錢穀刑名庶職分，安劉獨策漢元勳。士皆左袒誠云幸，業起吹簫本少文。棘寺相知尊獄吏，柳營兒不愧將軍。洛陽年少偏遭嫉，痛哭三閭楚水濆。

樊噲

馬上君王逐鹿秋，舞陽功業亦無儔。鼓刀沛市興屠狗，擁盾鴻門折沐猴。韓信漫矜羞與伍，呂嬃何事並封侯。他年珠玉堂前散，帶礪勳名付水流。

董仲舒

志在春秋學有源，下帷攻苦不窺園。六經再造承秦火，百子爭鳴護孔門。聖主舉賢三策重，驕王作相一儒尊。當年才俊推東馬，畜以俳優敢並論。

汲黯

道破君王假義仁，一生戇直慣批鱗。將軍長揖有斯客，天子不冠猶避臣。卧閤淮陽三月病，發倉河内萬家春。後來公輔多刀筆，莫怪人材嘆積薪。

司馬相如

狗監功名賦子虛，生平枉慕藺相如。文章橫世蟛蜞夢，富貴驕人駟馬車。自昔長楊曾諫獵，何當封禪又遺書。文君老去吟頭白，自撫琴心恨有餘。

李陵

辛苦居延百戰身，登臺異地倍傷神。龍門外已無知己，麟閣中猶有故人。飛將方期孫繼祖，穹廬偏使壻稱臣。隴西舊姓更元後，分主中原竟百春。

寇恂

河南河北幾經過，河内勳勞最不磨。蕭相守關應劉季，藺卿爲國屈廉頗。受經禮重儒生聘，廣惠財分故舊多。遺愛至今留潁上，寇難再借奈愁何。

馬援

列宿雲臺入畫圖，可曾持較伏波無。少年已自羞錢虜，晚節何緣誚賈胡。大將勳名山聚米，君王猜忌薏成珠。倉皇馬革還屍日，鄉里方乘款段駒。

鄭康成

草痕青遍不其城，通德鄉猶以鄭名。絳帳三年稱弟子，黄巾萬騎拜先生。龍蛇肇歲賢人厄，奴婢知書教澤宏。墨守膏肓齊破痼，煌煌經術冠東京。

蔡邕

文章忠孝一生心，千載琵琶抱恨深。漢史不成空筆削，石經雖刻亦銷沈。燃臍誤墜筵前淚，焦尾真如爨下琴。有女無兒尤可痛，贖姬虛費老瞞金。

孔融

爲愛中郎對虎賁，少年好客酒盈尊。大兒邁種禰衡友，老子通家闕里孫。孔縱復生顔不死，巢方經毁卵難存。文章身後逢知己，恩怨偏教出一門。

管幼安

中原無地著清流，遼左棲遲三十秋。半世冰霜留破榻，一帆風火護歸舟。榮華早絶揮金日，友誼誰貽割席羞。異代重翻人物論，好將龍尾作龍頭。

諸葛亮

南陽龍去鎖寒雲，白帝城高幾夕曛。不使將星沈五丈，誰言漢鼎竟三分。清吟慷慨懷梁父，古墓荒涼弔定軍。後主雖降瞻尚死，九京猶可慰忠勤。

羊祜

緩帶輕裘氣度殊，數年威信遍東吴。二王當國多謡詠，兩敵交歡泯詐虞。地鑿甘令公折臂，天寒不止帝霑鬚。峴山魂魄登臨否，墮淚碑前草已蕪。

王濬

阿童勳業兆三刀，帆指荆襄下萬艘。火炬江明沈鐵鎖，樓船風利破銀濤。軍門自解降王縛，殿陛誰爭大將勞。鄧艾不還殷鑒在，角巾歸第幾賢豪。

王導

淚灑新亭半壁春，神州戮力仗何人。身肩江左夷吾任，面障西風庾亮塵。瓜葛一枰邀子共，犢車九錫爲妻嗔。君家三窟營誰手，慙恨幽冥負伯仁。

陶侃

甓運衙齋博具沈，法通法外意彌深。借來官物討官賊，惜到分陰加寸陰。夢入天門偏折翼，跡留營柳動成林。孤兒亦有陶家母，愧負當年截髮心。

謝安

弔古誰登舊治城，遺墩未許後人爭。昔工妓奏東山樂，草木兒驅北府兵。掩鼻羣思工洛詠，清言不盡誤蒼生。他年江左來王儉，猶慕風流宰相名。

王羲之

一代書名萬古奇，書名豈足蔽羲之。激昂江左遺箋日，感慨山陰修禊時。敢告母兄曾誓墓，有佳子弟盡臨池。少年早博牛心炙，想像東牀坦腹姿。

謝靈運

韓亡秦帝世潛移，江左風流又一時。康樂衣冠更舊制，永嘉山水入新詩。羸才未許登蓮社，佳語惟聞夢草池。信是文人成佛早，維摩曾借數莖髭。

曹景宗

比蹤穰樂氣桓桓，趙草城邊戰壘殘。平澤秋高弓霹靂，後房春暖錦團圞。貴人何取如新婦，天子猶能恕下官。競病吟成齊擱筆，休文從此讓詩壇。

庾信

文辭豈足當熊羆，朱雀航頭枉覆師。北地已慚周粟食，南冠空作楚囚悲。小園零落家何在，枯樹飄摇感不支。目極江關歸路絶，淒涼一賦寄哀思。

魏徵

一生嫵媚寓孤忠，帝眷誰逾羊鼻公。作礪君如金在鑛，鑒形臣比鏡懸銅。晉文竟抱懷嬴耻，管仲應難召忽同。指點淩煙房杜外，幾人學術本王通。

李勣

長城何用築邊陬，元老功從佳賊收。割股咍人交誼重，翦鬚和藥主恩優。教兒常使懲驕泰，選將先須卜咎休。廢立中宫自家事，卻將討武待孫謀。

宋璟

鼎鼐勳名接杜房，救時宰相恰同堂。直如竹箭旌金節，賦到梅花豔鐵腸。未許權門能召客，豈容豎子竟呼郎。於今誰是陽春脚，遺愛碑爭記召棠。

狄仁傑

手扶唐社不終移，二十餘年忍辱時。天后英明尊國老，牝朝榮禄愧堂姨。參苓藥在堪醫國，桃李門多豈樹私。折翼唤回鸚鵡夢，五龍夾日浴咸池。

張巡

强兵坐擁尚相環，援絶糧空勢獨艱。壯士南雷埋碧血，孤城雀鼠泣紅顔。殘軍未遂生吞志，厲鬼應看殺賊還。千載睢陽雙廟在，賀蘭階下蝕苔斑。

李泌

黄衣常倩白衣扶，出入朝端總自如。啗芋十年消宰相，摘瓜兩世護皇儲。從來君相難言命，如此神仙好讀書。一事留侯應遜謝，韓彭功大竟誅鋤。

李德裕

視草中書午漏終，坐朝衮衮見孤忠。六箴獻扆宫廷肅，萬里籌邊子弟雄。水火竟從朋黨起，家邦惟有夢魂通。名花語鳥平泉宅，摇落西風恨不窮。

裴度

功成常戀午橋莊，底事讒生第五岡。日月文標韓吏部，華夷名重郭汾陽。北門卧護煩元老，東洛投閒涸酒狂。莫怪浮沈全晚節，太阿柄已屬貂璫。

韓偓

餔糟擬逐五湖船，烏雀聲悲意黯然。鳳燭燒殘歸院日，龍衣揮淚去朝年。篋餘金縷心同繫，集著香歛手自編。最是草麻甘斷腕，饒他鐵石寸心堅。

王彥章

捷書三日報梁城，陷陣猶如履棘行。留豹甘爲名將死，鬬雞羞共小兒爭。引繩殿上心何苦，畫笏君前氣未平。遺像模糊今在否，鐵槍寺古暮雲橫。

趙普

論語平生讀幾過，借籌雪夜定山河。勳名自出曹潘上，恩怨終慙岸谷多。顧命有書纔啟匱，君王同氣竟操戈。十瓶海物江南至，措大經營果若何。

曹彬

戒殺同焚一瓣香，平生仁敬著疆場。舉親猶有祁奚子，傾橐曾無陸賈裝。官好不須爲使相，凱旋幾度縛降王。功名早定兒童日，俎豆干戈與印囊。

王旦

斯人培植太平基，望重君王目送時。聖歎李沆真莫及，騃知寇準不須疑。緑槐早兆三公貴，黃閣誰嫌十載遲。未了東封復西祀，美珠偏誤赤松期。

寇準

萬里台星隕瘴鄉，孤忠天鑒竹重芳。拂鬚不幸逢丁謂，讀傳休輕議霍光。鎖鑰有門資掌管，樓臺無宅足徜徉。澶淵孤注誰能再，北狩倉皇憶靖康。

范仲淹

出入身兼將相功，勳名祇有魏公同。一生憂樂共天下，數萬甲兵羅腹中。面沃南都純士志，膽驚西夏大臣風。省親秋口遺蹤在，百里雲山落照紅。

狄青

將軍勇略萬夫雄，立陣神人面飾銅。自有韜鈐原左氏，不將閥閱附梁公。威宣野廟錢猶在，醉奪重關酒未終。軍令如山嚴菜把，後來惟許岳家同。

种放

終南高卧謝塵氛，何事輕身出白雲。藏用豈真求捷徑，彦倫應亦愧移文。豹林山水鍾名將，龍閣風雷感聖君。千古山中幾宰相，皂囊十奏意懃懃。

包拯

不持一硯況其佗，廉潔方嚴果若何。儘使兒童知待制，誰能關節到閻羅。周親犯法包容少，黠吏移權變詐多。盡孝定知隆色養，漫云一笑比黃河。

王安石

杜鵑聲裏怨聲酸，何待流民畫裏看。賣爾姦邪惟福建，誤人經術在周官。致君堯舜生多愧，配享宣尼死不安。爲有文章能壽世，至今清議尚從寬。

蘇軾

少年已慕范滂儔，磨蠍休嗟命不猶。北寺榆槐詩有案，西湖楊柳姓常留。氣淩洛下成三黨，才出歐陽放一頭。曾是先皇留宰相，鴻泥誰使滯南州。

岳飛

黃龍竟使願成空，南渡江山半壁終。從此兩宫沈朔漠，憑將三字了精忠。騎驢居士知幾早，叩馬書生料敵工。老檜分屍緣底事，墓門千載吼悲風。

文天祥

狀元宰相幾人存，古誼忠肝莫比論。南渡江山留正氣，西臺風雨隕啼痕。早拚碧血埋燕市，豈有黃冠返故園。再世猶逢多難日，梅花嶺上孰招魂。

趙孟頫

大都承旨拜新恩，留葉賢愚且莫論。半世功名元學士，一家書畫宋王孫。除奸如褫緜庵魄，望帝誰招杜宇魂。笠澤弁山佳勝在，湖州遺老正扃門。

于謙

晉國安危繫呂飴，一腔熱血有誰知。南宫復辟論功日，東市朝衣授命時。饋馬君同鸜鴿辱，無魚臣苦鷺鷥飢。漫將于妾嗤文曜，閹黨乾兒較遜兹。兵部侍郎項文曜媚附肅愍，行坐不離，時目爲于謙妾。見明季小説。

楊繼盛

上書侃侃瀝忠肝，一疏爲難兩更難。饋印蚺蛇真有膽，觸同獬豸不須冠。詩書肯爲幽囚廢，枷鎖猶爭婦孺看。記向松筠庵下拜，一龕佛火照心丹。

重遊九蓮庵

錦繡屏風四面開，騎驢又逐白雲來。夕陽峰影當窗落，細雨泉聲繞壁迴。僧指瀑源穿樹杪，雀爭殘果墜經臺。青山如舊朱顔改，醉向林巒酹一杯。

壽畢雪莊師

平生未肯逐時流，老去居然物外遊。好酒但憑澆壘塊，著書不盡爲窮愁。東山絲竹中年感，北苑丹青大筆收。抛卻儒巾裁野服，逍遥海上有仙洲。

平灤詠古十首

孤竹城高古墨台音怡，清風臺下草離離。心悲坶野麾旄日，道契荆巒採藥時。頑懦於今尚興起，蕨薇自古不充飢。浮棺遼水憐中子，團子山前墓已夷。

北伐遺蹤塞草迷，春秋霸業溯青齊。穴穿蟻子隰朋井，神見俞兒卑耳溪。無數峰巒連隴右，依然渤澥抱遼西。今逢中外一家日，三百餘年静鼓鼙。

碣石荒凉輦路虚，祖龍曾此駐鑾輿。東來蓬閬無仙藥，西去轀輬有鮑魚。入海雲迷徐福島，封山碑記李斯書。扶蘇死後長城壞，空築邊牆萬里餘。

指點南山縱獵秋，漢家飛將跡長留。世多壯士誰猿臂，石有斑痕尚虎頭。百戰何堪重對簿，數奇休怪不封侯。龍章軍使矜神勇，出守平州但射彪。事詳《唐書·裴旻傳》。

不賣盧龍博列侯，千秋高義説田疇。數言已破公孫膽，奇計能梟蹋頓頭。路接白檀沈斷鏃，城臨紫塞壓危樓。劉虞墓樹悲風吼，疑是當年哭未休。

海上畋漁説小苻，慕容猲水竟何如。已看國祚歸然藁，猶向宫廚索凍魚。甘露荒凉埋鳳髻，景雲彷彿想鸞輿。傷心最是平陵土，誰復含辛淚滿裾。甘露、景雲，皆宫殿名。

曬甲山高落木秋，征遼功績已全休。秦王島下江潮急，漢武臺前塞草愁。唐太宗親征高麗，次漢武臺，刻石紀功。煙閣已成千載事，海濤猶湧百重樓。『海氣百重樓』，太宗觀海句也。可憐奚霫和親日，水到虚池咽不流。

金宋山河幾戰爭，女真王氣入南京。增緡未返三州地，過海空攻九寨兵。榆塞雲深埋戰骨，栗林風急帶愁聲。張覺殺左企弓於栗林。殺降納叛同兒戲，斷送君王五國城。

春水依然繞御林，長春宮殿久銷沉。斜陽野淀花初落，暮雨妝樓鳥自吟。雲樹常迷鵝鴨泊，江山猶識鷓鴣音。金人好《鷓鴣曲》。當年捺鉢今何處，白草黃榆思不禁。

變俗當年事渺冥，姜墳傳説枕東溟。魂歸滄海雲常黑，淚灑關城草不青。鴈陣愁過望夫石，龍輿幾上振衣亭。從今莫奏崩城操，塞上征人未忍聽。

鄉捷

二十年來費苦吟，秋風七戰始成擒。信多李郃登科愧，聊慰毛生捧檄心。壯歲已驚消硯鐵，家書共喜認泥金。文章報國成何事，空向殘編作蠹蟫。

次泊頭

長隄驅馬逐行舟，千里歸程問泊頭。倦鳥遠投城外樹，夕陽多戀水邊樓。寒天把酒難成醉，客路編詩半紀遊。野店夢回何處笛，月明溪上起漁謳。

法源寺即唐憫忠寺

寶塔巍峨插碧天，琳宫深處斷塵緣。花間風靜禽聲細，壇上雲開樹影圓。高閣遺經存漢譯，古碑荒蘚没唐年。城邊尚有哀忠墓，法鼓空林散暮煙。

讀史雜感

閩越咽喉詎等閒，老羆幾載卧當關。江無鐵鎖難偷渡，師有金牌竟召還。垂死偏宜投瀚海，後來誰可定天山。朝廷御侮思頗牧，太守雲中早賜環。

征調年年爲備倭，軍謀勦撫竟如何。鯨濤肆虐紅毛衆，虎帳談兵白面多。別有賈船藏鬼蜮，誰將巨劍斫蛟鼉。救時宰相秦長腳，仗策南來但請和。

丁沽何爲撤雄藩，竟使鯨鯢掣地翻。爭服東方速死藥，誰思南國未招魂。黄金有隖藏珠貝，緑野無堂及子孫。偏是吞舟能漏網，公然款段出都門。

聞雞誰著祖生鞭，擊楫中流莫讓先。不見劉琨梟逆虜，空傳楊僕駕樓船。朝廷命將難膠柱，草野輸軍敢惜錢。自有漢家麟閣在，功臣圖畫待何年。

報捷頻傳羽檄過，蠻煙偏未靖干戈。尚方請劍朱雲少，南海囊金陸賈多。懦將騎豬工避賊，悍酋束馬竟踰河。羊頭羊胃加封遍，不聽長安唱凱歌。

專征親插侍中貂，閫外安危仗聖朝。奇計未聞陳曲逆，戰功虛擬霍嫖姚。三邊壯士誇超距，五夜中軍鬬舞腰。西子湖光解留客，樓船不下浙江潮。

節制誰如細柳營，漢人翻使夜郎輕。張元入夏偏乘釁，兀术貪金慣背盟。三載烽煙連鬼國，諸天雷雨下神兵。邊防自古嚴中外，莫效東吴許借荆。

海國艱難未奠居，誰教徐海更乘虚。石填巨浸無靈鳥，火起城門有涸魚。杜老乾坤悲戰伐，放翁身世付樵漁。漢皇宣室方前席，早上長沙痛哭書。

東園獨坐有懷常職卿

秋入園林晚更宜，豆棚瓜架倚欄時。豬牙過雨肥添角，馬乳經霜重壓枝。蝶老寒花空寂寂，蟲鳴黄葉漸離離。何當月白風清夜，共向亭前倒玉卮。

壬寅秋偶檢書簏，得前邑侯張雲巖先生七律四章，蓋壬辰去官時志别作也。聞公抵里即赴道山，迄今已十年。因成一律以志感

不見雙鳧已十年，偶逢遺蹟倍流連。催租未礙陽城拙，解組還如賀監賢。秦漢兩朝傳隸法，精分隸。雪泥六載寄吟箋。感恩空灑西風淚，南北幽明各一天。余應童子試，蒙喚入内堂，賜以茶果，置列前茅。

爾爾書屋詩草卷五

七言律

登澄海樓呈陸明府

第一雄關據上游，西風鼓角動危樓。鯨濤東去三山渺，雉堞南迴萬壘秋。作賦空餘王粲志，吟詩誰識杜陵愁。防邊防海須籌策，宵旰方勤未雨謀。

旅獒

太保曾聞戒旅獒，何緣異物競譁囂。重洋島嶼蝦夷聚，上國金錢馬市銷。自昔梯航通萬里，於今干羽格三苗。懷柔更議周婆禮，海外原來有牝朝。

常職卿以自遣詩見示，不覺有動於中。因廣其意，成七律四章

北海之濱舊結廬，東園松竹未應疏。雲山壁上無聲畫，風雨燈前有味書。懶向雞蟲爭得失，時將烏兔驗盈虛。家居自爲鱸魚戀，豈待秋風賦遂初。

漫向胸中設町畦，早知身外盡筌蹄。事當棘手機須靜，物到平心理自齊。院僻荒苔隨意緑，林深幽鳥盡情啼。蕭齋戲補王褒約，煮茗熏爐課小奚。

歲月頻驚筆硯磨，增年豈敢怨羲娥。酒惟寄興無妨少，書爲求温轉怕多。晴雪一窗花滿窨，春風三徑竹成窠。近來更得偷閒訣，不中詩魔中睡魔。

輸贏無處辨梟盧，長短何勞問鶴鳧。我輩惟應勤補拙，世人每以巧成愚。多歧漫泣亡羊路，固守休尋待兔株。打破蒲團與禪板，聊將危坐學僧趺。

重葺靜觀亭成有作

斗大茅亭十畝閒，安排欄楯倚柴關。千重緑合連村樹，一抹青分隔縣山。木爲架藤偏易朽，草非防菜不教删。笑他營宅平泉者，花鳥搜羅總未閒。

哭陰子翼先生

文旌西去正東風，譜入薰絃曲竟終。先生以正月十九日赴官平山，至五月初九日竟仙逝矣。命盡一官天亦酷，魂歸千里夢應通。彭殤理可齊蒙叟，得失機難問塞翁。惟有立言堪不朽，瓣香人共祝南豐。奇行煌煌史筆垂，千秋風教賴維持。所著《女士奇行傳》二卷，表彰節孝，真有功名教事也。斯文欲墜先生重，此老不遺後起誰。晚節愁看黃菊圃，將行，族姪子企明經作序送之，中引魏公『老圃黃花』之句，蓋以晚節相規也。寒宵共憶絳紗帷。可憐一片東山石，只繫羊曇泣後思。

柬臧友山明府

仕路休嗟行路難，出山須作在山觀。紓他蔀屋三分苦，留我儒生半點酸。祿可養親焉用富，貧原非病況爲官。早知甘雨隨車遍，單父琴聲聽再彈。

西山卧佛寺

娑羅樹色轉蘢蔥，爽館涼臺曲曲通。蓮沼暗分千澗水，竹亭虛揖四山風。但能自在皆成佛，卧佛殿內有御書『得大自在』銅額，蓋世廟筆也。益信繁華本是空。唐建明修盡陳跡，浮屠依舊夕陽紅。

得魏鏡余同年式曾書卻寄時鏡余遊幕天津

杏花時節記逢君，矮屋悤悤蘙易分。庚戌會試，在闈中一晤即别。共羨風神同衛玠，誰教科第困劉蕡。信傳溟海霜前鴈，夢繞津門日暮雲。所至公卿應倒屣，翩翩書記杜司勳。

閒居書事寄常職卿

眼倦抛書出户來，春風滿院散香埃。數竿緑竹葉初换，一樹碧桃花亂開。汲水先澆新菜果，築山擬改舊亭臺。憑君共領閒中趣，幾度呼童掃徑苔。

郊行示倪生

清泉白石路條條，竹杖樱鞵取徑遥。兩岸苔痕黏馬跡，半溪山影聚魚苗。採樵路入斜陽樹，上市人過淺水橋。畫意滿前誰繪得，憑君一幅寫生綃。

四十自述

青燈常守舊煙蘿，四十年華逝水過。世路寒暄真意少，名場馳逐後生多。託身欲借嫏嬛地，隨分皆成安樂窩。屈指廿年何所事，策勳强半在吟哦。

出右安門遊小有餘坊，遂至頤園訪萬柳堂匏瓜亭故址

右安門外草如煙，韋杜春風尺五天。舊日樓臺頻换姓，劫餘松檜不知年。垂楊作絮雲情懶，野水生紋雨點圓。何處嬉遊貴公子，翩翩横路躍花韉。

偏涼汀

千重煙樹抱迴汀，徙倚闌干酒半醒。日落松棚山店暝，風回柳岸釣船腥。硃砂洞在魚猶赤，相傳下有硃砂洞，故濼鯽鱗多赤。金碧樓荒草自青。欲問高皇全盛事，巖前尚有御碑亭。

懷靈璧令才霽堂，時粵匪大擾江南

數年烽火照江濱，上將何時掃戰塵。爲吏正逢多難日，行軍誰是好謀人。鄭陂水涸無青草，楚壘雲深有碧燐。知是黔黎依杜母，秋風不忍憶鱸蓴。

聞河南寇警有懷武秋瀛進士，時秋瀛以縣令需次於豫

相思無處問平安，薄宦知君興已闌。人過五旬催老易，地當四達補官難。鴉啼敗堰黄河漲，馬踏空城白日寒。滿目干戈親舍渺，望雲應有淚汍瀾。

閒居書悶戲效皮陸體

半生蹤跡溷紅塵，掉臂邱園學隱淪。客到恰逢生酒熟，忘多轉覺舊書新。貴無燕市千金骨，長愧曹交九尺身。歷盡繁華成一笑，舜英榮落只昏晨。

一片殘陽挂柳枝，綠陰滿地閉門時。井痕雨漲泉添眼，石色風乾蘚剥皮。鳥爲啼多聲漸懶，花當接後性先移。從茲學作忘機者，不向長安看弈棋。

幽居日與世情疏，獨有頭巾習未除。小睡每耽朝飯後，閒吟多在晚鐘初。屋留舊壘邀歸燕，甕汲

新泉療病魚。即此身遊懷葛上，不須夢裏覓華胥。

感事

無端鼙鼓遍江湖，黼座朝朝望捷書。寇似沸湯誰斷火，民如短髮不禁梳。地連西北山河壯，力盡東南杼軸虛。今日豈無醫國藥，豨苓誤進痛何如。

初秋感懷

薰風纔過起涼風，日自西沈水自東。繞屋叢篁三面緑，向陽山果半頳紅。逢秋客意憐梁燕，入夜吟情伴砌蟲。自愧無才供世用，憂時惟願祝年豐。

次韻酬常職卿

數年同下董生帷，歲月蹉跎感昔時。置辯何須三尺喙，養閒應借二分癡。世間滋味刀頭蜜，身外情緣藕眼絲。衆醉原來不在酒，從兹休泥衛公詩。職卿近日戒酒，故云。

再疊前韻

秋聲昨夜入簾帷，正是西窗夢醒時。孤枕涼颸蘇暑困，半天晴日破雲癡。溪明白鳥團輕雪，樹動青蟲墜細絲。近日知君無別事，靜研花露和陶詩。

三疊前韻

寒氈仍守舊書帷，漫爲浮名歎失時。獻玉須防傷足禍，藏珠應笑剖身癡。蜘蛛礙路常牽網，傀儡當場孰曳絲。若得堯夫安樂法，疊牋閒寫打油詩。

贈盤山天城寺愷山上人

卧雲樓所居樓名下抱雲眠，十載修持斷俗緣。爲愛烟嵐收入畫，善畫。多栽花木恐妨禪。維摩變相巖前石，太古元音澗底泉。愧我勞勞塵鞅裏，至今未辦買山錢。

春初偕常職卿、楊魯田、張肅亭同赴公車，余未及終場，與常、楊兩君先出都作盤山之遊。頗歎此行不負，因過玉田旅邸留寄張肅亭

春風攜手上長安，既到長安獨早還。自喜今年勝往日，得因便路看名山。雲横樓閣磬聲静，月上衣襟松影閑。爲問霓裳同詠客，可能有夢落孱顔。

贈常職卿癸丑公車至都，聞寇氛甚熾，遂不入闈、不應挑而回

求名何爲轉逃名，匹馬春風别帝京。有酒儘拚千日醉，無官卻得一身輕。愛儲藥餌非關病，不廢詩書可代耕。漫道吾儒無事業，禽魚花木亦蒼生。

過職卿書館賦贈

剥啄門前破緑苔，一尊懷抱爲今開。聯詩幸少催租吏，逋酒幾無避債臺。静裏我時聞笛起，客中君復借花栽。貴人合是閑人作，漫道簪纓勝草萊。『多恐閑人是貴人』，晚唐人句也。

贈溪叟

溪山深處結松蘿，業老漁樵兩鬢皤。雙澗抱門秋洗藥，一竿衝雨夜披簑。能詩定似胡釘鉸，種樹應遵郭槖駝。我欲卜鄰在何日，釣徒銜亦署煙波。

感汴梁事

千里烽煙入汴州，孤城風雨挾奔流。敖倉粟朽山空在，官渡臺傾骨未收。波谷妖氛餘郭太，吳興神騎助蕭猷。近聞陶侃移營壘，作賊休教到白頭。時勝克齋侍郎奉詔移營河南。

示泰兒二首篇中俱用四子書。欲其即所素習者，時加提撕也

自古當仁不讓師，困而不學竟誰欺。後生可畏因來者，儒子有歌其聽之。志道何須耻衣食，無恒難以作巫醫。愛兒即在勞兒處，此意惟期兒輩知。

聖賢强半出憂患，苦志勞筋莫放寬。子孝當思憂疾意，人生最是守身難。友非益者防三損，物有萌焉戒十寒。悦樂俱從時習得，鄙哉求飽復求安。

九月八日陪張心航、劉靜齋二廣文登陽山

青山一帶畫屏張，乘興登臨喜欲狂。小徑繞村枰畫界，亂泉戛石珮鳴璫。預斟薄酒酬佳節，共喜名流聚異鄉。遥憶故園籬菊放，家人明日作重陽。

謁蔡襄敏公墓

巋然古墓瞰清瀾，石馬縱横半欲殘。澗口沙平馴犢臥，嶺頭風勁野鷹盤。千秋吉壤歸名將，一代貞珉出宦官。相傳墓傍華表、碑碣爲魏閹故物。俯仰遺蹤無限意，四圍山色對憑欄。

辛亥夏閲邸報有感，寄廣西方伯勞辛陔師，用杜工部《諸將》五首韻

桂林猶有限蠻山，萬里封疆虎據關。不分金戈連徼外，空留銅柱插雲間。籌邊老將頭應白，破敵孤城血正殷。巨寇雖殲餘孽在，大臣未敢解愁顔。

節鉞開藩百粤城，天恩新假撫軍旌。時以藩司護大中丞篆。窮追漫使鄰爲壑，縱掠須防寇借兵。大將聲名隆北闕，時向軍門蒙賜『霍欽巴圖魯』名號。書生韜略出西清。先生以翰林出守平陽，洊升今職。渡河留守方銜憤，抉眼潮陽望賊平。謂林少保也。粤西賊起，詔起公督師，力疾就道，卒於潮州。

昨聞黔楚尚傳烽，時調黔、楚兵赴粤西勦匪。羽檄紛紛報九重。半載潢池遭豕突，千尋京觀待鯢封。受降定可三城築，轉餉難辭萬里供。安得泰山賢太守，盡驅蛾賊罷歸農。
爭道將軍識賊標，炎天兵氣漸全消。風吹五嶺開煙瘴，雨洗三江見泬寥。算定能捻負嵎虎，令嚴豈有漏師貂。運籌自古憑帷幄，好勵忠勤答聖朝。
凶年多逐大兵來，黔首存亡總可哀。軍士沙蟲埋廣漠，將官星宿動雲臺。會除外患苞三蘖，共酌中衢酒一杯。須識莠良皆赤子，薦書珍重牧民材。

送楊魯田學博之任邢臺

北風吹雪墮庭柯，聞道君行喚奈何。廿載論交惟我重，一官捧檄爲親多。門牆化雨滋桃李，猨鶴空山守薜蘿。他日相看應笑問，鬓邊毛髮讓誰皤。

喜常職卿歸自遼東

日上庭柯散曉鴉，忽聞門外駐輕車。紀遊快覩新詩草，埽徑同尋舊種花。千里雲山曾入夢，一年風雨幾思家。所嗟戰伐乾坤破，相對蒼茫歎繫瓜。

和史君牧見贈原韻

北風作勢小寒初，忽報魚函到敝廬。交誼豈關投縞紵，華宗何幸附簪裾。論文膽識輸君壯，用世才猷媿我疏。爲問一瓻今備否，借書幾日又還書。君嘗假閲藏書，故戲及之。

莫歎長才屈幕賓，卻從忙裏得閒身。翻雲覆雨無常局，明月清風最可人。鄉夢幾回縈溧水，詩名從此噪灤濱。明年花發東園日，載酒還期共賞春。

前詩既成，尚有未盡之意，因復追步二首

投契曾懷邂逅初，長將真面守匡廬。客途失意休彈鋏，當路求賢定攬裾。肝膽惟知朋輩向，炎涼不礙世情疏。名山自有千秋業，黄葉聲中好著書。

廿載侯庭作上賓，老來猶是苦吟身。淤泥不染花君子，色味能清酒聖人。蹤跡浪浮遼海上，風煙愁望越江濱。胸中冰炭須消盡，良友相逢一笑春。

三疊前韻呈君牧

靜裏乾坤似太初，蕭然村巷掩蓬廬。淵明望益時開徑，温嶠娛親敢絶裾。火爐熏鑪知夜永，日烘

煖閣愛窗疏。世間魑魅看來慣，欲廢東方罵鬼書。

人世相遭孰主賓，百年同是夢中身。韋弦佩在須觀我，荆棘心清漫惱人。文字恢奇思海外，雲煙變滅任天濱。幾多生意冰霜裏，笑看梅花已逗春。

君牧和焦笠泉給諫冬夜偶占二律，稱原詩有遺榮之意，因四疊前韻率臆和之

久聞才調邁黄初，蚤歲承明謁帝廬。玉尺量材歡白屋，君屢主文衡。繡衣秉簡肅朝裾。家能濟美推三孔，身欲辭榮效二疏。到底江湖心魏闕，臨軒方問弱侯書。

干羽方期化不賓，那容雲外乞閒身。官辭北闕緣將母，望重東山待濟人。千首題襟追漢上，君詩集甚富。近在濼署，唱和尤多。兩年浮宅滯河濱。從知龍塞陽回早，盡作先生杖履春。近方病足，故云。

温泉廟

道院深深闢浴堂，温泉曲曲瀉方塘。到來每覺羞塵面，滌去應教換熱腸。掃地雲横蒼竹影，隔牆風送白蓮香。聖朝不好流連樂，免作華清十六湯。

山居落成

千峰匼匝萬松青，小築巖腰俯北溟。未有樓臺誇傑構，但憑花木作圍屏。地高雲氣穿窗入，雨過泉聲伏枕聽。樵牧從茲皆伴侶，相邀磵谷劚參苓。

戲作

茫茫萬劫此乾坤，浮世功名總莫論。蛙不在官誰給廩，鶴焉能戰漫乘軒。樊籠困我蜂鑽紙，冷暖因人蝨處褌。不是窮途安用哭，一聲長嘯上蘇門。

六十自述，用四十自述韻

槐安一夢繞檀羅，周甲光陰眨眼過。紫陌春花新景換，青山宿草故人多。涉園幸未荒松徑，築室何妨號菜窩。最喜同堂今五世，壽章閒向北堂哦。

東便門外二閘泛舟

瓜皮小艇泛春渠，正是東風拂面初。雨打樹腔驚蟄燕，冰消澤腹散寒魚。一彎碧草方侵履，九陌緇塵尚染裾。遥憶村居灤水上，正堪挾策灌園蔬。

題張扶旭十二辰畫册

鼠

一生肯蓄託瓜壺，辨字應知鄭璞誣。不謂穿墉同屋雀，須防憑社似城狐。兩端自誤功難就，五技雖多用卻無。我欲借鬚纏作筆，牡丹花下畫狸奴。

牛

桃林飽卧草毿毿，引重耕田事舊諳。齊易羊知非愛一，葛聞犧辨是生三。火明師逐燕人北，石爛山歌甯戚南。希寵漫誇文繡貴，當年丑座尚懷慚。

虎

澗泉瀧瀧石磷磷，血吻模糊欲噬人。入穴誰能攖彼怒，渡河猶解感吾仁。威容狐假須防褻，質僅羊存詎似真。傅翼那堪飛食肉，願隨馮婦逐車塵。

兔

趯趯名傳東郭㕙，雌雄相伴倍相親。秋風鷹犬迷三窟，明月蟾蜍共一輪。株守自慚心計拙，蹄忘轉覺道機真。褐衣缺口殊寒儉，別有先生號補脣。

龍

春霆殷地挾雲行，倒捲黄河入紫清。無欲豈爲劉累豢，真形偏使葉公驚。登門變化誇燒尾，破壁飛騰怕點睛。高卧南陽誰喚起，好憑霖雨潤蒼生。

蛇

入山誰解唤升卿，絶壑風來古木平。虺夢祥占生女兆，荻洲人識寄奴名。感恩不忘啣珠報，無事何須打草驚。多少杯弓成幻影，掃除疑慮寸心清。

馬

紛紛駑驥共驅馳，汗血功高感遇時。致遠不妨蠅附尾，驚人何待虎蒙皮。九方甄去無知己，千里駒生便不羈。寄語長材休短馭，宫中捕鼠讓家狸。

羊

細肋柔毛卧淺沙，夕陽簑笠傍林斜。閒供宰相粧芳草，戲向兒童駕小車。作宦漫誇皮五羖，追亡常誤路三叉。牧羝尚憶蘇卿節，十九年留北海涯。

猴

蕞爾形骸認棘端，袁公劍術等閒看。束身不受周公服，胡面應羞楚客冠。千歲蟾蜍工變化，一時騏驥保平安。相憎漫續王孫賦，舊是唐家供奉官。

雞

花間獨立氣昂然，喚醒夢夢昧旦前。好鬬曾傳王勃檄，聞聲誰著祖生鞭。關開函谷人潛度，宅拔淮南犬共仙。漫道雄飛勝雌伏，翰音畢竟不登天。

狗

茸茸階下緑茵披，如豹聲消日上時。表異無須頭有角，不驚常便足生氂。旅獒舊著周王訓，功狗同扶漢室基。我愛相如名犬子，文章横厲比蟛蜞。

豬

木蘭橋畔食同牢，子母相將競哺糟。養遍五門聲嘍嘍，生當四月腹饕饕。定婁未洗夫人耻，害稼難容懶婦豪。莫怪家家重烏鬼，烏金索價本來高。

聞道

聞道君王罷露臺，九重恭儉惜民財。里方七十同文囿，富數三千陋衛騋。讀賦無端來趙鬼，獻諛終未賜雷開。杞人素抱憂天志，不覺懽聲動草萊。

曾文正公輓詩二首

中興事業出儒生，附翼攀鱗萃衆英。撥亂頓教寰海靜，撐天何意泰山傾。程朱學術天人備，韓范勳名將相并。杞梓楩枏歸大匠，楚材端賴一人成。

駐節畿疆化雨流，授餐適館爲賢優。衆中遇我偏青眼，晚歲逢公已白頭。桃李新陰幾名世，貔貅舊隊半通侯。荒阡自灑瀧岡淚，望古深慙六一歐。

東光晚泊

連日征帆困石尤，東光城外又淹留。前途迢遞三千里，舊夢依稀四十秋。道光庚子秋捷後，省親於東光學署。今恰四十年矣。東岱碑尋秦漢字，西湖酒載桂蘭舟。此行合襲當年句，客路編詩半紀游。昔歸自東光，嘗得是句。

魏仲儀清鳳招飲湖上滙泉寺

重來湖上款僧樓，載酒尋芳事事幽。野水淡摇新柳碧，遥山紅帶夕陽浮。人逢舊雨多情話，天假和風濟勝游。連日大風，是日少霽。爲有詩魔降不得，苦吟先使病魔收。是日余適小極。

劉伶墓

天生此老酒爲名，荒冢何人酹醁醽。塵世盡成千古醉，先生應向九泉醒。寥天衣狗浮雲幻，驛路風沙宿草零。荷鍤誰能同作達，眼前無數亂峰青。

光緒八年四月廿九日，七十初度，率成一律，以酬同學諸子祝嘏之意

駒光迅駛似梭穿，甲子重周又十年。眼底有書堪破寂，胸中無事即遊仙。兒孫共舞庭前綵，山水常留世外緣。漫道壽人天自壽，此所贈壽言中語。老樗本以不材全。

梅小樹以《中秋對月》詩見示，詞多悽楚，似非老人頤養所宜，因步韻和之，以廣其意

雞肋浮名一笑捐，但憑詩酒送餘年。圖書伴我饒真味，魚鳥親人亦夙緣。變滅須知雲是幻，團圞那見月常圓。鼓盆解得莊生意，鏡裏孤鸞漫自憐。君夫人以去歲新逝。

飽嘗世味苦兼辛，百歲光陰一欠伸。世界花花如泡影，古今草草幾勞人。撫絃自喜琴鳴志，衡斗應知劍有神。願與羅浮同夢隱，君自號羅浮夢隱。鍊成仙骨峙嶙峋。

次韻和游子代廉訪入蜀三首

秋風旌旆指秦川，萬里蠶叢遠接天。布政誰承諸葛後，開疆直溯五丁前。西陲地靜烽煙息，北闕恩深日月懸。報國此身憑老健，養生無藉寄羊鞭。

三年別思幾腸回，忽覩瑶函笑口開。垂老光陰偏迅速，每懷疇昔轉低徊。新猷共仰文翁化，舊部還思召父來。天下蒼生胥繫望，一隅康阜豈徒哉。

歸田漫欲遂初衣，無限黔黎託末暉。主眷方從今日重，臣年敢惜古來稀。立祠合配欒公社，永人爲公立長生禄位。輸粟能紓晉國饑。去年永平大水，公自蜀捐三千金以賑之。它日朝天應賜宴，會看湛露詠陽晞。

赴定州王文泉之約，中道而返卻寄

中山舊約已經年，未到中山竟早還。我向煙波尋釣叟，留連西淀者數日。君搜典籍爲鄉賢。時方輯《畿輔叢書》。望徐久設南州榻，訪戴虚乘剡水船。他日書成同汲古，定應惠寄百瑶編。

沽上贈王竹舫

相逢一笑各掀髯，歲月難留過隙駒。碣石雲山勞夢想，碣石話舊，轉瞬已數年矣。蜃樓人物入虚無。到紫竹林，見廬舍人民，幾疑入蜃樓海市中，心目爲之惝恍。循名定使皇仁廣，時襄辦廣仁堂事。匡俗先將正教扶。多少窮民胥待告，蒼生霖雨在吾徒。

讀史二首

趙括猶難恃父書，何須敵國聘孫吴。木牛流馬皆餘技，緩帶輕裘乃鉅儒。遷地豈能誇魯削，素餐還恐濫齊竽。曹兵曾畏南陽葛，未向西川學陣圖。

大道生財列十章，疾舒衆寡費衡量。致平未可拘官禮，富國何容任孔桑。自昔錢源通貨幣，誰家礦禍起貂璫。利權漫付波斯賈，債帥還愁有債王。

河間牛蕚峰林、江蘇張午亭師榮以求詩見訪津門舟次

行蹤到處有逢迎，明月清風共此情。匡鼎説詩無妙解，陳遵驚座只虛名。老來志趣宜農圃，閒裏生涯課雨晴。文字故交零落盡，又從萍水訂同聲。

感事

乾坤自古畫葫蘆，造物爭新竟破觚。戰國衡從翻異局，地輿面背闢通塗。朝紳遠作紅毛客，市賈深藏碧眼胡。變夏變夷渾莫解，衣冠王會漫陳圖。

續刻《永平詩存》感賦

又輯遺編付手民，一爲欣慰一酸辛。唱酬半是同聲友，删拾端資後死身。敢謂深仁同掩骼，聊憑薄力效披榛。采薇歌歇風詩渺，尚望輶軒問俗人。清聖《采薇歌》，當是吾鄉風首。

偶成三首

落絮飛花墜溷茵，幾多後果與前因。三生未種神仙福，百歲空餘傀儡身。自古興衰歸大造，無邊風月付閒人。乾坤旋轉憑誰力，容我昇平作幸民。

時事悠悠馬耳風，半生心跡付冥鴻。公車懶上三千牘，春服歡攜六七童。兔走烏飛何日駐，盧贏雉詘總成空。流光自識無多少，笑聽人稱矍鑠翁。

鷃笑鵬摶各等觀，春來秋去總無端。飽諳世味肱三折，細數前塵指一彈。守分敢希非分福，怨天須識作天難。北窗高卧羲皇上，過眼浮雲倚枕看。

和楊香吟見贈原韻

魯國諸生半在門，君以親老不仕，主書院講席者數十年。春風滿座共琴樽。絳帷高弟推徐庾，謂徐台州諸君。黄絹才名壓李温。我爲逢時慚術拙，君真不仕得身尊。『身由不仕尊』，放翁句也。君取以贈我，此語恰可轉贈。詩筒遞到盈川句，王後盧前合並論。

光緒丁亥，因年力就衰，以家務分付兒孫感賦

逝水光陰去不停，古稀已過又頻增。八年色笑違慈母，五嶽遨游負勝朋。余嘗欲爲湖嶽之游，時桐城方存之致書於南中朋好，屬爲照拂，代作湖山主人，意甚盛也。乃行未及半，竟因嗽而返，至今悵惘。尚有田園供嘯傲，敢將賢達望孫曾。蒲團穩坐身無縛，此後真爲退院僧。

己丑二月梅小樹以歲暮見懷之作寄示，因作此以答其意

年來年去似梭穿，畢竟增年是減年。悟我曾玄皆幻影，余近見玄孫，相知者皆爲我賀。然人生一幻影耳，此亦何必認真。感君文字有前緣。巢由稷契難同傳，夭壽窮通總在天。寄語古今一邱貉，願留老眼看滄田。

庚寅晉兒登第，余攜兒孫俱朝服拜墓志喜即以勗之

一門金紫聖恩叨，閥閱增崇漫自高。作宦每嗤貂續尾，有文方稱鳳生毛。家風莫使成紈袴，士品端宜勵緼袍。六月孤兒沿世澤，誰知母氏舊劬勞。

庚寅重游泮宫赋赠新进诸生

白頭無計可還童，又逐時髦入泮宫。自昔襴衫稱弟子，於今領袖屬衰翁。承先尚冀孫傳硯，到老難忘母折葼。不道桑榆成晚景，夕陽猶並旭光紅。

五朝人物散雲煙，回首蒼茫海變田。難向膠庠尋舊侶，好憑文字結新緣。詩名愧我輸袁趙，袁簡齋、趙甌北俱重游泮宫。袁在七十二，趙在七十九。壽算從人頌偓籛。二十三科老鄉薦，諸君可許喚同年。自道光庚子，至光緒己丑，歷京兆試共二十三科。

辛卯七月十六日，順天學使周生霖侍郎以學行疏薦，奉硃批賞加四品卿銜，紀恩即以志愧

綸音驀地賁柴荆，自顧行藏意暗驚。啖到虚名皆畫餅，拾來餘慧總塗羹。朝廷本爲風聲樹，鄉里難寬月旦評。所幸儒酸有真面，龍鍾仍舊一書生。

臣今耄矣役無能，樗朽何堪寵命膺。不望安車隨計吏，或緣虚位恕聾丞。隱居久作南山豹，壯志全消北海鵬。漫向清班爭冷煖，卿舊有『冷煖睡飽』之句。署銜深愧一條冰。

又戲成二絶

白髮重搴泮水香，頭銜今又沐恩光。它年寫入銘旌上，多費泥金字幾行。
官階非假亦非真，同是邯鄲夢裏人。從此卿卿應笑喚，阿戎休向老妻嗔。

老境

堂堂歲月去無端，蔗味雖佳食已殘。把臂早驚同輩少，談心思見故交難。鬚眉變易慵窺鏡，肝膽輪囷尚據鞍。堪笑人皆敬而遠，相逢幾作鬼神看。

爾爾書屋詩草卷六

五言絶

題畫二首

煙外數疊山，林下三間屋。日暮人未歸，白雲自來宿。

茅亭倚樹根，板橋通細路。秋色滿溪山，人在蘆花渡。

詠史小樂府 俱明末事

甯武關

多少降將軍，將軍獨戰死。盡如甯武關，安能飛到此。

不凡人 流寇陷京師，錢位坤赴部時語人曰：『我明日此時便非凡人矣。』京師有《不凡人傳》

管魏何人斯，羣然相附和。似此不凡人，佳傳憑誰作。

圓圓曲

洗盡鉛華氣，黄冠望若仙。誰知邢太太，卻是陳圓圓。

項水心

橋上衆衿笑，真成項水心。奈何復奈何，枉費三千金。

福禄酒

梟獍勢囂張，優伶日奔走。福人醉未醒，忘卻福禄酒。

馬家口

新開納事例，名器假人手。嗟嗟江南錢，盡入馬家口。

阮中曲

阮中曲能變，逆案翻順案。燕子與春燈，鬧取秦淮亂。

衣冠墓

忠魂不可招，古墓草蕭蕭。嶺上梅花樹，年年香自飄。

題畫二首

竹影落空庭，雲煙繞屋青。山中無暑氣，長日讀茶經。

隔樹呼烹茶，獨倚繩牀坐。幽人期不來，秋風涼入座。

又二首

風雨送孤舟，蕭蕭古木秋。鐘聲何處落，紅葉滿僧樓。

急雨下高樓，濃雲横遠樹。寄語過橋人，莫忘來時路。

東園雜興二首

海上風雨來，茅亭如破繖。松竹聲蕭蕭，誰家吹玉管。

碧甃繡蒼苔，半畝清陰護。年來春雨多，桔槔挂高樹。

晚泊

古渡月已沈，疏燈透林屋。隔岸聞鵁聲，知有舟人宿。

聞笛

斜月上林梢，雲澹天光迥。何處笛聲來，滿牆花弄影。

平城晚眺

山色幻青紅，人立斜陽裏。一鴈逐帆來，寒聲墜秋水。

和祁季聞刺史《消寒雜詠》六首

湯婆子

蠢爾龍鍾態，公然又一婆。婆心在何許，中抱熱腸多。

不倒翁

共登傀儡場，冬烘此頭腦。可憐不倒翁，惟任人顛倒。

火判

炙手勢炎炎，轉瞬成灰冷。寄語熱中人，焚身真可警。

門神

面目年年換，神威亦赫哉。臣門非如市，莫放雜賓來。

雪羅漢

世界現光明，同參羅漢果。一點未消融，速付洪鑪火。

鹿尾

異味列八珍，索來供匕箸。何如麈尾揮，聊作清談助。

晚望

谷口夕陽沈，緑陰鋪滿地。隔樹聞歌聲，牛羊下空翠。

得月亭夜坐

把酒坐山亭，夜深諸籟靜。斜月睨疏林，滿身松檜影。

曉行即目

一片曉霞紫，明星猶在天。人家深樹裏，縷縷上炊煙。

題畫四首

萬壑雨初收，煙深不見底。一幅雲山圖，髣髴襄陽米。
旌旆隱孤城，山頭斥堠明。定知雲樹裏，有客數郵程。
空山夜氣清，松風自搖擺。一月照巖頭，白雲深似海。
殘照下疏林，秋風入寒篠。空亭寂無人，落葉淨如掃。

題畫五首

新月照魚罾，漁人正酩酊。笑煞屈靈均，向爾誇獨醒。
據梧芭蕉陰，簫聲更清越。知音何處尋，談心向明月。
倚杖聽流泉，塵心消幾許。此水勝丈人，我愛淵明語。
指點前村路，杏花紅欲然。酒家在何處，我有杖頭錢。

户外柳成衙，人來天正午。獨坐聽鳴蟬，林深不知暑。

七言絶

讀史雜詠

燕主求賢始自隗，千秋遺蹟勝高臺。黄金亦是尋常物，多少賢才誘得來。

八百春秋歷夏商，白頭幾度閲滄桑。可憐五代馮長樂，未過陳橋便已亡。

放浪形骸共效尤，竹林爭自附清流。七賢畢竟成何事，中有安豐善握籌。

高築層樓接太清，藥鑪丹鼎伴吹笙。華陽豈是終南徑，博得山中宰相名。

一敗龍衣血濺紅，浣衣千載説孤忠。臨危惟解求佳馬，秦準當年亦侍中。

夜半陳橋擁戟鋋，殿前點檢作君還。黄袍不是軍中物，竟出陶家袖詔先。

一夜西風菜葉黄，齊雲樓下斷人腸。拔山力盡烏江死，項羽焉能事漢王。

重過吕公堂

古碣殘碑卧夕陽，十年不到已滄桑。從今識得黄粱味，不向仙人乞夢牀。

永興寺秋夜

僧樓鐘靜佛燈明，颯颯西風夢乍驚。隔屋有人猶未睡，半窗殘月讀書聲。

雄縣早發

老屋燈光透薄紗，醉眠野店當還家。寒風撼醒三更夢，十二橋邊月已斜。

天津竹枝詞

天上津梁橫九星，倒流入地長盈盈。浮橋不管人離別，目送輪蹄無斷聲。
渤海城邊浪作堆，無山但見水縈回。妾愁似水渺何極，郎意如山招不來。
石首來時楝作花，河豚上日荻抽芽。郎從海口販鮮至，先送城南鹽賈家。
楊柳青邊楊柳青，郎來繫馬妾揚舲。莫謾迴腰學妾舞，也須垂綫牽郎情。

題李卷山侍御《雪泥鴻爪集》

詩酒疏狂老謫仙，承恩萬里夜郎還。天教西去無他意，飽看燉煌塞外山。
抗疏常期動九天，豈徒詩卷任流傳。堪嗟屈軼同芳草，不在堯階二十年。

海上詞十首

觀音柳下古神堂，牡蠣牆圍曲曲房。銅鼓朱旛迎賽日，船來先祭趕魚郎。廟中泥鬼有名『趕魚郎』者，報賽時，爭以肉塞其口中。

祥雲島下暮雲平，魚骨祠前潮水生。儂意只憐公子蟹，阿郎偏愛美人蟶。海濱有魚骨廟。

一葉漁舟小似瓢，櫂歌唱出太平謡。黄昏出網人爭鬧，紫蟹銀魚拾小潮。漁人舊例，凡魚落網外者任人拾取，謂之『拾小潮』。

貧家女不解朱鉛，嫁得夫郎慣刺船。半月坨前坐坨去，何時缺月得團圓。半月，海中坨名。海濱人家每於春秋赴坨采海菜，去輒經月，謂之『坐坨』。

潮去潮來信不訛，不聞郎信奈伊何。鏡兒魚好難照面，照面還愁淚點多。

岸上鱗鱗插界樁，西南風起各家忙。農家爭羨漁家樂，不識旗租與御糧。海上打魚處各有界樁，不相侵犯。俗以立夏日入海捕魚，視西南風則多獲，東北風不利。

鹽田彌望牧場圍，點點牛羊散夕暉。韭菜溝邊春雨過，緑茵滿地馬牙肥。韭菜溝，海上地名。馬牙，草名，馬食之則肥。

落日團焦入望空，竈丁比户盡編蓬。東風雨過春潮長，又費鹽池數日功。竈户曬鹽，天久晴則鹽成速而多，遇雨則滲入地矣。

糧艘商舶聚叢叢，十九坨前水路通。斥鹵無須問豐歉，全家温飽仗關東。本地所産禾麥，恒不敷用。瀕海尤斥鹵，不堪耕種。一年口食，全恃關外。石臼坨，一名「十九坨」。

灘頭雨過上魚蝦，郎去揚帆采石華。揀得青螺學盤髻，蛤蟟岡下是兒家。海畔有村，名蛤蟟岡。

秋郊晚步

日暮西風落豆花，孤村罨畫似山家。林深不放茅檐出，一縷炊煙繞樹斜。

溪上即景

荷落寒塘碧霧消，飛飛歸鴈望中遥。水浜花穗蕩波影，時有負薪人過橋。

自灤州抵盧龍道中口號二首

斷橋荒草夕陽邊，虎踞研山象萬千。塔影入窗茅店晚，西風鈴語落層巔。

亂峰合沓接榆關，灤水縈迴路幾彎。日暮不逢人射虎，短衣匹馬過秋山。

廢寺

踏青偶到梵王宫，白石清泉臘屐通。古殿無人春欲暮，野花直上佛頭紅。

戲和楊魯田感舊夢二絶有序

楊魯田孝廉，余葭莩親也。貌如冠玉，品重兼金。前身遺彤管之芳，再世競謝庭之秀。靈通一點，慧性常存；石記三生，貞魂未斷。故詩惟紀實，遂覺無幻之非真；而事可傳奇，莫怪其言之近戲。

玉樹臨風絶點塵，千秋彤史證前因。儀容不爲輪回改，怪得留侯似婦人。

婦節臣忠一例難，貞心猶向再生完。分明指與來時路，莫當尋常夢幻看。

溪上二首

雨後溪光絶點埃，溪南溪北恣徘徊。緑楊夾岸波如鏡，各搦纖腰照影來。
茅屋三間水一泓，野人真率廢將迎。緑陰滿地馴厖卧，誤吠烏犍渡水聲。

偶成

窮年矻矻學經師，數句尋行歲暗移。一事近來堪笑甚，每當科舉戒吟詩。

自新寨晚歸

摇落西風禾黍花，疏林古道夕陽斜。緣溪五里羸車穩，看盡芙蕖便到家。

燕臺雜詠五首

尺五城南竹樹遮，豐臺十里燦流霞。繡窗日午停鍼黹，出向街頭唤賣花。
朔雪初晴日上遲，西山煤炭供京師。丁冬巷口駝鈴語，正是人家爇火時。

崇效禪林白紙坊，棗花歷亂竹陰涼。談詩不見漁洋叟，珍重丁香比召棠。
南苑樓臺薄暮雲，四圍松竹翳斜曛。千年戰骨歸何處，荒塚纍纍螞蟻墳。
道觀巍峨膀白雲，出門十步即紅塵。年年佳會醻燕九，幾見仙翁度世人。

題畫扇

一汀煙樹半青黄，水閣山樓帶夕陽。記得灤江秋雨後，破船載酒過偏涼。汀名，在灤州東。

題豐臺花王廟壁

三間瓦屋祀花王，半繞紅桃半緑楊。遊騎踟躕天欲暮，小橋流水背斜陽。

出都遊田盤山

征衫抖擻舊緇塵，日煖風和近暮春。未識田盤山下路，杏花林外問耕人。

送别邑侯淡曙軒先生調任大名

棠陰兩載遍畿東，甘雨隨車處處同。三世共登循吏傳，原來清白是家風。公先世爲守令，俱以廉明稱。
借寇無緣籲帝京，教人從此妒陽平。古春亭下花爭笑，好待賢侯勸早耕。
有腳陽春到處留，可憐鳧舄去溟洲。他年再守遼西郡，竹馬歡迎郭細侯。
懶慢閒雲出岫頻，春風又送入京塵。多慚祖道東門日，路左攀轅少一人。余適以赴春闈，未得親設祖席。

雨晴溪上即目

小溪新漲斷長橋，渡口人過水没腰。斜日弄雲横浦樹，藕花紅處白魚跳。

平城雜詠

夷齊高餓首陽隈，千載清風尚有臺。今日幸逢虞夏世，飽餐薇蕨過山來。
井井亭曾屬阿誰。摩挲斷碣讀殘詩。可憐一片韓陵石，磨作荒村野廟碑。城東南隅五聖祠旁有井井亭詩碑，字多剥蝕。碑陰《井井亭記》已磨刻社長姓名矣。
城頭高築望軍臺，灤漆分流抱郭迴。小雨初晴天若沐，四圍嵐翠撲人來。

驛吏傳呼過馬頻，東來氈帳夾河濱。佩刀細膾生羊肉，猶是茹毛飲血人。時過蒙古馬，路經南郭。所見如此。

日出東山紫翠攢，秋風颯颯作新寒。荷花橋畔垂楊老，猶弄清陰覆芡盤。荷花橋，在東門外碧霞宫旁。

城西薄暮聚船多，趁市人歸取次過。夾岸青山相向背，寒鴉亂點夕陽波。

閨婦漚芙蓉皮織布，縝密光潔。伏日衣之，微有香氣。王盂節畫册圖此，因題二絶

菅蒯絲麻利並同，芙蓉織布著閨風。此圖合向天家獻，補入豳詩七月中。

歸鴉點點柳絲絲，正是江邨課織時。堪笑蜀城花蕊壻，只將錦繡事遊嬉。

題君牧《研餘詩草》

避俗常攜冰雪文，半生蓮幕寄吟身。他年編就聯珠集，君是西村後一人。余嘗欲合古今宗姓之詩，都爲一集。得君詩，可稱後勁。

萬卷紛羅費剔爬，古來文苑幾名家。若將詩派論宗派，小杜安能望浣花。

題祁季聞刺史《享帚齋詞》

篆煙裊裊漾簾波，手把瑶章細詠哦。想見訟庭花落後，玉簫低壓小紅歌。

題梅花鸜鵒畫扇

一彎新月照雙棲，幽鳥寒花伴最宜。漫與流鶯爭巧舌，年來不借上林枝。

題張亦仙《退學齋詩草》

一囊詩草净無塵，冰雪雷霆證夙因。記得津門梅博士，逢人常説小詩人。尊甫雪樵先生有詩集行世。天津梅吟齋學博嘗呼亦仙爲『小詩人』。

半生心力付雕蟲，塗抹年年總未工。今日門牆有張籍，愧無師範似文公。

水塔寺英旭齋相國别墅地爲步軍統領聯順所得。聯順以賄敗，被籍入官，今爲山僧管領矣

敗榭荒臺隱暮煙，繁華自昔擬平泉。我來松下科頭坐，閒看山僧劚豆田。

過黑龍潭

征鞭遥指畫眉山，傑閣層樓縹渺間。連日西郊雲密密，龍潭纔見降香還。

咸豐戊午正月，余刻《全史宫詞》成，朝鮮進士任慶準於書坊見之，稱讚不已，因贈一部。繼以札致謝，並報以丸葯、摺扇等物。翌歲，貢使復購數十部歸其國

洌水聲華照海潯，偶從萍水結苔岑。知君不是雞林賈，惟藉詩邀國相金。

半生費盡幾吟髭，竟博詩名海外知。自愧才輸徐電發，餅金價重菊莊詞。

哭常職卿

總角論交若弟兄，何期一别隔幽明。空梁落月思顔色，腸斷山陽鄰笛聲。

寂寞荒庭草不除，殘編零落倚窗疏。無兒大與中郎似，尚望文姬讀父書。

茫茫無處問音塵，茗椀熏爐共愴神。今日培園春又到，一時花木爲誰新。君於邨東闢園數畝，名曰培園。

疫鬼迷人勢太猖，君家棣萼半凋傷。白眉今又無眉壽，愁向當年説五常。君兄弟五人，君其季也。君伯兄、

仲兄及四兄，並於夏秋之交以疫卒。今君又繼之，良可痛悼。

青天無路碧迢迢，星斗闌干入望遙。猶憶東園花月夜，紫藤棚下坐吹簫。余家東園藤花甚盛，君嘗與余吟嘯其間。

重九登高曾幾時，白雲紅葉夢迷離。誰知和我遊山句，便是先生絕筆詩。

輓高寄泉先生十二首

數載神交各忘年，識荆曾記七年前。性情投契緣偏淺，回首雲山意惘然。余與先生神交雖久，然相晤者僅兩面耳。

人生離合渺難知，電火光陰迅若馳。忝向斯文稱骨肉，思君惟恨識君遲。先生來書有云：『我輩聲氣相同，便是斯文骨肉。』語極沉摯，念之心痛。

空山猿鶴久忘形，阮籍相逢眼獨青。海内知交半星散，何堪又墜一文星。

我亦前身老蠹蟫，鍾期山水結知音。徵文考獻仔肩重，敢負平生守缺心。陶鳧薌少宗伯選《畿輔詩傳》，先生之力爲多。今先生又以所藏畿輔人詩文集數種，屬余選録。來書有『抱殘守缺』『前身是老蠹魚』之語。

一鄉風雅彙平營，廿載搜羅尚未成。今日開編翻破涕，詩中壓卷得先生。余輯《永平詩存》二十卷，皆蓋棺論定之人，生存者不與。今得先生詩，可壓卷矣。

遺愛猶存粤海濆，水東一旅靖妖氛。官聲翻盡儒酸局，三絕休誇鄭廣文。先生工詩善畫。晚歲由大名司諭軍功保舉，升轉粤東鹾尹，宦蹟甚著。詩畫又其餘事。

詠絮才華早著譽，淵源家學信非虛。佳兒已副中郎望，況有文姬讀父書。先生女德華夫人，能詩，著《翠微軒詩鈔》。長君小泉孝廉，時以縣令需次，亦能世其家學。

淋漓曾爲寫蘭胎，移向蘐堂著意栽。重譜白華詩六首，虛稱助我賦南陔。先生曾以畫蘭便面題詩見贈，有『助君潔膳詠南陔』之句，且許爲家慈撰八十壽言，後因病不果。

宛委探奇啟祕扃，異聞軼事記零星。遺山老去風流絶，誰建金源野史亭。先生著有《蝶階外史》八卷，所記多有關勸懲。

銀漢迢迢路不通，招魂無計問蒼穹。才人共赴修文召，地下還應見馬融。同邑馬瑟臣先生以夏月謝世。

北轍南轅歲月遒，歸田一載竟長休。青山葬近先人壠，得遂初心是首邱。先生生於山左，長於寶坻。後以遊學、遊宦，往來南北者六十餘年。去年告歸故里，甫定居而歿。

寒風淅瀝拂窗塵，檢點遺文隕涕頻。我欲鍊都還自歎，他年元晏屬何人。時方檢校先生詩文。而余之詩文及所輯諸稿呈正者，並因病未加丹墨。弁言之諾，亦畫餅矣。

戊辰四月，瀘州楊挺生廷熙刺史以詩集見示。見其中有與箕仙唱和數十絶，皆用虛、舒、廬三韻，激昂慷慨，有感於中，爰次之以贈

日麗箕壇唱步虛，連朝酬和意舒舒。前身合是神仙侶，暫向人間小結廬。

時事無緣問太虛，杞人憂憤幾時舒。著有《杞人憂天辨》。九重方下求言詔，誰薦賢良入禁廬。

四裔同文事近虛，膺懲誰解到戎舒。萬言書出椒山宅，不愧君家舊寓廬。丁卯夏，君上《同文館疏》及

《自强十六策》。時方寓宣武門外松筠庵，庵係楊忠愍故宅。

攬轡澄清願已虛，詩成孤憤憤難舒。近有《孤憤詩》上、下平韻三十首。他年魚水邀隆遇，又是南陽一草廬。箕仙贈詩有『魚水他年自展舒』句。

詞賦才名壓子虛，上書人比路温舒。此身久繫蒼生望，莫爲秋風憶故廬。時有歸思。

從來名下士無虛，邂逅相逢夙願舒。愧我無才供世用，此生端合守瓜廬。

題畫四首

近山矗矗接遥山，蘆荻蕭蕭水一灣。薄暮西風起天末，寒鴉各帶夕陽還。

澄波淼淼樹層層，隔岸人家喚欲譍。忽聽鳴榔入叢葦，半江斜日下魚罾。

青山腳下白雲流，山爲雲多勢欲浮。日晚鐘聲何處落，半空隱隱現僧樓。

彤雲靄靄羃遥岑，一例裝成白玉簪。聞道梅花有消息，憑誰踏向嶺頭尋。

同治己巳，直隸制軍湘鄉侯相曾公開閣求賢，謬承徵召，辭不獲已，因於仲冬爲保陽之行。謁見後，率成四絶，呈李佛笙太守

棨戟門開氣象雄，人來東閣坐春風。菲材愧乏參苓用，也入梁公藥籠中。

久聞夾袋盡名賢，日詠緇衣適館篇。爲問蓮花池上客，才華誰及老青蓮。時禮賢館設於古蓮華池。司其事者，惟太守一人。

半生西抹復東塗，故紙埋頭似守株。他日縱叨元晏序，惜無綵筆續三都。拙著《疊雅》及《樂亭志》等稿，中堂已面許賜序矣。

空山猿鶴久忘機，自悔閒雲出岫非。不是在山誇遠志，小人有母寄當歸。

讀黄琴隖觀察輔宸《營田輯要》書後

古來耕戰重屯田，救弊新成内外篇。書分内、外二篇。安得兵民俱足食，憂時惟祝屢豐年。

力盡東南杼柚空，轉輸無計運關中。一生憂樂繫天下，又見當年司馬公。

十羊九牧意參差，循吏誰爲慈惠師。一卷營田成法在，後來還賴治人治。

田疇猶是半荒蕪，借箸深期萬姓蘇。不爲好名名不朽，始知力學是真儒。觀察病中，書賜其孫聯云：『讀書有種子，力學爲名儒。』繼以好名非所以示子孫，改名爲真。

題畫

荷杖歸來欲暮天，溪橋隱隱入雲煙。林中知有幽人住，一枕松風正熟眠。

題德華夫人《翠微軒詩集》

達夫老去幾經春，喜見深閨有替人。林下清標推詠絮，謝家才媛本無倫。
一編冰雪擅清辭，知是鉛華洗盡時。芍藥薔薇春雨句，少游翻愧女郎詩。
緘情五字託魚鴻，藹藹仁言利不窮。他日名登循吏傳，傳家治譜出閨中。《昌黎道中柬外》數律，藹然仁者之言。爲牧令者，皆當書之座右。
久聞巾幗勝鬚眉，詩卷流傳不在詩。贈我一言堪愧甚，青綾郭捲拜儒師。

題高寄泉《續蝶階外史》

表彰人物注蟲魚，藝苑香分子史餘。想見蝶階春晝永，羣花擁座不停書。
筆底花兼舌底瀾，事期徵實戒夸謾。後書紙並前書貴，漫當虞初九百看。
藉鑑前賢勵後賢，時將果報證因緣。吳均志怪殊多事，祇爲齊諧作續編。
人生如夢等蜉蝣，說夢何分笑與愁。卷末《夢痕》數則，皆記平生所夢。我識睡鄉真趣味，願隨蝴蝶化莊周。

戲和倪宜之記夢詩

十載孤眠夢不成，夢中髣髴見平生。漫嫌不解卿卿語，畢竟親卿復愛卿。
敢云作達學莊周，惟願潘仁善解愁。過眼空花纔一瞥，悟來紅粉盡骷髏。

哭昌黎崔子玉孝廉六首

珂鄉文望重韓潮，後起何人品最超。愧我胸無五千卷，廿年前已識崔儦。
世人誰解愛君狂，别具詩腸更俠腸。天上修文真有兆，精魂先到白雲鄉。五峰韓文公祠旁，新築一閣，君擬顔以『白雲鄉』三字，屬余跋其後，未果。
擬續雲山夢友圖，君有《夢友圖》。夢中見友總模糊。年來屢下羊曇淚，哭到君亡淚欲枯。
自號人間看夢生，一生雙眼爲誰青。無端得句成詩讖，未熟黄粱竟早醒。夏初以近作示余，中有『黄粱煮熟醒宜早』句，竟成詩讖。
書來曾説病支離，正似齊侯患疥時。不道詩人逢瘧鬼，從今欲廢杜陵詩。
我闢荒園碣石根，常因君到啟柴門。桃花山下春歸日，誰遣東風爲返魂。君墳廬在桃花山下。

題山左王雨生鍾霖運判詩集

大明湖上舊詩狂，半世橫馳翰墨場。今日傳來蠶尾集，華宗又見一漁洋。
詩境澄鮮月出匳，清新俊逸美能兼。官居海上才如海，惟恨張融不道鹽。君爲鹽官而無鹽詩，故戲及之。

題王澹軒淵畫兔

趯趯郊原細草平，毚居東郭舊知名。老來不作生花夢，負爾霜毫助管城。

題陳道山《果菜圖》

秋果春花各鬭姿，瓜蔬風味更堪思。披圖不羨侯鯖貴，是我東園抱甕時。

游懸陽洞次太守游公韻

鳥道盤回石磴懸，扶笻直上碧雲邊。世間未遇嫏嬛地，此去端宜問洞仙。
關外重關山外山，山中生計賦閒閒。今來識得桃源路，恐惹紅塵到此間。

古佛巖前淨域開，依稀彌勒坐經臺。洞西北有彌勒峰，望之如古佛負屏而立。洞前洞後多頑石，誰是生公説法來。

洞天深處透微光，石壁捫搎古蘚蒼。自有壺中新日月，擬將玄理叩天閶。

寒日西馳促我行，一行一顧不勝情。歸途尚有流泉送，足下潺潺不斷聲。

釣臺村戲占

按《宋地理志》，釣臺乃宋六砦之一

不是桐江不是淮，釣徒名姓費疑猜。停舟未有鮮鱗買，枉我今朝過此臺。

閏三月朔早晴

長堤曲曲柳毿毿，三月纔過又閏三。約爾杏花春雨後，一帆安穩到江南。

舟中遣悶

暮年懷抱託游蹤，何事封姨故惱公。悶坐篷窗吟斷續，恍疑身閉棘闈中。

平原

一生肝膽向誰論，驛路風沙晝色昏。十日無人堪共飲，夕陽驅馬過平原。

大明湖櫂歌十二首

鐵公祠下水潺潺，古歷亭前碧水環。水自無心與山約，常從水底見南山。

縱横水路各西東，郎自揚舲妾轉篷。卻恠蒲蘆圍似栅，船雖相近不相逢。

溪荷岸柳一重重，畫艇追隨走似龍。持向湖中相比較，郎如楊柳妾芙蓉。

公輸祠下蕩船過，爲問公輸巧幾多。若比天孫巧更巧，莫教牛女隔天河。

北渚亭高萬堞環，蹋青女伴約同攀。憑高忽憶英皇事，指點城南看歷山。

滙波門上會波樓，内外波光一鏡浮。兩地相看情脈脈，門原通水不通舟。

水面人家暎水明，水邊人影步盈盈。城頭月上回船晚，多少鴛鴦夢未成。

舍南舍北抱迴溪，處處菰蘆望欲迷。湖上遊船歌未歇，殘陽已墜子城西。

出山泉比在山清，流入明湖澈底明。試向小滄浪問訊，幾人到此濯塵纓。

湖上春歸人未歸，誰家雙燕掠船飛。美人蕩槳穿花去，多恐花間露溼衣。

西湖人慣比西施，妾住湖中亦在西。坐石紅顔照春水，兒家自有浣紗溪。明湖在城内西北隅，旁多浣女。

亂泉十里此淵渟，港汊紛紛聚一汀。曲水亭前茶社散，流觴合唤小蘭亭。曲水亭在湖南岸，撫院西北隅，貨古玩玉器者破曉集此，若京都所稱『小市』者然。四面流泉，清可見底，茗飲極佳。

書德州馬葛邨詩箋後二首

久知馬異勝盧仝通同，樹幟吟壇老倍工。一騎傳來書一紙，路人誰解是詩筒。余至濟南之第二日，葛邨由馬遞寄長歌一首，蓋送余登泰山、游西湖，即以贈别之作。

歷下多才舊有名，感君投贈助吟情。山薀雅雨風流歇，又見南邨尚左生。田山薀、盧雅雨，皆德州詩人。高南邨鳳翰，自號尚左生，亦山左人。葛邨近患臂痛，作書亦用左手，故以相況。

長新店題壁

昨欲遊西山，未果。到此知戒壇、潭柘諸寺，皆近在三、五十里内。約歸自保陽，必往游之。

數年不作帝京遊，歷碌輪蹄老欲休。衹爲青山有緣分，東風吹我過蘆溝。

過固城古范陽城也。固，當是故字之譌

易水東南滙衆流，范陽城外數庚郵。中原正待澄清手，我憶當年祖豫州。祖，范陽人。

古蓮花池賦呈黄子壽太史四首

滿路楊花正暮春，問余何事逐風塵。偷閒轉有尋忙意，半爲看山半訪人。

縱横泉石舊離宫，古洞長橋蹕路通。賢相禮賢曾此地，虚懷又見老涪翁。

荷葉田田貼水平，樓臺倒影碧澄泓。託身君子長生館，好向彭鏗乞殣羹。先生以君子長生館館余，舊釣臺所也，其額爲陳作梅廉訪所篆。蓋因修志開館之時，適肅甯令以君子磚拓本至，有曰『君子長生』者，取以題額。殆慕漢人名館之意，兼用周子愛蓮之説也。

重來勝地意踟躕，濟濟英才更勝初。媿我不能陪末席，兩行官燭照修書。

麒麟冢

麕身牛尾付傳聞，荒冢空留野水濱。屈指春秋西狩後，世人幾見活麒麟。

戒臺口號

危磴盤紆路幾重，到來斜景已高舂。散材獨得邀宸賞。羡殺壇前自在松。純廟有《自在松詩》，刻石樹下。松身卧石欄，枝抱寶塔，蓋數百年物。

桐城方存之宗誠書詢南游之意，並自述游蹤所至，因口占六絶以答

向平婚嫁今全畢，五嶽依然願未酬。羡煞龐公老夫婦，泰山直作鹿門遊。存老四登泰山，歸田時又攜眷以登。

明湖人道似西湖，畢竟西湖得似無。余昔欲遊西湖，至濟南大明湖而返，或云已得其似矣。誰與孤山招鶴駕，梅花深處訪林逋。

石鐘游跡踵坡仙，拄笏匡廬興未闌。恨我山陰回櫂急，湖山全讓老方干。

生才惟楚最多奇，曾和梅花外子詩。竊比有心慳一面，姓名空使老彭知。余卯歲出游，存老於南中名賢如彭雪琴宮保、孫琴西方伯、應敏齋廉訪、甘愚亭明府、孫海岑太守、張廉卿山長、汪梅邨孝廉皆有書，屬爲照拂，代作湖山主人。諸公聞之，亦頗有喜其肯來者。後因病半塗而返，不勝悵惘。宮保善畫梅，自號『梅花外子』，游觀察作歌，余曾和之。

山海前游又後游，五泉月色最清幽。山亭醉後留詩版，惜少廬陵太守歐。游觀察守永時，偕游山海關諸勝，皆有詩。踰二年，又作山海之游，宿五泉庵。適值望夜，月色清幽。而庵中新增廊榭，皆楚楚有致。同人作詩，余作記一篇，今已爲好

事者鐫石壁間矣。

閩粵毗連越與吳，壯遊儘可駕飛艫。歸來好倩荊關筆，爲寫長風破浪圖。江浙閩廣皆有瀕海之處，尚擬乘輿駕輪舶以行。

越南使臣阮荷亭，介津門梅小樹索拙作《全史宮詞》諸刻，因以其國親公《倉山詩集》見貽。書後四截句

五嶺文風自昔開，越王遺蹟有高臺。新詩足備輶軒採，不貴周京白雉來。

宋調唐音各擅場，裝成卷軸燦琳瑯。小倉山上隨園叟，合向唫壇序鴈行。

朗誦宮詞百四篇，集中有明命宮詞百四篇。自慚全史未能全。涇陽亦是神農裔，擬補徽音溯嫈仙。涇陽王乃越國始封之祖，爲海南嫈仙女所生。見《越史記》。

瘴消銅柱日華明，楚頌亭前詩思清。越嶠重編文鳳集，一家聯璧共三卿。明代李文鳳《越嶠集》，備載安南之詩。倉山公女弟月亭字仲卿，梅荞字叔卿，蕙圃字季卿，皆能詩，時有「三卿」之目。

乙酉鄉闈報罷，口占八截句以勗兒孫之試京兆者

舟行遲速漫疑猜，順逆機關轉眼纔。整頓檣帆牢把柁，前途自有好風來。易曰「藏器待時」，正此之謂。

春風長養重根芽，頃刻休將幻術誇。自古早開須早謝，況傷本性是唐花。世之爲唐花者，直與宋人揠苗等。

而其人方自以爲巧，殊堪浩歎。
高飛須待羽毛豐，養到終爲遇順鴻。一卷陰符猶在篋，逢時不外簡摩工。『簡練揣摩』四字，是舉業指南。
眊氉情懷我慣經，顯揚豈獨在科名。安知利器加盤錯，不是天工玉汝成。動心忍性，乃能增益其所不能。
白頭莫詡遼東豕，駿足須空冀北羣。千古才華千古學，幾人下第比劉蕡。世之失意名場者，輒云抱屈。然以劉蕡之才學，尚不能與李郃登科，念之當爲氣平。
淨几明窗圖籍陳，讀書福分亦前因。偶遭點額休含怨，尚有空山泣璞人。爾輩席先人遺業，無衣食之累，得以專意讀書。此福已難消受。若馳逐名場，又復以逸而獲，將何以爲寒士地乎。
鐵硯磨穿志莫移，牢騷曠達兩非宜。爲親色喜關何事，切想毛生捧檄時。毛生捧檄而喜，祇爲及親在耳。
少小充閭負衆望，韶華容易去堂堂。竇家五桂人爭羨，我愧燕山有義方。予雖不敏，然心向往之。【一】此意宜思。

校按：

【一】此處小注原脱，據《爾爾書屋詩草》底稿補。

東西淀舟行雜詠

新河潮汐接蘆臺，早晚煤船次第開。不是家家養烏鬼，紛然指道黑豬來。人稱煤船爲黑豬。
火輪車比火船輕，轍跡全憑鐵鑄成。望見黑煙剛一瞥，飛仙真是御風行。鐵路在河旁。

一村古墓説潘楊，地下恩仇合兩忘。千古是非憑稗史，中郎同唱趙家莊。堤頭西南數里潘莊，有潘美墓。並有楊七郎墓，遺廟尚存，蓋即延昭弟也。延昭，楊業第六子，《宋史》附其父業傳。正史俱在，不知稗史所演潘楊世仇事始果何據。當亦如《琵琶記》之蔡中郎，唱於宋代之趙家莊也。

水色天光上下連，四圍環抱翠痕圓。插籬作障還成陣，合補天隨漁具篇。塌河淀一片空明，水天一色。四圍草樹，俱在十里外，遠望如翠環。漁人於其中插葦作籬，方圓成陣，蓋亦取魚之具也。

望海樓前三汊河，往來舟楫尚如梭。教堂義冢皆蒼狗，始信浮雲變態多。天主堂乃望海樓所改。自教堂滋事後，今爲法人墳墓矣。

四面清溪三面橋，舳艫如市貫虹腰。人家分抱波光住，無數紅粧照影嬌。勝芳鎮，文安縣境。四面皆水，東、西、北皆有大橋，船行其下。

太保村邊草樹荒，淀神祠宇賸頹墻。炎天且喜微陰護，麥隴風來送晚涼。過蘇橋二十餘里，至太保村，霸州界。村外有勅建淀神廟。

離家幾日作浮家，日倚檣帆逸興賒。一縷炊煙出艙底，小舠迎面賣魚蝦。

連橋十二俯潺湲，一帶長堤接驛門。趙北燕南堪避世，易京何處弔公孫。十二連橋，居西淀之中，爲南北衝要。漢末易京童謡，詳《三國·公孫瓚傳》。

故鄉風物繫人思，莫道蒓鱸味久違。爲憶桃花流水句，今朝始識鱖魚肥。在趙北口食鱖魚。吾鄉瀕海，魚鮮最多，而獨無鱖魚。

柳堤分緑入波流，葭葦叢叢碧似油。一枕蓬牕清夢穩，時聞鳥語響鈎輈。

蘆碕荻泊一層層，水面無風鏡照菱。日晚漁家收網後，野航銜尾立魚鷹。

水圍圍處水連空，蟹舍魚莊處處通。無數樓臺憑想像，蔚藍波裏認離宮。端村、圈頭皆有行宮，康熙間打水圍駐蹕處也。今其遺址皆民居矣。

迎風打槳浪花浮，繞過圈頭又淀頭。睡起剛逢初日上，紅霞先上水邊樓。淀頭距端村數里。

南望依稀古莫亭，人來廟市此經行。煙波萬頃連天白，不見當年顓頊城。鄚，本趙邑。金元置莫亭縣，又爲莫州。東北三十里，有顓頊城。

古今長此水灣灣，事隔千秋跡已删。滿地蓼花紅似舊，竟無人識瓦橋關。瓦橋關北與遼人爲隣，素無關河爲阻。宋何承矩守瓦橋，議因陂澤之地，潴水爲塞。恐其謀泄，日會僚佐，汎船置酒賞蓼花，人莫喻其意。自此始壅諸淀。

柳拂行雲草帶煙，重重洲渚浩無邊。建春宮外蓮花沼，猶説金宗游幸年。建春宮在新安縣治西南，爲金章宗行宮。蓮花沼，章宗觀蓮處。

聞道城西有故亭，宅荒祇見草青青。畿南河道方修濬，誰繼酈生訂水經。新城西北有酈亭，酈道元故里。

布穀聲聲似惱公，種藍那辨畝南東。老農指點桑麻地，半在波臣割據中。雄、霸一帶州縣，去年大水，今春五穀皆未能下種。惟擇水落處，栽藍植麻而已。

題梅小樹《游仙詩》後

鼠孽蟲妖付轉輪，何堪日與鬼爲鄰。吹燈自覓鈞天夢，恥作爭光魑魅人。

日麗玄壇唱步虛，仙人自古好樓居。十洲三島今何處，應有嬴秦未燬書。

跨鶴驂鸞上玉京，謫仙才調散仙名。居停合是蓉城主，喚起詩朋石曼卿。

漢武秦皇共一邱，誰言不死藥能求。煙雲吐納成良劑，翻引群仙作卧游。
六合茫茫四部洲，乾坤一覽幾浮漚。漫將海上飛輪舶，誤認紅蓮太乙舟。
神仙强半出修行，修到神仙倍有情。好向梓潼張惡子，掃除妖焰借陰兵。
歷遍曹唐大小游，曹唐有《大游仙詩》《小游仙詩》。景純懷抱儘堪儔。何時同拔淮南宅，天上應容我寄愁。
吴市梅仙舊有家，雲仍長此餌丹霞。從君暫假游仙枕，共賞羅浮夢裏花。

題廣平武秋瀛先生自記年譜

舊派原從晉水分，知君世系本忠臣。補鍋自昔從亡日，應識吾家老仲彬。君始祖某公，山西太谷人，明初進士，爲惠帝從亡之臣。往來滇南，嘗業補【一】鍋以餬口。
早識萲庭教澤深，棣華聯萼鬱成林。孤兒亦有陶家母，愧負當年截髮心。君成童而孤，蘭生六月而孤。君兄弟俱以母教成進士，蘭追念孀親，殊多媿負。
宦蹟依稀認雪鴻，滮泉五載扇仁風。傳家治譜今重見，試看編年紀事中。
卌年不聽足音跫，問訊惟憑鯉一雙。今日開編差自慰，恍如翦燭話西窗。

校按：

【一】此處原衍一『補』字。

庚寅上元立春日作 並序

《小倉山房詩集》有《除夕告存》七絶句。蓋緣相士胡文炳推其六十三歲生子、七十六歲考終。後生子之期驗，而考終之期不驗，因戲作詩如彼。余老友王顯文學博，邑名宿也，館余家十餘年。最喜談星命之學，嘗推余壽，謂七十五可過，考終當在七十七。余於去年頗有戒心。今舊臘盡除，新春又到，而賤軀依然無恙，則是黄楊厄過，幸逢天赦矣。因亦口占七絶十五首，以竊附簡齋告存之意焉爾。

元夜燒燈漏刻遲，立春剛及曉鐘時。告存詩準隨園例，恰後隨園半月期。

六十年前弟子員，泮宮芹藻尚依然。今朝已過華嚴劫，髦士峨峨合讓先。余於道光庚寅入泮，今春學使案臨，例當重游泮宮。

夭壽原來數不齊，天時人事兩難知。從今修短應隨化，不學譙周定死期。

藐爾孤雛羽尾翛，憑誰辛苦護危巢。余幼孤，母子零丁，惟祖是賴。詒謀事事難繩武，論壽偏占過祖爻。先大父壽終七十七。

不羨彭鏗八百春，問渠骨肉賸誰親。掀髯笑指玄孫説，爾後全爲服外人。

手積圖書萬卷餘，桐陰竹影共巢居。余書室舊額『梧風竹月書巢』。儻教三食神仙字，不枉平生作蠹魚。

文宗詩伯幾人傳，地下還應啟笑顔。余舊刻《樂亭四書文鈔》《永平詩存》《續詩存》《永平三子遺書》、溧陽宗人《洮漁遺詩》、明邑人王裕卿尚書《春煦軒殘稿》行世。傳道蓉城虛左待，曼卿今尚戀人間。

園鹿呦呦聒耳邊，常疑身在鹿鳴筵。粵撫游子代先生守永平時，以雙鹿見貽。今蓄之園中，已十餘年矣。余領鄉薦，在道光庚子。他時真箇能重到，尚乞天公假十年。

黃壚感舊又山陽，每憶良朋意暗傷。落落晨星不堪數，巋然將似魯靈光。

巫陽招我逐春來，又飲屠蘇酒一盃。自古人生皆如夢，莊周胡蝶幾輪迴。

漫勞相識祝期頤，飲食興居我自持。保養無如勿戕賊，從來不藥得中醫。

九齡帝與辭何誕，子壽難期母壽同。先母於戊寅棄養，壽八十七歲。今□益我九齡，則壽與母齊矣。夢裏慈顏猶似舊，違親已歷一星終。

向平遊志老非宜，汗漫常思萬里馳。余嘗欲爲湖嶽之遊，至今未遂。奢望若蒙天不厭，何妨姑且妄言之。

處士星誰應少微，莫言敷是與逵非。求生求死俱無用，夢醒黃粱便賦歸。

魚鴈年來若底忙，詩筒隨處盡琳琅。今番更望同聲應，勝和淵明自挽章。

寄懷梅小樹

梅花有信竟蹉跎，悵望天邊鴈影過。寒氣已消春已暮，煖風應起病維摩。

白髮同搔意不禁，夢痕已過渺難尋。詩懷酒興須珍攝，好慰游人負米心。時喆嗣子駿茂才就館於東安。

題趙母周宜人《歲寒堂詩鈔》

雪椀冰甌筆一枝，歲寒堂裏苦吟時。擘牋未許忘忠孝，記取編中寄子詩。

下里曾邀白雪歌，倚樓佳句共長哦。今朝披卷知家學，詩教卻緣母教多。今春余以《上元告存詩》求和，次君博如步韻之作極佳。

誼託葭莩路阻長，女孫無禄劇堪傷。學詩未繼威姑志，枉覓陳平作壻鄉。余女孫爲夫人長媳，不幸早逝。

青綾障底拜儒生，投報常慚謝女瓊。他日蘭閨編續録，香名應使二難并。德華夫人，遷安高寄泉先生女公子也。所著《翠微軒詩集》，梓行已久，嘗贈余詩，有『青綾障底拜儒師』之句。

後告存詩

庚寅上元立春日，仿隨園《除夕告存詩》例，作七言絶句十五首，遍布相知。一時遠近賜和者雲集，莫不琅玕滿紙，光溢几案。今半子已過，一陽又轉，而賤軀頑健仍如曩時。因復摘前詩各一句，以爲起首，衍作如舊數，遍送和詩諸君。莊言諧語，觸手紛來。非故以詩債撩人，亦藉以破悶解嘲，並少酬諸君祝嘏之雅意云。

恰後隨園半月期，一生運數亦參差。登科最早生兒晚，我抱曾玄公阿遲。隨園六十三生子，故名曰阿遲。

髦士峨峨合讓先，殘年畢競遜英年。中公詩學無傳本，愧我空研三百篇。余夏初重游泮宮，學使周生霖侍郎書賜『申公宿學』四字，以示嘉獎。

不學譙周定死期，百年歲月任推移。棄官果應星家語，禄薄還希壽補之。遷安武儀軒侍御嘗推余壽，謂：『君不作官，當年踰八旬。若作官則難定。』余問其故，曰：『造物自有乘除』。

論壽偏占過祖爻，我今作祖已稱高。太翁鑷白真堪笑，短髮鬅鬙首自搔。

不羨彭鏗八百春，八旬歷歷幾前塵。詅癡一部和凝集，翻惹今人當古人。拙作《全史宮詞》梓行已久，燕山孫詩樵《墨餘偶談》[二]載此書名。河間馮曉亭孝廉見之，嘗曰：『此書皆以爲古人所作，不意其人竟巋然尚存也。』

梧風竹月共巢居，日向殘編拾唾餘。飲露自甘蟬腹儉，敢將兼得望熊魚。

曼卿今尚戀人間，一代詩豪詎可攀。若得蓉城分一席，令威還許約同還。

尚乞天公假十年，非因戀棧故牽纏。萬羊食與黃虀甕，俱有神人掌料錢。

從來不藥得中醫，煉汞燒鉛更可疑。修到神仙仍有劫，學仙學佛總成癡。

巋然將似魯靈光，半壁紅霞賸夕陽。老至難尋不死藥，生前誰給返魂香。

又飲屠蘇酒一杯，屠蘇先飲更添孩。今歲又連舉二玄孫。屠蘇酒，例先飲小者。蘇詩云：『但把窮愁博長健，不辭最後醉屠蘇。』武夷君到人間世，何止曾孫喚幾迴。

違親已歷一星終，母教難忘怒折葼。寄語兒孫須記取，愛之原本在勞中。

汗漫常思萬里馳，尻輪神馬究何之。湖山勝侶逢禽向，尚擬劉伶荷鍤隨。

睡熟黃粱便賦歸，不煩兒女更牽衣。邯鄲市上繁華夢，未醒誰知世界非。

詩筒隨處盡琳琅，費盡文人錦繡腸。只恐無鹽有刻畫，轉教唐突到施嬙。

校按：

【一】『《墨餘偶談》』，當爲『《餘墨偶談》』之誤。

詠息嬀事並序

案《韓詩外傳》：『楚伐息，虜其君，使守門。夫人賦《大車》之詩，要息君同死。』其説與《春秋左氏傳》異。劉向《列女傳》亦主是説。陳退菴《頤道堂文鈔》有《桃花夫人廟書事》一篇，其文甚辯。謂：『堵敖、成王非夫人所生。既非夫人所生，則無「不言」「生子」之事；無「不言」「生子」之事，則左氏不足信，而韓詩、劉傳爲可據矣。』余作《楚宫詞》，初本《左傳》，今補正於此。

同穴相要賦大車，定應有淚溼桃花。三年生子無言笑，盲左從來語近夸。

爾爾書屋詩草卷七

戊午上元，鄰村演劇，戚黨戾止。每相聚，飲博爲樂。余性不善飲，尤不喜博。爰檢滇、黔、閩、粵諸志乘，採其事之新奇可以入詠者，作《竹枝》八十八首。非惟破寂，亦籍以避喧焉爾。

滇二十八首

滿地松針展翠氊，春風雙蹴繡毬圓。磨鞦不用秋千索，也學中原戲半仙。新正元旦，民間採松針鋪地，以代氍毹，名曰松衣。◎正月，男女拋繡毬戲撲。又豎一直木於地，以一横木鑿其中，合於直木頭上。二人一左一右，撲於横木兩梢頭爲戲。此落彼起，此起彼落，騰於半空，名曰『磨鞦』。

剁生飲酒俗相沿，節到星回歲序遷。萬炬松明明似晝，新年照過半年前。滇俗以六月二十四日爲星回節。街然松炬，村落以炬插田間，比户剁生飲酒，夷漢同之。方言松炬爲『松明』。馬龍洲以此日爲年節，婦女俱艷粧，然炬照屋，謂之『照歲』。

錦帕蒙頭壓髻偏，耳璫珠貝拂香肩。孽龍漫羡儀容美，小帽新裁哈噠氊。滇俗，婦人好以錦帕覆面，至老不去。兩股辮其髮爲髻，髻上及耳多綴真珠金貝。哈噠，氊帽，製類雨兜，婦女多帶之。舊傳洱海有孽龍，能攝人，故戴此帽，以避龍祟也。

天外青紅挂水椿，隴頭雨過水淙淙。占豐無事煩雞卜，沾溉山田已百雙。滇人呼虹爲水椿，高田爲雷鳴田。謂雷鳴雨沛，始得播種也。田四畝爲一雙。按，《唐書·南詔傳》云：五畝爲一雙。滇俗好鬼，以雞骨占卜。

手攜綵筆與花箋，繡褓嬌嬰簇路前。乞得新名同忭舞，向人還索壓驚錢。《續禄勸縣志》：『討姓名者，備果饌、紙筆，抱孫童，於天未明時伏路隅。俟有過路者，無論貴賤，雖乞丐即邀請乞名，且以其姓姓之。過者飲饌爲予姓名，賜兒金錢，否則截衣角與之，曰「壓驚」。』

十九峰環十八川，點蒼朝暮幻雲煙。行人盡入清涼國，雙鶴橋頭賣雪天。點蒼山有十九峰，瀑布諸泉流爲錦浪十八川，環繞於羣峰間。山上雪六月不化，市上女郎賣之，猶吴下之賣冰也。楊升菴《漁家傲》詞云：『五月滇南風景别，清涼國裏無煩熱，雙鶴橋邊人賣雪。』

鼠街纔過又牛街，曉日初升市肆開。肥子幾莊糧幾爾，逢人齊道赶街來。土人赶街，以十二支所屬爲街期，如子日名鼠街，丑日名牛街之類，各處錯綜以便貿遷。俗多用貝，名肥曰子，一枚曰莊，四莊曰首，四首曰苗，四苗曰索。米以爾計，一爾者，三十二升也。八升謂之桶，四桶謂之爾。

誰司阿叱力僧綱，羅刹邪龍錮上陽。三月觀音開市日，貨來多半爲燒香。大理有羅刹邪龍爲患，觀音以神力閉之於上陽溪洞中，傳留咒術以厭之。今有阿叱力僧綱司云。蒼山下有觀音市，三月十五日貿易，集各省之貨，自唐永徽間至今不變。

草色花香貫四時，青黄紫翠畫圖披。家家石斛釵横屋，處處金剛纂插籬。滇南氣候，四時常如初春，花木不絶。金釵、石斛性喜燥，植屋上更茂。金剛纂，緑色，無枝葉，似仙人掌而方，刺密有毒，土人用代籬落。

千擔隆儀聘媚娘，唱隨原合振夫綱。無端折贈相思草，竟使低頭制阿郎。《桂海虞衡志》：『酋豪或娶數妻，皆曰媚娘。洞官之家婚嫁，以豪侈相高，聘送禮儀皆千擔，少亦半之。』相思草，一名合歡草，又名低頭草。見婦女至，其草即低頭。取以饋夫，夫輒爲婦所制。

金佉苴繫長官司，青布囊頭盡等夷。惟有殊功方賜紫，胸前背後大蟲皮。夷俗：曹長以下得繫金佉苴。佉苴，腰帶也。土官惟參謁官長始冠帶，居常但用皂綾青布裹頭。又貴緋、紫兩色。得紫後有大功則得錦。有超等殊功，則得全披波羅皮；其次功，則胸前背後得披，而闕其袖；又以次功，則胸前得披，並闕其背，謂之『大蟲皮』，亦曰『波羅皮』。

九衢流水送輕車，錦織羅巾障面斜。一陣風來香滿路，鬟雲開遍瑞香花。婦人行路，以錦帕遮面，手執小傘，與《曲禮》『行必障面』之說相合。又以線穿瑞香成串盤髻上，云仿宮粧也。

口琴嘈雜和蘆笙，水曲高低按拍鳴。聽罷征人齊下淚，牧場打草變新聲。口琴、蘆笙，猓人樂器。宋乾德中，牂牁入貢，召見，令作本國歌舞。一人吹瓢笙，名曰『水曲』，即今蘆笙也。又俗好唱『打草竿』，一名『打草捍』。昔遼士戍滇，牧場打草，有思歸之心，因爲此歌，其音凄然。

學宮宏啟祀宣尼，走病年年拂蘚碑。何處更尊王逸少，無人解憶盛羅皮。臨安人元旦炷香拜學宮，謂之『走百病』。就香光中摸索碑字，以占一年休咎。◎南詔盛羅皮建孔子廟於國中，是自漢時已建學宮。《元史·張立道傳》謂南詔不知孔子，尊王逸少爲先師，失考。

玉帶橫空錦浪流，望夫雲起衆山幽。郎今欲渡且休渡，洱海風濤正覆舟。點蒼山白雲如帶，橫束山腰，名『玉帶雲』。又有瀑布諸泉，注爲錦浪等川。《大理志》：『南詔時，僧宗謨者，有異術，攝南詔女入點蒼山穴中。一日，女畏寒，宗謨知洱海南一老僧有錦袈裟，盗歸。老僧覺，追至洱水，以法指落水中溺死。女念之，亦死，其氣化爲雲。每山上起雲，海中即大風應之，吹見海底，人莫能渡，號「望夫雲」。』

雙闕金碧聳高坡，兩迤東西隔海波。細雨鳥飛拖白練，春風花綻翦紅羅。鄧渼，郴州人，明萬曆中巡按雲南，有詩云：『地控雙闕金碧，雲開兩迤東西。盈尺海波瀰瀰，四時草色凄凄。』又云：『細雨斜拖白練，春風自翦紅羅。感此驚心濺淚，故園歸去如何。』滇俗：高山峻嶺，謂之坡，瀦水處皆稱海子。『拖白練』，鳥名；『翦紅羅』，花名。

人家櫛比寨連莊，九種獞猺遍七鄉。向化共知麻線貴，役夫輪甲各當塘。滇俗，呼其村落爲寨，亦謂之莊。

麻線，方言，官人也。夷人輪甲值日，赴役不爽時刻，名曰『當塘』。

大官廟與小官連，金井泉還接玉泉。銅鼓蠻歌鬧元日，哀牢山下禱豐年。永昌府哀牢山下有二廟，俗名大官、小官廟，每正月十六日蒲㚇會祭，城中亦往。凡水、旱，官往禱焉。相傳大官爲叔，小官爲姪。哀牢山頂有石穴，土人呼爲金井。春首視其盈涸，以卜豐歉。山下有石如鼻，出泉二道，曰玉泉，在大官廟前。

元江衣葛麗江裘，同日炎涼太不侔。漫道四時多似夏，可知一雨便成秋。諺曰：『雲南本是温和鄉，冷熱不同在兩江』，謂元江極熱，麗江極冷也。又，滇中有『四時多似夏，一雨便成冬』之諺。

最難游處是元謀，瘴癘常連和曲州。路上漫疑人裹足，山中已見草交頭。元謀縣多暑，有瘴癘。楊升菴詩云：『三月春草青，元謀不可行。五月草交頭，元謀不可遊。』元謀舊屬和曲州。

阿明卜筮出僧家，結索喃喃呪語譁。躍馬鳴鑼爭祭鬼，還將禍福問刀巴。土人家家供佛信喇嘛。僧有卜筮者，俗名阿明。念番語，結毛索，隨索所結，每以一物取象，結十三次斷吉凶，甚驗。◎祭祖以清明、六月、十一月，有鬼者之家，鳴鑼躍馬，請刀巴葬骨。刀巴者，巫也。

樹頭碩果歷青黄，漉酒堆盤喚客嘗。急取一枚供藥籠，緬僧飛歹換人腸。香櫞、佛手柑，大者如斗，經霜不落，在枝頭歷四五年，秋冬色黄，開春回青。二物皆可生片以擺盤，取以釀酒，味香辣。◎緬僧有邪術，能以他物易人臟腑肢體，名曰『飛歹』。昔有人貿易夷地，屢毒不死，其友密求其術。蓋以香櫞爲末，每早滚水服一刀圭，遇毒則必吐出，無害矣。雲南皆蠻夷之地，此等惡俗，往往有之。因記之，以爲客夷地者告。

蠻娘襟袖豔春風，細布裁衫箇箇同。連日天公誇玉戲，好教洱海染銀紅。洱紅，布名，出洱海，女子、小兒多服之。銀紅而豔，以雪水染之，更鮮明。

黑文白質各成形，圖畫天然大理屏。十品爭奇鑿渾沌，誰將詩句禍山靈。大理府點蒼山出石，白質黑文，有山水草木狀，人多琢以爲屏。高督爲十品，各係以詩，然景不止此。讀張家印詩，爲禍地方，曷有極耶？

碧雞金馬日蒸嵐，百里滇池鏡影涵。去向白崖尋舊蹟，雲南更有小雲南。金馬、碧雞二山，在昆明縣，中隔滇池。雲南縣，相傳爲古雲南郡治，土人稱爲「小雲南」，以別於雲南治城。漢武帝時，有彩雲見於白崖，縣在其南，故曰雲南。

六山蜿蜒壓蠻鄉，磽确山田半歉荒。祀罷銅鑼勤種植，生涯畢竟仗茶王。普洱府有六茶山，曰攸樂、莽芝、革登、蠻磚、倚邦、漫撒。複嶺層巒，上多茶樹。普洱蠻民雜處，衣食皆仰給於茶。莽芝山洞中有銅鑼一，夷人每於春秋祭之。或不誠，歲即歉。相傳武侯所遺，迄今奉爲神物。莽芝又有茶王樹，較五山茶樹獨大，相傳爲武侯遺種，夷民猶祀之。

甘泉暗與滷泉通，白犬青牛溯舊蹤。鹽井源開誰作主，七姑山上拜姑龍。滇有白鹽井、黑鹽井、琅鹽井。酈道元《水經注》云：「周宣王時，天竺摩耶提國阿育王，有神明大士者，能知鹽泉，王命開之。常騎青牛，隨一犬，色白。」今大井龍祠神有三，中者男像，左者女像，右者僧像，前蹲一犬。人相傳云：中天王，左龍王，右大士。開井時，騎一黑牛，隨一犬。牛入井化爲石，故今井底有石如牛狀。說與《水經》相符。七局村龍王廟，在黑鹽井司治西北七局山上。龍潭下潭水，非滷泉也。相傳爲各井主龍廟，中旁坐肖女像，冠帔靜好，搢笏垂裳，云是龍女，稱爲七姑。王有女七，各有所適，此其七姑也，故山名「七姑」。今曰「七局」，蓋訛稱云。

苗人自昔畏流官，力役輿徒不索錢。兩腳飛騰猿鳥捷，聞呼踴躍爲同年。滇中苗類甚繁，輿徒力役皆苗也。呼漢官爲流官，甚畏懼之。每輿夫一名，父子兄弟皆隨之，互相更代，以均其勞，疾走若飛鳥。漢人戲稱曰同年，則驩然喜，不知其何所取義，聞呼踴躍也。

黔十二首

遯水縈洄古夜郎，江波一線界牁牂。踏歌聲入黃絲驛，鐵板銅琶賽竹王。楊老黃絲驛有竹二郎、竹三郎祠，土人祀之惟謹。昔夜郎有女子浣於遯水，忽有巨竹長三節流過足，聞中有兒啼，剖視，得一男，取歸養之。及長，有才武，自立爲夜郎侯，以竹爲姓。漢武時平西南夷，置牂牁郡，侯迎降，賜以王爵。後封其二子爲侯，因相沿立祠不絶。牂牁，即烏江。

八寨紛羅洞窟幽，卉衣鴂舌幾番酋。尉佗誥命鄺侯札，尚有淮陰半姓留。八番在定番州。韋番其一也，相傳爲淮陰侯後。當鐘室難作，淮陰侯客某，匿其三歲兒，知蕭相國與侯善，往以情告。相國驚曰：『若能匿淮陰兒乎？中國不可居矣，急投南粤趙佗。』作書遺客，匿兒於佗。佗養爲己子，封之海濱，賜姓韋，用韓之半也。今其族世豪於海壖，有鄺侯所遺之書、尉佗所賜之誥，勒之鼎器。

陰風獵獵捲靈旗，南八威靈著紫池。擊鼓神巫報神語，斫牛同上黑神祠。黔城有南霽雲廟，凡水旱災祲、瘴疫兵革之事，有禱必應。土人以其長冠戟髯而貌之黲也，故曰黑神云。案：南公范陽人，行八，爲唐名將，立功睢陽，生平未嘗入黔。黔之有廟，蓋以其子承嗣之爲清江太守也。黔稱紫池，以鬱江紫泉得名。

一柈蒟醬伴酸柑，蜀井鹹鹺禁獨嚴。茹淡戲吟坡老句，豈徒三月食無鹽。黔無鹽，仰給於蜀，蜀鹽不一産，要皆出於井。順慶之井久堙，塗埆之井有禁，所轉致者，惟戎州耳，故價昂，而民甘食淡。蒟花如流藤，葉如蓽撥，子如桑椹，其味辛香，近於桄榔之麪。黔人瀝其油，醯爲醬，故曰蒟醬。

潤炎相尅不相生，火兆何緣應水鳴。國僑莫言天道遠，虔將牲醴祝南明。黔俗編竹覆茅以爲居室，歷來多火患，而城市尤甚。當其將火，水先鳴。水在城南，曰南明河。牛吼鼓擊，聲聞數十里，鳴三日必火。其應也，若操符券焉。

僰女蠻童聚作堆，年年跳月趁春回。蘆笙一曲諧佳耦，免卻風詩賦摽梅。苗俗，每歲孟春，合男女於埜，謂之『跳月』。預擇平壤爲月場。及期，男女皆更服飾粧，男編竹爲蘆笙，吹之而前，女振鈴繼於後以爲節。並肩舞蹈，迴翔婉轉，終日不倦。暮，則攜所私歸，比曉乃散。聘資以女之妍媸爲盈縮，必生子，然後歸夫家。

濟火祠前社鼓撾，奢香驛外路歧叉。侏㒧蠻語渾難辨，山北山南唱采茶。濟火，漢牂牁帥，黑盧鹿水西安氏遠祖也。佐諸葛武侯平西南夷，禽孟獲，封羅甸王，世長其土。火濟見史書，茲云濟火，蓋從土語。奢香，靄翠妻也。翠仕元，爲行中書左丞。洪武四年，與同知宋欽歸附，以翠爲貴州宣慰使。翠死，奢香代立，明太祖令置驛以爲報。今安氏即靄翠後也。田山薑《黔中春燈絶句》云：『椎髻花鈴唱采茶。』

千構纏腰布裹頭，蠻歌句。送郎果介動離愁。行蹤願似孖江水，八字分流亦合流。方言貿易謂之果介直。孖讀爲鴉，言水之分流者也，《廣韻》《集韻》《類篇》並音滋。黔之古州城南，有孖江，車、溶兩水將合處，形如八字，亦名曰『八孖』。

大相見坡連小坡，上坡不見奈愁何。歹雞後嶺望前嶺，果瓮人遥雲樹多。大相見坡、小相見坡，俱嶺名。黔人謂嶺爲坡。在偏橋之東，三重迭起，高皆千仞，計途周三十里。方沈澗心，突淩峰頂。行者此以手招彼，以口呼送，響答於咫尺，而不知三十里之遥也。歹雞，方言坐也。果瓮，方言行役也。

漠漠番雲接漏天，山程不斷雨漣漣。行人無那消長晝，盈縮愁看扁趵泉。黔地少晴多雨，故有漏天之號。貴陽城西有泉一泓，廣不數尺，晝夜盈縮，以百爲度。中置一石以準之，莫之或爽，名曰『扁趵』。

椎頭鑢耳峒蠻多，紅白苗連黑白羅。有事細書蝌蚪字，吉凶先問大奚婆。白苗在龍里縣，亦名東苗、西苗，服飾皆尚白。紅苗在銅仁府，有吴、龍、石、麻、田五姓，衣被皆用斑絲。羅羅，本盧鹿，訛爲今稱，有黑白二種。羅鬼文字類蝌蚪書。疾不延醫，惟用巫，號曰『大奚婆』，事無鉅細，皆決之。

祖龍劫火未能侵，千古書嵓萬卷森。安得飛來到燕薊，搜奇快我老書淫。玉屏邑東一里，懸巖峭壁，疊石千層，儼若牙籤萬軸，横亘江左，則萬卷書嵓也。

閩十八首

荔奴旁挺緑婆娑，掠樹常防夜鸗過。一片清陰聲斷續，不聞人語但聞歌。閩人龍眼熟時，專有飛盜，緣枝接葉，趨捷如風，瞬息不覺，則千萬樹皆被漁獵，名曰『夜驚』，過於荔之石背。龍眼枝甚柔脆，熟時賃慣手登採。恐其恣啖，與約曰：『歌勿輟，輟則弗給值。』樹葉扶疎，人坐緑陰中，高低斷續，喁喁弗已。遠聽之，頗足娱耳，土人謂之『唱龍眼』。

側生品最數楓亭，陳紫方紅冠果經。幸喜年來石背少，賈人先稞幾家青。楓亭地宜荔，所産最盛。陳紫、方紅，皆荔枝名，見《容齋四筆》。荔葉經冬不落，有蟲如荔核，冬伏葉下。荔始挺花，蟲亦生子，一生十二粒，數應一歲，閏則增其一。土人名曰『石背』，言背堅如石也，荔之蟊賊，害如菊虎。◎閩種荔枝、龍眼家，多不自採，吴越賈人春時即入貲估計其園。吴越人曰『斷』，閩人曰『稞』，有稞花者、稞孕者、稞青者。樹主與稞者倩慣估鄉老爲互人，互人環枝指示，後日之多寡肥瘠，皆可意而得之。

螺女江頭鴨母船，半篙新緑漲平川。蟶苗種後區疆界，多少漁家水作田。螺女江，在福州西北。漕篷船前狹後廣，延、建人呼爲『鴨母』。《閩小紀》云：『閩人培水田種蟶。盜者洩水則蟶苗隨之去，訟者輒曰：「拔我苗矣」。』

翠簾山下展新塋，秋草萋萋繞墓生。一路西風飛紙鷂，人家方作大清明。閩將樂、歸化人以三月爲小清明，八月爲大清明。展墓者或小廢，無敢大廢者。翠簾山在將樂縣南。《榕城詩話》：『沈秀才《福州絶句》云：「院牆八月罥風箏。」小兒風鷂，則多在八月也。』

千里閩江抱郭迴，釣龍人去賸空臺。打牛歲舉迎春典，猶向前王乞土來。閩江在福州東南。閩縣南關外有釣龍臺，相傳爲閩越王無諸釣龍處，其土有無諸廟。立春將出土牛，太守必往致祭，取廟前土塊，和别土爲牛即成，否則必散。

半紅三白各名家，一桁青帘出樹斜。好是謝公樓下路，沽春人競趁梨花。半紅似三白，皆醞酒名。唐張九齡詩：『謝公樓上好醇酒，五百青蚨買一斗。』今樓在城南，爲士女觀臨之所。閩酒又有梨花白、梨花春等名。

延平短白出清泉，紅袖當壚數老錢。報道黄龍沙已見，滿城買醉慶豐年。短白即延平之水酒。延人至今猶用宋錢相貿易，呼爲『老錢』。黄龍洲在延平府東南，每春水後，土人視洲沙多寡占歲豐歉。

喊山臺畔喊山聲，碧豎來當穀雨晴。一自龍團修貢後，至今北苑著茶名。御茶園在武夷第四曲，有喊山臺。前朝著令，每歲驚蟄日，鳴金擊鼓，同喊曰：『茶發芽！』◎延、邵呼製茶人爲『碧豎』。建州貢茶，自宋蔡忠惠始。北苑在郡城東，建州貢茶首稱『北苑龍團』。

殘冬天氣喜晴和，煖室圍爐臘月過。連日風寒增炭價，市儈不用倒韓婆。長汀呼冷風爲『韓婆風』。鄉人鬻炭者，户祀韓婆，蓋誤以寒爲韓也。值歲煖，則倒置韓婆水中，謂能變寒風，使其炭速售。

萬頃琅玕血染成，劍津朱竹映霞明。此君竟拜緋衣賜，漫把頭銜襲緑卿。朱竹生劍津西山，數頃琅玕，丹如火齊，乃知此君亦戲著緋。

九龍銜尾抗巢篷，石隙輕帆曲曲通。不道梢公堅似鐵，過灘還仗土梢公。九龍灘，清流東南最險處。閩人有『紙船鐵梢公』之謡。土梢世居龍上，習水性，奕世相傳，咸精其業。舟人入灘，例倩最能者爲之防護。《書影》云：『閩船皆舴艋，稍大者呼爲巢篷。』

全枝蘭插鬢邊雲，一縷香潮暈臉痕。誰爲豪家添故事，肉屏中列肉花盆。閩素足女多簪全枝蘭，煙鬟掩映，衆蕊争芳。嚮屧一鳴，全莖振媚。昔人有肉臺盤，此肉花盎也。

洛陽江上跨長虹，萬古橋梁記蔡公。偏是世人好奇異，常將醋字詡神功。洛陽橋，在泉州府東北，跨洛陽江。一名萬安橋，郡守蔡襄建。長三千六百尺，廣丈有五尺。俗傳造此橋限以濤勢，不能案址，乃檄江神，得一『醋』字。公云：『廿一日酉時爲之。』今公記中無是説也。

鷓鴣枝上鷓鴣啼，恠煞行人返駕遲。自起開籠放雙鳥，微禽也自解相思。閩山多鷓鴣，『行不得哥哥』五字絶分明，不似他鳥言須以意會也。又有相思鳥，合雌雄一籠，閉一縱一，一即遠去，久之必覓道歸，宛轉自求速入。

榕陰繞屋碧幢幢，蠣鏡光明透小窗。買得紙簫吹月夜，新聲翻出下南腔。閩中多榕樹，垂鬚入地，輒復生根。常有一樹作十數幹，有即榕爲門者。《閩中海錯疏》：『海月，形圓如月，亦謂之蠣鏡，土人多磨礪其殼，使之通明，鱗次以蓋天窗。』◎閩開元寺前，舊有捲紙爲簫者，其音不窒不浮，品在好竹上，劉公瓛爲賦《紙簫詩》。閩以漳、泉二郡爲下南，下南腔，亦閩中聲律之一種也。

赤嵌城邊海氣浮，蔗林千頃壓平疇。牛車捆載歸餹蔀，嫰葉還留飼野牛。赤嵌城，一名紅毛樓，在臺灣海邊。《裨海紀游》：『取蔗漿煎餹處曰餹蔀。蔗梢飼牛，牛嗜食之。閩中挽運百物，率用牛車。』《臺灣紀略》：『野牛最蕃滋，設柵欄圍之，有典牧之官董其事。農夫乏牛者，稟命於官，取之。至老而無力，則縱之去。』

五虎門高捲浪花，颶颱風信驗雲霞。舟行爭似車行穩，軋軋徐過鐵板沙。五虎門兩山對峙，勢甚凶險，爲閩省門户。《臺灣紀略》：『天氣與中土殊，颶颱時起。土人謂正、二、三、四月起者爲颶，五、六、七、八月起者爲颱。將至時，先視所至之氣，如虹、如霧，則預爲之防。』◎安平城傍，自一鯤身至七鯤身，皆沙岡也。鐵板沙性重，得水則堅如石。牛車千百，日行水中，曾無軌跡。案：字書無颱字。

枯藤三尺束纖腰，番社兒郎捷似猱。鳥翅垂肩貝懸頂，滿身文更刺紅毛。《臺灣紀略》：『土番十四五歲時，編藤圍腰，束之使小，故射飛逐走，速於奔馬。身有記刺，好事者遍刺其文，則紅毛字也。且有以鳥翅垂肩、以貝懸項，而相誇爲美觀者。』

粵東二十四首

花田花塢隔東西，駭緑紛紅路欲迷。細雨絲絲泥滑滑，竹林深處竹雞啼。花田、花塢，皆在廣州府西。竹雞多居竹林，形比鷓鴣差小，褐色，多斑赤文，南人呼爲『泥滑滑』，因其聲也。

文魮孕玉蚌含珠，南海珍奇色色殊。晚照横波紅透水，千絲鐵網罩珊瑚。高州海中有文魮，鳴似磬而生玉。諺云：『文魮鳴，美玉生。』廉州海島上有珠池，珠户入池，採老蚌剖而取珠。珊瑚生海中，欲取之，先作鐵網沉水底，珊瑚貫網而生，歲高二三尺，因絞網出之。

陽烏東上海波明，破曉嚴關報四更。獅國貨來龍户集，萬家煙火越王城。粵中水塘，宵更禁五鼓，僅四鼓而天已明。相傳擊五鼓，則潮水泛溢，此亦悠謬之説。然城中仍五嚴也。韓昌黎《送鄭尚書赴南海詩》：『衙時龍户集，上日馬人來。』又云：『貨通獅子國，樂奏武王臺。』

日中常有四時天，午著輕紗晚著緜。自是嶺南天氣早，青溪正月疊荷錢。宋龔茂良詩：『晴雲欲午僧揮扇，曉露生寒人著綿。自是嶺南多氣候，日中常有四時天。』 ◎嶺南月令：正月荷錢浮於水。

人家籬落抱春堂，孔翠裝門蠣作墻。影透紙窗紅似火，刺桐花發對斜陽。春堂者，以渾木刳爲槽，一槽兩邊約十杵，男女立以春稻粱。敲磕槽舷，皆有徧拍，槽聲若鼓，聲聞數里。 ◎桓寬《鹽鐵論》：『南越以孔雀珥門户。』 ◎牡蠣出海島，麗石而生。黄衷詩：『處處短墻圍牡蠣。』 ◎刺桐三月時布葉繁密，有花赤色，間生葉間，旁照他物，皆朱殷。

珠娘生小畫雙蛾，價比明珠孰較多。製得金釵叩銅鼓，輕喉宛轉學吴歌。越俗以珠爲上寶，生女謂之珠娘，生男謂之珠兒。裴淵《廣州記》：『豪富女子以金銀爲大釵，執以叩銅鼓，號爲「銅鼓釵」。』《通志》：『廣音柔而直，頗近吴越。歌則清婉瀏亮，紆徐有情。』

金樽銀燭列歌堂，問是誰家新嫁娘。一樹石榴全著雨，暗零紅淚濺羅裳。舊俗：民家嫁女，集羣婦共席，唱歌以道別，謂之『歌堂』。今雖漸廢，然村落尚或有之。朱竹垞《明詩綜》云：『粤俗好歌，語多雙關，詞不必雅，然情必極至。先嫁一夕，戚懿與席者名「坐堂」。歌詞有云：「一樹石榴全著雨，誰憐粒粒淚珠紅。」又云：「燈心點著兩頭火，爲娘操盡幾多心。」天機所觸，自然合韻。』

繡户週遭插火秧，簾波輕漾篆煙長。緑毛養得探花使，倒挂金籠放晚香。廣州諺云：『爾有垣墻，我有火秧。』火秧叢生成樹，四稜有芒刺，廣人以作籬落。 ◎倒挂鳥，身嫩緑色，頷青，胸前一朱砂點，頂有黄茸，舞則茸開。每收香翅中，時一放之，氤氳滿室。李之儀云：『此鳥以十二月來，日間焚好香，則收而藏之羽翼間，夜則張尾翼而倒挂以放香。一名「收香倒挂」，又名「探花使」。』

五羊驛外送歸橈，千里珠江正落潮。驛草青青江水碧，離人到此幾魂銷。珠江在番禺縣南五羊驛前，士大夫餞送之地。

共向菖蒲澗裏遊，中元節過作遨頭。何人乞得安期棗，溪水𧦬𧦬日夜流。廣州七月二十五日，士庶多於蒲澗采蒲，濯𧦬𧦬水。相傳安期生以是日升仙，自古有遨頭會。《嶺海名勝志》：「菖蒲澗，一名甘溪，一名𧦬𧦬水。」

歌聲酒氣拂江煙，又是龍舟競渡天。莫恠遊人空巷出，十年纔到大洲前。粵人習海，競渡角勝。而大洲比常製尤異，十餘年始一舉。

田螺宜雪蟹宜霜，春食羊羔秋食麞。薦客檳榔千口赤，餽人蕉子幾梳黃。廣州諺云：「霜蟹雪螺，味不在多。」又云：「秋冬食麞，春夏食羊。」數檳榔曰「幾口」，陸陲謝安戊王賜檳榔一千口是也。又數蕉子曰「幾梳」，蘇軾詩：「西鄰蕉子熟，時致一梳黃。」

綠荷包飯趁墟遲，盧橘楊梅上市時。飽喫荔支愁內熱，金盤別爲薦黃皮。嶺南謂村市爲墟。柳子厚詩：「青箬裹鹽歸洞客，綠荷包飯趁墟人。」廣東謠諺：「餓食荔枝，飽食黃皮。」黃皮果狀如金彈，六月熟，其漿酸而除暑熱。與荔枝並進，荔枝饜飫，以黃皮解之。

海珠石畔浪翻銀，半是漁家半蜑人。中婦撐篙兒繫背，淩波不怕襪生塵。海珠石在海上，爲粵人競渡之所。蛋户，或云即龍户，以船爲家，以漁爲業。廣爲水國，人多以舟楫爲食。中婦賣魚盪槳，橐中兒女在背上，日垂垂如負瓜瓠。地氣多燠，既省絮衣之半，跣足波濤，不履襪，或男女同屐。

河南春聚綺羅叢，串串香毬貫綵絨。花好儘供城裏賣，箇儂繞屋種油葱。宋戴復古客遊廣東，嘗有詩云：「紅吐檳榔唾，香薰茉莉毬。」素馨較茉莉更大，香最芬烈，廣城河南花田多種之。每日貨於城中，婦女以綵絲穿花繞髻，而花田婦人則不簪一蕊也。油葱形如水仙，葉厚一指，破其葉，中有膏，婦人以之膏髮代油，貧家婦多種之。

鐵船厚重紙人輕，八字風來兩面迎。舟子吹脣金鼓噪，艨艟篷上有輸贏。粵人善操舟，故有「鐵船紙人」

『紙船鐵人』之語。蓋下海風濤多險，其船厚重食水深，風濤不能掀簸，任載重大，故曰『鐵船』。船既厚重，人力不費。小船一人一槳，大船兩三人一櫓，揚篷而行，雖孱弱亦可利涉，故曰『紙人』。篷者，船之司命。其巨艦篷，每當逆風挂之，一横一直而馳，名曰『扣篷』。諺所謂『廣州大艨艟，使得兩頭風。輸一篷，贏一篷』也。横行曰『輸』，直行曰『贏』。每艦有二篷，風正曰八字。八字風在後則正，在前則横，故又有『後八字風，揚篷當中。前八字風，勾篷西東』之語。其或舟子撮脣爲吹竹葉聲，及鳴金鼓以召風。風至，二篷參差，如飛鳥展翅，左右相當，其形亦如八字。是皆鐵船。

蜃樓千尺望嵯峨，涼熱還將驗海波。蠶繭八收稻三熟，豐年常望溼年多。廣州虎門合蘭海，每歲正月初三、四、五日現海市，城闕樓臺、車騎人物倏忽萬狀。瓊州以海水占年，諺云：『海水熱，穀不結；海水涼，禾登場。』粵中立春微雨，兆有年。諺曰：『乾冬溼年，禾黍滿田。』各府皆然，惟瓊州相反，曰：『冬溼年乾，禾黍滿倉；冬乾年溼，禾黍少粒。』南粵蠶有三眠、四眠、兩生、七出、八出者。地氣暑熱，一歲田三熟。廣東月令：七月，秧針重碧；十月，八蠶之功畢。

橘圃茶畦可代耕，山陬水澨費經營。種茶先得栽蠅樹，養橘還饒餔蟻羹。廣州可耕之地甚少，民多種柑橘以圖利。嘗患小蟲損蝕其實，唯樹多蟻則蟲絶，故園戶之家買蟻置之樹，謂之『養柑蟻』。高州西荔枝村兼種橘柚爲業，其樹連亘數畝，繫竹索引大蟻往來，藉以除蠹。蟻即於葉間營窠，多至什佰，結如斗大。土人取其子作羹，以爲鮮美。西樵多種茶，茶畦有蠅樹，葉細如豆，葉落畦上，則茶不生螆。

梅花常與菊花期，庾嶺羅浮尚異時。索笑空山無雪踏，騎驢休詠灞橋詩。嶺南梅花常與菊花相及，所謂『十月先開嶺上梅』是也。羅浮山深氣寒，故以十二月開。嶺南無雪，陸圻詩曰：『便對輕寒難詠雪，但逢霖雨即悲秋。』

蕹田高下趁春潮，柳陌菱塘入望遥。一夜輕雷催雨過，半溪青草種魚苗。蕹葉如落葵而小。南人編葦爲筏，作小孔浮於水上，種子水中如萍，及長莖葉，皆出於葦筏孔子，隨水上下，南方之奇蔬也。蕹筏名葑田，在處皆有。南海諸郡八九月，於池塘間采魚子著草上，懸於竈突上。至春雷發時，收子浸於池，號『魚苗』。

青草黄茅瘴霧迷，人家强半重巫師。乞靈共入蛇神廟，好異還修蟻祖祠。濱海多瘴，春曰青草，秋曰黄茅。

粤東尚巫信鬼，故妖惑之物得以禍福人。蛇神不獨潮東，莞亦有之。陸羲山菜有《蛇神説》。潮州大馬蟻山有蟻祖廟，每年五月，羣蟻來朝，亦怪事也。

淘金斲石儘山家，蠻女逢迎避使車。偏是如雲誇鬒髮，救貧常割鬢邊鴉。唐許渾《自廣江至新興》詩有云：『洞丁多斲石，蠻女半淘金。』注云：『端州斲石，涪涯縣淘金爲業。』案：嶺南無涪涯縣，疑是涪洭之誤。明區大相《平圃婦》詩序云：『自黄塘趨平圃，山行二日，風俗淳樸。婦女道逢使車，采者棄筐，騎者下馬，擁蔽旁立。愛其明分達禮，或通都大邑不如也。』《南荒録》：『新州男婦，皆縝髮如雲。每沐，以灰投水中，遂就水汰之，以彘膏塗其髪。五六月，秔秫未穫時，民饑，盡髡取髪鬻於市。既髡後，以彘膏塗之，至來年五六月又可鬻矣。』

榕陰濃覆古城巔，交阯遥通徼外天。銅柱摩空猶漢物，用錢還溯五銖前。肇慶南界，自河頭至交阯，皆用歷代古錢。銅柱在欽州西，馬援所立，以表漢界者。榕樹，南海多植之，葉如大麻，實如冬青，有大葉、細葉二種。

香山遥接澳門關，估舶洋樓頓改觀。堪笑肩輿分道出，板箱竹繖衛彝官。澳門離香山百里，向在界外。其山從海濱發支，如蓮蓬插入海中，有城，皆鬼子所居，無漢人。離澳設關，以稽人口出入。澳門彝官亦乘轎，其轎方長如櫃，官從頂蓋上出入，四人舁之。其傘用竹葉編成，白竹爲柄。一人執傘前導，一人負一板箱，二人執長鎗以從。其餘儀衛，簡陋可笑。

粤西六首

隱山六洞曲穿珠，萬頃荷花泛彩艫。葛嶺蘇堤爭得似，桂林也自有西湖。桂林西湖，經略使徽猷張公所復也。千峰倒影水面，而湖心又浸隱山，諸洞之外，别有奇峰，繪畫所不及。荷花時，有泛舟故事，勝賞甲於東南。隱山在湖中，有六洞。

萬山如戟插晴空，月夜猿啼處處同。酒甕初開香撲鼻，誰將釀法問狙公。平樂等府山中猿猴極多，善採百花釀酒。樵子入山得其巢穴者，酒多至數石，飲之香美異常，名曰『猿酒』。

癸水辰山一望間，衛公臺下瞰清瀾。漁人網得秋風鳥，也共鮮鱗薦玉盤。灕水一名癸水。桂林有古讖曰：「癸水繞東城，永不見刀兵。」辰山在城東北十里。柳州衛公臺下，江水澄澈。小魚簇浪而來，潑刺一聲躍出水面，即成飛鳥，未及生羽毛即罹網羅。味甚脆美，曰「秋風鳥」。

宜人惟有桂林山，五嶺炎蒸接百蠻。莫恠行人皆膽落，鬼門關外幾生還。杜詩云「五嶺皆炎熱，宜人獨桂林」，以風高無瘴也。下至平樂、梧州及左右江，瘴氣彌盛，早起氤氳，咫尺不相見。鬼關在北流縣西十里許，石峰對立如關。諺云：「鬼門關，十人去，九不還。」《輿地紀勝》云「本桂門關，俗名鬼門關」，似惡其名而附會之耳。

市墟曉啟集狼狑，牛背翩翩衣繡行。木格尚存書契意，鳳毛龍角漫寒盟。賓州諸處土彝，有猺、獞、狑、狼四種。狑人最巧，可買爲僮僕。狼婦獨美，嘗繡衣騎牛，入市貿易。《說文》：契，木約也。趙凡夫云：「古契字作丯，刻其齒，分而爲券。」猺人刻木爲齒，與人交易，謂之打木格。《粵述》：「猺、獞交易文書內云：如有翻悔，與龍角一對。或云鳳毛、明珠等，嘗笑其妄。偶讀《漢書·板楯蠻傳》：「盟曰：秦犯蠻，輸黃龍一雙；蠻犯秦，輸清酒一鍾。」此蓋有所本也。」

洞丁山子共聯翩，正是花朝會閬天。竹笛蘆笙喧聒處，踏歌先去祀歌仙。洞丁、山子皆蠻人别稱。蠻俗最尚踏歌，濃妝綺服，越阡度陌，男女雜遝深林叢竹間，一唱百和，雲爲之不流，名曰「會閬」。自穡事畢，至明春之花朝，皆會閬之期也。餘節亦間舉，唯元宵與中秋夕爲盛。蠻樂有鐃、鼓、胡蘆笙、竹笛之屬。唐景龍中，貴縣西山有劉三妹者，與朗甯白鶴書生張偉望歌酬，化石於山巔，遺跡宛然。至今猺俗尚歌，因立祠於此，祀爲歌仙。

爾爾書屋詩草卷八

六言

放言百首

天宇九重孰疊，地維八柱誰加。日月往來逐我，雲煙變幻由佗叶湯家切，音他。
盛世鳳巢阿閣，衰時兔舞鎬京。人莫書空咄咄，天常在上明明。
商世祖推玄鳥，夏王父化黄熊。更有姜嫄履拇，真成三代齊諧。
馬負圖來卦畫，龜出書後疇陳。何事尼山隕涕，春秋絶筆獲麟。
孔子既夢周公，康齋又夢孔子。不知晝寢宰予，誰其常入夢裏。
柳下曾爲士師，盜跖居然壽考。若論大義滅親，毋乃猶非直道。
夸父曾云逐日，女媧何以補天。悟到生公點石，誠思愚叟移山。
喉舌空懸北斗，身家盡寄南柯。才望何妨覓短，春秋已較蛄多。

宰相每多伴食，天子亦有無愁。風漢豈容議國，杞人偏欲擔憂。
長安道上奕棋，傀儡場中冠履。儘教造化小兒，弄作郎當老子。
材居材不材間，味躭味無味處。書中自號老饕，家食庶免餐素。
共逐驢牛轉磨，誰攜雞犬昇天。但願成歡喜佛，勿使號饕餮仙。
王維稱詩天子，徐邈中酒聖人。甯飲崔弘度醋，莫汚庾元規塵。
和靖梅妻鶴子，玄真樵婢漁童。塵夢無非隍鹿，弋人何慕冥鴻。
樂矣魚遊濠上，悶哉蝨處褌中。逐鹿項劉誰得，亡羊臧穀相同。
愛我書香萬卷，笑他銅臭三公。擬學偷桃方朔，應羞鑽李阿戎。
青紫紛紜徒爾，玄黄交戰奚爲。夢裏幾忘蝴蝶，醒來且食蛤蜊。
考亭固是大儒，姚江亦稱先覺。若姚江爲異端，豈考亭真僞學。
嚇鼠鴟多惡態，捕蟬螳寓危機。莫管鵬摶鷃笑，閒看魚躍鳶飛。
懶問問天屈子，閒説説鬼東坡。茂先嫏嬛福地，康節安樂行窩。
文字馬蹄秋水，情懷虎尾春冰。入世法同出世，傳薪道即傳燈。
倦至北窗一枕，坐來南面百城。隨俗聊復爾爾，用法我自卿卿。
逝者觀夫流水，時哉歎彼山梁。自有胸中邱壑，難禁眼底滄桑。
笑取馮婦下車，禍生灌夫罵坐。莫恨孟困臧倉，須看孔遇陽貨。
廣三千六百鈞，盡三萬六千觴。不畏文章作祟，羞同魑魅爭光。

一千斛米買傳，九千疋縑酬碑。韓文猶多諛墓，魏史豈免徇私。
若拙名爲瞎榜，相如起自貲郎。榮世豈憑科第，横行全藉文章。
色本非有何空，好且不爲況惡。天上豈容寄愁，人間自可行樂。
鑿竅恐傷混沌，滿肚不合時宜。半讀半耕足矣，一邱一壑過之。
遯世學蜘蛛隱，對天稱蟣蝨臣。莫在夢中説夢，須從身外觀身。
逸樂常與禍雙，施行惟憑恕一。程門四勿是箴，易象六謙皆吉。
太沖十年三賦，穆之一日百函。未得詩成八米，焉能字值三縑。
使錢豈果通神，憎書且云驅鬼。兩石不如一丁，貂冠漫續狗尾。
孤曾厭卿老拳，卿亦飽孤毒手。石勒語。施報理本如環，鬬爭愼勿使酒。
莫教德有二三，最忌癡同九百。道家養精氣神，聖門戒色鬬得。
性似五方味别，功如九轉丹還。漫使以水濟水，惟期學山至山。
朋來今雨舊雨，書著大山小山。放浪形骸以外，卜居廉讓之間。
陶穀雪水烹茶，子美漢書下酒。不妨劉四罵人，莫笑鄭五歇後。
南宫适德堪嘉，北宫黝勇莫好。詩才勝東方虬，吏治學西門豹。
父子冬日夏日，弟兄大山小山。箕畢從來異好，夷尹原自同班。
解脱因緣十二，包羅世界三千。聖莫決小兒辨，辨日事出《列子》。佛不出老婆禪。
唐皇結風流陣，漢帝老温柔鄉。傾城即以傾國，色荒甚於禽荒。

高士應少微星，冥王主遮須國。戴逵求死未能，劉聰不生亦得。
周澤一年一醉，孔覬一月一醒。自有豪情舉白，不邀俗眼垂青。
瓦甓屎溺盡道，嬉笑怒駡成文。且執蝦蟆相馬，漫驚焦螻巢蚊。
陳留食十八種，高陽餐數萬錢。飲食亦關大欲，豐儉總貴無偏。
齊令羽士爲僧，宋勅沙門入道。釋道互有乘除，佛老亦添懊惱。
南阮不羞北阮，東施豈似西施。凡事邯鄲學步，真如混沌畫眉。
丹朱不應乏教，甯越未聞被捶。漫説鴟鴞化鳳，須知糞草生芝。
思道無稜文舉，詢祖有檢禰衡。公藝惟書百忍，上蔡能去一矜。
王縉獨有五長，李諧善用三短。羊質豈稱虎皮，鳧續同悲鶴斷。
獨孤信曾側帽，郭林宗亦折巾。身外無非長物，眼中幾許可【二】人。
孟珙掃地焚香，孫荆枕流漱石。甘爲帝堯外臣，不對敬容殘客。
謝傅物存麈尾，幼安品重龍頭。口中止談風月，皮裏尚有春秋。
身長自愧鬚眉，言大難副腰腹。美思臧飲蕭文，累謝周妻何肉。
齊傅不勝楚咻，宮人頓成傒語。須防五技致窮，勿使四民雜處。
濂溪弄月吟風，明道傍花隨柳。堯舜猶病未能，孔顔之樂何有。
同恕望如鸞鳳，仇香恥作鷹鸇。輕戒魏收驚蝶，懦嗤劉勝寒蟬。
削國若作蝨官，噆人何殊蚊母。須求觸佞神羊，莫養吠堯跖狗。

耳似鼎鐺尚有，心如印板無差。但使胸中有竹，何愁眼底生花。
大患爲吾有身，求仙又將奚事。漢武空羨雲鄉，劉安祇守天廁。
景文哺啜可觀，張載鬚眉盡醜。誰能指雀爲鸞，莫教畫虎成狗。
霍光不學無術，後稷所讀何書。思誤亦是一適，勤讀須用三餘。
薄技獻無九九，妄心膜退重重。遊歷無嫌足繭，蕭閒久息胸春。
蓋次公醒而狂，徐景山通以介。才不羨温八叉，儀未習方三拜。
許靖名傳馬磨，叔度系出牛醫。公卿降爲皂隸，屠沽亦有英奇。
公羊爲賣餅家，稚長是監廚客。口裏漫肆雌黄，胸中宜存黑白。
燕雀安知鴻鵠，鷹鸇豈如鳳鸞。切莫爲虎傅翼，應嗤沐猴而冠。
馬融頌梁冀第，陸游記侂胄園。才名大爲身累，戒哉失足權門。
戴良爲母驢鳴，師羿爲相狗吠。驢鳴是戲綵心，狗吠故由竇態。
元龍湖海之士，方朔滑稽之雄。彼詎求田問舍，此方以仕易農。
漫道首陽爲拙，獨稱柱下爲工。詐善固勝詐惡，詐忠何如愚忠。
虎魄不拾腐芥，磁石豈受曲鍼。多少爨桐椽竹，舍邕誰是知音。
玄德非池中物，子陽乃井底蛙。蛟龍必得雲雨，蝌蚪終是蝦蟆。
名如畫餅充飢，利似望梅止渴。早諳過眼空花，何待當頭棒喝。
杜甫詩能驅瘧，陳琳檄愈頭風。自是文章有用，且教醫藥無功。

名教中有樂地，林泉内乞閒身。青氊是我家物，白眼看世上人。
卿自常用卿法，吾亦思愛吾廬。理悟得馬失馬，事戒騎驢覓驢。
擁崔儦五千卷，著阮孚幾兩屐。諸公旋轉乾坤，老子婆娑泉石。
生不效桑伯子，死莫學楊王孫。矯枉未免過直，有質豈可無文。
自號七松處士，齊名五柳先生。申屠因樹爲屋，僧孺以筆代耕。
書韋陟五朵雲，掃張楷五里霧。先生坐上春風，學士筆端秋露。
好酒胸無壘塊，寫書罪亦風流。博物未能半豹，養生欲無全牛。
五道輪中變相，三生石上前因。花本溷茵亂墜，樗豈松柏後身。
自師徐遵明心，不作謝宣明面。求己絶勝求人，可貴當復可賤。
相雖無一寸眼，生莫負七尺軀。誰爲吴蒙刮目，何須李庶種鬚。
介葛盧解牛鳴，沈僧昭通虎語。窗既可共鷄談，琴何妨對驢鼓。
蔡樽紫茄白莧，彦倫春韭秋菘。山濤非吏非隱，樊遲學圃學農。
醇醪是周公瑾，旨酒號顧建康。晏享老年薑桂，思遠暑月冰霜。
娶妻欲得麗華，生兒當如亞子。臣愧壯不如人，君願古而無死。
食色性也有命，虎口無那龜腸。貧士止餐三韭，宰相竟食萬羊。
朱穆不知馬足，超宗殊有鳳毛。謝女猶能詠絮，劉郎不敢題糕。
羨老子其猶龍，御惡人如此馬。常思鶴翥雲中，豈甘駒伏轅下。

學書成秦吉了，作賦嗤犿駱駞。謝莊自慚識短，陸機偏患才多。
傑士見一鳳羽，凡衆如九牛毛。自當取法乎上，切勿臨深爲高。
龍比原非俊物，禹稷皆是便人。不必言同百舌，最難膽裏一身。
宋玉真能好色，淵明亦賦閒情。鐵心石腸自在，梅花何害廣平。
虎頭癡黠各半，中山皂白太多。未有周情孔思，兼師夷清惠和。
居官勿爭進步，處世當養生機。勸退難逢謝述，好殺宜戒韓非。
捷傳李白百篇，妙喜阮瞻三語。作爲六言歌辭，漫當陽五伴侶。

校按：

【一】『可』原作『何』，據史履昇、史履晉《放言百首箋注》改。

附：全韻詩

分韻賦詩，昔賢所尚，然未有分賦全韻者。同治庚午夏，李君蔭香於其宅西築清音園成。適值沼蓮盛開，大會賓客，以上、下平三十韻分之座客，約各賦五言全韻排律一首。余分得首韻，繼又於上、去、入中鬮分三韻。一時作者傅會牽拉，幾令風雅道苦。夫杜陵創百韻，不免鋪張之迹；昌黎鬬險韻，亦涉苟難之嫌。況後人才學，遠不逮古人，而又迫之以題境之狹隘，韻字之雜沓。無計勝挪，不容趨避，縱使句可鏘金，安能章成完璧。余破四日工，成詩四首。本不足存，猥以當日興會所至，安章宅句不無少費匠心，因附之篇末，用增後來談藝者之話柄焉爾。

蔭香招飲清音園賞荷，分韻賦詩，得一東全韻

性癖惟山水，清音愜素衷。韻嫌絲竹俗，樂取智仁同。雅會思蕭統，高吟溯太沖。梁昭明太子嘗泛舟後池，或稱此中宜奏女樂。太子不答，詠左思《招隱詩》云：『何必絲與竹，山水有清音。』園之命名，蓋取諸此。生涯甘屈蠖，心事託冥鴻。屐著東山謝，樽開北海融。田園有真樂，醉飽賴宸功。憶昔啟邊釁，無端肇内訌。賈船藏鬼蜮，戰艦走艨艟。盡以鄰爲壑，因之莽伏戎。妖氛連楚粵，兵氣接崤潼。冀北干戈滿，江南杼柚空。賊多真似蟻，士勇孰如熊。逆燄炎炎熾，狂瀾潰潰洶。未逢麟在藪，詎免雉離罿。敗屋全無主，荒疇

久廢墢。人情皆恤恤，天意亦夢夢。自笑樗蒲質，曾輸畎畝忠。護良期去莠，取將擬揚麷。『取將如撥麷』
出《荀子》。麷，煮麥也。陣學排鵝鸛，門防寇蠮螉。古諺有云：『顛當牢守門，蠮螉寇汝没處奔。』何時銷劍戟，到處
弄刀弓。余與蔭香俱委辦團練。所幸尊諸葛，紛然避老种。六軍威奕奕，四牡壯龐龐。帷幄資韜略，神人泯
怨恫。范韓威震夏，申甫降維崧。謂曾、李諸公。破敵摧枯朽，招降發瞽矇。凱旋馳羽檄，俘馘獻囚䡯。
永奠皇家鼎，羣供下國玒。玒或作珙。《詩》『小共大共』，即珙字省文。周郊放牛馬，豳俗急豣豵。斥堠常嚴備，
關河已罷攻。化希民皡皡，憂解衆忡忡。道路無荆棘，郊原有稑穜。偷閒宜地僻，行樂及年豐。世事
如棋局，乾坤等斷蓬。古今爭一貉，日月轉雙轂。蘊利焚身象，徇名斷尾狨。漫依株待兔，竟比餌貪
鮦。最是幽居好，奚煩勢位隆。吾鄉有李白，佳宅屬揚雄。裕後能詒穀，光前慰折蔆。嫏嬛珍萬卷，
珠貝陋千緵。慎爾圭磨玷，瑩如耳飾琉。習勞懲惰窳，守默懔虛盅。柵立成城堡，咸豐末，蔭香於本村築圍，
名嵐泉堡。園開隔巷衕。榭亭排伍伍，桑柘鬱芃芃。錯壤連阡陌，堆場聚秠稯。場與圃相連。坻寬圍磧歷，
邨密罨朦朧。陡見孤峰矗，都緣一簣充。崢嶸增翠巘，突兀拂蒼穹。邃谷穿庨窌，深林覆靦髳。溜分
疑倒峽，臺迴欲夷宴。曲徑蟠蚯蚓，長橋駕蝃蝀。鳶飛天邈邈，魚躍浪瀜瀜。園有榭，額曰『鳶飛魚躍』。洞
暗宜燒炬，崖低且鞠躬。柳堤垂緑線，杏塢翦朱絨。鳳篳搖修尾，虬松竪短鬉。夭桃齊灼灼，穠李更
茙茙。《毛詩傳》：『穠，猶戎戎也。』《韓詩》作『茙茙』。種購雞腸蕿，苗分雀腦芎。鮮葩鵑泣血，細草馬梳騣。
架上調馴鵡，籬邊戲稺猣。蟬琴鳴嘒嘒，蛙鼓聽鼕鼕。識字牛呼鄭，能言鴨喚蒙。蜨蘧悟莊叟，鴛浴
説韓馮。延爽晨凭檻，搴芳夜纜舼。涼痕侵帳幔，香氣襲衣襱。摘果枝妨帽，栽薔刺絓幒。歌聲鶯晛
睆，舞態鶴氋氃。薜荔纏羅幌，芙蓉隱繡幪。輝煌軒嵌鏡，焜燿壁懸釭。樹織交交鳥，畦跳趯趯螽。

築牆安鹿砦，移岸下魚簗。蕩蕩鷗浮沼，翩翩燕掠叢。晴陂翻芍藥，菜棱植蕘蕫。美景無寒煖，歡情總洩彤。板輿隨壽母，高閣集羣公。名士多於鯽，游人越以鬷。林塘非獨樂，里黨且相掝。有鳥猶知止，於途敢哭窮。余非拜石米，也辦買山銅。壯歲虛騰達，浮華謝畢巃。困悲負鹽驥，鈍任著沙艘。義取邱隅靜，基憑碣石崇。余買山昌黎城北，種花果數百株，名曰『止園』，取『黃鳥邱隅』之意。誅茅臨廣衍，望遠入冥濛。户納驪城塔，窗含渤海篷。盪胸起喬嶽，濯髮想清澧。匼匝嵐環榻，琤琮瀑瀉谼。枕流聊洗耳，飲澗患瘿隴。峪隘泉偏咽，巖高日易曨。天青垂冪冪，雲白靄逢逢。招隱叢留桂，懷人夢繞楓。龍湫窺踔嶢，香山上有龍潭。鳥道認谾巃。彳亍笻扶竹，逍遥笠戴椶。探奇攜老衲，得句付奚僮。未有樓臺麗，惟看卉木葺。自慚彭澤令，究遜辟疆翁。故里居廉讓，新堂絶垢壅。向平婚嫁畢，摩詰畫圖中。但覺春常在，時當暑未終。潤經榆莢雨，清挹藕花風。露白葭方茂，雲黃麥早刈。翠盤攙嫩芡，紫穗間秋蕻。共約搴湘葯，相將倒碧筩。几筵陳秩秩，殽核盛饛饛。小圃收芋栗，嘉蔬薦韭菘。膾踰狂士棗，羹芼大官葱。禁臠牛心炙，瓊漿馬乳酮。令盆呼五雉，海錯雜三艐。今獲陪簪紱，儳焉厠廡廮。儘欣情款款，那畏熱爞爞。博學朱遵度，清言庾子嵩。道談麻餅丐，禪悟木瓜癃。玉麈揮王衍，冰壺貯李侗。不妨秦贅誕，足振許丞聾。雅謔徵颸段，廋詞引麴藭。酣傾銀鑿落，曲和珮玲瓏。彷彿賓來鴈，休教醉出橦。聯吟誇敏捷，縋險費鐫礱。罰數依金谷，留連駐玉驄。相邀披腹笥，取次寄詩筒。仙令鳧飛舄，嘉筵鷺在淴。循良追卓茂，辭采壓崔峒。殿最區催撫，委蛇表緎總。爲耽觴詠趣，暫脱簿書叢。謂邑侯蔡公。老子興不淺，先生教倍洪。思偕抽乙乙，端並叩悾悾。謂學博單公。份彧文成鳳，輪囷氣吐虹。地誠秀而野，歌盡美哉渢。好客君何甚，無能我自倥。羣賢推繡虎，薄技愧雕蟲。既立歐蘇禁，難云競病工。書雖窺半豹，賦或誤紋鼨。況值江才盡，爭禁岳鬢鬖。八叉輸妙手，雙翦豁昏瞳。僻典探狐穴，遺材拾馬通。身隨登夏屋，頭恐誚冬烘。妄冀紗籠碧，渾忘燭炮紅。撚髭猶汲汲，揮手惜怱怱。寶鴨霏丹篆，明蟾俯綺櫳。酡顏餘酩酊，歸轡整瓏璁。屐舄方交錯，輪蹄乍䌰絧。摶沙原易散，斷梗莫辭汎。勝會應求續，離悰叵耐恍。人生幾分合，天地一樊籠。舜陛方垂拱，堯階正達聰。制科秋賦重，鎖院曉光曈。時蔭香將應京兆試。利涉川需楫，爲霖旱待霳。般倕尋杞梓，伯樂識驪駥。本是傭中佼，何愁爨下桐。數年勤蟻術，萬里快鵬翀。射策躋鼂董，呈材集鎬酆。疾應馳騕褭，健復走豐霳。去日槐盈市，來時桂折宮。變知龍即鯉，喜合牿占橦。得路丹梯近，攀天碧宇窿。經綸宏展布，思澤沐瀧湅。貴侶聯鵷鷺，閒情寄冠童。他年榮晝錦，珍重問廥東。案：《佩文詩韻》「一東」共百七十二字，詩用百五十六字。餘如艐與艟同，冡與蒙同，別無義意。艨朧、艨艟、朣朧俱駢字不能拆開，若逐字強押，必有重複支離之病，故用彼舍此，一例從省。至緵、瞢、雺、㟅、懵、罞、㟅、詷、潨、懜、逢、韸十二字，並通他韻，例亦援此，非遺漏也。

蔭香訂於六月二十日會飲清音園，爲雨所阻，翌日補之，即席賦詩，分得二十二養全韻共百六字

亭臺矗矗揭華榜，金字煇煌旭光晃。築成巖穴氣骯髒，疊巘層巒何其奘，坡伏連鼃徑修蟒。攀磴延緑攝衣上，輕屩不須施緉緛。團桑如蓋草如繈，短短秫籬遮竹瀁。籜解宛如嬰脱襁，筍芽幾日成篠簜，馬藺叢叢間牛蒡。菜種芥薑樹栗橡，接果妙同梅寄樃。繚垣周遭護茅廠，苔髮石花繡卑磉。柳絲

低拂讀書榥，綠溼紗窗透羅幌，幽鳥鈎輈弄清吭。流水潺潺淨塵坱，人來胥作濠濮想。翠毯平鋪茁菰蔣，游魚可羨思結網。波間鵝鴨翻紅掌，青蛙閣閣游泱瀼。山水清音異凡響，名園之義堪想像。余亦抱甕勉且勞，頭銜自署園丁長。余號竹素園丁。主人好客性俶儻，詩酒招邀共延賞。此時方苦旱熱旊，蘊隆蟲蟲日曭曭。驀地甘霖瀉洸潒，西成定可占豐穰。今朝開霽天光朗，凭闌好挹西山爽。橫塘水溢波紋盪，飛澇灕灕相沏磢。主賓瀟灑披鶴氅，几筵秩秩客駪駪，珍錯紛羅蚶與蚢。竹葉濃香滿甖瓬，味勝流霞與朝沆。玉盤膾鯉光於盪，鳴薑動椒佩蘇欓。寒酸滋味陋腒鱶，醉後高歌春意盎。笑摘園瓜手自剜，北窗企腳層軒敞。登高原隰眺清昶，采蓮擬打沙棠槳。自笑白髮三千丈，惟有朱顏因酒彊。句本獨孤及。家存敝帚千金享，無才謬荷詞壇獎。座客文瀾各泱泱，老將遇敵猶技痒同『癢』。敢説駑駘追驥駚，幸免魏收偷任昉。離照四方正明兩，何事白晝現蝄蜽。瀛海東西極洪漭，西洋忽聚鯨鯢黨。鷃金知良如狼慌，巴蛇鼓腹思吞象。山河之漏緣蟻壤，潰隄詎可輕螘蛘。矧云豺虎同牢養，魏絳和戎事亦枉。年年虛費官家帑，傳教開堂肆迷罔。通商直欲踞儈駔，越俎代庖託忠讜，禍心包藏實我迋。西望津門氣曭曭，妖氛障日日爲曭。五幡尤來與大槍，聚散紛紛如肸蠁。莒婦報怨尚託紡，何況黎民臂皆攘。寇焰如火不可嚮，激民如激水過顙。誰能陶頑鑄强獷，屋大柱小焉足仗。天生柱石衆所仰，安內攘外經綸廣。王道平平復蕩蕩，豈容鬼魅懷悒怏。舉杯談笑忽悽惘，唾壺擊碎神爲怳。時洋人在天津滋事，津民激怒，殺其通事官豐大業，並燬其洋樓數處，掠其財物。通商大臣崇奏聞，津門守令俱獲譴。旨派侯相曾公赴津查辦，撫夷安民，大費調停。是日，余與座客蒿目時艱，並讀曾相答夷使威妥嗎書，不勝詫歎。摩詰別墅皆在輞，申屠避地家梁碭。蕭然世外脱塵鞅，千古何人得其髣。水石花竹堪臨倣，我欲圖之問周滉。山榛隰苓寄慨慷，古人不作吾安放，搔首問天天莽蒼。人生能著屐幾緉，今朝倏忽已成囊。玉湖金谷半榛莽，山水真容尚惚慌。安得仙人青竹杖，六合之遥任來往。「魍」與「蛧」通，篇中既用「蛧蜽」，故省去魍字。

蔭香預訂賞菊之約，並屬以二十號全韻賦詩。計其時，秋闈將撤棘矣。因就其意，敷衍成篇，即預爲秋捷賀韻共五十九字，詩省去眊、翿、掃、墺四字。蓋以眊同覺韻、掃同皓韻，翿與纛、墺與隩音義皆同故也

菀菀辟疆園，高跨灤之隩。灤江在元明，此曾通海漕。水道久湮鬱，濬之得深澳。涓涓泉始流，灌灌雨如瀑。果種芡與菱，魚足鯉與鱮。蓮蕚淺深紅，荇菜左右芼。鵝鴨自呼名，宛與溪禽嫪。池上堆小山，亭榭遠相靠。林靜孤蟬鳴，樹密幽鳥噪。常留白雲宿，不受紅塵冒。清風惠然來，驕陽失炎暴。今雨復舊雨，開樽期客到。客到輒留連，羡極翻成媢。君真好我甚，我亦中心好。云我有斗酒，還就菊花倒。彼時秋已深，青女衣素縞。楓林葉獨紅，摇曳似風纛。菊花晚節香，更有霜枝傲。登高作重九，龍山同落帽。詩壇偕酒兵，相鏖旗鼓譟。莫遣催租人，敗興增惱懊。身懶宜偷閒，地僻可釋躁。盤谷足徜徉，吾車從此膏。人生異出處，員柄而方鑿。出者建功名，處者勵志操。趣向雖有殊，要無負載燾同「幬」。我少讀詩書，亦期博鸞誥。春風不得意，半生打眊氉。龍門遭點額，旁觀爲嗟悼。皤然歸去來，農田課旱澇。歲時及伏臘，斗酒時自勞。國家正多事，道路有彊虣。雌伏聊守拙，非云效高蹈。處士心所甘，豈爲虛聲盜。濟世望賢豪，家食安麤糙。臣壯不如人，況乎老夫耄。君年尚宏

富，君才更雄騺。星宿羅心胸，典墳觀祕奥。老馬或識途，推我作先導。今君應秋賦，請先爲君告。朝廷重科目，旁求申涣號。文章定價存，學修須慥慥。新意妙循環，舊業貴温燠。譬彼善舟者，師舟不師奡。語本《關尹子》。又如作矢然，不遲復不趮。語本《考工記》。爐火純青時，九轉丹成竈。筆力藴千鈞，鼎可扛乎郜。仙鶴飛沖天，變化在啄菢。句本韓退之《薦士詩》。呦呦苹鹿鳴，豈等鸁之旄。鴻毛遇順風，定當有佳秏。束帛賁邱園，光彩溢門帽。自昔桃李投，恒有瓊玖報。我今賀以詩，何以作酬犒。酒再酌葡萄，筵重開玳瑁。我學南涇翁，廬還攜稺造。

清音園主人復以十二錫全韻屬賦，爰作四言詩一篇以應韻共八十九字，廟諱謹避。

「霹靂」二字連用，故「霹」不另押

奕奕李君，哲聞允迪。説禮敦詩，朝乾夕惕。珪璧持躬，文章策勣。扤扤井索，競競矛淅。收族睦鄰，魯饑齊糴。宜雅宜風，不隨不激。爰有園林，介乎漻闃。山足登臨，池堪洴澼。水石舂撞，磬如磔砉。隰有游龍，邱有旨鷊。楊葉牂牂，竹竿籊籊。薜荔爲席，藤蘿如冪。林鳥關關，草蟲趯趯。芡覆青盤，蓮垂丹菂。薄言往遊，塵襟如滌。園外桑麻，園中蘆荻。園花足娱，園蔬可摘。以園徵詩，試與子析。仙草華林，漢皇所歷。鹿囿蛇淵，遠矣其倜。山櫓江陆，巖搜谷剔。蕙畹芝原，椒塗桂塓。玉觀巍峨，琳窗羃䍥。沼畜黿龍，廐蓄駮駒。紫閣棲鸞，丹砂飼蜥。日麗琁題，露承金狄。金鳳銜書，銅龍報滴。校獵有時，肩摩轂擊。縠冑敵千，無敢不弔。飛走繽紛，車徒轞轢。箭激流星，弓鳴霹靂。

旃靡魚須，罘張豕蹢。轔兔腳麟，射麇掩獥。魚頡鳥盻，鷹揚犬狊。典重蒐苗，恩寬殰殈。捷競飛猱，勇誇袒裼。事畢開筵，獲多論績。虬脯駞羹，吳醴楚瀝。夏濩虞韶，朱干玉鏚。樂奏雄風，賦徵雌霓。帝王之園，非吾所覿。金谷平泉，豪華沈溺。沁水平陽，實惟貴戚。廣厦崇基，雕甍文甓。玉飾階墀，金釦簷樀。曲廊洞房，密如的蔽。匠氏伊何，魯班宋翟。閣揖翔雲，池橫畫艗。珠簿玲瓏，錦屏的皪。翡翠爲櫳，珊瑚可擊。養鶴儲糧，鬬雞走檄。食鼎歌鐘，殷彝周鬲。飛閣流丹，華燈騰焱。鄭女曼姬，曳紈被緆。瑟撫蕫芽，笙調檀的。臺上鳳簫，樓中龍笛。袂舉成帷，綏垂似鷊。髻墜雲頳，汗揮雨霤。興廢無常，忽焉瓦礫。鬼瞰高明，歡極生慼。豪貴之園，非吾匹嫡。世界微塵，須彌葶藶。一室非逼，八荒非逖。越主卧薪，吳王夢鑩。暮楚朝秦，驕韓覆酈。心苟有瑕，同舟亦敵。獸駭禽奔，乾拳溼踢。盜起萑苻，禍延鋒鏑。世路崄巇，我將安適。言念古人，中心有惄。上天明明，周道踧踧。帝鄉莫期，仙藥難覓。生如懸疣，材如戴癧。以不材全，我思壽櫟。偃鼠飲河，駑馬守櫪。鄧禹笑人，爲此寂寂。樂取觀濠，困悲投汨。今吾與子，幸脱羈靮。富異萬鍾，貧非四壁。家有詩書，室無譏鬩。耕聽呼鳩，織占鳴鵙。不問升沈，焉用靈菥。不事祈禳，焉用妖覡。壯慕摶鵬，老甘退鷁。沂水春風，狂矣曾晳。贈錢買山，達哉于頔。晨視高春，昏驗三商。慵至酣眠，飢來飽喫。農圃優游，榮逾三錫。

爾爾書屋文鈔

序

士不自命千秋，蘄至乎不朽之業。雖孳孳矻矻，攻文章以白其首，終不能與作者爭尺寸之席，豈古、今人果不相及哉？方今學者，汨没於帖括之學，聰穎者斂才抑志，揣調研辭，以取悦有司而劵利達。其中材以降，益斤斤焉性命以之，不遑它顧，以致虚車飾而實用無存。往往有身獵科名，使之操寸牘、修片辭，而縮手汗顔、無能爲役者。則古人不朽之盛業，詎可執塗人而語哉？吾邑史香厓先生，品端學粹，爲世通儒。自登賢書，已推文壇祭酒。春官屢薦不售，而名益昌。嗣以養親不仕，絶意進取，遂上下千古，以搜討撰述爲己任。乃著書傳海内，而古文迄未栞行。楨以同志之求，敦請至再，先生乃裒集所作，屬爲校勘，且以無師之學，恐難問世爲歉。楨受而卒讀，見其義法之精嚴，辭筆之雅潔，氣度之雍容峻整，不規規於古人家數，而精神意象恍與千秋揖讓一堂，益信先生之能自得師也。且夫古人之學豈有常師哉？漢之董、賈、司馬，唐宋之韓、柳、歐、曾，皆未聞師承何人，而文各詣極。自勝國以制義取士，更數百年而莫易，其沈溺於人不可謂不深且久。然如明之荆川、震川，我朝之望溪、簡齋，皆時文大家，而古文視唐宋且無媿，又豈有常師乎？然猶謂雍、乾以上，制藝根柢尚厚，業此者不廢實學，去古未遠也。嘉、道以來，格調益工而根柢益薄。於今愈降無復之，本實先撥，宜若人人汨没其中，莫能振拔矣。然近今大儒，猶有以學問爲經濟，文章與古人並駕，如曾文正公其人者，又何風氣之足限而師傳【一】之可承哉？惟能以古人爲師，斯不懈而及於古耳。先生以高蹈之躬，受曾文正公之知於尋常物色之外。出處不同，而學問文章異地同揆，其淵源蓋可識矣。先生又云：『余文多應酬之作，既無佳題，焉得佳文？』楨應之曰：『文之所繇貴賤，視其有用否耳。其無適於用耶，臺閣冠冕半屬浮文；其有適於用耶，布帛菽粟無非至理。蓋題有大小，而道無精粗。先生於尋常酬應之作，皆有切理饜心之致。其於正人心、扶世教，與夫禔躬應務之體要，昭然若揭。一切浮光掠影、無關世用之談，有不待芟除而自盡者。昌黎云：「惟陳言之務去」。先生又何愧焉？』然而先生所恃以不朽之故又不在此。讀是編者，知著述之有本原，則由立言以蘄立德，斯文特其緒餘焉爾。

光緒十五年歲次己丑七月下澣，同里愚姪孫國楨頓首拜敘。

校按：

【一】『傳』原作『傅』，據《愚軒文鈔》改。

卷上

止園記

余家濱海而無山。每秋冬天日高朗，見一抹青蒼於東北百里外者，則碣石也。碣石爲昌黎鎮山，南距城六里許，邃谷嶜岑，蔚然深秀。余疇昔遊之數矣，然以馳驟名場，未遂買山之願。今上初元九日，登高於此，時紅葉滿山，與青松相間，爛漫如錦繡，益顧而樂之。乃於仙人臺下，購山田一區，規以爲園。園中有松，有雜木花果，有泉涓涓可以資汲灌。樹間叢石，或立或卧，各出新意，以迴巧獻媚於前。明年春，架屋其中，爲五楹以置几榻，外庖廄半之，守者甌脱又半之。五峰峙其左，鋸齒道者諸山抱其右，背負紫石崖如扆宬，面對饅首、桃花二山如門户。遠望邨樹如薺，城郭如町畦。東南海岸，沙岡蜿蜒如白龍，風帆出没，點點如鳧鷖。目之所極，尺寸千里，園外之景，皆園有也。屋既成，正值山花盛開，時鳥飛鳴其間，如管弦雜奏。余與客據石而坐，屏息静聽，惟恐其驚而散去，嘆曰：『樂哉鳥乎！』客援莊、惠濠上觀魚語詰之曰：『子非鳥，安知鳥之樂？』余亦應曰：『子非我，安知我不知鳥之樂？』因相與大笑。余遂取『緜蠻黄鳥，止於邱隅』之義，名之曰止園。客曰：『案《詩箋》：邱隅，邱角也。《大學集註》：邱隅，岑蔚之處。此地邃谷嶜岑，蔚然深秀，誠如朱註所云。特《緜蠻》之詩，一曰「豈敢憚行」，再曰「豈敢憚行」。三章之末，俱諄諄焉希冀後車之載，是其心有不甘於止者。果如詩言，則此園將爲終南捷徑，子亦不免北山之移文也，奈何？』余曰：『方今天下多故，綱羅徧宇内。吾以僻處海隅，得享山居之樂，是即黄鳥之邱隅也。鳥尚知止，何況於人？余之名園，猶大學之斷章取義，慎勿以辭害之。子不觀夫鳳凰之翔千仞、鷦鷯之栖一枝乎？大小雖殊，其各有所適則一也。安見一枝之卑，必窘於千仞耶？老子曰：「知止不殆。」吾於此蓋思之熟矣，子何慮焉？』客唯唯而退。爰次其語以爲之記，時同治癸亥三月二十八日也。

遊懸陽洞記

凡事非躬歷其曲折，不能懸揣而知。人爲一事，非立志堅、用力果，百折不回，罕有不畏難而阻、半塗而廢者。即一遊覽間亦然。三道關内有懸陽洞，一作『玄陽洞』，南距山海關十五里，艶稱人口者久矣。光緒丁丑初冬，余以修志小住郡城，太守游公邀遊於臨榆之角山，並登澄海樓觀海。是日把酒臨風，縹縹然有淩雲之想，遂共約遊懸陽洞。太守召土人問之，言人人殊。且謂道路險遠，車騎不通，上下登頓可十餘里，非老人所宜。太守因邀臨士曾遊其地者結伴往，臨士皆縮朒有難色，託故以辭。太守力排羣議，奮然欲往，余亦欣然從之。翼辰，攜三子履晉，隨太守命駕出關。循長城而北，不數里，山路益狹，遂舍車而徒。入峽西行，恠石森立，磵泉淲淲鳴足下。嶺上長城如鋸齒，自西北蜿蜒而來，至此如渴虹下飲，横亘磵中。兩峽廣不及尋，蓋即所謂『三道關』也。三道關者，水關三道也。

第一道爲水所衝決，基址無存。夾路有巨石，壁立如門，入行其間，余戲以第一關目之，謂可補三道之闕。入第二關，南有飛瀑，自石壁垂下如匹練，跳珠噴霧，下滙爲潭。溢出數十武，又一潭滙之，較之匡廬大小龍湫，或無多讓。而僻在邊陲，世無稱焉。物固有遇不遇也。潭側有盤石，明浄可卧，觀瀑最佳。入第三關，南壁復懸一瀑，其勢少殺。而時值天寒，半流半凍，如玉線千條，結成紗幙，尤令人翫賞不置。過此蟠折數十疊，乃陟巖巔。有平田數百畝，邨落聚焉。四山如幄，恍入桃源。太守出所攜果茗，拾落葉烹泉啜之。啜已，復行，招村人導引同遊。王君砥山以力疲謝不往，余與太守賈勇而前。里許，見蒼松六七株，挺立巖腰，高數百尺。巖頭奇石，離立如人形。村人遥指曰：『松下即洞門矣。』至則松益高，石益奇。洞外西北，山趾有石，孤懸如夏屋。空處高丈餘，廣可容百人，土人名曰『石棚』。遠望之，如手出袖端，伸掌外覆；又如衣襟戍削，爲風揚舉者，然亦異蹟也。余與太守選石而坐，令從者少憩，然後入洞。洞西北向，門高廣三丈餘，深倍之。下層塑觀音像。由左升階入上層，右轉，内塑如來、羅漢像，前架板爲樓，迴欄繞之，軒豁可望遠。降階由左入内洞，初入狹而暗，間可械劒，行數武即透明。又拾級數十，猿攀而登，即後洞門焉。洞上有二竅如井口，上通天光，俗稱『天井』。洞之所以透明者，以此也。下有方池，徑四尺，水色澄碧，人皆呼爲『地井』，以與天井配。洞内壁鎸『洞天福地』『清虚淩空』『一竅通靈』諸大字，皆劈窠書，欵識半不可辨。洞之前後，松石森羅，溪谷蹇産，與塵世隔絶。若當春夏，巖花磵草相向爭妍，當益佳勝。太守云：『余牧和州，曾遊白石、雞籠二山洞。唐杜光庭《記》所稱二十一洞天、四十二福地者，與此相較，此當首屈。』因共留連者久之。仍復穿洞而出，尋舊路而歸。歸見王君徘徊村外，口占一絶以調之云：『石壁崚嶒古洞開，清泉白石隔紅埃。歸來欲向同遊傲，今日真從天外來。』因相與大笑。太守盛道洞天之勝，而惜其不往。砥山曰：『余若往，何以得此詩？料斯非無用之用乎？』又相與大笑。夫天下之所稱洞天者，要不過一石窟耳。其勝在洞，實皆不止在於洞。使非親歷其境，則洞前、洞後、洞左、洞右，與夫一路所見若泉、若石、若花、若木，俱不能因洞領會之，幾何不如人言所云，且將以道險而爲人言所尼哉？吾故曰：事非親歷其曲折不能懸揣而知。立志不堅、用力不果，亦未有不畏難而阻、半塗而廢者也。是行也，晉兒年最少，它日立志修途，尚其取則於此遊也可。是爲記。光緒三年十月。

遊首山五泉山記

天下山水之勝，得於天者半，成於人者亦半。彼夫洞壑之窈窱，峰巒之峭崿，與夫洪波細浪之泓澄奫瀠，此得於天者也。然使無名園古刹、曲榭崇臺以點綴其間，則屐齒經行，託足無所，遊者必望而色沮。士有顔閔之材，不經聖教所陶鑄，世猶以質美未學病之。山水之勝，何獨不然？光緒壬午四月之望，海陽郝君晉年，招同王君砥山及余、余〔一〕三子履晉，遊首山、五泉山諸勝。首山在關城西北十里，上有灌口神祠。望之，童童然培塿耳。及陟其巔，入其宇，則迴廊委折，步步引人入勝。可琴亭北向，平揖羣峰，俯瞰激湍，滃翠空濛，別有天地。及循廊而東、而南，則樂壽亭在焉。南矚滄溟，沆茫無際，往來檣帆如鳧乙，皆歷歷可數。亭額云『海天一覽』，殆不虛也。余與諸君啜茗清談，留連者久之。至夕陽在山，遂投五泉寺宿焉。五泉東距首山不數里，車行則廿里而遥。山有泉五，陂池貏豸，時以旱而細流涓涓。雖未有匡廬飛瀑之勝，然松栝陰森，碧連蒼灝，而軨軒邃室，又復層累而上，視首山别有結搆。寺背負崇巖，翼挾雙嶺，屋憑山勢，氣宇軒軒。是夜適三五，及東軒飯罷，而明月已照松間矣。萬籟無聲，銀光布地，海上三神山近疑咫尺，此際此身，不知去塵世幾由旬也。時二山廟宇皆新修，首山以曲折勝，五泉以闓爽勝，異曲同工，實難軒輊。余遊二山，知天下山水之勝，類皆藉資於人事，而益信質美者之必須學也。爰濡毫以爲之記，而諸人之詩即列於後。

校按：

【一】此又一『余』字原脱。據《爾爾書屋文鈔》底稿補。

重修永平府敬勝書院記

敬勝書院，前太守德州盧公見曾因明武學舊址所建也。以其左鄰太公廟，故取《丹書》語名之。嘉、道間，生徒莘莘，號稱極盛。咸豐末，畿輔有警，郡守重團練，而書院遂漸即榛蕪。同治壬申夏，今太守游公至，見堂廡頹敗，盡然傷之，力亟重修。增其膏火，並購經史，廣搜宋、元、明儒及畿輔諸名家文集庋之院中，以備諸生肄習，甚盛舉也。工既竣，屬蘭爲文以記其事。曰：『書院者，儲才之區也。然書院徧天下，而求其坐言起行才堪適用者，恒不數數覯。其故何哉？課士之法，率以制藝、試律一日之工拙第其甲乙高下，其廩餼學者亦遂墨守此途，於帖括外不復旁窺一步。間有聰明穎異之士，思欲博古通今，明體達用，又往往苦於僻處窮鄉，無書可購。於是有身擢巍科、年登大耋，問以古今傳國之次，州郡隘塞之名，及兵農錢穀、時務利病之畧，茫然一無所知者。以此求才，是猶鑽燧於三凌之冰，縶騏驥之足而責千里者也。則才之不足以適用也固宜。且吾之置此書以課諸生，非欲人薄科舉之文而不爲也，誠欲學者通經以窺聖賢授受之原，讀史以明歷代興亡之故，從此博觀子集，貫串百家。根柢既深，枝葉自茂，即作爲科舉之文，當必高出尋常數倍，科名何患不得？若窮年矻矻，徒抱腐爛時文爲兔園册子，縱使儌倖科名，亦空疎無用，豈國家取士、書院儲才之意哉？吾介介獨爲此耳。至異日書院之廢興，書籍之存亡，自有後來者主之。人之欲善，誰不如我？我亦惟爲事之所當爲、力之所能爲、心之所願爲而已，佗非所知也。』蘭深感其意、韙其言，爰次第書之以爲之記。游公名智開，湖南新化人，由灤州牧升永平守，與盧公同。

重修盧龍文廟碑記代

盧龍文廟，在郡城東南隅，地近南水門，俗所稱『下水關』者也。自明洪武初創建，至我朝咸豐初，屢廢屢興，凡圮於水者居半。蓋以西郭外灤、漆合流，每遇漲發入城，東南卑下之區尤先受害故耳。光緒九年夏六月霪雨，河溢城内，水深丈餘，邑之文廟遂又被湮没，坍塌無存。春秋兩丁俎豆無所布，幾至掃地以祭。余蓋然傷之，謂學校爲起化之原，聖賢尤觀型之本，文廟興修，固不容緩。然被灾之後，經費孔艱，雖邑紳各有捐輸，終形支詘，不得已，議由書院聘請山長。束脩一欵，撥銀八百兩，權作倡首之資。至肄業諸生，不可無師，即延府學聶教授江、縣學于訓導文鑑課其文藝，第其甲乙。工既克濟，士亦無曠，尚屬兩有裨益。爰委郝教諭、于訓導監修，並遴公正紳士某某董其事。事甋瓸之敗者易之，棟柱之闕者增之，囱户階阯之黗昧就滅者丹雘而甃亜之。閱二年餘，而廟皃聿新。事竣之後，邑官紳請余記其顛末，余不禁慨然有言曰：自世教既衰，釋老之徒起，而與聖道爲敵，蓋數千年于兹矣。迄于今，中外通商，洋人麕集，而其教更有出於釋老之外者。學士大夫，讀孔孟書，戴仁抱義，固不至陷溺其中；而井里細民愚蒙無識，往往惑於觀聽，誤入歧塗，勢將寖淫成爲風俗而不可禁。孔子曰：『攻乎異端，斯害也已。』孟子曰：『昔者，禹抑洪水而天下平，周公兼夷狄、驅猛獸而百姓甯，孔子成《春秋》而亂臣賊子懼。』因以正人心、承三聖自任，而楊墨之餤於以熄。韓昌黎云：『孟子之功不在禹下。』誠以孟子之距楊墨，猶大禹之抑洪水也。今水之爲灾有害於聖廟，人既得而修治之矣；若夫異教紛來，不一而足，其有害於聖道，如洪水之氾濫於天下者，將何以禦之哉？兹因盧龍文廟之成，而推論及此，竊願與有心世道者籌之。是爲記。

重修永平府太公廟記代

武廟之設，始於唐開元十九年。玄宗親降制令，兩京及天下諸州置太公尚父廟，春秋釋奠以上戊。肅宗上元元年尊爲武成王，祭與文宣王比，爲禮亦隆矣哉。厥後廟貎興替，歷代無考。明正統以後，兩京及邊徼並建武學，設教授、訓導各官。武廟之建，當在斯時。至本朝裁武學，令儒學兼督騎射之事，而武廟遂寖衰。永平舊有太公廟，在明武學旁，即今敬勝書院地也，屢修屢圮。同治壬申，智開因修書院遂，並廟新之工竣，吏掾請記其年月。敬案：《孟子》七篇之末，歷序道統所傳，由堯、舜、湯、文至於孔子，太公固見而知之者也。《丹書》『十七銘』，上接虞廷『危微』十六字，後世人君僅以陰符六韜鷹揚著績，斤斤焉於武廟祀之，猶淺之乎視太公矣。太公當未遇文王時，避居東海，與伯夷同稱天下之大老。永平，清聖故里也。則太公之廟固不可廢，而其廟食於茲土也爲尤宜焉。

永平府演武廳重建記代

永平在漢爲右北平郡地。昔李廣爲太守，與匈奴大小七十餘戰，匈奴避之，稱曰『飛將軍』。今陽山之陰有虎頭石，蓋其當年射石没羽處也。余自同治某年擢守此郡，間或登山臨眺，覽其遺蹤，未嘗不望古低徊。郡城西舊有演武廳，與虎頭石隔河相望。歲久傾隤，近又爲盧水所敗，隻椽片瓦無存者。余久欲改建，時以資絀未遑也。今書院、貢院諸工相次告竣，因卜地於故址之西里許，重建演武廳三楹，砌以崇階。後增築落成，命工繪飛將軍射石故事於壁下，設木主以祀之。從茲以往，凡講武於此者，其或庶幾有善騎射如將軍其人者乎？然吾又有説焉。將軍傳云：『廣行無部伍行陣，就善水草屯，舍止，人人自便，不擊刁斗以自衛。』又云：『其射，見敵急，非在數步之内，度不中不發，發即應弦而倒。』夫度不中不發，發即應弦而倒者，此審固之良規，制勝之極則，吾願人之學之也。行無部伍行陣，不擊刁斗以自衛者，此將軍神勇不拘成法，人所不能學，亦不可學，吾不願人遽學之也。人苟於將軍而善學之，則一旦有事，出而應將帥之選，將百戰百勝，博取封侯，直分内事；即不幸數奇如將軍，亦必如將軍威名炫赫，千載凜凜有生氣。彼將軍同時諸部校尉以下，才能不及中人，以擊胡功取侯者，又何足羡哉？此則吾改建演武廳，而即尸祝李將軍之意也。遂書以記之。

樂亭新建尊道書院記代

樂亭舊有書院一區，在文廟左側，廢而不修者久矣，且院宇偪仄，不足以容多士。同治庚申【一】，關中王斗坪明府臨莅茲土，慨然以興建書院爲任，迺集其鄉士大夫而謀之。未數月，捐貲鉅萬。於是鳩工庀材，卜築於縣署、儒學之間，蓋有明主簿廨之遺址也。中爲講堂三楹，大門三楹，内齋三楹。講堂前爲屋東西向者各十一楹，後視前屋各五楹。俱以門牆戒之，繚以周垣，而庖湢寢處器用之需咸備。外復置几凳若干，爲每科試童子之用，甚盛舉也。工甫竣，王公適以事去官。余自臨調攝樂篆，爰因其已成之基，理其未竟之緒，延名師、立學規，進諸生而詔之曰：「二三子，亦知書院之立、與王公以『尊道』名書院之意乎？夫書院，所以佐學宫以造士也。我朝雍正十一年，詔京省及天下府、州、縣各立書院，主以院長。莫不置膏火以贍其身，優獎賞以鼓其志，其制視宋四大書院爲尤備。然求其有體有用，終覺今不如古者。良以三代教士之法，一出於德行道藝之實，故其時人材爲極盛。降及後世，上者講章句、課經義，爲干禄之文；下者燕僻廢學，徵逐酒食，儢儢然、離離然，其不至爲荀卿之所謂賤儒者幾希。居今日而論學，既不能屏棄舉業，高談性理，但能於談藝之中，隱寓講學之意，文行並重，本末兼修，循乎今之法，以期無戾乎先王之道，此教士者之責也。而士果當何以自立哉？樂邑文學褎褎，科名之盛甲於永郡。繼自今肄業於斯者，益思敦本勵行，以聖賢爲師，則於德性尊之，問學道之，合乎子思子教人之旨，安見士不古若也？如其號稱學者，而不知所學何事，徒齗齗焉以文藝爭一日之短長，是雖費養士之資，終難收養士之效。有名而無實，豈國家廣立書院與王公名書院之意乎？二三子其勗諸！』諸生皆再拜曰：『謹受教。』遂書以爲記。凡出貲與在事有勞者，列於碑陰。

校按：

【一】『庚申』應爲『壬申』之誤。《樂亭縣志》卷五作『壬申』。

遷安節孝祠碑記

昔劉中壘作《列女傳》，濫及辰嬴、南子；范蔚宗作《列女傳》，遂登蔡文姬，識者非之。蓋婦人以節爲重，節操一玷，其餘概不足觀。國家設旌表節孝之典，凡婦女能識從一之義、守不二之貞者，年例已符，無論其及事父母舅姑與否，例得以節孝旌之，準予入祠。烈婦貞媛，同堂俎豆，其禮儀與諸壇廟埒，所以正人心、維風俗也。遷安節孝祠，舊在學宮西南數十武，歲久傾圮。前教諭張公太復移祀於文昌宫後，而舊基遂廢爲蔬圃，嘉慶間事也。今邑侯韓公憫其湫隘，仍於舊基重加締搆。復因續修縣志，廣爲採訪，於節孝貞烈之興論可憑者，盡爲請旌，已故者設主入祠。甚盛舉也。案《説文》："『節，操也。』言人之有操，猶竹之有節也。士有士節，臣有臣節。至於孝，尤爲百行之原，自天子至於庶人，皆不能外。然則節、孝云者，豈獨婦人女子事哉？乃間觀一鄉一邑之間，求其處爲良士，出爲良臣，行誼無虧，所生無忝，足稱名教完人者，恒不如節孝婦之多，其故何也？《春秋傳》曰："『聖達節，次守節，下失節。』《禮·祭義》曰："『小孝用力，中孝用勞，大孝不匱。』士君子被服儒術，敦本力行，毋徒以節孝二字責之婦女。而婦女亦當益知所重，以期名實相副，而揚彤史之芳也夫。

重修永平郡城鐘樓記代

自來通都大邑，市廛、衙署棊布其中，往往有鐘鼓樓之設。巍然赫然，蓋非徒壯一邑之觀瞻，亦以警衆人之聾聵也。郡城鼓樓在府署東南隅。又東南二百武爲中心臺，鐘樓在焉。康熙、雍正間，兩經重修。迄今雨蝕風殘，大失舊觀。其上有廟，祀玄武神，亦皆傾圮。余目擊神傷，爰自捐俸，並勸各屬官紳，集有成數，擇吉興功，不數月而蕆事。按，古傳記有云："『鐘之爲言動也。』又云："『功成者賞，功敗者罰，故樂用鐘。』據此，則聞鐘而動，勸懲之益大矣。從此蒲牢一吼，人亦深思此義哉。去歲秋七月下旬，灤、漆二水泛溢入城，城中幾成澤國。閲日始退，城西北一帶，田廬盡受其害。

玄武乃北方之神，所司在水。此邦水旱，神當有以佑之，更願爲吾民請命也。是爲記。

重修奎閣記

二十八宿，主文章者惟壁與奎。奎十六星，舊稱天之武庫。而主文章之説，則云奎星屈曲相鉤，似文字之畫。據此，則奎主文章，與東壁二星爲天下圖書之祕府者同義，未嘗論及科名也。乃今郡邑之建奎閣，若皆以科名之盛衰定文章之顯晦者何哉？蓋文章不必藉科名以彰，而科名則罔弗本文章而起。吾邑之有奎光閣舊矣，屢經修圮。歲壬午某月，某君見其棟宇雖存，丹青已剥，菸邑無色，不足以壯觀瞻。爰捐資若干，補舊增新，重加髹飾，鏤金錯采，雲漢昭回。左右牆基馬道，皆改砌以石。且於文廟、文昌宫祭器，增置咸備。是科癸未會試，一邑捷南宫者適得五人，文風之盛幾甲通省。人莫不歸美奎閣，嘖嘖稱天人響應之捷。夫世於奎星，多稱『魁』。魁爲北斗之首，古人凡首皆稱魁。『魁』與『奎』雖涉假借，要皆以科名鼎盛爲祝。邑士子乘此文運昌熾之時，益復潛心學問，奮志功名，行見雲路鵬摶，扶摇直上，當必有裒然首舉，大魁天下，狀元宰相，勳業爛然如宋王沂公其人者。如此，則不止以科名重，並不止以文章重，斯真不負神明之所貺矣。吾於記茲閣之修，而不禁殷然望之。

興隆庵重修碑記

下馬坨興隆庵者，海濱小刹也。自有劉媪事，而其名遂顯。媪，本村人，國初時以孤貧爲廟祝，奉神甚虔，而性尤好善。年八十餘，無疾端坐而逝，玉筯雙垂。村人神之，因龕其肉身於庵内，歲時祈禱，往往著靈應焉。光緒二年，合肥陳公攝邑篆，聞其事，且聞其庵之將就圮也，召里中父老而諭之曰：『務民義，遠鬼神，聖人之教也。然鬼神之有益於民，並有關於民義者，古與今並著祀典。吾聞劉媪善人也，没時有異兆，血食其地者將二百年矣。今廟貌將隤，何以安神靈？吾當出百金以倡，君輩其贊成之。』父老唯唯而退，具疏募化，不旬月而貲料大集。遂並玉皇、關帝、三元、觀音諸殿而新之。工既竣，問記於余。余惟善之感人，如鼓應枹。初劉媪託居是庵，而是庵遂因媪而顯，並因媪而屢得重修。苟非善感之入人者深，何能集事之速且久如此哉？因書此意，使勒諸石。至若相傳媪嘗有修廟之舉，錢粟皆出袖中，其説近誕，姑存而不論。

重修大慈寺碑記

馬頭營西南半里許，舊有寺二：東曰大慈，西曰觀音。有地六十畝，介兩寺之間。乾隆初，西寺圮於灤漲。三十一年，邑侯甯公捐金撥夫，遷兩寺於營東而合建之。又置香火地一段二頃於和尚溝，李君維藩叔姪各施地八畝以爲寺基。嘉慶十年重修。道光間，佛殿禪堂俱遭回禄，餘亦以年久坍塌。住持某邀請庠生某某，暨合營衆善信，發願重修。鳩工庀材，費金若干。閲八年，而諸工告竣，然猶以力緜未復舊觀爲歉。余解之曰：『佛以虚空爲教，以慈悲爲本。虚空則色相皆空，峻閣雕甍於佛乎何有？慈悲則聞聲救苦，雖燃指斷臂有所不惜，又何忍竭生民財力以飾其居？世人事神，率皆塗金鏤碧、廟貌是崇者，亦謂如是方可將其誠敬耳。而神固無心也。苟有明信，雖澗毛潦水足以薦鬼神，又何歉焉？』余既以告衆，迺書其語以爲記。

重修興國寺碑記

城東十里夏莊，有寺曰興國。興國云者，蓋寓祝釐之意也。按碑記，在元中統間已云重修，則寺之建由來舊矣。世代遷流，屢修屢圮。咸豐十一年，釋子沙印號蓮峰者住錫於此。憫殿宇之凌遲，虔心募化，鳩工庀材，凡爲佛堂、爲禪室、爲山門繚垣，數閲月而焕然一新。夫佛刹之廢興，在吾儒原無足深論。然以緇流而崇飾祇林、莊嚴佛像，固其職分所當爲者也。使天下人各能盡其職分所當爲，則其人之事治，即天下之事胥治。吾儒受孔子戒，恒期處爲良士，出爲名臣。準斯志也，將必干城乎聖道，黼黻乎皇猷。其所以守先而待後者，豈僅如法寶之當護，戒律之當持乎？其所以致君而澤民者，豈僅若佛日之宜尊，福田之宜廣乎？烏虖！讀聖賢書所學何事？而或志道而畔夫道，在官而尸厥官，曾不如遊方托鉢之徒，尚克舉墜修廢、爲所當爲。顧且哨哨然藉口儒書，抗顔闢佛，其不爲彼教所竊笑者幾希矣。今蓮峰上人以寺功落成，問記於余。余嘉其能盡其職，而嘆夫世之曠厥職者之多也。爰書此意以勒諸石。

《野鶴山人詩鈔》序

《野鶴山人詩鈔》，涇陽魯伯敬先生所作也。先生爲香泉學博王父，其詩梓行已久。香泉因板片漫漶殘缺，欲重鐫以廣流傳。而問序於余，余縮朒不敢任。嗣余以修志至撫甯，與香泉晤。香泉時出其所作詩歌相質證，意甚得也。而復以《詩鈔》之序，諄諄致屬。夫序之云者，序其書之旨也，其權輿昉於《孔子書序》《子夏詩序》。而後世有所撰述，率皆有序弁諸簡端。然要惟同時朋好相爲切礦，相爲激賞，夙悉其得力之由，因以確指其可傳之實。否則必須文章彪炳、名位顯赫，如唐之昌黎、宋之廬陵諸公，經其品題，不啻登龍門之增聲價，故往往乞一言以爲冠冕。昔皇甫元晏爲左太沖序《三都賦》，後人譏之。況後生小子於鄉先生之所作，未得親聆其謦欬，深窺其奥窔，乃輒貿貿焉强作解事，不亦傎乎？先生以名孝廉出宰淛西，初遂安，繼秀水，所至有循聲。而自編其詩，迺以『野鶴』命名，其意若脱屣富貴，不屑屑與風塵俗吏爲伍者。此先生胸次之高，亦即其詩品之所由高歟？香泉以詩人之後，而拳拳於先人之詩，惟恐失墜。香泉即不能詩，已足與陸機之揚祖駿德、姚珽之紹祖訓義同稱於世。況杜子美之詩之工，又能繩武必簡耶。故序其緣起如此。至若先生之詩，玄穆靈秀，雄渾高華，駕盛唐而淩魏晉，湘南老人已序之，固不待余之贅論也。

《寄泉類稿》序

咸豐丁巳，客都門。真定王五橋同年謂余曰：『君知寶坻高寄泉其人乎？君同郡遷安人也。因寄籍寶坻，故自號寄泉焉。博學工詩，尤喜交遊，重氣誼，聞君名久，恒思一見。今適以謁選寓此，盍先一拜乎？昌當爲之介紹。』余應曰：『諾。』翼日懷刺往，至則一見如舊識。出其所著，相與評騭，並縱論古今人物及文章源流得失。坐移晷，彼此恨相見晚，遂與訂忘年交。然不數日，余遽出都，而寄泉亦於是歲之任粤東矣。越八年，爲同治乙丑，忽得翁書，知自粤東引疾歸，卜宅於遷。余喜其得老氏知止之義，並幸其過從便也，於是乘下澤往候。翁喜，亟躧履相迎，留之信宿。時翁已老且病矣。酒酣耳熱，高誦其得意之作，或友朋佳什，輒抵掌揚眉，掀白髯一笑，精神矍鑠，猶有據鞍顧盼意。乃別未幾，竟歸道山。喆嗣小泉孝廉以其集來屬爲甄録，並出津門樊文卿所作小傳、及粤東陳蘭甫書事一篇相示。見其在大名練勇守城、水東臨行禦寇二事，瞿然起曰：『孰謂寄泉僅爲文人哉？然正惟不僅爲文人，此其文與詩之所以必傳無疑也。』今年冬，余以纂修《遷志》至遷。其從子宗禹謀以其集付之梓，問序於余。余爲編次其詩爲十二卷，詩餘一卷，古文一卷，駢體文二卷，總名曰《寄泉類稿》。寄泉食研田半生，晚歲以微官犇馳嶺海，其間南轅北轍，迄無安居。翁之疲曳以此，而其詩文之濯濩紛葩，得助於江山者亦以此。古人云『讀萬卷書，行萬里路』，翁於此可稱不負矣。翁舊纂《欒城縣志》，具有史法。使翁而在也，則《遷志》無需於余。即使余任其事，而徵文攷獻、記事纂言，得翁爲之折衷，則所撰述當必大有可觀。而竟不能。今序其集，追思其人。仰視寒月在天，竹戛窗作窸窣聲，不禁繞户欷歔，猶神往於當年酒闌燈灺相與論文時也。同治癸酉子月。

《初日山房詩集》序

《記》稱『聲音之道與政通』。安樂悲怨可以驗政之和乖，此謂樂之聲也。況詩爲人聲之精微，發於心而比於樂者乎！春秋列國卿大夫往往於宴會賦詩見志，因以别其邪正休咎，此取他人之詩而賦之也。況詩由自作，貞淫正變，假物以鳴，尤有莫知其然而然者乎！古人審樂以知政，誦詩而知人，蓋有道矣。錢塘張東甫先生，以明經筮仕江左，歷宰華亭、嘉定、陽湖、長洲諸劇邑，所至有聲。長洲爲蘇郡首縣，政務殷繁，先生措之裕如。大兵過境，供億不缺，而民不擾。林文忠公賞其才，擢升泰州牧。泰爲裏下河門户，清積案，築湖堤，未半年而頌聲四起。咸豐三年，粤匪踞揚州，與泰相距百餘里；勢甚危；先生練團勇；守要害；屢銼賊鋒；賊不敢東窺州境；下河十餘邑得以保全；而先生亦遂以積勞致疾。没後，士民追念前勳，臚事蹟，申請入奏，得優卹，贈道員。光緒戊寅冬，蘭以修志至撫甯，喆嗣子純明府方宰是邑，出先生所著《初日山房詩集》屬序。蘭受而卒業，見其詩澄心渺慮，爽朗清華，有和平靄吉之風，無淩厲叫囂之習。其《拯災》《勸農》《望練湖》諸篇，悼民隱、傷物力，惻然有元次山《春陵行》、杜子美《枯椶》《病柏》遺意。而詠古諸作，尤肫肫於發潛闡幽，表彰忠義。不禁作而歎曰：『有是哉，詩之與政通也！』先生於官爲循吏，於國爲勞臣，故其於詩爲正始之音、仁人之言。吾今因其人益重其詩，後之人讀其詩如見其人，亦即無不可想像其爲政也。或曰先生當未仕時，曾以詩受知於曾賓谷節使，故詩有淵源。然此猶止以詩論先生，亦淺之乎論先生矣。

《君牧遺詩》序

吾宗自漢唐以來，以詩著稱者，惟孝山《出師頌》見於《昭明文選》，餘蓋寥寥焉。至明初，有崑山公謹先生著《獨醉亭集》；中葉，有吴江明古先生著《西村集》，皆收入《四庫》。繼此而得稱爲詩人者，以余所見，則君牧一人而已。君牧於道光末佐祁季聞刺史幕，刺史攝樂篆，因介紹得交。時各出其所作，互相質正，知無不言。余偶有獻替，亦輒爲許可。直諒多聞，洵畏友也。嗣後，由樂而灤、而棗强、而天津，蹤跡雖違而音問不絶。余刻《全史宫詞》成，爲之校勘者至再。余因勸其彙平生所作詩，將爲出貲代爲梓之。君牧始而遜謝，既而喜躍，及其鈔録成帙，而君牧遂死矣。君牧溧陽人，爲文靖公六世從孫。家貧，好讀書，史漢、文選、杜詩俱有評本，丹黄斑駁，字細而心工。凡從人借書，必爲校其譌謬，正其疏漏，以故藏書家咸樂假之觀。數試秋闈不利，遂槖筆四方爲諸侯上客。與人言，訥訥然如不出諸其口；及其下筆爲文，則灑灑然千言立就。胸懷蟠屈，具上下千古之識，睥睨一世之概，不屑突梯閃榆以求合於時，時亦罕知之者。夫顛頷偃蹇之士，嘔心半生，没後至無一字得傳於世者，何可勝道！昔者，陸天隨詩存諸祠廟之腹，唐山人詩得之水濱之瓢。李長吉錦囊佳句，至爲其中表投諸廁溷，後遇沈子明始得表彰於身後。君牧之詩於三子不多讓，然其饑驅奔走，客死他鄉，既未於生前託之土偶，付之江流，世無沈子明，幾何而不投諸廁溷也。吾於子明之果能表彰長吉不敢知，而其壽諸梨棗，惟恐人投諸廁溷，至無一字之得傳，則其中心汲汲所期，以慰死友於冥漠者矣。梓成，因序其緣始如此。至其詩，原本漢魏，胎息深厚，可以嗣音公謹、明古。有目者類能辨之，固不待余之標榜也。

《劫灰集》序

世稱杜工部詩爲詩史，誠以其詩善陳時事，足補史闕。然豈獨工部爲然哉？後世有心之士，身遭世亂，目擊時艱，抑鬱無聊，莫由展布，往往託之吟哦，悲歌當哭。或直述其事，或隱約其辭。而當時吏治之得失，民生之流離，與夫盜賊敓攘、將士勇怯之情狀，胥可於言外會之。恒有史所不及載，與忌諱而不敢載者。余嘗讀唐宋元明諸家詩，擇其有關時事、可與史相表裏者，都爲一集，號曰《四朝詩史》，以爲論世知人之助。同治甲戌，合肥陳序東司馬來權欒篆，出其贈公，亦昭先生《劫灰集》二卷相示，蓋粵寇亂皖時所作詩也。悲壯淋漓，直抒胸臆，要皆本乎性情，合乎風雅。而感時紀事諸作，尤足備它年史料，所謂詩史者非耶？先生廬陽名宿也，家居授徒，門生著籍者常數十百人，雖間關寇亂，而講學不輟。其高足弟子，以團練起家，卒能削平禍亂、身躋顯仕者踵相接。其子亦以軍功官牧令，著循聲，大抵先生之教爲多。先生豈僅以詩名哉？不僅以詩名，此其詩之所以必傳歟？吾聞江南稱才藪，平粵寇之功與湘南埒。其時文人墨客轉徙鋒鏑之間，或匿影巖阿，負薪拾橡，作爲詩若文，以抒憂憤、紀時事者，當不乏人。尚其爲我求之，將與先生詩彙萃成編，以補《粤匪紀略》之闕，且以殿《四朝詩史》後也。

《退學齋文稿》序

今使鬻古器於三家之邨、一閧之市，則殷彜周鼎，不克與尺布斗粟爭價，謂其無用也。今使廁古樂於插秧之歌、賽神之曲，則《咸池》《六英》不得與《折楊》《皇荂》競長，謂其不習也。今人之於古文，蓋亦類是。學者自束髮受書，六經粗畢即學爲時文，八股之外，不敢旁窺一步。幸而掇甲科，拾青紫，遂詡詡然以所能炫人。而老死青衿者，亦矻矻窮年，埋首其中而不知悔。間有人焉，示以漢魏、六朝、唐宋諸家之文，鮮不色然而駭，啞然而笑，目爲迂且恠者。張子景君，吾邑嗜古士也。蚤歲補邑庠，食廩餼，數試京兆不利，遂絶意進取，肆力於詩古文辭，所著有《退學齋詩稿》行世。兹又彙録所作古文及駢體文數十首，將付之剞劂氏，而問序於余。噫！景君爲古文於舉世不敢爲、不肯爲之時，而獨甘心爲之、張膽爲之，誠所謂有志之士，然亦不顧世俗之迂且恠之矣。且吾觀古今來文章之得傳於世，大都有名位者居多；而顑頷偃蹇之士，十不得二三焉。其二三中，猶必藉先達之人爲之推挽揄揚，否則名難出閭巷。今景君既不能自博名位以榮其文，又未遇名位顯赫者推挽之、揄揚之，徒與一二師友，相研摩於荒凉寂寞之鄉，其文之傳否未可知。而余之不足以傳其文，則自問審也。雖然，器患不彜鼎，不患無博物者；樂患不《咸》《英》，不患無解音者；文患不漢魏、六朝、唐宋，不患無識文者。時文而至今日，如風花霜葉，旦暮萎耳。爲古文而不古，弊亦與之等。吾願與景君，專心於古，用志不紛，以期立言不朽，無俾世之避古文而不爲者藉爲口實。則千載而下，未必無子雲其人也。余於古文無能爲役，因其問序，爰書此以共勉焉。

《横雲山館詩》序

吾鄉不乏綴學之士，然率爲舉子業所域，鄙吟詠爲『閒家具』。又或謂詩能窮人，遇有殫心聲律者，父兄師友輒動色相戒，以爲非宜。以故爲詩者甚尠。即間有一二好詩之人，又以無所師承，未得窺作者門徑，往往傖荒谿俚以爲質，篠驂虬户以爲文。求其文質參和，温柔敦厚，無乖於風雅之旨者，蓋寥寥焉。曩歲送試平城，得交渝水藺臚三茂才。臚三，風雅士也，嘗以詩卷就質。其中多與浭陽孫君鐵珊贈答之作，且稱道鐵珊之詩不去口。余於時已心儀其人矣。嗣後雖屢獲讀其篇什，然終以不得見其人與其全集爲憾。去歲冬仲，余自保陽入都，適鐵珊以選貢司訓京兆，因屬兒子履泰折柬相邀，清談竟日。別後，以《横雲山館詩鈔》寄示，乞爲删定。余誦而卒業，見其志和音雅，各體皆工，而性情之肫摯、經籍之精華流溢於楮墨間，以視世之傖荒谿俚以爲質、篠驂虬户以爲文者，不啻霄壤。然余因之有感矣。世謂詩人少達而多窮，而解之者曰：『非詩能窮人，乃窮而後工。』今臚三既懷才不遇，賫志以殁；鐵珊又久困名場，未博一第，徒以苜蓿一席，浮沉於東華輭紅塵中，與幾輩熱中人爭此冷煖，則宜決然舍去。而鐵珊之於詩，方且如饞者之嗜炙，凍者之思裘，晨夕孳孳而不忍少釋。是真不畏詩之窮人者，欲不工於詩，得乎？鐵珊年方强仕，異日以詩受特達之知，且將翱翔臺閣、黼黻休明，如高達夫之貴顯於唐，范石湖之安榮於宋，使千古詩人之窮者盡爲之吐氣，而專攻舉業之士亦改喙，不復鄙吟詠爲『門家具』也，豈不快哉！同治庚午三月。

《蔭圃遺詩》序

灤州李君蔭圃，隸漢軍旗籍。家故饒於貲，鄉之稱富室者，輒首推之。高、曾以下皆單傳，而蔭圃又少孤，無伯叔兄弟，踽踽睘睘至於成立。時鄉邑富豪子弟，率多習於驕奢，琅湯淩鑠，以裘馬傔從相誇耀。蔭圃席豐厚，頤指唯意，思投所好者日伺於前。使其少恣所爲，則珍奇玩好、聲色狗馬之娛咄嗟可致。而乃一無所顧，唯日手一編，以吟詠爲樂，其識趣固過人遠甚。天性素和藹，平生無疾言遽色。鄰里戚族，待以舉火者恒數十家。設義塾以教子姓，儲藥餌以拯病人，尚義好施，樂善不倦。於是稱其爲富室者，皆進而稱其爲善人家。壬申夏杪，以疾卒，年僅踰强仕，聞者惜之。是年秋，郡守游公以巡方至樂，枉駕過我，因論及其爲人，屬爲校其遺詩，付之剞劂。蔭圃去余家五十里而遥，且有葭莩親，夙稔其能詩，然而未數數見也。重違太守之命，因索其全稿讀之。見其寫物抒情，選詞設色，雅近晚唐風味。而其一種綺靡秾纖、纏綿悱惻之致，尤令人之意也消。爰爲甄録，得二百餘首，呈之太守。太守復於所録中略加删潤，而詩之精光乃益焕發。昔賈閬仙遇京兆韓昌黎，一字推敲之間，而賈之詩遂進，詩名亦遂大顯。使蔭圃早遇太守，相與質正，其所造當不止此。然此已足以傳矣。於是稱其爲善人者，又無不翕然稱其爲詩人。富而能文，富不俗矣，而蔭圃爲不死矣。詩草舊以《沁香吟館》名，今直稱《蔭圃遺詩》者，亦從太守命也。

《臨榆志》序代

昔江淹有言：『修史之難，無出於志。』蓋非博極羣書，熟於掌故者，莫克操觚。此謂國史之志也。至郡縣之志，雖史家之支流，實亦史家之粉本。余自丙子春續修《永平府志》，諭七屬官紳士庶廣爲採訪。時以山川古蹟、風俗人物諸端條上者源源而來，其間可用者固多，不可用者亦復不少。惟臨榆所上，有條有理，較他屬爲優。吾即其採訪之善，早卜其縣志之成爲易易矣。今郡志告成，臨志亦付剞劂。夫臨榆舊志，修於乾隆廿一年邑侯鍾君，然亦不過踵有明詹尚書榮、國朝佘儀部一元之《山海志》而增葺者也。詹、佘二公，皆本衛人也。新志之成，亦本邑紳士之力居多。而猶必延他郡之人爲之秉筆，不肯自居其名者，何哉？吾因之有感矣。以本邑人修本邑志，聞見最切，讒謗亦易起。去取人物，恩怨之府也。昔毛西河受甯紹分巡之聘修粵人物志，而辭之不得，至鑿坏而遁，豈無故哉？人物志，傳體也，僅志中一端而已。余修郡志，於永平人物，録舊增新，其有無漏濫不敢知；而山川隘塞、水利屯田，古人戰守之跡、成敗之由，必攷之惟詳。誠以志乘爲佐治之書，前事可爲後事師也。臨榆襟山帶海，在永平爲尤要。邊患雖紓，海防宜議，昔人守關之善策，未始不可移爲今時防海之良謨，是在人神而明之耳。書成，問序於余。余嘉臨榆諸君子用心用力之公勤，出資勸助之慷慨。迺又讓名不居，跡似避嫌怨者然。而歎臨志成書之易，轉以歎古今著書之難也。故書此，使弁諸簡。

《驪城課藝》序

學宫、書院，造士之區也。然相沿日久，名存實亡。學官至稱曰『閒曹』，而院長之出於聘請者，又往往闕而不補，堂宇鞠爲茂草。天下事之有名無實，可勝歎哉。撫甯舊有東山、雲從二書院，今東山借爲訓導宅，惟雲從僅存，亦幾等餼羊之供。光緒某年，宛平陸申甫先生以教諭攝院事，按月課文，並增詩賦課。多士景從，大小試得氣以去者，踵相接也。其提唱振興之效，固章章有明徵矣。茲彙選課藝之佳者，壽之棗梨，以爲楷模；並訪刻邑先輩名作，列爲前編。共若干首，而問序於余。余自維才識迂疏，學殖淺陋，春闈屢躓，毷氉半生。顧欲使之談文章之利鈍，辨谿徑之是非，斯真執盲人而問塗矣，不亦傎乎？雖然，余竊有説焉。自勝國以《四書》文取士，至今仍而不變。雖有才如賈誼、學如董仲舒者，亦罔不束縛其間，俾之循途守轍，於糊名易書中僥倖一得。舍此，則進身末繇。論者遂謂『所學非所用，所用非所學』，輒思變通其制，而卒無善法。吾謂法不必變也，特患任事者不肯盡心耳。夫科舉之文雖小道，要皆本孔孟之言，遵程朱之旨。果能實事求是，加以擴充，豈必不可以坐言起行？即以國朝諸名臣論之，如湯文正、陸清獻之理學，李文襄、施清惠之政蹟；近今胡文忠、曾文正之文武兼資，撥亂反正，蔚爲中興之棟梁，何非由科舉中來乎？使三年一比，司衡咸得其人，則真才實學鍼芥相投，珷玞不得濫登，珪璋自能特達。法則猶是，而得失判然矣。書院之衡文亦然。

《驪城課藝》之刻分前、後二編，風氣既有不同，才學亦各有異。而其所評選諸作，靡弗有文有質，宜古宜今，奇正兼收，力絶勦説雷同之弊。從此文體正、士習端，人材當必蒸蒸霞舉。昔康熙中葉，錢塘趙公曾刻《驪城課士録》，今其書不傳，不知視是編爲何如。吾意是編之盡心，蓋必有過之無不及也。剞劂之費，申甫自捐七十金，張君子金捐百金，王君砥山捐三十金。而搜輯評騭之勞，則申甫主之、砥山助之者也。是爲序。

《高氏族譜》序

高氏出自姜姓。齊太公六世孫文公赤，生公子高；高孫傒與管仲合諸侯有功，桓公命以王父字爲氏，食采於盧，世爲上卿，此高氏所自始。其後孔門有高柴，字子羔，傒十代孫也。按《通志》，子羔孫舉，又以王父名爲柴氏。高麗羽真氏、是婁氏皆改高氏。高獲自高麗歸魏，周賜獨孤氏。古有異姓而實通譜，同姓而實别派者，比類甚多，固不獨高氏爲然也。今人談世系，往往遠溯千百年以前，不失之誣，即失之誕。雖揚子雲之沈博，魏伯起之才藻，沈家令之詳明，攷古者猶以附會疏脱爲笑，況其下焉者乎？吾鄉高君書年，商而有士行者也。一日，出家譜一册見示，自云明季遷自冀州之衡水縣。凡漢世高相、高彪之經學，北魏高允、高閭之文章，皆略而不道，惟以始遷之祖爲繼别之宗。曰：『吾所可攷者止此。』蓋其慎也。余披覽終篇，見其縱横有體，繁簡得宜。其自序並援郭崇韜之哭汾陽墓、狄武襄之卻梁公像，以判其人之優劣，則其譜之不誣且誕也可知矣。然此特作譜之體也，非作譜之旨也。若夫以父母之心爲心而愛兄弟，以祖宗之心爲心而親宗族，歷世愈遠，分支愈多，禮不能無隆殺，情不容有睽隔。仁人孝子之用心自有所重，而譜特其息壤也。彼歐、蘇族譜引其文具在，高君當已熟讀之矣。

盧龍司諭郝君七袠晉五壽序代

閭嘗觀一鄉一邑之間，其以簪纓繼世、詩禮傳家，蟬嫣似續不絶者，往往而有。獨至於壽，則修短有數，授之自天，父不得傳之於子，兄不得蔭諸其弟，此亦事之無如何也。余自同治某年備員永平，於同城寮屬中，得耆壽四人焉。曰防禦某君，教授梁君，盧龍教諭郝君，訓導廉君。皆年踰七旬，精神矍鑠，余嘗以『四老』呼之。而其中年最高、德最劭、體最健者，尤推郝先生爲祭酒。先生三河人，由恩貢生秉鐸於此。詢其家世，則科名林立，通籍於朝者纍纍也，誠可謂簪纓繼世、詩禮傳家矣。而其曾王父某某公壽九十有二；皇考文學某某公壽八十有二，嘉慶丙辰與千叟宴；悊兄選貢某某公壽九十有三。耄耋相承，進而益上，亦若以壽耇世其家者。今先生七十加五，正徐陵對北使所稱『小如來五歲，大孔子三年』者也。髪漆顔童，孫曾繞膝，手不扶杖，行步如飛，將百歲不足以限之。何其得天獨厚耶！昔香山居士爲『九老』之會，以年裁七十，厠之末座。降此而耆英、而真率，在宋室名臣累舉於洛中者，長不過七十，次裁六十贏耳。至吴興『六老』之會，則慶曆六年集於南國，其人爲郎簡、范鋭、張維、劉餘慶、周守中、吴琰。時太守馬尋主之，而不與六人之數。余今以甲子甫周之年，得與四老相周旋，其爲太守也與馬尋同，而年過之。方將序齒，爲平山『五老』會，以踵武於『九老』『六老』之後，亦一時佳話。是歲某月某日，爲先生覽揆之辰，稱兕於庭者請余言爲壽，因書此贈之。若夫一門壽耇，索耦喬松，乃先生家世所固有；且素精醫術，其以壽人者壽己，壽益無量，又何待余之善頌善禱哉。

方存之七十壽序

同治己巳冬，蘭以曾文正公之辟，小住保陽，因得交桐城方存之先生。雖聚首無幾時，而鍼芥相投，音問不絕，迄今已將二十年於茲矣。蘭自束髮受書，與里中同志相切劘，直諒多聞，固不乏其人。逮見先生議論著述，及所栞師友解經講學之文，幾疑古賢喆並生於時，不覺爽然自失。初，先生以文正公言知余深，一見傾心，遂成莫逆。時相國幕府諸君子次第過訪，先生尤步往者數。先生與新化游公子代比屋居，盍皆應辟偕來自南者也。嗣游公出攷於灤，旋擢永守，先生亦捧檄宰棗强。下車以教養爲先，建書院，修義倉，葺文廟，百廢俱舉。著《棗强縣志補正》，刻邑先達鄭端清公《日知堂集》行於世。時鄭氏已式微，而孜孜爲此，尤非俗吏所能。涖政數年，循聲藉甚，大府方以舉最上之朝，而先生竟毅然告歸，留之不可。今游公以蜀臬攝藩篆，並護督印，半歲三遷，聲施赫然。而人咸以移疾太早，未竟其用爲先生惜。余謂不然。士君子懷瑾握瑜，固期大有所爲；而急流勇退，古人獨以爲高，亦以宦海之易沈也。猶憶游公送先生詩有云：『閑閑意良得，愧我行獨艱。同來不同歸，攬鏡悲蒼顔。』先生之勇退，游公固已心折之矣。且夫人生未有不樂處治平而惡變亂者。然治平之世所以豢庸人也，變亂之時所以成豪傑也，故惟患難可以錬才，亦惟患難可以礪守。當洪逆居金陵時，大江南北，寇如沸湯。桐城當兵賊之衝，烽火四逼。先生避亂山中，屢阽於危而著書不輟。讀其《俟命録》《顛沛餘生録》，凡致亂之由、弭亂之術，與夫守令將帥之賢否，莫不瞭如指掌。而其所上當路諸書，於民生禍福、關係天下大利大害者，知無不言。而諸大吏虚心采納，亦往往見諸施行。然則中興事業，先生殆與有力焉。今春秋六十有九矣，屬聞杖履優游，猶日以興起斯文爲己任，網羅放失，手不釋卷。此其精力之强、神明之固，人盡識爲壽徵。然使先生不遇亂，抑或遇亂而不能堅忍其心、鍛鍊其氣骨，則隨衆靡靡，無論才、守無以自見，而其體質亦將柔脆而難久立於天壤。則甚矣，憂患之益人深也！歲己卯，蘭南游過廣川，先生見之甚喜，歷指平生游跡以爲之導。且致書南中親舊，如某某鉅公爲文正所薦拔、樂善而忘勢者數人，悉力游揚，俾於湖山勝處，招集密邇方聞之士相與欵接，以聯詩酒之歡，意甚盛也。不謂行未及半，遂因嗽自濟南而返，至今悵惘。明年某月某日爲先生七十覽揆之辰，喆嗣守彝介漁陽王竹舫孝廉乞言於余。余文譾陋，何足爲先生壽？然以疇昔游志未遂，亟思買舟南駛，轉柁皖江。至日或當捧觴獻祝，以追隨柏堂衆賓後也。

《銀市規條》序

蓋聞利之所在，害即隨之；法之所存，弊即伏之。凡事皆然，而日中之市爲尤甚。因禮者必有損益，平市者豈無權衡。此神農作市，又需乎祝融修市也。欒城海閣傍，舊有銀市。於道光廿九年，經紳士崔、王諸公立有規條，勒石嵌壁。行之積久，不無變遷。非立法之不臧，乃奉法之未善。嗣經衆商公議，即挨户扣錢之法制，隨集斢帳之宜，至今行之十餘年，又不免有潛爲移易、漸就廢弛者。迺邀同紳商重加整頓，酌爲變通。非改弦而更張，實因渠而利導。日新月異，舊章既難免愆忘；競巧居奇，新法亦恐歸抏敝。是在奉行者之實力遵循，隨時補救耳。爰列欵如左。

復州學正陰子翼先生墓志

凡一邑有一邑之著姓。而姓之所由著，則必其中有品端學粹、立功立言之人，而後足爲氏族光。彼徒以富貴炫耀一時者不能也。吾邑自國朝定鼎以來，著姓首推陰氏；而陰氏中品望最著者，則尤首推子翼先生。謹按，先生諱振猷，字子翼，一字子猶，幼失怙恃，世父方溪公嗣爲己子。氣體素清弱，而嗜書不輟。詩喜昌谷，賦摹蘭成，古文學昌黎、卯州。其筆陣縱横排奡，在近人中，實與魏叔子爲近。年弱冠，補弟子員，以詩賦受知於學使吴健菴、杜石樵兩公，試必優等。嘉慶丙子捷於鄉，六入禮闈，屢薦不售。筮仕初得復州學正，嘗語人曰：『官無大小，盡職爲難。教職雖冷官，豈無職所當盡哉？彼自爲貶損及以優游養望者，皆曠官也。』時復州方行蓋州票，以空紙取物，農商俱困。先生病之，乃作書數千言，向蓋令極陳其弊。蓋令出示嚴禁，積敝始革。又謂婦人以節義爲先，窮鄉僻壤，恒有懷冰茹蘗、守志終身而無力請旌者，著《女士奇行傳》二卷以表彰之。出俸錢鏤板，存學宫。訓誨生徒，文行兼重，復之風俗，爲之丕變。任滿，大憲以縣令舉，不就。既以丁本生繼母憂去官，家居十餘載，布衣蔬食，晏如也。道光二十八年，又選得平山訓導，甫抵任，卒於官。喪歸之日，舉族如哭私親，鄉黨中多遠迎數十里外者。則夙昔敦睦和輯之行，又概可見矣。所著有《前型記略》《庭訓筆記》行於世，《亦愛吾廬詩文集》俱待梓。配王孺人，同邑某公女，佐理家政，能得翁姑歡。教子育孫，皆有家法。後先生九年卒，咸豐八年四月十六日合葬於田村之舊阡。子二，長惟霈，庠生。次惟澍，九品職銜。

知衡水縣事粤西侯公墓表

公諱賡成，字康田，廣西永福人，中道光辛卯舉人。初授恭城縣訓導，以團練功擢直隸衡水縣知縣。五年，以疾卒。配韋氏，無出。簉室潘氏，生子女各一，子名煥堯，女適廖氏。公生於嘉慶庚申，卒之明年，即咸豐庚申，年六十。某年某月葬於某所，迄今已二十餘年矣。光緒初，煥堯兩攝灤州州判篆，有能聲。丙子，以本籍領順天鄉薦，榜名紹瀛。己卯秋，將以縣職需次江左，捧公行狀詣蘭，稽首言曰：『紹瀛年十九失怙，侍奉日淺，先君子學行未能深悉。然其存心之厚，任事之勇，猶有一二耿耿於心者。若竟聽其湮没不彰，則不孝之罪滋大。辱先生知久，幸爲先君子表之石。敢再拜，稽首以請。』蘭既不獲以不文辭，謹案狀：公姓侯氏，其先居臨桂西鄉暘谷嶺，以耕讀爲業。高祖某公喜永福山水，遂移居焉。故村亦以暘谷名。三傳至公父，諱雲蒼，娶林氏，生子二，公其長也。公生有宿慧，三齡隨父兄口授，略識三千餘字。五歲發蒙，五、七言詩及四子書上口成誦，指示其義，輒領悟。有疑焉，亦必問同學年長者，或轉就質焉。十二歲出應童子試，學使某以其年太穉抑之，然亦送書院肄業。十四歲補弟子員，屢試優等。至辛卯秋捷，已計偕八次矣。六上公車，屢薦不售。廿五年乙巳，以大挑二等司訓於恭。恭人士素稔公名，問字者不絕於庭，爭醵金增修學舍，肄業其中。嗣復兼主書院講席，生徒益莘莘焉。廿八年，楚匪雷在號倡亂，竄入粵境。大兵俱調赴全州，平樂及恭城土匪蠢動，揭竿並起。公以承平日久，民不知兵，不及時圖之，其害將有不可勝言者。遂與諸生倡舉團練，凡一月而團成。時恭令劉慈而懦。一夕，捦匪首李果裹送縣請梟示，劉不忍，且匿果裹於内室。匪黨洶洶然，欲乘夜攻城劫囚，紳民惶惑無計，數商於公。公以果裹不死則匪黨不解，遂率諸生謁劉，祕授計於吴生，竟入劉卧内，搜得果裹，挾之出，衆槍斃焉。餘黨聞果裹死，遂宵遁。復懸賞搜殺數賊，地方賴以安。邑有武舉萬雲台，素善公，以軍功擢条戎，統帶龍虎一軍，所向克捷。廿九年，遊勇數百人乘夜焚掠。黎明，鄉團四合，賊懼而逸。公率團稟請萬条戎回勦，遲旬餘而萬至。賊脅從益衆，萬三戰三捷，斬馘過半。餘匪星散，鄉團悉捦之。萬故善用兵，然性好殺，欲盡殲焉。被脅者冤聲譁然，聞公至，曰：『侯老師來，吾屬無患矣。』公一一區別而釋之，全活甚衆。事平之後，縣幕惎令曰：『此我州縣事，縣學何爲？今若此，將置我何地？』遂以專殺上揭。上廉其實，曰：『此功也，何過？』然亦未遽保舉也。咸豐三年，以俸滿驗看。勞辛陔中丞問及團練情形，遂備陳之。中丞喜極，薦之朝。是年選授直隸衡水縣，五年引見，始到任。七年冬，以蜚語調省察看，八年始復任。方公之初任衡水也，政尚寬，未嘗輕試三尺法。嘗辦兵差，車咸自備。後任某，專尚嚴刻，一切差務悉派之閭閻。至是，衡漳父老乃益感公之能不擾民也。踰年，上憲偵之無它故，且嘉爲『讀書本色』，飭回任，紳民遮迎於道。未及一年，卒於官。歸喪之日，泣送者盈衢。越十餘年，焕堯因公至衡，衡士待之有加禮。並爲立傳，入衡水名宦志。公夙愛才，在衡試童子，嘗愛二王生文，招之署讀書，親爲講解，俾得成就。凡邑中知名士，皆以禮下之，故士之報禮尤重云。

畢雪莊先生墓志銘

蘭自十九歲從雪莊先生遊。先生性舒緩，辯於心而吶於口。弟子質疑義，每格格作吐茹狀，然其旨趣未始不可微會於意言之表。館余家五年，凡與計偕者三。先生試輒報罷，蘭亦不得志於有司，先生遂辭去。今距先生没已廿余年矣，其仲子德官以掩幽之文見諉。蘭受先生業久，知先生亦最深，安敢以謭陋辭？謹按：先生姓畢氏，諱夢梅，字雪莊，灤州人。後去夢字，單名梅，故又號夢餘焉。幼讀書，聰穎過人。或傳其記前生，人叩之，則曰：『無。』然頗信釋氏輪迴之説。平生無書不讀，讀輒以赫蹏摘其精華要領，手録之。積久，稿散去，然已什得八九矣。以是學日益博，詩、文、賦日益工，一時名聲藉甚，所至傾其座入。先是，歐陽磵東先生，楚南名宿也，才高氣傲，時彦不足當一盼。嘉慶初，主講敬勝書院。先生獨以詩見賞，投契甚深。時書院多士橿橿，掇春秋第者蟬嫣不絶。而先生恒數奇不耦，人多惜之。先生故好酒嗜音，嗣因潦倒名場，於邑無偶，益託於詩酒嘯歌以畔其牢愁。晚年得風痺疾，手足抽掣如牽絲，不能授徒於外。人有載酒至者，則左絃右壺，拊髀笑戲。雖屠沽下走，亦與之接歡。所著有《夢餘詩草》《論語説》若干卷。先生以踔絶之才，博聞强識，搦管即欲索耦古人，不屑屑於帖括繩尺。而當時操文衡者，又不能爲先生一人別换一副眼孔，故所遇輒窮，竟以明經終老。假設先生當少壯時，蚤自貶損，於五經、四子書外不旁窺一步，則其於舉子業必專且勤，可以速售。售則紆青拖紫，可以鼎重於時。然其文學詞章，亦將不遑縱覽潭思，以致必傳於後如今日也。當時與先生同筆研，而擢高科、登顯仕，生榮没已、姓名漸即撕滅者，比比矣。由今觀之，何有何亡，孰得孰失，當有不願以彼易此者。先生於某年某月卒，年六十。配張孺人，合葬於倴城之某原。子三人，女一人，孫三人。長孫恒貞，庠生。銘曰：

造物忌才，尤忌者名。天既畀以文名之赫，奚能兼予以科名之亨？然鬱極必發，光遠而自佗有耀者，將不在其身而在其子孫。謂余不信，視此佳城。

河南舞陽縣知縣秋瀛武公墓志銘

昔孔子兄事子產，見於《家語》，此異姓兄弟之權輿也。然今世俗之結盟者，動輒指不勝僂，良友豈如是之多哉？故朝而陳雷、夕而班逖，凶終隙末，人每習見而不爲恠，有識者恒鄙之。蘭素守王丹慎交之戒，而二三同志幸皆白首如新。如洺州武秋瀛先生，則尤終身兄事者也。先生司樂鐸六年，一見傾心，互以遠到相期許，蹤跡未密而契合獨深。及改官，蘭手録汪龍莊《佐治藥言》《學治臆説》二書贈之，後胥見諸施行。遠道惓惓，音問不絶。疇昔八秩大慶，其長君用章以祝嘏之辭見屬，今又以狀來請銘幽之文，先生且有遺書，蘭固不得以不文辭。按狀：公諱澄清，姓武氏，字霽宇，號秋瀛，廣平永年人。始祖諱文舉，明洪武乙丑進士，南京刑部主事，由山西太谷遷永年。曾祖諱鎮，武生，衛千總銜。祖諱大勇，字德剛，武生。父諱烈，字丕承，邑庠生。俱以子孫貴贈奉政大夫，晉通奉大夫。祖妣氏張、妣氏趙，俱封贈夫人。妣趙苦節懿範，與公祖、父行實並光志乘。世德揚芬，洺之稱家風者歸焉。公生而精敏好學，有心力。幼從母夫人授六經、四子書，五年始趨庭受業。年十八補諸生，旋食餼，文名籍甚。時丕承公已謝世，家道艱難，以舌耕爲業，兼課二弟讀。道光甲午舉於鄉，主講秀洺書院，成材甚衆。嗣以大挑二等授欒亭教諭，其教諸生也，一如在秀洺時，及門登春秋第者踵相接。咸豐壬子捷禮部試，以知縣籤分浙江，告近改河南。其明年赴豫，又明年補舞陽。公展采錯事，以廉能自厲。終日坐堂皇，訟無大小，皆平心靜鞫，不事敲扑。凡檢驗下鄉，訊無他故，即當場結案，酌爲開釋，絕無株連。事畢回署，必點齊人役，有距城較遠者，亦必飭赴它所始令食宿，以故胥吏不得爲奸。邑有學使過境，費爲民累，公裁之，勒諸石。匪徒李進暴横，爲一方害，公錮之終身。舞泉書院經費支絀，普濟堂收養貧民久無款，公皆捐廉倡舉，廢者以興。其政知體要類如此。舞陽故巖邑，與泌陽角子山接壤，捻匪麕集，出没不常。公聯絡鄉團，互相犄角。親率練勇二百名入山勦捕，前後拴獲巨捻李八千歲、李四能人，又拏獲鄰境劫獄戕官要犯岳善教等。自此聲威遠播，賊每聞風遁。捻首張文成哨聚萬人，不時竄擾。公督率民勇，且戰且守，危城得全。時英中丞桂駐舞陽，目覩其事，方擬專疏請奬，適隨員某索賄未得，遂因毀中止。人皆爲公不平，而公由由然也。逾年，從南陽鎮邱忠壯公追賊，生拴張文成，餘黨盡殄。忠壯上其功，並歷敘前事，始爲彙案保奏，奉旨賞戴藍翎，加同知銜。己未春，皖匪孫葵心等擁衆薄城，圍攻十晝夜，勢張甚。公率勇登陴，發大礮連斃賊。賊退圍解，民得安堵。大吏擬調擢信陽，而公遽以告養歸。公居官勤慎，案無留牘，夜分恒出署巡邏。賑欵不敷，嘗出己資以濟。故吏畏民懷，去官之時，舞人立石頌德，餞送數十里不絶，依依不忍舍。先是去欒時亦然，祖道東郊，冠蓋相望，尤從來冷宦所未有。非所居稱職、遺愛在人者，能乎？中州，四達之衢也。當咸豐間，羣寇如毛，虎瞷豕突，守土官或逃或死，不絶於書。欒之與公善者僉爲公危，余曰：『必無患。』已而果能破賊，果能全城，不蹈李涓鄂州之難，而有馮魴郟縣之功。雖使諳練吏治如汪龍莊者處此，恐亦無此武略也。士君子讀書稽古，孰不欲幼學壯行？然或欲用世而不適於用，適用矣抑或適於此而不適於彼。公則不然。司教則可稱人師，出宰則能爲健令。及其歸田養母，則又無愧爲孝子、爲高人。年踰大耋而耳目聰明，精神强固。屬纊之先，猶愍愍垂情舊好，不遠千餘里遺書告别，其脱然於生死之際又何如哉？公兄弟三人，公居長，弟汝清、河清。汝清由進士釋褐，官刑部郎，今乙酉重赴鹿鳴。河清，廩貢生，以訓導候銓。時稱『三武』云。公生於嘉慶庚申四月，卒於光緒甲申十月，享年八十有五。公再娶，皆李氏，先公卒。子二，繼配出。長用章，官兵部郎中；次用禮，監生。孫三，敬緒、統緒、伊緒。女孫二，皆用章出。以某年某月與夫人合葬於午橋西南之新阡。銘曰：

其進也有爲，其退也知止。我之知公也，蓋早微窺於締交之始。烏虖，謳無媿辭其以此。

孝烈女梁氏墓志銘

同治辛未九月，永平府試畢，諸生有自郡攜來《梁孝烈女行狀》以徵詩者，余作長古一章以應。既又以表墓之文相屬，吾輩操不律爲文，自當以表彰忠孝節義爲主，其何敢以譾陋辭？按狀：女姓梁氏，天津靜海人，世居獨流鎮。父鳳翰，舉咸豐丙辰進士，官永平府教授，母氏趙。女生而端淑，至性過人。母病侍湯藥，晝夜無惰容；及卒，哀毁盡禮。撫其幼弟三，俱恩義兼至。時其父未第，授徒於外，咸豐三年九月以病歸，數日大漸。適粤匪李開芳等率逆黨數萬渡河北犯，既陷靜海，乘勝攻天津。津令謝公子澄義激鄉勇迎擊之，賊大敗，退踞獨流。獨流故濱漕河，多儲跱。賊築壘，爲持久計。方賊之未至也，鎮民相率遠避。女之外家故僻鄉，爲賊蹤所不到，以輿來迎。父病不能行，趣女先往，女泣曰：『父緜惙若此，三弟俱幼弱。棄骨肉而獨生，何以爲人？賊至，有死而已。』終不去。未幾賊至，人家被搜牢者無萬數。女懼爲賊辱，匿空舍，取翦刀刺其喉，深二寸許，不死；又自揕其胸，血殷襟襶，猶不死。中夜出，泣語父曰：『兩創不絶，可奈何？』父哭不成聲。女旁睨見一索，曰：『是可以畢命矣。』因向父再拜，雉經於別室，時年二十一。賊入見之，歎曰：『烈女也！』爲覆其面而去。明年正月，賊遁，始得葬。同治六年，與其女弟之適張氏而殉夫者同聞於朝，俱旌表如例。烏噱！《斯干》之詩，詠女子之生曰『無非無儀』。夫女子以順爲正，無非是矣，而何以並云無儀哉？蓋婦人而以畸行著，或烈或節，皆非吉祥可願之事也。然使盡遇吉祥可願之事，亦不過與恒女科耳。今女之孝以烈著，詎非不幸中之厚幸歟？銘曰：

展如之媛兮，以死成名。非一身之福，而實一家之榮。是謂女貞，雖千古而如生。

永平太守游公德政碑

永平太守游公，名智開，字子代，湖南新化人。以孝廉起家，初筮仕江南，受知於湘鄉曾文正公。文正移節保陽，奏調北來。同治辛未補灤州牧，未朞年，政成民和，奉簡命擢本郡守，蓋異數也。公性廉勤，精力過人，政無鉅細必躬親。在灤時，嘗微行訪民間善惡，分簿記載。事至，賞罰必當。或有見破帽疲驢、紫面而髯者相遇於道，輒相驚以爲公。以故羣情震慴，撟虔吏不能乘勢爲奸，而謀姦合任、游博持掩之徒亦相率潛蹤而不敢出。既擢守，益勤敏任事，凡城池、壇廟、試院、書院、講武廳，無不興廢舉墜。時官道府者，率多以不侵官爲名，凡事諉之牧令，深居簡出，游優養望而已。而公則不然。訟牘蠭午，皆手自屏當，日坐堂皇，朱墨並下。少暇，即出巡所部，問民疾苦。敝車羸馬，所至無廚傳迎送之勞。是以官吏不厭其來，士民恒望其來。善祥良懦之人懷其德，聞其來也，舉欣欣然相告曰：『游公來矣！』軼罔呰窳之人怵其威，聞其來也，舉憖憖然相戒曰：『游公來矣！』夫欣欣然喜其來者，孺子之慕慈母也；憖憖然畏其來者，弟子之畏嚴師也。公何以得此於民哉！蘭嘗擬以『游公來』三字製辭爲樂府，邀同人賦之，以附於《古今風謠》之末，迄因循未果。今七屬紳耆以合郡愛戴之意，欲臚陳公之德政，勒之貞珉，而以文來屬。蘭瞿然曰：『公之治行，已熟之口碑久矣，奚以文爲？』雖然，公固不待文以傳，而文或藉公以傳。公之可傳者甚多，蘭拙於文，不能備傳，則仍以『游公來』三字傳之。爰爲之謠曰：游公來，來何暮，叔度使民歌五袴。游公來，來何頻，廣平有腳稱陽春。國家設官爲養民，養民之官能幾人？游公來，誰能如我游公來？游公之來何有哉？一車一蓋一輿儓。

李敬之明府事略

李柬，字敬之，號愛山，永平盧龍人，僑居昌黎。高祖薈，曾祖永縉，俱諸生。祖源，領乾隆壬午鄉薦，官河南確山縣令，歷攝内鄉、項城、夏邑、汲縣事，所至有聲。父廷瑾，生子三，柬其仲也。柬生而英特，負性清奇。家無恒産，年十七始就傅讀書，食饘後方能受室。終歲館穀於外，恒攜孥自隨，蓋貧無以爲家也。道光甲辰，以第八名舉於鄉。屢試春闈不第，以知縣揀發四川。時粵匪猖獗，楚蜀戒嚴，柬學問素優，尤留心兵事，因採古人成法，參以己意，著兵書數卷，流傳楚中。荆州將軍官公文奇其才，咨調入楚，而川督留之弗遣，檄攝江油。江油爲簡陋之區，賊初不屬意。咸豐十一年三月二十七日，忽來犯，柬亟調團勇入城防守。越二日，力不能支。黎明城陷，賊擁之去，脅之降，不屈，乘間投河死。時有探知賊情者云：『賊見其所著書，共相驚異，深懼國家有人。故特引衆攻之，蓋猶冀可脅之使降也。』事聞，詔以七品陣亡例議卹，入祀死事地方昭忠祠。

書貞孝女董氏事

貞孝女董氏者，樂亭黑崖子社五甲人也。年十二，父桂林卒，女哀毁過人。父葬後，與寡母煢煢相依，矢志不嫁。凡遇求婚者，輒向母泣曰：『母無子，族中又無可繼者，女適人，誰奉母耶？願終養以報母德。』遂卻媒妁去。如是十餘年，母知其志堅，遂不復强。女性剛好静，爨汲外惟勤紡織。舍北有沙田數畝，耘耔收穫，皆手自摒擋，不假手於人，恐男子入其室也。間有闌入者，必厲聲叱之。婦女之遊蕩者，亦仇視之，不與接。五十一歲，其母亡，女哀毁愈甚。罄所蓄以殮，所餘止破屋數椽，杏樹五株而已。私念母承祧無人，又無力庀葬具，姑殯之所居窗外，手封以泥，意蓋有所待也。平居塊然獨處，晝夜恒以刀自衛。雖霪雨屋敗，無所容身，未嘗舍母靨他宿。鄰婦偶至其室，見女流涕，問其故，則曰：『亡人以入土爲安，吾悲無力葬親耳。』因諷以求助，女愀然曰：『婦女不可輕受惠於人。況送死兒女事，豈宜干人？』終不肯。同治十一年，女年六十八。鄉之好義者，屬鄰叟曉以里黨相賙之義，女乃受所賻而葬焉。

董女之事，余久聞之，而未得其詳。同治壬申，石明經奉元以狀來，故書之如右。昔聞昌黎富室某喪偶，稔其賢，欲聘爲繼室，並許代養其母，屬其戚道意。女聞之，掩耳而走，大加詬厲，終身不與見。子輿氏有言：『女子生而願爲之有家，恒情也。』而董女乃斷斷如是，人或疑其矯。然考《唐書·陽城傳》：城與其弟階、域皆終身不娶，蓋恐以外人間其孝友也。董女之志，殆亦猶是哉？

卷下

記夢

咸豐十一年，楊魯田學博卒於官。余哭以詩，内一首云：『旣毨春風歲幾更，憑君一夢定平生。蕋珠宫裏看天榜，爲我曾傳第五名。』余道光辛丑春初應會試，寓直隸會館。魯田後至，約與同住。相見即謂余必中，中必第五名。余詰其故，則曰：『汶昨在逆旅，夢至一處，有黄衣僧掌簿，云是天榜。汶向前審諦，第五即是公名。』時余以庚子新中，尚未經覆試。越數日，在圓明園正大光明殿補覆，同試者百人有畸。閲卷分一二三等，一等取二人，二等取八人。余名列二等第三，統數之，恰符第五之數。豈天榜名次不以正場爲定，而以覆試爲定耶？抑事由前定，何不使親自夢之，而假它人之夢耶？噫，亦異矣！猶憶庚子應京兆試，與才霽堂同寓南柳巷永興禪院。一夜，夢見五虎，余呼僕輩縛之，如招豚然。謂僕輩曰：『皮肉賜汝輩。胸前乙字骨，佩之可以助威，留待余用。』僕唯唯，遂覺。覺後告之霽堂，霽堂圓之曰：『虎縛，乃虎榜之兆；乙骨，乃乙榜之兆。君必中無疑。』是科果得雋，共詫夢之有徵。從此五上公車，俱薦而不售。庚戌科，已擬中數日，因本房朱久香先生與總裁某相國，爲刻闈墨語言搆釁，内監試曹某又媒蘖其間，遂發怒，將取中本房所薦之卷留一撤四。余卷適在其中。

余自此遂絶意進取矣。孰知當年夢兆，遂定乙榜終身耶？觀此二夢，則所云一飲一啄，莫非前定者，豈不信然！

記雷異

欒邑西北之狼窩莊，馮四德有女弟，孿生。長適斷火莊張皮匠，次適某。皮匠妻與四德有私，皮匠知之，欲得而甘心焉。與其僚婿某謀曰：『汝妻與我妻一也，四德爲禽獸行，汝妻恐亦不免。汝其助我殺之。』某佯諾，而陰洩其謀於四德。四德懼，謀先圖之。時某方攜婦僑寓四德家，因令置酒，招皮匠飲。醉，出刃共磔之，槖而瘞之野，人無知者。時同治九年庚午某月事也。後事泄，鳴之官。官以屍刃俱無，姑飭差緝犯，而錮其妻於獄，數月無耗。後有人於石各莊劉姓啟攢空墓中掘得其身，繼得其首於黍田土中，皆若有鬼神使之者。而凶器與犯仍未獲也。時官已數易，死者又無親屬，其案將寢矣。明年，辛未三月二十四日，天大雷雹，擊四德之母死，蓋其始縱姦而又與謀殺者也。當雷發時，其鄰方乘屋，見一火毬入其室，先燎某妻髮而髡之，後擊其母，衣服無恙而肌膚焦爛。竈觚砰然一聲，二刀出焉，蓋即凶器也。其母時尚能言，越二日死。

《俟命録》書後

自粤匪倡亂，蛾賊四起，所過郡邑殘破，幾無完省，而皖省爲尤甚。時承平日久，人不知兵。所遣將弁，率多紈袴子，遇敵輒走。郡縣長吏往往陰賂賊金帛，求免逼境上。此皆由居官者視官如傳舍，不肯實力擔當；而所在士紳又多隨俗波靡，不能綢繆未雨、砥柱中流，遂致決溜成河，淪胥以敗。雖曰天運，殆亦人謀之不臧也。桐城方存之先生，當安慶失守之初，即兩上《城守書》，迄不見用。逮桐邑被陷，避難山中。四圍戈戟如麻，人方皆救死之不遑，而先生猶講學不輟，著《俟命録》十卷。其中於致亂之由，弭亂之方，行己立身、移風易俗之道，無不援古證今，明體達用。先生自稱病夫。古人云『久病則知醫』，斯於醫人醫國之術，真可謂三折肱矣。同治己巳，湘鄉侯相曾公總督畿輔，肅清吏治，稔知先生之學之才，奏調爲親民之官。從此，以坐而言者起而行，俟命之君子，當即爲蒼生託命之大人。昔魯肅稱龐士元『非百里才』，先生亦豈止以縣令終哉？然而縣令之所繫，正匪輕也。夫天下者，州縣之積也。使州縣皆得其人，則天下之事自無不舉，天下之人亦無不治。亦何至暴戾貪婪、因循退縮，始既驅民爲盜，繼復縱盜殃民？如曩者粤匪之蔓延十餘省，猖獗十餘年，糜爛億萬衆之生靈而後就滅耶？方今妖氛掃蕩，中原底平，而營中投誠之悍將、野外逃匿之餘孽，狼心未化，未必不潛爲窺伺。是又有心者所當戒其既往、慮其將來，而思患預防者也。范文正公爲秀才時，即有『先天下之憂而憂，後天下之樂而樂』之志。先生佗日循良之績，吾將以斯録爲券。

題方鶴栖先生七字遺訓卷

昔衛公孫朝問仲尼「焉學」，子貢答以「焉不學」。蓋聖人學於衆人，無人非師，即無在非學也。當時稱聖者，或曰博學，或曰多學，皆未足以盡聖人好學之心。桐城方存之先生，理學純儒也。同治己巳，與蘭同應曾文正公之辟，先後至保陽。蒙先生先施，遂成莫逆。不數日，蘭以母老辭歸，先生旋出宰廣川。書函往來，嘗以「由博返約」規之，引之講學。茲以尊甫鶴栖先生「到處留心皆是學」七字遺訓長卷屬題，蘭紬繹其義，隱有合於聖人「無在非學」之旨。曰「到處」，曰「皆是」，而總歸之「留心」，博也而約即在其中。下學上達，希聖之功基此矣。蘭涉獵半生，未得體要，今年已遲暮，猶汲汲於詞章考據之末，將不免流爲俗學。揆之先生篤守庭訓之意、由博返約之箴，能無恧而！

書龔易簡詩册後

《三百篇》有正有變，學焉而各得其性之所近。龔先生之詩，得乎變者也。先生余未及見，今讀其詩，如見其人矣。此册詩共十四章，時而爲楚騷之幽怨，時而爲杜陵之憂愁，時而爲昌谷、玉川之奇詭，胸中奇氣噴薄於筆端。當時愛先生者，謂先生詩不落前人窠臼，懼爲福澤累。即先生亦自知爲福澤累，而卒忍俊不禁者。蓋言爲心聲，不可强也。詩爲先生手書，字法古拙，亦迥不猶人。然使遇俗目，鮮不以惡剳棄之。先生亦好奇也哉！咸豐乙卯立夏日，祁季聞刺史出是册屬題，因率識數語於後。先生復起，不知許爲知言否。

甯鼇峰手卷跋

吾鄉甯鼇峰、李卷山、張履安三先生，皆同時稱善書者也。鼇峰性高曠，有官不就，家居，怡情花鳥，終其身不以世務攖心。洵一鄉之高人，亦一家之福人也。書不泛應，得其手跡者多寶貴之。是卷雜臨古帖，筆法秀勁，仰見先民矩矱。後有卷山翁一詩，履安翁一跋。卷山老年得風痺疾，手不能搦管，其詩亦履安所代書。中蝌蚪之『蝌』譌作『蝌』，蓋筆誤也。今三先生俱長往矣，止留此數行筆墨供人把玩。俯仰今昔，不禁風流雲散之感。

安樂堂額跋

遷安學博韓君璧軒，自號『安樂閒官』。蓋以俗稱教職爲閒曹，又以前曾秉新樂鐸，故摘取二邑之名以自號。比於邵康節名窩之義，自譽實自嘲也。一日，以『安樂堂』三字屬余書，以顔其室。或曰：『先生六載考績，書「上上考」，薦膺民社。將有不敢自安、不忍獨樂者，而官亦遂不能閒矣，奈何？』余曰：『士君子利濟爲懷，當以民安爲安，民樂爲樂。不自求安樂，而安樂益大。至於不能閒之説，昔宓子賤鳴琴而單父治，是官雖不閒，而亦未始不可以閒也。則仍謂之「安樂閒官」也可。』

上游子代太守

正月内承示秋巡大作，過蒙奬許，未免刻畫無鹽，讀之不勝感愧。灤州李蔭圃，平生爲善於鄉，素有清名，老公祖頗爲許可。去年晉謁，屬爲訂其遺集。今統觀諸作，言情寫景在晚唐中，大與姚武功、韓冬郎爲近，而言情尤其所長。惟所存太濫，精糙雜陳。且凡遇一題，動輒以上、下平韻分作三十首，雖偶有佳句，終覺重複雜沓，令人生煩。至其句中暗藏藥名、人名、花木名，及以八音冠首、迴文等作，皆係俗體，在古人或戲爲之，然大方家數絶不以此爭長。茲概從删削，共得古、近體詩二百餘首，分作四卷。昔人云：『但得流傳不在多。』此果足傳，二百首不爲尠矣。特味非易牙，淄澠易混；音無師曠，雅鄭誰分？是苟去取未當，不足見作者本領；將欲傳其人，反晦其人，奈何？謹將草本呈覽，務希重加删潤，俾成完璧。非特長爪生感恩地下，廉亦得藉聆緒論，知所從違也。

上游太守

存翁來書，歸志已決。並有今春南游可以同行之約，乃以有事未果，不勝悵惘。三月二十日，先慈大祥後，尚擬入都。於會試榜後，即攜小兒赴保陽一行，以踐黃太史之約，並觀《畿輔叢書》。小住八九日，由燕南水路而還。前收到新志，未及詳閱。今粗繙一過，見列女傳補遺太多，每卷皆有，未免煩碎，且有一二行不能成傳者。當初立表之義，原以詳略分表、傳，非以表、傳分輕重。兹以毫無事跡者列之傳中，殊屬自亂其例。現函諭手民，將此門暫緩刷印，俟改補齊整再辦。

又

自月前廿四日到京，住四日即之保陽。盤桓古蓮花池者五日，黄太史及同局諸君欵待甚厚。歸途游西山潭柘、戒壇諸寺。看名山、會勝友，此行差覺不負。公祖榮升之信，在省垣得見邸抄，不勝雀躍。然託庇仁宇，於今八年，青眼獨垂，素心共證。恨廉來之已暮，悵寇借之無從。昔有『游公來』之謡，今聞將去，又未免畏其來者喜，而望其來者懼矣，爲之奈何？車中撰一楹聯云：疏燕南水道於九河，從今人免其魚，僉曰司空堪繼武；守右北平郡者八載，憶昔石傳射虎，尚嫌飛將不能文。非敢貢諛，聊以志愛。俟交卸有日，自當恭爲録出，裝裱呈教也。

上游觀察

月前晉謁，備荷隆儀。臨行遠送河干，又復慇懃握手，下士虚懷，且愧且佩。蘭於九月朔抵里，一家老穉叨庇犆安。小兒孫輩秋賦雖皆報罷，而渠等年歲尚輕，功力猶淺，倘使以逸而獲，未必爲幸。從此以後，惟恐其讀書不力，科名遲早固可不計也。兹寄上拙刻數種，祈分送孫、羅二先生爲荷。《藏園詩鈔》恭讀一過，見其醖釀深厚，取徑絶高；於唐賢之外，絶不下窺一步，闌入宋元蹊徑。以之付梓，公諸同好，洵足爲騷壇表率。暇時尚擬作一後序，附傳不朽。

復游觀察

前屬删定《詩鈔》，並云舊作已自芟去廿餘首，蘭反覆尋繹，終未見有必當芟削之處。豈文章千古事，得失祇許寸心知耶？宣尼引詩，恒出所删之内，斷章取義，一時各有意見。尊集詩既不多，似亦不必過芟，或存或逸，聽之後人可也。《贈鄭雪堂》古詩一首，下有序兩行，乃本題之後來事，似不得與《贈杜生》《見婁傭》同例。蘭意改作小字雙行，注於題下，如《獨游石臼坨》題下數字。何如？

與黄子壽太史

《畿輔通志》之修，於今已百四十餘年矣。合肥伯相奏請重修，誠爲盛舉。先生以宏博之才，領清祕之職，此之秉筆，自是馬班家事。蘭涉獵半生，未得體要，恒思就正有道，匡其不逮。客冬，伯相屬任、恩二觀察寓書相招，委以分司志局之事。滿擬趨赴，藉得親炙光風，相與訂正。一切惟以家母年高，不能遠離。言念及之，未嘗不神馳左右也。昨由縣署遞到手書，過蒙藻飾，並承以新修通志凡例相商。盥讀一過，見其體製精嚴，條目詳明，足徵史學之深、史才之富。而又殷殷下問，詢及芻蕘。是真才愈大，心愈細；學愈深，心愈小。不勝欽佩之至。拙編《永平詩存》廿四卷，其詩不盡可傳，惟藉詩存人，聊盡發潛闡幽之意。前由任觀察送呈一部，亦以此書爲文獻所關，或於修志有裨。而先生又復索取拙刻别種。道光末，曾梓《樂亭四書文鈔》，人各繫以小傳，體例與《詩存》同，年來未經刷印。兹特送上《全史宫詞》《疊雅》《異號類編》各一部，希哂存。讀來札，知《宫詞》已早塵青睞，卷中半屬少作，殊不足當大方家一粲。至《疊雅》二種，尤恐不免挂漏舛謁，尚乞從實指疵，俾知改削，勿徒作皮裹春秋也。承賜《楓林家乘》，内附《營田輯要》一書，學問經濟，俱屬非凡。而橋梓相承，世濟其美，殊令人額手。俟心氣少清，定當按照《行狀》及《賢母録》譜爲歌謡，導揚盛美。特恐筆力孱弱，不能發揮萬一耳。

復黄子壽太史

承詢夷、齊何以位置。案《史記》列傳以伯夷冠首，至明鄧潛谷《函史》則并入《隱逸傳》，國朝李鐵君《尚史》則專立《逸民傳》。夷、齊雖孤竹胄子，然相偕遜國，槁餓西山，讓既稱賢，清復造聖，自不得以藩封限之。今《通志》若將先哲改入隱逸，似覺太輕。其即據《史記》舊例，翦節腐遷傳文，列於傳首，可乎？至云畿輔人物凡在《貳臣傳》者，俱仿《五代史》作《雜傳》收之，謂是《四川志》例。案《四川志·雜傳》首列《史記·貨殖傳》中三人，此等人物自非《雜傳》别無可入。下自鄧通、哀章以至張松、譙周，率皆奸佞賣國之人，後代貳臣當有羞與爲伍者。史傳之標目『貳臣』創自本朝。當時於勝國殉節諸臣，皆予謚立傳，即稱兵抗王師者，莫不得邀旌典。此誠千古未有之盛舉。抗節者既已加褒，失節者自當示貶，『貳臣』之名於是乎立。此亦《戰國策》取婦取其詈己，不取其悦己之意。蓋以激厲臣節，預杜事君之懷二心者。然如王覺斯、錢牧齋諸人，在勝國既享虚名，在本朝毫無建樹，列入貳臣，誠無足惜。至如科名雖通籍前朝，勳業實炳著昭代，其人材似專爲興朝而生，不幸遭逢國變，所欠一死，被人羅致，盡瘁半生。《國史》既斥爲貳臣，《通志》又削入《雜傳》，未免含冤地下。且推廣此例，唐、宋、明開國諸名臣，能免此者幾人？將來《雜傳》之入，秉筆者尚須少加甄别。敝邑明之鄉賢在舊志人物門者，王尚書好問、盧僉事耿麟，俱署灤州人。蓋樂亭自金設縣以來，俱屬灤州。逮雍正末年，改灤州爲散州。樂與灤既已並列，此後志乘紀前代人物，凡係灤州之樂亭人者，宜直書樂亭，不得以灤州概之，致有混淆。且耿麟乃副使耿麒之弟，麒署樂人，麟署灤人，籍貫須歸畫一。此雖小節，然未始非舊志所當釐正之一端也。案舊志，耿麒、耿麟俱字仁淑，當有一誤。

復黃子壽太史

臘杪接奉手書，兼賜先慈輓聯，跪讀之下，曷勝哀感。蘭半生守遠游之戒，足跡未出里巷。今春郡志告成，母喪亦踰小祥，擬襆被作山左之游。登泰山、謁孔林，由齊魯之郊進覽吴越江山之勝。小住明聖湖邊，登南北高峰，步裏外六橋，訪白公、蘇公及林處士遺跡。遂渡錢塘江，謁禹陵、上蘭亭。大暑前回櫂滬瀆，附輪船而歸。歸即攜兒孫輩赴都應京兆試，闈後買車保陽，上謁先生於古蓮花池上，敘平原十日懽。昔蘇潁濱《上韓太尉書》云：『於山見終南、嵩、華之高，於水見黃河之大且深，於人見歐陽公而又思見太尉。』蘭於此行，心竊嚮往。然潁濱時年十九耳，今以雞皮老翁始作此想，未免爲清俊少年所齒冷。蘭見刻敝鄉佘潛滄儀部《四書解》、楊復莽《家塾問業》《耄耋書問記》，皆有關理學之書。俟秋後告竣，當即攜以請教也。

與黃太史

前在省垣，備承欵洽。北郊別緒，重於南浦離情。夢寐縈懷，何能已已。比維紅蓮幕府，共坐春風；絳帳生徒，羣霑化雨。翹瞻喬采，企慕奚如！弟自四月初八日至長新店。翌晨，西北行廿五里，至潭柘下院早飯。乘肩輿行廿五里至上院，周遊殿閣，摩挲古蹟，歷三時許。晚飯後紆道至戒臺，行十八里，日已落高春矣。觀戒臺及活動松、自在松諸蹟，僧房茶罷，乘月而歸。山路險仄，倍於潭柘，兼之輿夫疲茶，且行且止，至潭柘下院，已漏下二鼓矣。此行看名山、會勝友，殊爲不負。雖不免跋涉登頓之勞，然形則勞而神則逸也。

與方存之

客冬晉省，屢荷辱臨，藉瞻道範。並承厚愛，惠書數種，感也何如！諸書在省垣未及細讀，抵里後潛心紬繹，見其中或以忠義顯，或以道學著，或以文章經濟稱，俱係有德之言，有本之學。先生所作序、傳、志、銘散見各集中者，亦皆詞旨奥衍，氣味深醇，卓然唐宋名家。論學尤公允，無門户之見，佩服佩服。弟讀書半生，馳情涉獵於學問之道，全無頭腦。自讀所賜諸書，覺從前精神盡屬妄費，不禁爽然自失。前與先生談，知出山之意尚在未決。第中堂此番奏調，原爲整頓畿輔吏治起見。天下者，州縣之積也。使一縣得一良吏，他縣皆相觀而善，天下吏治將蒸蒸日上。吾人幼學壯行，自期有所展布。且中堂知遇，斵不可負。蓴鱸雖美，詎得遽賦遂初也？出處大局已定否？念念。植之、玉峰二先生集中粹語，已采入《糞心録》中。唐魯泉死節事，爲作《祁門令》樂府，不識有當否？文徵君詩，家國憂深，情詞激壯，大足嗣響杜陵。戴孝廉《書傳補商》力闢蠶叢，使詰屈聱牙之文，盡成布帛菽粟，洵爲《蔡傳》功臣，必傳無疑。拙著二種呈政，飣餖伎倆，不足當大方家一哂，希指疵爲幸。

又

出處大局，聞客臘已經稟到。斯人一出，不禁爲蒼生幸也。《粤匪始末》一書，見聞未確，難以傳信。今讀大著《俟命録》《顛沛餘生録》二書，俱足備它年史料，弟從此閣筆矣。承屬由博反約，敬戢良箴。去歲保陽一行，得見中堂一代偉人，並得結交足下，殊爲厚幸。多聞直諒，此誼豈易求諸尋常縞紵間耶？

與王文泉孝廉

久疏箋候，渴想殊深。所刻之書，刷印幾何？畿甸祕笈又搜采多少？念念。《春秋辨疑》一種，舊稱爲六十五卷，今此部共作八函五十本，較當年四庫采進之本少二册，當亦大略相同。以字數計之，足二百餘萬，以之付梓，非二三千金不可。工費既多，書亦繁重難讀。然其精詳處，實爲古今説春秋者空前絶後之作。鄙意於此，竊體作者苦心，並感先生刻書盛意，故不辭譾陋，取其全書反覆校閲，酌爲删節。約去五分之二，改分七十二卷，重付鈔胥。及鈔成，再校，又删去十分之一，改分卷數，以符《通志》所稱之數。然不過去其繁複，絶不敢使有漏義，亦不敢妄有增改。至書中所引左傳、公、穀及胡傳之説，於四人皆稱某子，《四庫提要》譏其不類，誠是。今並改作某傳，殊爲直截。『渝關』之『渝』，本當從水旁作『渝』，書中皆從木旁作『榆』，係沿《遼史》之陋。彭山季氏，乃明人季本也，書中『季』皆作『李』，當是鈔胥筆誤。今並改正。此雖小節，無關輕重，然既欲爲之傳遠，自不得仍其謬誤。先生復起，或不罪其僭妄也。兹將兩部並爲寄上，祈照收。外擬《提要》一條，並各書評騭之語，附録呈閲。

《春秋輯傳辨疑》　國朝李集鳳撰。集鳳字翽升，山海衛人。順治十二年拔貢生，官河南洛陽縣丞。卒於官，邑人請從祀周公廟，直隸於康熙五十三年祀鄉賢。《畿輔通志》稱：『集鳳幼即端嚴，以聖賢自期。及長，淹通羣籍，凡濂洛關閩之書無不究悉，尤善《春秋》。彙先儒經解，討辨詳核，歷三十年，凡四易稿，然後成書，名曰《春秋輯傳辨疑》。凡六十五卷，海内稱之。』《四庫存目》則謂『不分卷數，共五十二巨册』。以紙數計之，當得一百餘卷，疑《通志》所言未確。蓋當時採進之本，猶其未編之稿也。按王漁洋所跋，又名《春秋集解》，稱爲四十卷，並云：『其門人汪檢討楫出守河南府，雅重其書，欲爲之梓以傳。』則其書之見重於名流也久矣。

與王文泉

《畿輔藝文攷》一編，本因叢書之刻起見。然書各有義，叢書宜擇其善，此攷則惟取其全，故體例微有不同。拙編尚未成書，且鈔録潦草，實無可觀。而先生嗜痂有癖，竟欲留置案頭，屬爲割愛移贈，殊益汗顔。舍下别無副本，尊諭所許代鈔一分，務祈早爲賜下。前寄示已刻各種，本應代校，惟年來精力就衰，身傍又無底本，實不能逐字逐句詳悉辨正。此舉立意甚善，開局尤大，深冀極力贊襄，速覯厥成。緣相距千里而遥，商酌諸多不便，明春二、三月間，如發遠游之興，定擬買舟西上，敬謁賢者之廬。先生或在省、或在家，祈先示知。《子華子》既係僞書，斷不必收。其餘各種，亦無關輕重，於《凡例》中略加數語，以見甄别之義，則無虞挂漏矣。子夏《詩序》，自不得以僞書概之。惟子夏衛人，畿輔西南固有古之衛地，然以其爲衛人也而概收之，亦未免太濫。舊《通志》似不足據。子夏雖未詳生於何鄉，而其設教之西河，實與龍門相近，以《書·禹貢》《禮·檀弓》注疏攷之，當不在今畿疆内也。

與梅小樹

不晤光儀，瞬經卌載。暮雲春樹，曷勝懷思。八月内送到信件書籍，適值弟入都，未及裁答。及九月朔還轅，展閲手書，雒誦回環，如親謦欬。然久别之思，因感作劇，又不禁遲暮之歎矣。弟半生家居養親，足跡未出里閈。戊寅三月，先慈棄養，時弟已六十六歲矣。翌歲發憤出游，意欲出東岱、至西湖，使齊魯吴越之郊，徧留鴻印。遂於春杪攜二子啟行，從蘆台買舟南下，順路尋古蹟、訪舊友。至濟南，已入夏十餘日，天方亢旱，滿路沙塵，偶感熱嗽，静攝數日方愈。相知者皆謂南方炎熱，非我北人可以過暑之地，多方尼止，竟躑躅大明湖上，半月而歸。游興未暢，至今耿耿。王雨生分司，數載神交，終未謀面，彼此愛慕，皆以筆墨傳之。弟南行時滿擬一晤，及到其所司之地，已歸道山兩月矣，爲之悵然。茲遵示奉上拙著《宫詞》四部，外舊刻數種，祈照收。雕蟲小技，有乖大雅，尚希指疵爲幸。定州王文泉孝廉見搜刻《畿輔叢書》，已刻成四十餘種。所重在古書，國初名家次之。近代作者，則仿《四庫全書》之例，别立存目一門。其意良厚，其例亦善。弟見與分校之役，已爲代採十餘種矣。弟見輯《畿輔藝文考》一書，自周末荀卿以下，凡著書者之籍貫係在今畿輔疆内者，皆分代收入，或存或佚，分註其下。共得十二卷，以備將來存目之用。至國朝著述，存者愈多，搜采愈覺難徧。吾兄平日留意斯文，津門尤係文獻之邦，尚希廣爲搜羅，襄此盛舉。

與家君牧

唐詩人有劉隨州，未見有劉連州。今之稱夢得，不曰『賓客』，而曰『連州』者，或以與襄陽、蘇州並列，故準柳柳州之例，而以地名連類稱之歟？第子厚官階終於柳州刺史，而夢得官階則洊至太子賓客加檢校禮部尚書，今稱爲連州，終覺未穩。如謂於稱名之中寓春秋之筆，則又近深文。夢得黨附叔文，有乖清議，竇夢蓮黜爲不忠，罷其鄉賢之祀，尚爲有説。若偶爾操觚，自可沿其舊稱，不必故作低昂。且柳州與連州，事同一體。子厚之稱柳州，從無人議及有示貶之意者，則連州可知矣。謬承下問，因率臆以陳，不知有當否。

復家君牧

來諭謂作詩直敘時事，古人原有此一體。但歷觀唐人之詩，亦似有不可爲訓者。唐人之詩，雖宫闈祕密，且多直言不諱。當時朝廷亦未聞以此罪人，自是風氣使然。至宋、元、明，遂不多見矣。梅邨號稱『詩史』，自是杜陵後一人。然所謂直指者，亦止勝國時事耳。吾兄古近體詩格律精嚴，信堪問世。惟如《楚中丞行》等作，尚不可驟舉示人。弟之妄獻芻蕘者爲此也。

與常職卿

行期定於初六日，偕行之人，想已有信矣。弟擬作一送行之詩以紓離緒，奈情長言短，反致不能成章，念之倍增悵惘。遼東乃龍興故地，山水定有可觀。他日貯滿奚囊，歸作談助，當亦此行一大快事。

復崔子玉

一日不見，如三秋兮。今別逾三秋，雲樹之思，更當何如也。前聞大挑後即赴遼東，臘底尚壯遊未還。頃接手札，並賜讀大作，知榮旋之後，即移居墓旁丙舍，朝夕拜掃，並課諸郎讀。仁孝之思、清高之概，非世俗人所能索解。曾文正公以程朱之學，樹韓范之績；而文章奥衍，又不減歐曾諸家，洵爲一代偉人。今大柱已傾，朝野無不痛悼。僕雖有知己之感，理宜哭以詩文，然描繪日月，殊難著筆，故至今欲作未果。蜀道蠶叢，古稱險阻。然昔人已有翻『蜀道難』爲『蜀道易』者。況文旌所指，盡成有腳陽春，化險爲平，雖萬里猶庭户也。僕今春小有土木工，且顒上偶患瘡癤，不出屋者月餘，故花時未及入山。處暑前後，如潦漲不發，道塗易行，尚擬小住止園，藉得聚談也。

復張子亦仙

頃接手書，藉悉清況。兼之文筆卓犖，雅與古會，閲之不勝喜躍。僕閉門守拙，故態依然。有時世網塵牽，每以書味滌之。來札『有書可讀，有田可耕，有子弟可教』數語，實獲我心。此等清福，在我輩自爲領受，想彼蒼亦不獨靳耳。魯田西去，職卿又將東行，念之悵然。但男兒志在四方，正當歌『驪駒在門』之詩以助其游興，無須效子野『輒唤奈何』也。

復周亨軒

廣文素號冷官。以閣下家稱素封，缺之肥瘠原可不問。且貴治背負黍谷，面對盤山，當此多事之秋，猶得於山光雲影中，自闢一華胥境界。閣下故善捶，真堪侯是鄉矣。豔羡豔羡。明年游山之約，赴都時當即以便過訪。但恐主人腰腳蹣跚，有撓客之游興耳。

與武秋瀛先生

吾兄以八十老翁，耳目牙齒猶如少年時，誠爲世所罕覯。令郎賢姪以壽言見委，勉成百韻長律一章，聊獻期頤之祝。然精神如是矍鑠，期頤實不足以限之也。前曾奉復函，弟之行藏，諒亦粗悉矣。

年來近況，另敘於後。自保陽《通志》開局，各郡縣皆催修志。弟初應遷安韓仲弢明府聘，纂《遷安縣志》；繼應撫甯張子純明府聘，纂《撫甯縣志》；復又應永平游子代太守聘，纂修《永平府志》。及府志俱已次第告成。至《樂亭縣志》，乃編纂於十餘年前者，李宫保提付省局以備采擇，留之數年。及府志具藁，游太守方專差取回，撥欵梓行。兹呈上一部，内有吾兄小傳，略志梗概。特文筆鼻陋，不足表揚盛美耳。弟性好山水，昔因親老丁單，不能遠出。今既齒薄桑榆，又何敢作向禽奢願。去歲春杪，發憤爲東岱、西湖之游。遂於先慈小祥後，結伴偕二子同行。自蘆台登舟，至德州陸行。到濟南，解裝於同鄉傅星源都轉署中之也可園，歷覽大明湖、趵突泉、歷山、華不注諸勝。因天氣炎旱，偶患熱嗽，在園中静攝數日，方不藥而愈。亟思買車南下，居停與同行者多方勸沮，遂怏怏而歸。途中得日記一卷，詩三十餘首。今歲有嫁娶之事，勢難出門。明年腰腳若健，南游之舉終擬補作也。

與撫甯樊文心明經

自五月匆匆一敘，未得備聆塵談，時深歉仄。兹又别將半載矣，想福履勝常爲頌。尊撰貴縣志稿數卷，徵文考獻，極盡經營。弟略加編輯，便欲成書。誠所謂首事者難爲功，繼起者易爲力也。其中門類、正附分合，微有變遷增損之處，亦以意見不同，或各有所據，故不無差池。然此係大家共成之事，非私家著述可比，總期不倍於古、不戾於今，博考旁稽，折衷至當。昔鄭卿爲命，凡草創討論、修飾潤色，尚分任衆人，使之各盡所長。辭令如是，何況史志？望希吾兄破除畛域之見，從實指疵，反覆辨難，求歸一是。弟亦不敢苟異苟同，以致護短一時，貽譏千載也。

復孫輔臣

昨於中秋接奉山左委署之信，不勝欣慰。見當仕途擁擠之時，需次未滿，三年即行，得署憲眷，可云優厚。然非平居勤慎，素孚於人，當亦不克臻此。樂安鹽務既歸官辦，大似我樂三十年前局面，諒非瘠苦之缺。惟用人太多，弊竇宜防，斟酌損益之間，未免多費心神耳。足下讀書半生，坐言起行，自當游刃有餘。乃復虚以受人，懃懃下問。鄙人埋頭故紙，局促鄉閭，於宦途實門外漢。縱越俎代謀，何異盲人指路？然忝在文字知交，苟有所見，當必以告也。蕭山汪龍莊所著《佐治藥言》《學治臆説》二書，舊刻入《知不足齋叢書》中，近亦有單行出售者。允爲仕宦金鍼，於州縣尤宜，不知曾經寓目否？龍莊名輝祖，乾隆間甲榜，以名幕爲循吏。所言皆身所親歷，又皆人所能爲，不腐不迂，絶無道學門面語。如購置案頭，時一覽之，自當獲益非淺也。

與孫輔臣

九月廿二日接到前後惠函，敬悉夙夜趨公、勞心撫字一切辛勤諸狀，大足爲循良寫照。得民獲上，當不外此。至所云文移案牘、書院課藝諸件，體例相沿，自昔已然。雖使古人復生於今，如歸胡金陳之爲文，龔黄卓魯之爲政，亦不能以此爲俗套，概行鏟除。抱負既殊，施爲自别。吾輩於同中見異，自無礙佼佼錚錚耳。

與倪耘劬

九月初接到臺灣手翰，逸態豪情，躍然紙上。南船北馬，萬里飛行，在今日而談壯游，誠有古人所不能夢見者。蘭邨居守拙，頑健如恒。惟局促轅駒，未免伏櫪滋愧耳。敝鄉在津沽正東三百里，距唐山河頭止百三十里。如鐵路修至天津，則一兩日可到。今年閏四月，買舟西上。本擬由津赴定州一行，緣定州不通水路，尚須陸行二日程；又天氣漸熱，憚於遠邁，遂流連東、西淀，十餘日而還。過津，適值小樹犯喘，止得一晤。又以與足下蹤跡相左，不勝悵惘。此行得詩四十餘首，耳目所觸，時不免感憤之意。俟後再爲録呈。然囈語讕言，祇可爲知者道也。

與王竹舫

客冬寒天獨坐，追憶舊聞，条以閲歷，偶有所觸，輒以韻語寫之，共得詩三十餘首。信口成吟，藉以遣悶，統俟續録呈正。南游之志，至今未遂。而南中朋好，乃時以山水見招。年前，游廉訪自川中來信，盛稱蜀都山水之奇，及武鄉祠、浣花草堂諸勝，且云『先生南游未果，聞弟言，當必西向而笑』云云。讀罷不禁神往。近年定州王文泉以刻書之事，往返函商，大有招游之意。今歲如能乘興一往，定當買櫂過津，或可聚談信宿也。

與王景符

前在沽上，屢接麈談。拜别旬餘，想起居增勝爲慰。承賜尊大人炯齋先生文集一部，舟中未及詳閲，粗繙一過，已知爲天地間有用之文，國家切證之藥。及到家反覆展讀，見《正教》四篇及上倭相、曾相、李相各書，愷切詳明，直合董賈爲一身。賢良之策、痛哭之書，有體有用，俱可見諸施行。其記忠孝節義之文，用意極厚，俱有言外之意，莫不卓卓可傳。當今之時，電報、輪船爲時務之急，勢不能不取法洋人。至若武備、學堂一節，以它年將帥之資，先令其俯受敵人指授，大爲失算，且於國體有傷。不知何以必須爲此。使先生而在，必有一篇讜論，力爲開陳也。

附：家藏書畫記

米元章行書墨蹟卷

南宫行書，自晉唐諸名家出，而其法稍變。故名家書皆有贋作，而米書尤多。豈非以醇正者難學，而奇肆者易似乎？此卷於飛揚雄放之中，寓謹嚴秀媚之態。所書《垂虹亭》《游湖洲》四絶句，前二首已刻《戲鴻堂帖》中。大小雖殊，同一佳妙，當是南宫得意之筆，絶非僞作者所能。絹紋雖有斷裂，而字體無傷。張句曲外史一跋，亦極不易得，洵堪寶貴。昔陸放翁《跋柳書》云：『近日注杜詩者數十家，無一字一義可取。蓋欲注杜詩，須去少陵地步不大遠，乃可下注。不然，則勿注可也。書家以鍾、王爲宗，亦須升鍾、王之堂乃可置論。予爲此言，非獨觸人，亦不善自爲地矣。覽者當粲然一笑也。』余於此卷亦云。

句曲外史，一號貞居子。張來儀云：『貞居生平慕米南宫之爲人。而其詩句字畫，則清新流麗，有晉唐人風流，不蹈南宫狂怪怒張之習。』按其言，頗有抑揚。今觀此卷，似亦不可愛今薄古也。

蘇文忠四字卷

右蘇書『北斗瞻思』四字，大徑二寸。按山谷跋語，蓋涪翁持贈孺文者。黄跋後，又有元鮮于伯機樞，明楊弘濟溥、王履吉寵三跋。蘇書具體而少神，似出雙鈎。黄及鮮于書皆僞作，明二人書可觀，而履吉爲佳。

蘇子由跋《隋煬帝幸江都圖》真蹟卷

潁濱與東坡文章齊名，而書法不傳。《山谷集》有云：『子由書瘦勁可喜。反覆觀之，當是捉筆太急而腕著紙，故少雍容耳。』世之論子由書者惟此。它如魏鶴山、程篁墩、何椒邱之跋其手札，皆止表節行、敘事實，而未及書法之美惡。今觀此卷，筆法秀逸，而瑜不掩瑕，頗與涪翁評語相合。且紙色焦裂，絕無造作痕。卷末有『晉國圖書』大方印，蓋明晉王府舊物。書以人重，即與坡書並傳可也。

文信國行書墨蹟卷

右卷唐人《重賦》篇，爲信國咸淳二年夏六月所書。咸淳，度宗年號也。按其時，公方三十歲，當在乞斬董宋臣、兩上書不報之後，爲賈似道所忌、遂援錢若水例致仕之先。公忠節照天壤，原不藉書法見長。此卷外，吾見有與此毫髮無異者，題跋亦依樣葫蘆。孰真孰贋，實難臆斷。然公之不朽，自有所在。此即優孟衣冠，猶可想見賢相風采也。

文待詔小楷墨蹟卷

右待詔小楷書《離騷》《九歌》、武侯前後《出師表》，烏絲闌，後有陳眉公跋。舊藏項子京家。昔王奉常世懋跋其小楷《周召二南疏》《二王目録》云：『衡山先生初名壁，時作小楷，多偏鋒，太露芒穎。年九十時，猶作蠅頭書，人以爲仙。然行筆未免澀强。其最稱合作者，以字行後，五、六十時也。』云云。此卷楷法微多尖穎，豈其盛年前筆跡耶？其書蓋正德戊辰冬仲三日，在王氏南樓爲履仁作，署款文璧。履仁即履吉，爲雅宜山人王寵之初字。戊辰，則正德三年也。

祝枝山《北禪大蘭若募修雨花堂疏》文真蹟卷

文待詔有言：『吾鄉前輩書家，稱武功伯徐公，次爲太僕少卿李公。李楷法歐、顔，而徐公草書出於顛素。枝山先生，武功外孫，太僕之壻，早歲楷法精謹，實師婦翁。而草書奔放，出於外大父。蓋兼二父之美，而自成一家者也。』此卷《募修雨花堂疏》，乃爲澗菴和尚作者。醉墨枯豪、天真爛發，以行書而具草體，誠有如緜裹鐵、如印印泥之妙。卷首有茶香居士吴奕篆書題署，卷後題詩者爲陳白陽道復、文衡山徵明、唐六如寅、黄淳父姬水、張伯起鳳翼、居士貞節、程子明大倫、文湘南元發、王伯穀穉登、杜子庸大中，與祝枝山皆吳人。惟文元發未詳。以文嘉子名元善推之，疑亦待詔孫。署名用『湘南』小長印，或以世本楚人，其自稱湘南，猶待詔之稱衡山也。

董文敏行書卷

右文敏行書謝朓《游後園賦》，冷金箋，長幾二丈。末自跋有云：『乘興爲此，頗覺愜懷。』殆非夸語。

又

右《梅花詠》墨蹟，筆鋒尖利，幾不著紙。金竹坡學董書，專貴此種。昔梁維樞《玉劍尊聞》稱文敏書『簇簇如行蠶，閃閃如迅霆飛電』，其形容極肖。蓋秀韻飄逸之中，自具沈著渾厚之氣。如金書者，要得董書之一體耳。竹坡名世熊，天津人，吾鄉藏其書者最多。

又

右文敏行書《送侯六真侍御按黔》詩二首、《陳留送韓明府》詩一首，皆七言律，綾本，長丈有半。文敏嘗自言云：『余書與趙文敏較，各有短長。趙書因熟得俗，吾書因生得秀色。吾書往往率意。當吾作意，趙書亦輸一籌，第作意者少耳。』杜詩云：『文章千古事，得失寸心知。』如文敏之論書，何獨不然？

淑齋女史臨智永《千文》長卷

右草書《千文》，爲膠西女史淑齋所臨。筆法秀勁，結構謹嚴，大似狂素學顛張，脱去狂怪而專趨平淡，然絶無一毫閨閣態。不知於智永所臨八百餘本孰爲逼肖。古今婦人之能書者，以晉汝陰太守李矩妻衛夫人爲首。王逸少嘗師之，然不過稱其『善鐘法，能正書』耳。同時有李氏意如，爲大令保母，雖云能草書，而名不甚著。其後女子能草書者絶尠。淑齋此卷，乃真可謂於衛夫人外獨立赤幟者，意如輩不足言也。

岳武穆草書墨蹟卷

右草書，古勁離奇，有漢隸遺意，與石刻《出師表》異曲同工。後有鮮于伯機跋語，字亦秀勁可愛，似非贋作。

夏桂洲行書《千字文》册

此册爲嘉靖壬辰八月既望後二日書。按，壬辰，嘉靖十一年也。四郊禮成，由言官未浹歲歷洊尚書，正在是時。時年五十，閲十七年，爲嚴嵩譖死。桂洲名言，字公謹，貴溪人，官至大學士。隆慶初，賜謚文愍。《藝苑卮言》云：『文愍以才雋居首揆，天下重其書，貞珉法錦，視若拱璧。正書亦遒美，但肥過而滯，老過而穉耳。』此册筆法秀勁，姿態於文待詔爲近。

陳世南墨蹟册

世南名邦彦，號匏廬，海甯人。康熙癸未進士，官至禮部侍郎、大學士，元龍從子也。幼即工楷法，官編修，侍直内廷，繕寫御製碑版文章。筆意酷似董文敏。此册十葉，所録皆唐詩也。

徐鄰哉臨古帖册

右臨顔魯公《告身帖》一册，十葉。臨《聖教序》《心經》、蘇玉局詩帖共一册，二十八葉。古人臨書，不惟其形而惟其意。得其意，不妨如魯男子之學柳下惠；得其形，則不過如優孟之效孫叔敖也。昔薛道祖紹彭與米元章同時齊名。紹興中，購薛、米書最急，後御府刻米帖十卷，而道祖書不得入石。或問其故於趙子昂，子昂曰：『薛書誠美，微有按模脱壂之嫌。』今觀鄰哉所臨，亦當以此意求之。鄰哉名良，一字觀光。

陳萬青、萬全字册

此册共十二葉。萬青書五葉，萬全書七葉。萬青字湘南，吾邑張快亭先生房師也。所書皆古人書跋，圓活清潤，姿態横生，大有《蘭亭》《洛神》之致。昔顧起元跋趙子昂《秋興賦》卷云：『開卷之際，風神煜然，照耀左右。陸士衡有云：「秀色若可餐。」殆謂此也。尋其結法，小擴於《洛神》，微攝於《蘭亭》。離合之間，髣髴見之。』云云。今觀此册，覺孏真草堂評趙書之語殊堪移贈。萬全字梅垞，時亦官翰林。若以書品衡之，小蘇固遠遜大蘇也。此外又有萬青大字割裱册頁一本。

吴蘭雪書自作詩册

右册九葉，所録古近體詩共十五首。詩佳不必言，書法亦有拙意，而饒秀氣。蘭雪名嵩梁，江西東鄉人，著有《香蘇山館詩鈔》。

張雲巖隸書册

右册十二葉，爲張雲巖先生所臨漢隸六種。簽面『俗吏閒情』四字，亦其所自題也。先生於書法無所不工，欒亭字學，其振作之力爲多。先生諱霖，浙江嘉興人，拔貢生。道光初，官欒亭令。吏材不足，而寬仁廉儉，人人共諒，至今猶繫去後之思。

張履安臨《靈飛經》小楷册

履安名泰來，樂亭武舉人。喜臨池以書，名重一時。性和易近人，求書者雖屠沽販豎，無不立應。故所至絹素盈案，輒不擇紙筆爲之。年九十餘，猶揮洒不倦。此册六葉，乃其盛年所臨。鐵畫銀鉤，豆許大字，而有尋丈之勢，洵傑作也。古人行草皆從真楷來，故落筆不苟，而點畫所至，深有意態。先生行草最多，其佳者亦皆原於楷法。今人不識歐、虞，乃欲徑造顛、素，豈非無本之學哉？先生善擘窠書，遠近堂扁廟額，多出其手。而吾家『靜怡軒』三字最佳，真所謂綿裹裹鐵者，亦其盛年之筆也。

趙仁圃臨《書譜》册

孫過庭《書譜》，極盡臨池之妙。宋思陵亟愛之，石本以禁中大清樓所刻爲精。此册仁圃所臨，圓熟有餘，而俊拔不足。人或以未能脱俗短之。然書至君家松雪翁極矣，而董思伯尚謂其因熟得俗，何論仁圃？仁圃名鍾麟，臨渝諸生。

雙鉤趙文敏行書真蹟册

此册共八葉，爲文敏所書王摩詰五言古詩六首也。曩爲甯氏所贈，存吾家者十餘年。後其人没，其子索回轉售，今不知落誰手矣。方其在吾家時，先大人愛玩不釋手，嘗以唐人鉤臨晉帖法，摹一副本，尚未填墨。今原本雖不得見，而對此想像，覺弇州所稱『用大令指於北海腕者』，實無一筆失其舊度。固不止虎賁中郎之似已也。

張得天草書條幅

右臨閣帖，飄揚俊逸，與玉虹樓中所刻，又是一種風韻。外有行書《冰嬉賦》横幅，蠟牋，烏絲闌。字如指頂大，結構謹嚴，筆筆皆精。恰如一疋雲錦，滿目華妍，尋不出一縷跳絲。舊從都門攤市以八百京蚨購得者，洵不世之寶。久思覓良工鉤出勒石以永其傳，後因收藏不謹，竟被蠹魚食殘數字，可惜也。得天名照，江南華亭人，康熙己丑進士，官至刑部尚書，謚文敏。與元之趙文敏、明之董文敏，真堪鼎足。

鐵梅君行書條幅

梅菴名鐵保，字治亭，滿洲人，乾隆壬辰進士，官至兩江總督。冶亭少入詞垣，偕其弟閬峰並以詩名，而冶亭尤工書法。北人論書者，以劉相國石菴、翁鴻臚覃溪與君爲鼎足。右書『春江夜入户』詩，蓋臨蘇帖也。

雪蓑漁者草書條幅

漁者無名氏，不知何許人。所書《漁翁詩》一首，筆法瘦勁飄逸，大得顛素之趣。款作『雪蓑漁者』，並題六字其前，初當有畫也。

歐陽磵東行書條幅一、挂屏八、横披一

磵東名紹洛，字念祖，湖南新化舉人，嘉慶年間掌永平敬勝書院。鄧湘皋《沅湘耆舊集》云：『磵東九歲補博士弟子員。家貧甚，資傭力以養。久之，挾所業出與天下士大夫接，一時名流少能頡頏。性野逸，不修威儀。敝衣垢履，岸然公卿大人間，劇談豪飲，旁若無人。』右所書數幅，自出機杼，不蹈故常，似用蘇、黄筆法而少變者。崟崎磊落，酷肖其人。

梅行思畫雞卷

昔人謂御民之術，如孺子之驅雞。今觀此卷所繪赤幘，雌雄相逐，子母相將。覺𠛎𠛎祝祝之音，具皞皞熙熙之象，轉疑驅之爲多事。然吾見其啄食蟲蟻，又不禁誦少陵《縛雞行》『雞蟲得失無了時，注目寒江倚山閣』二語，而悠然有會也。行思南唐人，工畫雞，見於《宣和畫譜》，距今九百七十餘年。此雖未必其真筆，要亦臨摹之佳者爾。

《過海羅漢圖》卷

右《過海羅漢圖》，乃先大夫訓導公所摹，不知本自何人。諦視圖中所繪，除卻童子、甲士及水府侍從，數之，祇得羅漢十二，當是失去前半幅也。相傳《羅漢過海》《龍王請齋》，乃唐吴道子舊格，宋龍眠居士李公麟重摹，明金陵王忍辱遂有文記之。今觀此卷，惟騎虎、騎龍、騎狻猊及踏黿而行者大略相同。餘如捧經者，托塔者，踏竹節杖者，踐蕉扇而手持貝葉、踏蓮花而指端見出本像者，豐頤皤腹、赤足踐布袋左顧而笑者，皆記中所無。一人低眉趺坐，四神將舁之而行，波紋騰沸，似與記中眉長過膝者相近，特不見尼師壇耳。龍王出迎亦玄衣執圭，惟二仙姬捧香几在前、旛扇擁後，與記中所云『一鬼揚旗導前，判官抱文書，甲士樹幢操鉞』者少異。神仙荒忽之説，非若實事實理之必不可易，其同異固無庸較也。余家舊有《五百羅漢圖》石刻十册，什襲已久。今年春，竟同金杯羽化矣。豈亦龍王邀之過海耶？南望不勝悵然。光緒九年六月二十九日識。

劉松年《渡水羅漢圖》卷

《宣和畫譜》載王維《羅漢圖》四十六軸，内有渡水羅漢。劉克莊跋尾，見《後邨集》中。此卷當亦渡水羅漢也。渡水與渡海迥異。渡海者乘龍履黿，衝濤踏浪，類多詭怪恍惚，莫可端倪。此則盈盈一水，深不踰數寸。由此達彼，以漸而登，蓋示人以循途精進之義。舊簽乃題作『普渡迷津』，亦後人臆加之耳。《楞嚴經》有『越生死此岸，到菩提彼岸』語。『彼岸』云者，西土所謂諸佛地也。釋教之彼岸，猶儒家之道岸。非堅以立其志，明以辨其途，勇以策其力，不誤於歧趨，即廢於中道；其不至陷愛河、淪苦海者幾希。今觀此卷所繪，於童子、淨人外，作苾芻裝者十有八。水中八人：一踞岸將下，童子攜杖扶之；一髮入水作矜持狀；一入水數武，回顧將下者，若有言也；有老羸二人，一掖而行，一負而行，掖者、負者僧俗共四人，皆作竭蹷狀；一距岸不遠，臨岸一人以杖力援之。未渡者三人：一扱衽解屨、束帶令緊，預作涉水勢；其二人，一坐石少憩，一剌鼻取嚏，若甚閑暇。然脱衣於地、擲包於石，皆躍躍欲起，若偕後之人同行者。已渡者七人：其一即臨岸援手者；一仰面背立，童子爲之俯身掠衣，水淋淋欲滴；一披衣束帶，若有豫色；一坐石搔背；一倚樹剔耳；一石上垂足坐，右髮加膝上，兩手向後搘於石；最前一人，坐地盤一膝，手弄椶笠，顧諸人而笑，大有暢適之意，殆先登彼岸者也。世之談仙佛者，動以杯渡、蘆渡神其事。豈知先難後獲、由勉而安，凡事須腳踏實地，儒、釋固無二理哉。人能於此問津，斯亦不至迷津矣。若以此水爲迷津，此豈迷津哉？恐非畫者本意也。松年錢塘人，居清波門，俗呼爲『暗門劉』。宋紹熙中畫院人，工山水人物，神氣精妙。甯宗朝，進《耕織圖》，稱旨，賜金帶。此卷人物，意態惟妙惟肖，樹石亦蒼古，洵稱能品。

趙松雪《渭水圖》卷

右《渭水圖》，蓋繪太公遇文王事。款識已模糊，惟『趙氏子昂』一印尚可辨。前後賞鑒家印五，後題跋八。卷中所繪，儀仗扈從甚盛，而駕車者乃異獸，不知何名。豈以非龍、非彲、非虎、非羆之占而誤爲傅會耶？旁有野服腰斧者一人，當即今秦腔戲劇所演《飛熊夢》中之引路樵夫，不知本自何書。考《説苑》，吕望釣渭之時，有農人告以細綸芳餌者，未聞有樵夫也。斯亦近於俚矣。然其布景寫物，縝密精麗而有韻度，究非元人不能辦也。至若輿服之制，各有時宜；繢畫之工，難言考據。如吴道子畫仲由便帶木劍，不知木劍創於晉代；閻令公畫昭君已著幃帽，不知幃帽興於唐朝。自古畫家，往往有此，豈足病哉？

趙松雪《諸夷職貢圖》卷

唐貞觀四年，顔師古奏請作《王會圖》，以見蠻夷率服之盛。二閻兄弟應詔爲之。自是，繼作者不絶，亦謂之《職貢圖》。然考之古今記載，多寡不同，與史各異。李龍眠有《十國圖》，見《劉後邨集》。十國者，日本，即倭國；于闐，在葱嶺北；三童國，人眼皆有三睛，童、瞳通用，此誤題爲『三腫』；日南，古越裳氏，唐爲驩州；天竺，即漢身毒國；拂菻，一名大秦，一名犁鞬；女國，有二，一在扶桑東，一在葱嶺南；堅昆，在康居西北；波斯，在達曷水之西，又一國名也。錢玉潭此圖亦十國，曰韃靼，曰崑崙層期，曰朝鮮，曰女王，曰浡泥，曰吕宋，曰回鶻，曰扶桑，曰三佛齊，曰暹羅。仇實父此圖亦十國，曰九溪十八洞主漢兒，曰浡海，曰契丹，曰崑崙，曰女王，曰三佛齊，曰吐蕃，曰安南賀，曰西夏，曰朝鮮。以上三圖各有異同。與此同者，惟波斯、韃靼、吐蕃、女王、三佛齊五國耳。若繪事俱按切史事，則梁、陳、唐、宋、元、明入貢之國，自當有異。玉潭與松雪同時，何所繪亦參差乃爾？且吕宋圖説謂：『在契丹東北，長白山下，人皆以鹿與魚皮爲衣。其地産金，故號爲金國。』據此，則吕宋當即是卷女真之誤。吕宋，海南國也；女真爲金初之號，在松雪時已無此稱，亦絶無入貢元朝之事，與史不合。豈松雪當日沿襲舊圖而爲之歟？每圖各有説，宋仲温以章草書之。卷尾有李西涯題七律一首。

趙仲穆《十八學士游春圖》卷

趙雍，字仲穆，文敏子也，書畫皆能承其家學。文文水《書畫記》載：『分宜嚴氏物，有元人《十八學士游春圖》。』豈即此耶？王弇州跋《十八學士真像圖》有云：『督府參軍李子獲閻中令舊本，摹勒上石。所謂周昉貌趙郎並得情性者也。内薛收不早死，何減房、杜？許敬宗得早死，不與李貓同傳。生亦有幸有不幸耳。』又云：『余爲李參軍書十八學士石，刻之。明歲而公瑕以畫本見遺，云自青瑣摹得者。其人物極爲精雅，服有緋、紫、青、緑四色，皆巾裹。而獨蘇世長黄冠，禿無髮，腦傍有七黑靨若星者，極肥而短。頷胡鬖鬖被口，與虞世南面皆皺紋。蓋二公仕隋代甚久，年可六十。房、杜少而澤，與史合也。』今觀此卷，不知何者爲許敬宗。其肥面而髯，短身策蹇，獨與騎馬諸公異者，非世長耶？特非黄冠爾。記此以待知者。開元中，亦有『十八學士』圖象東都上陽宫，蓋張説等十八人也。

仇十洲《穆王八駿圖》卷

舊傳周穆王八駿，日馳三萬里，噴沙噴玉。龍馬自與世馬不同。晉武帝時，得古本，相傳爲穆王時畫，腐敗昏潰而骨氣宛在，詔令史道碩模寫之。宋、齊、梁、陳奉爲國寶，至隋、唐時猶存，因得模傳於世。趙子昂有摹本。世傳松雪《八駿圖》，蓋即此也。十洲此卷，風韻氣骨，大有松雪翁家法。然必以歸之穆滿，豈其初騄駛蹀躞、權奇滅没之態，果從歷崑崙、燕瑶池時得來耶？是則不可知矣。

仇十洲《溪亭春曉圖》卷

右畫卷，長廊曲榭，奇石叢篁，水聲潺潺，如鳴階砌。内有侍女三人、童子二人：掃門者、拂几者、捧茶者、掌扇者、臨流洗硯者，各執一役。亭中三人：二人對弈；一人曲肱牀上，枕書而卧，若不以勝負關心者，是早置身於長安弈棋外矣。水外遠山，露紅日一輪。柳緑桃紅，倍增豔麗，故題爲『溪亭春曉』云。

白陽山人《岳陽樓圖》卷

右陳道復《岳陽樓圖》，落落數筆，渾寫大意。覺麇子城邊洞庭波撼之景，畢見紙上，洵屬奇觀。卷末有自書司馬温公樓記，淋漓疎爽，老筆縱横，亦與畫稱。其中雖偶有譌脱之字，不爲病也。王伯穀《丹青志》謂：『道復天才秀發，下筆超異。山水師米南宫、王叔明、黄子久，不爲效顰學步，而蕭散閒逸之趣，宛然在目。』觀此，益歎王評之工。若以殘山賸水譏之，恐非篤論。

唐六如《觀榜圖》卷

此《殿試觀榜圖》也，爲唐子畏解元所繪。子畏在明弘、正年間坐事廢斥，遂放情山水，冥契禪理。嘗繪《逃禪圖》，以洩其磊砢不平之氣。論者謂其布景，即三間大夫行吟澤畔遺意。茲乃忽作此圖，豈名心未淨，猶有艷於其中耶？抑別有感憤，故作此狡獪伎倆，以寓其難言之隱耶？聊識數語以諗觀者。

董思白《雲山圖》卷

雲山潑墨之法始於王洽，二米實祖述之，非創作也。思翁此卷，乍閱之，似用米法。及反覆展玩，見其煙巒出没，洲渚分明，漁浦溪橋，樹石掩映，蒼潤之中，倍形工緻。有非若米家父子草草而成，致令人嘲作無根樹、濛鴻雲者可比。卷末自跋云：『畫之北苑，如詩之少陵，足證菩薩位。若巨、米、黄、范、劉、馬輩，不過如聲聞緣覺耳。』其評論如此，是真欲升北苑之堂，不甘寄南宫之廡者言，故非夸也。

陳政《西園雅集圖》卷

昔李伯時《西園雅集圖》有兩本，一作於元豐間王晉卿都尉之第，一作於元祐初安定郡王趙德麟之邸。此卷所繪人物，俱奕奕有神，無一筆凡庸，亦無一筆重沓。其中臺榭橋梁、圖書彝鼎，以及花木竹石，無不點染古雅，生氣遠出。一展卷間，恍如身入西園，親與諸公對語，眉睫鼻孔皆動。不知視伯時原本何如？若較之趙千里、仇十洲所臨，恐亦不能多讓也。

女史李因墨梅卷

右墨梅長卷，明季武林葛無奇侍御家姬李因作也。羣卉皆以豔冶爭妍，獨梅花冷韻幽香，有逸人高士風。非胸中滌盡俗塵，不能爲之寫照。故寫生以梅花爲難，而寫梅尤以水墨爲難。此卷取林逋『疎影横斜水清淺，暗香浮動月黄昏』詩意。四圍以淡墨烘染，鐵幹瓊葩，與月光比潔，恍疑羅浮仙子謫降人間，洵稱能品。昔林處士以梅爲妻，今侍御竟屈解語梅花備員箕帚，未免使逋仙妒人。

黄尊古《雲峰落木》卷

右黄尊古《雲峰落木》卷，舊爲吾邑李西園方伯所藏，歸吾家者已六十餘年矣。尊古别號獨往客，常熟人。張浦山庚著《本朝畫徵録》，稱其『山水受學於王少司農，兼得石谷意，筆墨蒼勁。其臨摹古人，咄咄逼真，而於黃鶴山樵法爲尤長。嘗客漫堂第，故梁宋間其遺蹟獨多』。此卷亦漫堂物也。卷首署四大字，爲王澍筆，書法遒勁而婉媚，姿態絶佳。卷後題跋共九人，皆一時名流。沈宗敬稱其畫『遠宗子久，近法麓臺。此卷則迂翁皴法，參思翁墨意，尤其得意作也』。繆曰藻云：『倪元鎮畫蕭疏淡遠，而有一種蒼茫渾厚之致，在元季獨稱逸品。石田、衡山六法精能，然倣倪筆輒不得佳。惟思翁十得五六，能肖其蕭疏，終遜其渾厚。尊古此卷，直欲奪思翁之席而分其坐矣。』二人之品騭如此，皆與《畫徵録》所論不遠，亦可以得其髣髴矣。餘如林佶、唐建中、嚴思儉、沈三秀、汪應銓、高鳳翰、查祥，皆七言小詩一首。惟鳳翰詩云：『皴蒼樹老猶能學，遠韻高風未易求。更有活苔數點墨，箇中白盡畫師頭。』尤能道其甘苦云。

沈周畫册

右山水圖八葉，沈周所作。周字啟南，長洲人，世稱石田先生，晚更號白石翁。工詩善畫，其畫格率出詩意，無描寫界畫之態。畫成，輒自題其上，時稱『二絶』。王濟之稱其『爲人和易近物，雖販夫牧豎持紙來索，不見難色。或贗作求題以售，亦欣然應之。』今石田之畫流傳獨多，當職是故。此册樹石蒼老，氣韻生動，髣髴梅道人筆意，似非燕石。前有文待詔題，亦是真筆，惟中有一誤字耳。

仇十洲《十六羅漢》册

五代僧貫休善畫羅漢，多作古埜狀貌。常自夢得十五羅漢梵相，尚缺其一。有告者曰：『師之相乃是也。』遂爲《臨水圖》以足之。其説未免傅會。《宣和畫譜》載有王摩詰《十六羅漢》四十八，南唐王齊翰亦有所畫羅漢十六軸，爲米祕府所藏。此册前有觀音像一，後有韋馱像一，共十八頁，筆法古雅。而豪金髮翠，縷素絲丹，尤精麗非常，當是十洲得意之作。使摩詰諸人見之，恐亦前賢畏後生也。

畫馬册

唐裴寬善畫小馬，湯垕《畫鑒》稱之。此册十二頁，共畫小馬六十匹，當是《奚官牧馬圖》。人馬俱長不踰寸，山林蕭散，筆甚閑雅。間有一二騎乘者，亦神采欲飛。真傑作也。惟觀者以無名氏惜之。夫畫之美惡，何在名之有無？天下之以無名而命爲有名者何限？牛即戴嵩，馬即韓幹，鶴即杜荀，象即章得，如米氏《畫史》所引諺語，豈不令人噴飯。

《物類奇觀》册

右一册，十六葉。卷端木鐫，分書『物類奇觀』四字，下刻『甘涵齋珍賞』五字，神品小印二。皆無名氏。畫雜集而成者也。一畫楊柳樓臺，丹碧相映，長堤遠樹，略彴横之。水光雲影中，白鷺一行入雲際。界畫極工，意境閒遠。後有毛大可七絶一首，字跡古拙，的是西河親筆。一畫美人，在蕉下抱琴而坐，意態幽靜，愔愔有琴德，固不待安弦操縵而後能移情也。一畫雙鹿：牡者俯澗而飲，牝者在後作驚顧狀。石側蘆草一莖，小鳥集之，翠羽丹咮，翩翩欲動。下細草如絲，野花點綴，茸蒙鮮潤，極得山深地僻、日暖風和景象。一畫叢篁雀聚，如聞啃啃之聲。雀頭小如粟，非再四諦觀，不能悉數也。一風雪歸舟，敗葦寒篁，低壓茅屋。門外小犬如螘大，向船狂吠，如豹之聲，宛然在耳。一畫大小二龍，蜿蜒於磐石上下，神氣欲飛。餘者山水四幅，寫生六幅，俱非俗筆。此六幅尤其翹楚者也。余時凴几展觀，人物顧陸、山水荆關、花鳥邊陳、樓臺展董，其人斯在，呼之欲出。無名而無不可名，洵奇觀也。

高西園畫册

西園畫册十二頁，半寫實事。如六朝松石，瀚海奇石，宏濟一角，皖郡學舍五石，天池石壁，桐陰老屋，諸圖皆是。渴筆淡墨，韻高意遠。樹石皴擦之妙，直駸駸乎倪黄季孟間矣。其余月下牡丹一，題曰『天香浸玉』；畫梅一，黄、緑、白三色交柯；寒江釣雪一；石上流泉一，皆寫唐人詩意。菊竹、雪竹各一，與上流泉石上者，俱以指頭墨法寫之。西園號南村，又號南阜老人，自稱老阜，膠州人。畫以氣勝，不拘拘於法。後病右臂不仁，書畫遂用左手，因更號『後尚左生』，蓋以前有鄭元祐尚左故也。余家蓄其左手畫四長幅，字、畫皆夭矯不羣。西園亦工詩，其自題小像云：『頽以唐，激以昂。不癡不狂，亦謔亦莊，是爲南阜之行藏。』觀此，則南阜之兀傲昂藏，可想見矣。

馬豫畫竹册

昔人畫竹咸以鉤勒，王輞川、黄筌父子輩尤臻其妙。李後主謂之『鐵鉤瑣』。山谷云：『墨竹起於近代，不知所師，後人遂不事鉤勒矣。』豫字觀我，綏德人，家於金陵，官侍讀學士。《畫徵録》稱其『善墨竹，脱去時習，枯竿新笋，各有風趣。坡石水澗亦佳』。此卷細竹，漫山瀰谷，宛然瀟湘景象。殆亦前人所無歟？

周友仙香頭寫意畫册

昔人有以織爲畫、以繡爲畫者，如《説苑》所載。吴主趙夫人之機絶、鍼絶，與屠赤水所記宋繡畫是也。唐楊惠之以塑爲畫，遂與吴道子筆畫並稱天下第一。郭熙見之，又出新意，遂令圬者不用泥掌，止以手槍泥於壁，或凹或凸，俱所不問。乾則以墨隨其形迹，暈成峰巒林壑，加之樓閣人物之屬，宛然天成，謂之『影壁』。其後作者甚盛，此宋復古『張素敗壁』之餘意也。今世作畫者，多以指爪代筆。此卷更以香火代之。窺其意匠，蓋先用刀筆分其界劃，定其形模，然後爇香頭薰之、燒之。斟酌輕重，亦如暈染之法。此尤於織畫、繡畫、塑畫、指畫外，自闢町畦，出奇制勝者也，亦可存之，以備一格。友仙名辰章，字雲龍，友仙其號也，大梁人。

天台鴈蕩圖册

右《海嶽奇觀》册，十四葉，蓋繪天台、鴈蕩勝境也。天台圖八，鴈蕩圖六，每圖皆有説，以小八分書書之。天台在浙之台郡，鴈蕩在温郡。天台自孫綽有遊賦，唐賢之詩多稱之。鴈蕩之名，古圖經不載，至宋始見諸題詠。鴈蕩多奇峰怪石，往往出人意表。王思任《遊記》謂：『此山是造化小兒時所作者，事事俱糖擔中物。不然則盤古前，失存姓氏大人家劫灰未盡之花園耳。山故怪石供，有緊無要，有文無理，有骨無肉，有筋無脈，有體無衣，俱出堆累彫鑿之手。』其語真妙極形容。余性僻好遊，竟不得孫、王諸公作向禽勝侣，良一憾事。然常得此册置之案頭，以當宗少文之卧遊，將不勞屐齒，而赤城、石梁之勝經行。晏坐之觀，日在几席間，又不知視孫、王諸公之身歷險阻、勞精罷神始得快一日之遊者，孰得孰失也。

張震《十二辰圖》册

右十二辰畫册，蓋繪地枝十二屬也。古之寫生，以羽毛鱗介之物名家者，如張僧繇之龍，曹霸、韓幹之馬，戴嵩昆仲之牛，梅行思之雞，趙邈齪之虎，皆專門也。它若張及之有《寫犬圖》，趙博文有《兔犬圖》，厲歸真有《筍竹乳兔圖》，祁序有《牧羊圖》，邊鸞有《石榴猴鼠圖》，載於《宣和畫譜》者，班班可考。惟蛇、豬二物最蠢，故爲丹青家所不取。此卷所繪諸物，命意高，取徑新，俱不落前人窠臼。而於蛇、豬尤位置得宜，的是逸品。震字扶旭，廣陵人。

張東谷寫生畫册

右張東谷寫生册二本，一十二葉，一十四葉。皆花卉、蔬果、禽魚之類，惟十四葉者有茶具三種。昔人謂：『趙昌之畫意在似，徐熙意不在似。』東谷寫生之筆，意趣閒雅，不規規於形似，要自無一不似。以徐熙、趙昌衡之，洵屬後來之秀也。《爾雅》箋蟲魚，古人以爲非壯夫事。余涉獵山淵，留心箋註，常恐讀《爾雅》不熟，致爲《勸學》死。得東谷此卷，可當半部《爾雅》讀矣。

范寬《溪山行旅圖》大條幅

右《溪山行旅圖》，范寬作。寬名中正，字仲立，華原人。性温厚，有大度。關中人謂性緩爲寬，故寬不以名著，以俚語行。寬畫山水，始師李成。既而歎曰：『與其師人，不若師諸造化。』乃舍舊習，卜居終南、太華，徧觀奇勝。落筆雄偉老硬，真得山骨，遂與李成齊名。時人議曰：『李成之筆，近視如千里之遠；范寬之筆，遠望不離坐外。』皆所謂造乎神者也。此幅峰巒叢沓，驛路盤迴，旅店斜陽，行人萃止。飲食者、擢秫者、坐牀憩息者、負戴將至者，遠寺鐘樓，深林茅屋，小橋野艇，位置周詳。人之面目鬚眉，無不活見。而雲外歸鴉點點，尤寫出暮景遠神，洵不愧營邱得意之筆。趙松雪題詩其上云：『危崖列嶂鬱相連，兜率樓臺際碧天。飛鳥已還秋色裏，疏鐘猶在夕陽邊。溪橋緩轡官人馬，野岸維艄客子船。記得宦遊從此去，披圖不覺思茫然。延祐六年夏五月既望，題於松雪齋。』書畫雙絕，真堪寶貴。

黄子久山水小横幅

子久名公望，號一峰，又號大癡道人，平江常熟人。張青父稱其畫格有二。一種作淺絳色者，山頭多礬石，筆勢雄偉；一種作水墨者，皴紋極少，筆墨尤爲簡遠。此幅著墨無多而氣韻閒逸，洵得簡遠之致。昔王弇州跋其《江山勝覽圖》，有『真如西施洗鉛粉立苧蘿時狀』，可謂善於取譬矣。

王蒙山水條幅

王蒙字叔明，吴興人，號黄鶴山樵，趙松雪之外孫也。好畫，得外氏法。然生平不用絹素，惟於紙上寫之。其得意之筆，常用數家皴法。山水多至數十重，樹木不下數十種，徑路紆折，煙靄微茫，曲盡山林幽致。此幅林屋溪橋，江山平遠，樹石皆點緑苔，倍形蒼潤。上題『翠屏山色』四字，蓋作翠屏山圖也，與下紀年、署名，皆篆書。宋濂題詩其上云：『前輩風流遠擅場，輞川遺跡想毫芒。裝成未許人將去，珍重公家一瓣香。洪武六年秋八月。』名下用『太史之章』方印。右側綾邊有周天球題句云：『吾愛翠屏好，飛花渺去津。山中自流水，物外繪天真。路盡疑通棹，雲深不見人。鳳城應不遠，即此是長春。』名下用『羣玉山樵』『周氏公瑕』二方印。

唐寅《逃禪圖》直幅

寅字子畏，號六如，吴人。《藝苑卮言》稱：『其畫自宋李成、范寬、李唐、馬夏，以至元吴興王、黄數十家，靡不研解。行筆極秀潤，縝密而有韻度。』此幅灌木千章，下擁茅屋，中設一几；香煙外隱隱露蓮花座，上半爲屋簷所掩，當是繡佛像。下一人，坐蒲團相對。六如有《逃禪圖》，昔人嘗論之，此其或是歟？上自題七律一首『魚羹稻衲』云云，與今集中所載，微有異同。

又人物小直幅

右畫一老屋，左右梅花，中有二人相對茶話，若賓主然。旁有一紅衣童子提壺撥火，門外一人伏驢背而睡。此蓋寫杜小山『寒夜客來茶當酒』詩意者。工緻閒雅，畫品洵出劉松年、李希古之上。

又《竹裏煎茶圖》小方幅

右畫竹林，中一人踞石交膝坐，左手拄地，右手擎大杯齊眉。一童執壺注之，傍一童舉扇向火竹爐。隱隱聞瓶笙，大有盧仝七椀之勢。上題『吴郡唐寅爲敬盦作』八字。或云此疑是敬盦行看子。敬盦不知何許人。所繪人物秀韻風流，二童亦楚楚無塵壒氣。竹裏煎茶，最是高人逸致。作古人觀可也，即作敬盦觀，亦可也。竹之柯葉，俱用王摩詰雙鉤法，染之以碧。清泉自根下流出。溽暑覽此，頓覺新涼襲人。

文徵明金碧山水小横幅

徵明名璧，以字行，更字徵仲，長洲人，號衡山居士。謝肇淛稱其畫『遠學郭熙，近學松雪。而得意之筆，往往以工緻勝，氣韻神采獨步一時』。此幅奇石叢林，樓臺掩映；孤亭遠樹，一水盈盈。林下有四人前後行，皆仙風道骨，鬚眉欲活。後二童攜琴執卷，前一童負畫軸隨之。中流一舟，鼓枻而來，若相迎迓者然。態濃意遠，令人展翫忘倦。

陳祼山樹條幅

祼初名瓚，字叔祼，後以字行，去叔更字誠將，吴縣人。縣志稱其『喜讀《離騷》《文選》，善寫山水』。此幅梧桐四株，勢欲參天。上横白雲一抹，下石垣隱見，竹石圍之。門内有童子露面望人。坡上一人策杖來，作仰視狀，若因雨而望雲者。上用八分體書唐人詩『微雲淡河漢，疏雨滴梧桐』一聯，畫即寫其意也。署名處用『白室道人』一方印，右脚有『目存珍藏』一印。案，目存，僧也，號尋濬。《畫徵録》稱其『工山水花鳥，長於摹仿。其仿唐子畏尤妙，蓋其所得力也』。

藍瑛《秋溪獨釣圖》條幅

藍瑛，字田叔，浙江人。《畫史會要》稱其『善畫，老而彌工，蒼古頗類沈啟南』。此幅上自題云：『畫中設色之法，與用墨無異，全論火候，不在取色而在取氣。故墨中有色，色中有墨。古人眼光直透紙背，大約在此。今人但取傅彩悦目，不問節湊，不入窾要，宜其浮而不實也。余作此《秋溪獨釣圖》，因有所感，故弁數語於首。甲辰仲秋日婕叟藍瑛。』下用名字二小印，左腳又用『素心道人』『覺今是而昨非』二大印。此幅畫格峻偉，不失宋元家法，與所論頗符，宜其名盛一時。耳食者多以浙派少之，過矣。

戴明説倣小米山水條幅

明説字道默，滄州人，嚴犖其號也。崇禎甲戌進士。善山水、墨竹，國朝官至尚書。此幅雲山全用米法。寺樓瀑布，俱在空濛雨氣中，若有若無，大有逸趣。上正中用大印一方，縱横徑二寸，文十二字，曰『米芾畫禪，煙巒如覿，明説克傳』。圖、書賓錫。

王翬青緑山水條幅

石谷幼嗜畫，運筆構思，天機迅露，迥出時流。曹倦圃、吴梅村輩，嘗以『畫聖』稱之。此幅芳林村舍，野水漁舟，岸柳青歸，山桃紅綻，大有春山如笑之致。款署『耕煙散人橅范華原筆意於來青閣』。翬自號耕煙外史，華原即范寬也。

惲壽平菊花大條幅

壽平名格，以字行，武進人。一字正叔，號南田，又號雲溪外史。工詩文，好畫山水。及見石谷所畫，自以材質不能出其右，於是舍而學花卉。斟酌古今，以北宋徐崇嗣爲歸，一洗時習，獨開生面。海内寫生者，翕然宗之。此幅畫菊共六色，石左腳墨竹一叢，右有鴈來紅二株以襯之。寫物精工，賦色明麗，天機物趣，畢集毫端，洵是大家風度。上題詩云：『霜氣生毫端，香光繞研北。紅紫間金英，居然萬花谷。』自稱『見唐解元叢菊卷於金閶紅鵞館，因用其法』。小印稱『南田艸衣』，前用『甌香館』長印。昔人論南田之畫，比之天仙化人。詩亦超逸。『毘陵六逸』中，以南田爲上。

禹之鼎《嬰戲圖》條幅

之鼎字上吉，號慎齋，江都人。工人物，幼師藍氏，後出入宋元諸家，遂成一家法。此幅畫竹陰奇石，下有二嬰蹲踞案側，以棗爲磨。一兩手據案直視，一以右手作指點狀。上題句云：『笑倚五雲舒老眼，翹看英物早攀光。康熙丁巳春日仿元人筆意。』竹皆用鉤勒法。

王麓臺山水條幅

右畫蕭疏淡遠，著墨無多。上自題云：『筆墨一道，同乎性情。非高曠中有真摯，則性情終不出也。余作此圖，傅以淺絳色，不取形摹，惟求適意。頗有風行水面，自然成文之致。康熙甲午初冬，寫倪黄設色筆意。七十三老人王原祁。』按《畫徵録》：『原祁，字茂京，號麓臺，太倉人，奉常公孫。康熙庚戌進士，由知縣擢給諫，改翰林，補春坊。天子嘉其畫，供奉内庭，鑒定古今名書畫。晉少司農，充書畫譜總裁、萬壽聖典總裁官，卒年七十。嘗自題《秋山晴爽圖》卷，略云：「不在古法，不在吾手，而又不出古法、吾手之外。筆端金剛杵，在脱盡習氣。」觀此語，其所至可知矣。』此幅署名作七十三老人，與浦山之録不符。豈録有脱誤耶？抑所謂金剛杵者，非出其筆端耶？書此以俟考。奉常公即煙客，亦以善畫名於時。

高其佩指墨山水條幅

右畫林下一亭，溪上一橋，遠山綽約，老樹扶疏，蓋秋景也。雍正五年暮春之初寫，鐵嶺高其佩。按《畫徵録》：『其佩字韋之，號且園，遼陽人。善指頭畫，人物花木、魚龍鳥獸，奇情異趣，信手而得。』余曾見扇上筆畫散仙數種，尤妙。有如黄初平叱石成羊，作亂石一攢，或已成羊而起立者，或將成而未起者，或半成而未離爲石者。神采熠熠，風趣横生。它如龍虎等亦各其態。世人祇稱其指墨，而不知筆畫之佳也。人既重其指墨，加以年老便於揮灑，遂不復筆，故流傳者少。

上官周《桐圭圖》條幅

右畫一人三髯，冕冠朱履，正立桐陰下。一人立其側，鬢眉皓然。一人在下作欲拜狀。上録成王封唐叔故事，署款處用『上官周』『竹莊』二小印，下用『家在琴岡』一方印。周字竹莊，福建人。《畫徵録》稱其『善山水，煙嵐瀰漫，墨暈可觀』。余家所藏皆其人物，外有《福禄壽三星圖》大條幅，身高幾四尺餘。氣象雄偉，風度安閒，洵傑作也。見存居敬堂。

又《五老觀畫圖》直幅

右畫雙桐垂蔭，勢將百尺。下設長案一，牀一。案上瓶罍書籍外，畫軸堆累如飣盤。前有一僕，用叉挑畫於空。一人坐牀上，左手曳畫軸而觀，右手作指點狀。二人立牀後覷之。下有二人拱揖，若客至而主出迎者。客後一僕負畫，一束手内復，抱卷而隨。

周囦《雪蕉卧貍圖》條幅

右畫雪冒石巔，芭蕉半折。山茶數朵，横出石側，垂垂欲結冰團。貍奴拳曲其下，若不知寒氣輕重者。蕭瑟之中，轉形幽豔。王維畫本，疑在人間也。

周鼎山水直幅

右畫峰巒層疊，枯樹下繫一漁舟，一人箕踞坐。上題詩云：『秋色蕭疏落木黄，水光山色露清蒼。世間只有漁家樂，斜日停舟嘯欲狂。條梅周鼎。』題下一印曰『課花生』。按《書畫譜》：『周鼎，閩人，文靖子。文靖善山水，宣德間，以陰陽訓術徵直仁智殿。御試枯木寒鴉第一，授大庾縣典史，歷官鴻臚序班。鼎以善畫，徵襲錦衣衛鎮撫。』此幅紙色，似非四百年前物者，疑另一人也。

薛懷蘆鴈大條幅

右畫共六鴈：飛者一，鳴者二，食者一，卧者一，宿者一。右側出蘆花數莖，下垂，不露根。上自題詩云：『聯翩飛處影横斜，暝色和煙暗荻花。遠水微茫秋萬頃，不妨隨意下平沙。』懷字竹居，江蘇桃源人。《梧門詩話》：『竹居爲邊頤公入室弟，工繪事，花卉禽鳥，俱有生趣。詩非經意，亦非俗手。』

傅雯指墨人物條幅

右畫一人坐地鼓琴，一人倚樹坐而聽之。二童子一隔樹立，一在下理瓶盎，半身隱石外。遠山、瀑布，自老樹枝柯外露出。署名用『指頭畫』一長印。

又《放鶴圖》直幅

右畫一人坐樹下，一鶴飛起，人作回頭仰視狀。上題『孤山放鶴』四字，後識云『香嶙傅雯共涵齋作』。涵齋，甘運洪字也。運洪亦善指頭畫。

畢涵山水直幅

右畫秋山遠水，林屋溪船。清微閒雅，頗得營邱遺意。上題詩云：『窈窕茅堂石徑幽，小山叢桂足淹留。仙人已跨遼東鶴，爲寫雲林一段秋。』涵字蕉麓。

張烈女仙條幅

右畫仙姬，右手持花枝，左手以長劚挑花籃於背，作回顧狀。一鶴隨之。款署『東楚張烈爲紫翁老先生計偕榮發寫此預賀』，並系以詩。詩云：『蓬萊宴罷拂瑶塵，選得名花天上春。持贈仙郎還笑問，思量還勝月中人。』

皇六子山樹小直幅

右畫用『雙龍皇六子』及『形之不形』二小印，自云：『橅元人筆意於棠西書屋，時甲午花朝。』筆意蕭疏淡遠，在元人中當入倪、黄之室。

甘運洪指墨竹蘭條幅

《圖畫見聞志》稱唐璪有手畫，『蓋以手摸絹素而成畫者』，此指頭墨畫之祖。然指墨易有氣魄，而難得風神。畫竹蘭當以風神爲主，涵齋此幅，可謂獨爲其難者。

閔貞《三古圖》小直幅

右畫三瞽：一左手拄杖前行；一以杖投前人右手中，左手抱三絃隨之；一左手提小鉦，右手攜杖，仰面向前探之。抱三絃者，頭作回顧狀。衣紋帽摺，寥寥數筆，神氣如生。懸之尋丈外，望而知其爲無目人也。洵屬神品。貞字正齋，自號閔獃，又號蓼塘居士。

黄慎人物小直幅

右畫一老人，手執松枝，回頭作仰視狀。筆法蒼勁，體態如生。右一詩云：『磴石躡雲空，杖策松毛滑。倘受此天風，瀑飛聲軋軋。』末無款識，惟『恭壽』『黄慎』二小印，當是癭瓢真筆也。

又條幅

右畫一老人，左手提磬，右手持錘，俯首作擊狀。蓋假字音，寓吉慶意也。人高二尺許，老筆紛披，亦稱能品。雍正十三年寫。

石海山樹條幅

右畫煙巒濃厚，而灌木高低，極野逸之趣。的是巨然嫡派。石海，介菴弟子，字天濤。

張震山水條幅

右畫樹石頗蒼潤，粗枝大榦，似白石翁晚年筆法。款署『渤海張震』，下用『春巒書畫』小方印，與繪十二辰者非一人。款上有挖補痕，蓋舊有雙款者。收藏古書畫，雙款何礙？世俗無識，可笑也。

蔡毓春《騎驢圖》直幅

右畫二人，策蹇並行雨氣空濛中，左一人勒轡作回顧狀。不加描畫，形神逼肖。遠近樹石橋亭，全以濃淡墨隨筆抹之，都奕奕有神。亦能品也。毓春字虎臣。

徐綬指墨山水條幅

右畫乃襄平印函徐綬作。上自跋云：『董尚書學米，得其雄渾；高尚書學米，得其光融。外此罕有能者。向見南宫真蹟，滂渤之氣，流於筆端。偶以指墨臨之，頗有合處。所謂師古人正不必拘其法也。』今觀此幅，雄渾光融，幾兼董、高之美，其言固非大而夸也。所藏指墨，當以此爲第一。畫腳有『小須彌山頭陀』印。

程漱泉白描羅漢横幅

右畫羅漢三人：一正面立，手鉤耳上環，作笑狀；一手持如意，一手執貝葉，皆側身作仰視狀。天上散花，繽紛滿目，蓋繪《維摩經》天花供養故事。下筆有神，深得龍眠家法。漱泉先生名壽齡，揚州人，嘉慶壬戌翰林，先訓導公業師也。外有墨梅一幅。

張星亭《劉海戲蟾圖》條幅

右畫一人，蓬頭跣足，俯首而笑。下有三足蟾，嚮之跳踉。帶上繫金錢，作散落狀。名曰『劉海戲蟾』。案，劉海戲蟾之事，相傳緣劉海蟾而誤。海蟾，名元英，廣陵人，仕燕主劉守光爲相，後從道人仙去。自古神仙之事，半屬荒唐。此事誤與不誤，無足深辨，正可留之以爲畫史一段故事也。此幅款署『乾隆己卯小陽春月東皋星亭張燦寫』。

江萱仙女畫屏六幅

一戲獅，一跨鳳，一控犀，一調孔雀，一牽鹿，一引鶴。筆意閒雅，工而不俗。世之所傳女仙，如吴彩鸞之跨虎，魯女生之駕鹿，劉安上女之乘鸑，曹仙媪攜女之引犬，秦女弄玉之隨鳳凰飛去，西王母使者之有青鳥類，皆有靈禽異獸供其頤指。此六幅所繪，不知何本。吾既無蕭史之簫、裴航之杵以結仙緣，又不能書符召仙，使如羅郁、麻姑常降羊權、蔡經家，與之談玄講道，以證丹青相傳之真妄。真真可唤，吾將問之畫中人。

葉香士《止園圖》小横幅

吴趨葉香士道芬，陳頤道外孫也。工詩善書畫，頗得外氏法。咸豐初〔二〕客樂亭，爲余作《止園圖》，以陶貞白相擬。山中宰相，匪我思存。然得此，亦足當盧鴻之《草堂十志》、王摩詰《輞川諸圖》矣。近山遠海，雲氣戎戎，對之常覺神往。

校按：

【一】『咸豐初』似應爲『同治初』之誤。史夢蘭位於昌黎碣石山上的止園别業建於同治二年春。葉道芬曾爲史夢蘭《全史宫詞》題詩一首，款識：『同治癸亥立夏日……時客樂亭。』

跋

先大夫訓導公好蓄書畫，而畫尤較多。蓋以素善繪事也。余什襲藏之久矣。暇日展翫，往往辨其真贋，第其甲乙，尋其結構，揣其襟情。筆以記之，積久成帙，亦猶昔人《雲煙過眼録》之意耳。若必如李文饒之記平泉草木，責子孫以世守，至謂：『有以一樹一石與人者，非佳子弟。吾百歲後，爲權勢所奪，則以先人所命，泣而告之，要諸岸爲谷、谷爲陵而後已。』凡人之情，孰不云然？試問我能自主乎？是又貪而近於癡矣。光緒初元季春之月波梨天奏事日，香厓甫自識於梧風竹月書巢。

爾爾書屋詩文輯補

説明

是輯收録刻本《爾爾書屋詩草》《爾爾書屋文鈔》之外史夢蘭所作詩文，名之曰《爾爾書屋詩文輯補》。該輯補由石向騫、孫春青輯校，分爲兩部分。

之一據史夢蘭詩文集底稿輯補。國家圖書館藏有史夢蘭詩文稿五册，係選刻《爾爾書屋詩草》《爾爾書屋文鈔》的底稿。其中大部分爲史夢蘭本人的行草手稿，另一小部分爲史履晉等人的抄稿。此次輯補，除《盧龍王封翁九十壽序》（此文係代爲他人作，敷衍成篇，史氏本人對此篇也未像其他篇目那樣於題目上作選録標識。）一篇外，其餘凡刻本未收者，均識讀録出。排列次序一依原本，亦不做文體分類。原本起首爲史履晉所抄各體詩，均按甲子紀年編排；今亦將原甲子年號，標注於所選録詩題之後。五册最末爲史夢蘭手録其晚年所作詩，均未及收入刻本。

之二所輯係散見於他書者。至於史夢蘭在其所修《樂亭縣志》《遷安縣志》《撫寧縣志》與《永平府志》四部方志中所作凡例、辨譌等，則概不收録。雖《樂亭縣志》屬史氏私家所修，並非官辦，亦從例。

個别文字底本模糊，艱于辨識；限於校録者的水平，不敢妄加臆推，僅揣摩字形録出，後加『（？）』以示存疑。

個别篇目題目爲校録者所加。篇後括號内的文字，係校録者所作説明。

爾爾書屋詩文輯補之一

如夢令

一曲樵柯遂爛，百歲光陰如電。傀儡上場來，説夢幾多痴漢。請看請看，富貴功名皆幻。

永晝閒凴書案，簾捲薰風滿院。我是睡鄉侯，直把華胥遊徧。休看休看，眼底滄桑盡换。

子玉孝廉自號『看夢生』。丙寅冬日，以紈扇屬書。爰作《如夢令》小詞二闋以應之。竹素園丁夢盡（？）受（？）語。

（該詞原無題，書於紙條之上，夾於第二頁。係史夢蘭手書。）

唐官屯守風（己卯）

蚤發釣臺下，時方夜向晨。日上未三竿，已到唐官屯。屯口人蟻聚，廛市臨河濱。停舟唤僮僕，入市求魚薪。魚薪供一飯，數盞成微醺。風姨忽作劇，撲面揚沙塵。欲發不得發，延至天黄昏。有舟對面來，帆駛如馬奔。彼順而此逆，未免生愁煩。順逆固有時，要當隨遇安。況我本閒遊，非同王事敦。程限既無迫，羈滯何足嗔。所惜無佳山，夾此兩河濆。若在山陰道，石尤亦可欣。

舟中遣悶（己卯）

嶙峋高岸矗圍屏，三面周遮望不明。惟有土牛排似鴈，送人直到小壺城。河堤土阜累累數百里不絶，蓋儲以備修堤之用者，俗呼『土牛』。小壺城，今德州治也。

（該詩題下有詩二首，刻本選録第一首，此爲第二首。）

鄭司直中丞端挽詩册爲方存之明府題（己卯）

前賢有懿行，表彰賴後賢。邑乘與國史，千載留遺編。如何鄭中丞，政學俱卓然。没後二百載，散滅同秋煙。斯固公不幸，要亦後人愆。今逢賢令尹，遺集重爲鐫。行事上之朝，從祀俎豆邊。遂令邦司直，名隨國僑肩。嗣又獲此册，其中疑有天。實至名必歸，始欝終必宣。勗哉後之人，無懼名不傳。中丞棗强人，著有《日知堂集》。

也可園夜坐（己卯）

園林夜氣清，四壁人聲靜。明月樹間流，滿堦横藻荇。

趵突泉（己卯）

有本方如是，是疑激使行。盍當地龜坼，翻作天瓢傾。時方大旱。濼水源可溯，濼水源於此。濟流伙不爭。名泉七十二，何者堪齊名。

歸途雜詠（己卯）

大明湖上幾徘徊，未遇剛風竟引回。底事岱宗慳一面，也如海上望蓬萊。
濟北津南一葦杭，尋春翻覺負春光。廿番花信途中過，一路風沙鎮日忙。
河流曲折似腸迴，風力還憑人力排。邪許一聲船掉尾，篙工齊喚大喝喝。大喝喝，舟子撐船口號也。
去舶來帆一水馳，茫茫陳迹費人疑。東光城外西光杳，那識南皮有北皮。
千里平蕪半未墢，炎天況復旱爞爞。何時雨應桑林禱，餅餌香來麥隴風。
歸心箭疾片帆遲，水落風高敗岸攲。一路絶無鮮可擊，故鄉魚蟹正肥時。

潭柘寺即岫雲寺也（庚辰）

古寺當山心，九峰扆而立。飛泉響琴筑，歷歷循階級。或云此龍潭，潭徙龍猶蟄。大青與小青，時出復時入。靈蹟無足憑，勝地實莫及。竹擁猗玕亭，松倚延清閣。蹕路所曾經，宸藻輝煜熠。會當濯塵纓，長此伴禪榻。安得華嚴師，重與説佛法。

次韻和梅小樹枉贈七律四首即題其《聞妙香館詩鈔》（癸未）

竹間褸起竹成林，繼美吟齋更苦吟。君先德樹君先生，號吟齋，著有《欲起竹間樓詩鈔》。入室儘多聞妙處，趨庭早望學詩心。一門風雅才華富，卌載暌違歲月深。兩地相思情似渴，望梅遥隔碧森森。

棲遲半世謝浮名，伐木忽來求友聲。問歲共驚成白首，駐顏何計飯青精。書辭薦剡塵情淡，治佐巖疆義膽傾。君歷佐畿輔牧令幕，時值賊氛甚惡，守城輯衆，俱有實惠在人。屢經保舉，辭不受。此後詩筒好頻寄，彦謙久慕玉溪生。

宛陵詩派舊名家，藝圃爭抽智慧芽。放眼江山欣得助，取材經史不嫌奢。閒中逸興同元亮，醉後狂歌愛薛華。一卷琳琅排細字，分明示我指南車。

沽上煙雲託數椽，羅浮夢隱賦遊仙。詩如白也原無敵，學似延之自有淵。好句真堪金擲地，凡材深愧管闚天。燕南月旦今何似，欲向盧王問後前。吟齋先生與慶雲崔念堂俱爲張船山高弟，船山稱之爲『燕南二俊』。

趙忠愍公遺像贊（甲申）

生爲循吏，死作忠臣。碧鷄金馬，維嶽降神。勝朝之季，運丁在申。李闖入宫，降者紛紛。誰歟志士，殺身成仁。我朝定鼎，首褒忠貞。考行定謚，大沛恩綸。范景文下，二十四人。時公事蹟，未及上聞。乾隆四載，積久始伸。謚曰忠愍，建祠都門。千秋俎豆，疊山與鄰。今觀遺像，豸冠嶙峋。凜凜生氣，萬祀常新。

雜詩

騏驥使捕鼠，不如百錢狸。干將使補履，不如兩錢錐。小知與大受，用云各有宜。才如龐士元，百里安足施。

巖墻高五丈，樓季難以升。泰山高萬仞，跛羊可以登。墻峭山陵夷，陵夷勢漸平。守身與立法，勿令有隙乘。

（《雜詩》刻本題爲《旒言》，以上二首未收録。）

見越南星使阮荷亭照像感賦

萬里神交久，如何一面慳。緣因文字結，情藉友朋扳。君介梅小樹交余。天與詩才健，人憐國步艱。聞君回國，未及境而殉難。今朝覿遺像，不覺淚潸潸。

和楊香吟見贈原韻

久與梅花共卜居，君與梅小樹詩翁居同里。琅玕結伴更何如。君著《碧琅玕館詩鈔》。杜陵憂國詩皆史，涿郡專城壁盡書。早播芳聲傳白下，定知新作突黃初。君詩集刻於杭，江南爲之紙貴。它年買櫂丁沽水，好詣楊雲問字廬。

（該詩題下有詩二首，刻本選録第一首，此爲第二首。）

讀倪雲臞近作賦此寄贈

詩名遠播海東頭，君著《退遂齋詩集》行世已久。今爲日本重刊，遠販來華，較原板尤精。價重鷄林又一游。游子代方伯守永平時，其詩已爲朝鮮使臣卞吉雲元圭序刊。江上人迎桃葉渡，君新賦悼亡，如君當自滬迎歸臺灣。番中詩補竹枝謳。臺灣番社風土多異，今生番歸化，見聞當益新奇。詩豪際此，能無記載題詠？亟先睹爲快。冰天躍馬情何壯，北遊時曾繪

《冰天躍馬圖》索余題。雪浪乘風志已酬。它日五噫翻舊局，孟光夫壻亦封侯。君悼亡詩有云：『他生不遇封侯壻，莫向人間作女郎。』又云：『糟糠一箇銷無福，敢望官封萬户侯。』君有『與孟光夫壻同名』印。

示曾長孫蟾桂

憶昔高堂五世同，欝葱佳氣望閭充。吾母八十正壽，因汝生，得以五世同堂邀旌。讀書宜奮三冬志，生物難憑一暴功。德食先疇皆祖廕，聖期養正在童蒙。咳名早寓循名意，記取蟾宫與桂宫。名乃高祖母所命。

曾長孫蟾桂以遊惰廢學者年餘矣。一日見余，請復讀書。余甚喜，遂自課之。或讀或作，頗能如程。甫月餘，間有作輟。余恐其新機漸失，故態復萌，因賦此以勗之。閲三日，伊竟舉一子，在余又五世同堂矣。迺召而諭之曰：『五世同堂之慶，我母子俱由汝致，汝之所関豈細哉？亞聖有云：「君子之澤，五世而斬。」吾家以耕讀起業，自高曾以至余，身享温飽之福者已五世矣。今自余以下又經五世，依然有田可畊，有書可讀，此境豈易得哉？余心喜，余滋懼矣。守身保家，讀書爲要。逸居無教，聖訓最嚴。世之膏粱子弟、紈絝兒郎，其材未必無成，而志趣偶歧，閑檢遂弛。棄書不讀，百弊叢生。往往避正直如仇讐，暱便辟如膠漆。弱者流爲蠢騃，任人愚弄而不知；强者恣其驕奢，怵以禍福而罔顧。隳業以此，亡軀亦以此。孟子所謂死於安樂者，皆此類也。《傳》云：「學，殖也。不學將落。」汝其戒之。』桂應曰：『唯唯。』爰次其語而書之，使懸諸壁以當座右之銘，並望諸孫曾交相儆惕焉。光緒戊子大雪後一日竹素園丁並識，時年七十有六。

舟行雜詩

稻塍井井麥連阡，合卜年年大有年。多少鄉民食舊德，可忘水利出鄉賢。勝芳一帶，水田布置有法，當是陳蘭雪先生遺業。蘭雪文安人，怡賢親王興水利時，先生之力爲多。

（《舟行雜詩》刻本題爲《東西淀舟行雜詠》，此一首未收録。）

東洋車

揭揭輕車滚麴塵，飛行直似火爲輪。滿街莫笑東洋狗，狗盜曾爲上國賓。市井輕薄輒呼駕東洋車者爲狗。

紫竹林觀機器

萬衆熙熙與鬼鄰，一時耳目盡翻新。機心機事真堪駭，我本忘機抱甕人。

與家君牧

《全史宫詞》之作，創自丙申，增於癸丑。本爲網羅故實起見，是以徵書數典，瑣碎零星，每有貪多務得之病。其中或用事未融、嫌於堆砌，出筆太易、近於滑俗者，多係丙申初稿。古人云『作詩容易改詩難』，誠甘苦之言也。曩有友朋索觀，率不克終卷，即偶終卷，亦多不置可否。今吾兄乃皆俯首降心，耐煩批閱，凡一音韻、一來歷、一敍次，靡不部居别白，條分而縷析之。雖當時虞仲翔校鄭康成經義共百六十處，無此精嚴。豈以弟真可教，而拙作尚可暫存世間，必欲其盡善而後已耶？既附華宗，兼獲畏友；臨風引睇，欣慰奚如！方今椒盤餞臘，柑酒迎春，賢使君金印銅符，已被黄紬封裹。想幕中筆墨，亦少閒矣。兹復將拙作古近體詩一册送上，以爲寒天下酒之物。倘賜覆閲，寵以丹黄，第其甲乙，則尤幸甚。

與家君牧

古今官名，沿革不一。即如太守、刺史、州牧之稱，或分或合，已難縷覼。昨讀祁季聞先生《初桃集》畢，偶跋數語，誤作州司馬之稱，殊爲不典。今仍擬改『刺史』二字，未知當否。昔范文正公以轉運使爲刺史，爲尹師魯所譏。今弟自行檢舉，或可援古人之例而得末減也。

顧亭林云：『漢刺史猶明之巡按御史，魏晉後刺史猶今之總督，隋以後刺史猶今之知府、知州。』今人多以知州稱刺史，雖失本意，然尚從衆可乎。

題《研餘詩草》後

君牧宗兄，績學士也。半生蹇滯名場，隱身幕府，而披吟至老不輟。所著《研餘詩草》，瓣香唐人，七言似中晚，五言似初盛。而擬古、雜感諸作，名言絡繹，直可作箴銘讀。徒云追步嗣宗、希蹤伯玉，猶皮相也。可傳無疑。蘭嘗欲合古今同姓之詩，都爲一集，得兄詩可稱後勁。但艱於搜采，不知此志能成否。姑識此以當息壤。

梁某詩序

昔人謂文章之事，不特藉江山之助，尤賴一時人物以玉成之。余謂惟詩亦然。如唐宋元明諸大家，所造蹊徑不一，然類皆讀萬卷書，行萬里路，所與交遊唱和者多一時名流賢俊。故其詩自工，而詩之傳也亦遠且久。吾輩僻處窮鄉，所見不過數百里之間，所與遊者不過其鄰里鄉黨之人，而輒思仰屋梁以著書，與古人爭身後名，豈不難哉！然詩言志者也，人各有志，即人各有詩。余素不解聲律，而蛩吟蟬噪，或有時而不能自已。此亦天籟之隨觸而發，是以屢欲焚棄筆硯而未忍也。今讀某之詩而有感矣。先生爲灤州名諸生，善讀書，尤好吟詠。所作古近體，不必規撫前人，而興會所至，往往奪前代詩人之席。囊使得如唐宋元明諸大家行天下，周覽四海名山大川，與一時名流賢俊相質證，則詩之所造當不止此。而乃以青衿落莫，徒與吾輩作候蟲之吟，良可惋惜。今先生問序於余，余遽以此質之先生，不知以爲何如也。

（底稿題目及文中原均有序主姓字，後史夢蘭本人將其塗掉，代以『某』。）

與王柱波

前承囑爲某作詩序，弟文章譾陋，何足爲某重？今既不獲辭，勉强報命，然尤未免借他人酒杯，澆自己磊塊耳。知我者諒不罪我也。

（此文中『某』字亦由塗抹詩作者姓字而來。王柱波，名安藩。青年時期與史夢蘭爲課友，戊子科房薦。）

跋祁季聞刺史《初桄集》後

咸豐甲寅夏杪，祁季聞先生以刺史權樂篆。甫下車，即以清積蠹、得奸宄爲務，德威並立，境内肅然。蘭嗣以公事往謁，公出所著《言帚齋詞》見示。蘭受而讀之，見其雍容和雅，温厚纏緜，機杼因心，不沿《草堂》餘習，爲之叫絶。今復讀其《初桄集》，古今體中間列小令數首，體制與前殊，而所謂雍容和雅、温厚纏緜者，實出一軌。公山右巨族，賦性恬淡，雖起家貴遊，絶不以豪侈相眩競。

薄書之暇，惟與二三友朋討論書史。及拈毫抽思，悉本性情出之。夫聲詩之道與政通，觀公之詩詞，知公之吏治所由來矣。或謂公作自佳，疑深於詩者詞多倔强，工於詞者詩易纖仄。蘭謂不然。坡仙詩之大家也，而詞未嘗不清妍；白石詞之大家也，而詩未嘗不超妙。蓋才短者不能攻一家，才長者自能兼衆體。倘中無所得，徒規規於句調之間，縱使彷彿三唐、刻畫兩宋，亦如虎賁貌中郎，了無生氣。語云『自是君身有仙骨，世人那得知其故』，公之謂也。世有明眼人，當不河漢斯言。

張雪樵《詩話類編》序

詩皆話也。詩話則尤話其所以爲話也。詩不精不足以言志，話不精何足以言詩？故惟深於詩者能話，亦惟深於詩者能知其所以話。唐宋而降，詩話之編夥矣。然尚格調者文而僞，主性靈者和而流；悉有求其話之無弊而可奉爲作詩圭臬者蓋寡。張子景君，余門下士也。性耽吟詠，五七言古今諸體，悉有法度可觀。一日出其尊人雪樵先生所輯《詩話類編》，問序於余。余受而讀之，見其搜羅宏富，扶擇精詳，格調、性靈，不拘執一説。誠所謂話之無弊而可奉爲作詩圭臬者。然則景君之能詩，其淵源有自來矣。雖然，類之義有二，曰從類，曰充類。斯編之别部分門，從類也。若夫觸類引伸，充之以至於盡，則詩之可以話傳者以話話之，詩之不可以話傳者，又當於話外髣髴遇之。昔黄山谷學書，觀長年盪槳、群丁撥櫂而得筆法。王履工繪事，遊華山，見奇秀天成，因屏去畫家舊習。詩之爲道，何獨不然？景君於此，苟引而伸之，觸類而長之，將見得意忘言、得意忘象，彼所話皆筌蹄矣。斯則古人論詩之旨，亦即先生輯詩話之志也夫。

重修東嶽廟疏

五嶽各望於其方，而東嶽之祠獨徧天下，非以其主人壽命、録人善惡有不爽者哉？竊惟人生不過百年，不及生前做些善事，而攜錢囊如璽，至一身將不去，惟有孽隨身，晚矣。考本朝祀典，雖不侈云亭封禪之文，而每歲萬壽聖節，遣官致祭於朝陽門之嶽廟。蓋其神坐鎮一方，而巖巖具瞻，明昭肹蠁，有無往弗格者。則嶽廟之建，不綦重耶？倴之艮方有廟三楹，中爲帝座，十王鷺序焉。左則子孫聖母，東方主生，主生之母，於乞子爲宜。右則眼光聖母。夫雞鳴日觀，朝旭曈曈，而人致目疾，或成矇瞽。其生也，與日在地獄奚以異？崇而祀之，當必有澄潭慧水遍灑人間者。邇來祠宇傾圮，不得不廣求布施，擬欲重新修葺。有肯於生前做些善事者，此固爲現在功德也。

重修文昌廟疏

文昌，孔子之前身也；孔子，文昌之後身也。奉文帝者，其即孔子之徒哉？夫世人藉神庇佑，大都疾病顛連耳。帝則兼予人以聰明，授人以文章，榮人以禄籍。況飛鸞行化，神遊宇内，其感應尤爲昭昭者耶。倴之有帝祠也，左配以武穆，右配以椒山。武穆之言曰『文不愛錢』，椒山之言曰『第一功名不愛錢』。故凡讀書取科第之人，宜以忠孝自命，而必先觀其恡於財與不恡於財。使修葺帝祠而不恡於財，帝必以生花之管贈之矣。

重修北極真君廟碑

元武，北方之宿也。宋祥符間避諱，改『元』爲『真』，故又名真武。《宋史紀事本末》：大中祥符五年，帝夢神人傳玉皇之命云：『先令汝祖趙玄朗授汝天書。』於是詔天下避聖祖諱，『玄』爲『元』，『朗』爲『明』。尋以玄、元聲相近，改『元』爲『真』，『玄武』爲『真武』。真武之象爲龜蛇，與朱雀、青龍、白虎各神於一方，而其靈應爲尤顯。北方主水，其色黑，是以神之塑像也，披髮黑衣，仗劍踏龜蛇，從者執黑旌焉。昔漢之北時立黑帝祠，殆即是歟？考本朝祀典，群祀之首爲北極佑聖真君，每歲萬壽聖節，遣官致祭於地安門外顯佑宮。豈非以神配分翼軫，坐鎮坎宮，駕風鞭霆，摩斥六合，其威靈烜爚，視諸方之神爲獨重耶？吾邑石碑莊舊有真君廟三楹，創建於故明正德八年，其後萬曆及本朝乾隆、嘉慶年間遞有修葺，香火甚盛。樂邑南東皆瀕海，灤、清二水又縈繞其間，而年穀順成，風濤無警。固國家之福，亦神明之所默佑也。其廟歲久傾圮，鄉耆某君週覽遺墟，慨然以修舉自任。於是捐貲募化，鳩工庀材，數閱月而工告成。伊來問記於余，余嘉諸君之善答神貺，即以卜神之保障茲土，流澤將益無窮也。爰序其顛末，以告後之董斯役者。若夫真君靈跡，雜見於道書稗史，其文不雅訓，薦紳先生難言之，姑存而不論。按，真武之神本北方元武七宿，《春秋文耀鈎》所謂『北宮黑帝，其精玄武』者是也。漢興二年，立黑帝祠，以從白、青、黃、赤之後，命曰北時，殆亦近於《周禮·小宗伯》『兆五帝於四郊』之義。而《圖志》乃謂神爲静樂王太子，承帝命，被髮跣足，建皂纛元旌，攝元武之位。又言與六天魔王戰于洞陰之野，王以坎、離二炁化爲龜蛇，神力攝諸跐足之下。此道家不經之説。宋靖康初遂加號爲佑聖助順靈應真君，使天神地祇人鬼之分淆焉莫辨，不其盩與？

重修二郎關帝廟碑

《祭法》云：『聖王之制，祭祀也。法施於民則祀之，以死勤事則祀之，以勞定國則祀之，能禦大菑則祀之，能捍大患則祀之。』凡此，皆有功烈於民者也。非此族也，不在祀典。石碑莊舊有古廟三楹，左祀灌口二郎，右祀關聖帝君。按，二神皆蜀將也。灌口神在秦時守蜀，其地有龍爲孽，神鎖之離堆之下。蜀人德之，祠事甚謹，歲時享獻及因事有祈者，用羊至四萬餘口。二郎之爲神，亦顯赫矣。迄今廟食依然，而香火之盛則有遠不逮關帝者。關帝在蜀漢及唐未聞有禋祀，至宋時始封爲公。由是而王而帝，歷代褒崇有加無已。今且南極嶺表，北極塞垣，凡兒童婦女，靡有不震其威靈者。豈鬼神之衰旺，亦有運數耶？抑威靈之及遠及近，由功德之厚薄所致耶？要其生爲名人，没爲明神，雖神之顯晦不同，而其有功烈於民則一也。此二郎神之所以與關帝並祀歟？廟之舊碑無可考，兹因廟貌重新，聊申言之以爲之記。

爲葛錫永跋畫册

昔范寬作山水，得荆浩、關仝之妙，山頂好作密林，水際多寫巨石。既而嘆曰：『師人曷如師造化？』乃徧遊太華、終南諸山，再涉大江，登匡廬。遇得意處，狂呼大叫，濡墨揮灑，自入神境。所謂盤礴解衣、意在筆先者，非耶？余於壬戌之秋搆别業於昌黎北山，每當新雨初晴，林巒如沐，攜枯藤一枝，登高望遠。見平地樹如薺，城郭如町畦。東南海岸，沙岡如龍，蜿蜒無際。風帆沙鳥，時隱現於天光云影間。未嘗不思調鉛潑緑，託之毫素。惜無化工之筆，故不得不以此天然圖畫付之造化耳。今見此册，皴染濃澹，不執一格。而雨雪陰晴，曲盡四時之態。吾不知其師人師造化，但覺平日所欲寫而未能者，一一呈露筆楮間。因聊附數語，以識欣賞。質之錫永，以爲何如？

太學生厚莽王公墓志銘

余髫齡至倴城外家，即聞同里王公，聚散千金，有鴟夷子之風。今公怛化已七年矣，其喆嗣卓然以行狀屬余母舅王同甫先生，索蘭志其墓。蘭伏思公居積致富，而其子若孫貢成均、列膠庠者踵相接。雖門風之盛，天實相之，然要其經德秉哲，層累以積之者，必非無自。因謹按其狀以聲於幽宫曰：公諱淳，字厚莽，世居灤州之倴城鎮，性忼爽多智。少以貧，棄儒而賈。所至嘗三倍其利，以故數年累巨萬。或叩其術，公曰：『賈之待乏也，夏則資皮，冬則資絺，旱則資舟，水則資車。夫人而知之，而其神而明之，則存乎其人。膠柱鼓瑟，刻舟求劍，無當也。』公同母三人，公居次，出嗣堂叔某某公。公與其本生胞兄憲臣、從弟練齋友于誼最篤，同爨四十餘年，甘苦相共，始終無間言。素尤好施。嘉慶十七年，境内大饑，道殣相望。公發願施粥，全活甚衆。至今子孫猶奉行勿替，公志也。時近村有張姓者，貧不能給，將鬻其婦以各求生活，且以償負。公聞之，出貲代償，並收養其夫婦數年。厥後張氏得小裕，子女成行，人皆稱爲公賜。則身受其惠者，感可知矣。嗚呼！天下善積聚者比比也，而能散之者卒鮮。公籌畫經營，平生無折閲，能聚財矣；而衈族黨、賑貧乏，又能用財而不爲財所用。其質性當有大過人者，豈尋常餘力讓財所得擬哉？公以某年月日生，以某年月日卒，壽八十二歲，葬於鎮南之新阡。配王氏，繼配劉氏、穆氏、杜氏。子一，作賓，字卓然，太學生，劉氏出。女一，適某氏，穆出。孫五，長孫朝元，字伯符，庠生。銘曰：富於財兼富於仁，財不傷廉，仁非市恩。吁如公者，洵不媿字之曰厚，名之曰淳。

重修觀音菴碑記

釋教之有佛菩薩，猶儒教之有聖賢。聖賢以仁愛爲心，佛菩薩以慈悲爲本。昔聞維摩會上，三十二菩薩各説不二法門。又聞觀世音身成三十二應，入諸國土，化一切衆生。是有菩薩而佛道始明，有觀音而菩薩之神力益廣也。經言觀音大士勇猛丈夫，而世之塑畫者多作婦人像，蓋因魚籃變相而然。

總之，佛法無方，故佛像無定。觀音既能現衆身爲人説法，將飛走諸相無不可現，又奚論男身女身哉？晉劉度所居聊城千餘家，並奉大法。值木末欲屠其城，忽見物從空下，繞屋盡《觀世音經》，於是一城免害。宋時倭使入貢，船泊補陀洋，欲載觀音像入其國。臨行，風浪大作，滿洋開鉄蓮華，船不能前。觀音靈異，見於傳記者，如此甚多。今自海氛不靖，各直省盜賊蠭起，所過村邑爲墟，佛寺亦多成灰燼。世稱觀音隨緣度生，無刹不現，豈其忍遺未度之生、猶有不現之刹耶？抑以淨緣感淨土，衆生心不淨，雖白衣瓔珞下蓮臺、伸金色臂以援之，亦不能變火宅爲清涼山、出苦海爲極樂國耶？不然，何佛法靈於古而不靈於今耶？營壕莊舊有觀音廟一座，其初創自楊氏，歲久傾圮。莊之善士某某葺而新之。或謂吾人冠儒冠、服儒服，而獨斤斤焉於佛刹廢興之是務，毋乃傎乎？豈知儒、釋之教雖殊，而其利益於人則一。雖不能必使鉄蓮華之常生洋面，用界華彝，《觀音經》之遍護民廬，無驚兵燹，但以是鄉僻處海隅，數百年不見干戈，未始非神庥是賴。果爾，則是菴重修之舉，正不可緩，非僅神道設教，藉以禳水旱、祈雨暘而已。是爲記。

固安知縣東川蔡公傳

公諱懋昂，字浩然，號東川，浙東之松陽人。性倜儻，負奇氣，遇事敢爲，於友于誼尤篤。幼孤，撫育於諸兄。比冠，伯兄議析産，止給米四十八石，屋三間。受之怡然，終身不與較。道光年，援例以府經歷需次於畿輔，歷任大名、承德、河間三府經歷，兼署承德教授。潔己奉公，不激不隨，郡太守恒倚爲重。嗣遞權縣篆，歷大名、東明、清河、灤平、建昌、河間、任邱、阜城等縣。時居官者，多視官如傳舍，而權攝尤甚。有問以民生利弊、公事緩急者，輒曰：『吾位非即真，何暇及此？』大吏之檄委也，亦惟量缺之肥瘠爲調劑而已。習俗相沿，若爲固然。公所至，實心任事，絕不以官之大小、任之久暫爲意。其在灤平也，適值歲凶，民多失所。公捐廉賑饑，民困以蘇。灤平爲口北孔道，而萬山蔟沓，行旅苦之。公募工開鑿，遂成康莊，至今人稱便焉。在任邱時，前令以虧帑被議，幾鐫級。公代爲之償，無德色。前任欲分俸報之，不受。阜城有民欠正賦金三千餘金，公履任，變産代完，又代前任解馬價三百餘金。大吏嘉之，以辦事認真、民情樂附書上考，保薦，遂陞授固安縣知縣。年六十一卒於官，未盡其用，民多惜之。公家不素封，而性好施。在官二十年，不蓄一錢，而耗於家者約萬餘金，家以是中落。子二，長志俊，候選布政司理問，以帶勇克復本郡城功，加五品銜。次志修，現任樂亭縣知縣，慈惠廉明，有古循吏風，人謂世濟其美云。

告原聘長孫婦周氏墓文

嗚呼爾命，竟盡於斯！紅顔不壽，振古如茲。昔締姻盟，爾方周歲。松附蔦蘿，年齊户對。爾父爾母，寶如掌珠，爾兄爾弟，聯如鄂柎。爾心塞淵，爾性明慧。德言貌工，閨中稱最。丁卯正月，節近元宵。于歸有日，喜賦桃夭。昊天不傭，忽罹大故。路阻銀河，佳期遂悮。大來小往，否泰循環。僂指朞月，吉日重蠲。前期既愆，改旦方穀。年甫及笄，胡爲不禄。死生有命，禍福無常。仰天欲問，徒見蒼蒼。生而有家，女子所願。花落春前，東風抱恨。今朝秦晉，又結華宗。門迎百兩，樂以鼓鐘。爾志雖賚，爾身有代。枯菀何嫌，況云姊妹。伊子汝子，伊孫汝孫。花則異柎，水則同源。地下有知，尚安茲土。骨得所歸，魂應無苦。曹瞞父子，實倡冥婚。桃僵李代，有悖禮文。今日之事，共驚創舉。天理人情，要皆無忤。靈輀戾止，侑此一樽。明以告語，聞乎不聞。尚饗！

重修十八郎君廟記

吾鄉素不崇淫祀。其廟宇之建，間有不在祀典者，惟佛刹及二郎、三官等神而已，它廖廖焉。去歲續修縣志，於『建置』一門附載寺觀。訪有郎君廟二，一在獨幽城西，一在縣西南大尖坨。尖坨之有郎君廟，不知創自何時。考之舊碑，一修於雍正八年，再修於嘉慶廿二年，迄今又逾五十寒暑矣。鄉耆某君憫其頹圮，鳩工重葺。事蕆，問序於余。余按郎君之稱，原出漢任子。自漢以後，凡身事其父者，皆呼其子爲郎君，而郎君遂爲貴介及裙屐少年之美稱。唐稱新進士爲郎君，並有加之帝王大臣者，如李輔國呼代宗爲郎君，李義山呼令狐楚爲郎君是也。今神稱郎君，世代、鄉貫、姓名、封爵俱無考，而僅以『十八』稱，豈其行第然耶？神之配食，有女像。舊碑謂神夫婦和諧，子孫衆多，求子息者莫不焚香頂禮。由此觀之，蓋亦世俗祀文王爲百子王之意也。其人雖無徵於載籍，其神則有益於民生。豈得以其本末失考，遂斥之爲淫祀哉？鄰邑昌黎東門外，有拽梯郎君祠，顧亭林曾記之。蓋以其有全城功，死而不得其名，故即以其事名之，而呼爲郎君。此之郎君，倘亦類是。或曰神旁初無女像，嗣因見夢於其村人，某日當娶某氏女爲婦，而其女果於是日亡，故其後增塑女像以配之。果爾，則與河伯娶婦無以異。聰明正直之神，不幾等於淫昏之鬼乎？是直以敬神者誣神矣。誠荒誕不足道。

畢師母張太孺人八袠壽序

畢母張太孺人，吾師雪莊先生之德配也。先生性聰敏，博聞强識，讀書過目不忘，尤長於詩歌。爲諸生，試輒冠軍。所歷諸學使，咸器重之。後雖屢躓秋闈，而文譽日顯，海内操觚家無不知先生名者。先生酒户甚大，晚以偃蹇名場，其骯髒不平之氣，抑鬱無聊之懷，一皆發之於詩，而泄之以酒。以是遇益屯，詩愈工，而飲亦愈豪。醉後幕天席地，輒作劉伯倫荷鍤想。余昔壽先生以詩，有句云『好酒但憑澆壘塊，著書不盡爲窮愁』，蓋實録也。先生性脱略，不善治生人産。又以舌耕，恒館穀於外。楮柱門户之事，惟孺人是賴。孺人生丈夫子三，以婉娩爲義方，練裙椎髻，率諸婦躬親操作。諸子亦能曲體親心，克勤克儉，家計遂日以饒，居宅亦日以廣。先生晚歲里居，與孺人白首相莊，得以怡情詩酒，無内顧憂者，大抵孺人之力爲多。今歲文孫恒貞遊泮宫，適值孺人八十設帨之辰，喆嗣德官世兄爲堂上稱觴介壽，乞余一言以施於屏幛間。余自未冠從先生遊，以歲時下後堂之拜者屢矣，凡孺人之在室爲淑女，于歸爲佳婦，教子成立爲賢母，耳而目之者最悉。則知孺人之深，固無有先於余者。用敢卻華辭，謝浮藻，綜核吾師之生平梗概，及孺人之所以佐理家政、教子育孫者，臚列於篇，以侑一觴焉。恒貞方發軔膠庠，以文章繩其祖武，吾見從此勵志青雲，鵬程遠大。以充閭之慶，大暢其含飴之歡，使吾師懷瑾握瑜，雖屈於其身，而終得伸於其子孫。是則孺人期望之心，亦即余今日頌禱之志也夫。

辭蔡邑侯薦舉德學科啓

爲謬膺薦舉據實陳情懇乞代辭以免徵召。竊以夾袋多材，宰相既探囊而取；車弓示寵，牧令亦推轂而前。盛哉選舉，自古爲昭；藐矣人才，於今尤少。不謂暗中之摸索，忽承送上之吹噓。知己則深，撫衷滋愧。如某者性資淺窳，學術迂疎。悠悠閱世，到處如枘鑿然；矻矻窮年，所得惟糟粕爾。初以帖括之末藝，偶溷賢書；繼緣鈔録之微勞，待銓史館。强而未仕，節録録其無奇；老更何爲，髮種種有如此。恭惟父台大人作宰武城，留心文苑，因取士而廣求月旦，遂彰善以大樹風聲。夫忠信不遺乎十室，豈謂秦無；乃旁求方限以三科，竟從隗始。既寵以名教完人之譽，復加以士林通品之稱。寶珎康瓠，適用伊何；刻畫無鹽，過情已甚。雖有絲麻而無棄菅蒯，固徵翕受之宏；然需昌陽而誤進豨苓，恐貽知人之累。茲遇宮太保爵相大人，振興士氣，激勵頽風，既蒙開館以翹材，自當扣轅而請訓。猥以北堂萱老，侍養需人，遂令東閣梅開，趨蹌無分。蓋幼失椿陰，長無棣萼；昔孤兒止黃口，今孀母已白頭。毛生捧檄，既無當於慈懷；令伯陳情，惟願守其素志。使行役勞門閭之望，殊負烏私；念文章無炳蔚之觀，非矜豹隱。用恃夙愛，懇爲代辭。不勝瞻依悚懼之至。

張雪樵明經墓表

君姓張氏，名九鼎，字象之，雪樵其號也，樂亭人。父晴溪公夢得鼎而生，故名。少負奇氣，伉爽急然諾，輕財好義，不問生産。爲文下筆千言，瓌瑋連犿，塾師不能乙。尤喜爲詩。同邑楊霽溪孝廉恃才傲物，聞而哂曰：『吾醬瓿不患無覆者！』及見其所作，乃大服。弱冠補郡庠，屢試高等，食廩餼，迺試京兆輒報罷。以是遇益窮，學益苦，而詩亦愈工。天津梅公成棟，素以詩名者也。司訓永平，一見引爲忘年交，且延譽於朱小雲太守，太守奇賞之。嘗隻身遊遼瀋，往返數千里，所至有詩。朝鮮貢使張德基於驛館見其詩，大喜，寄之書曰：『詩自三百篇後，浮華日出，風雅道墜久矣。今讀大集，激越多諷，可以復古。當攜至我國，使知中華有真詩人也。』所著有《雜文》一卷、《詞鈔》一卷、《詩話類編》四十八卷藏於家，惟《得未曾有齋詩鈔》行世。初詩之梓行也，有與之隙者，摘其新樂府數首，指爲譏時謗官，訟之郡。郡守判云：『詩有關政教，臨民者正宜三復其言。何罪爲？』重斥訟者，更索其全稿讀之。先生因自作《責詩》詩，以解嘲焉。晚棄儒生服，布衣草屨，溷跡於園圃間。然亦間與豪俠遊，擊鮮浮白，慷慨激昂，往往露精悍之色。平居排難解紛，鄉里有不平事，每代爲平之。所居濱清河，發漲害稼，鄰邨數十里内多苦之。君廢地築隄，工興，荷鍤來助者千餘人。先生雜稠人中，奔走指揮；足重趼，不爲息。衆踊躍，曰：『事非自爲而不憚勞如是，吾儕敢不盡力？』有不識者，則指而旁顧曰：『頎而髯者是耶？』蓋三日而工畢，至今賴之。卒年六十二，以某年某月葬於某原。配某氏。子三人，曰山、田、庚，皆諸生。山尤能承其家學，有《退學齋詩文集》行世。一日，以君行狀謁文於余。余特爲節其大略，俾表於隧道，庶幾尚論者有以窺先生之學行云。

高烈婦傳

婦氏王，樂亭高錫華妻，嫁未數年而夫没。其夫屬纊之時，婦命人於母家取其所寄衣飾。時方悤迫，未遽應。婦趣之，且顧其姒曰：『無已飲酖矣。』姒聞之大驚，相持慟哭。家人環集，亟覓藥令解。婦謝曰：『吾甘與同死，非關勢逼。若强之使解，就我適害我也。我無子女累，老母在堂，有兄嫂侍養，吾目瞑矣。』須臾氣絶。

與邑侯蔡公少川

客冬趨赴省垣，備承照拂。抵里後即擬修函致謝，因未逢妥便，至今闕如，歉甚。時當歲序更新，想有腳陽春，更當代東皇布令，不勝翹企。去歲在省駐八日，在安肅駐半日，在京駐二日，於子月廿八日抵里，一路平善。家中尊幼，叨庇粗安，差堪告慰。謁見中堂之時，甚承優待。初與李佛笙相見，即有『我每天天盼，中堂亦天天盼』等語。中堂見時，首言可招之致。初談書籍，次問地方利病，又次詢父台官聲。云：『蔡令在樂亭何如？』蘭對云：『辦事謹慎，在賭博、盜賊上著意。』中堂頗爲首肯。閱日見面，又問。窺其意旨，於父台甚加器重。不次之擢，當在指顧間矣。回樂之説，曾出佛笙口，中堂卻未明言。時樂之士民，亦無不望之回任者。似此令名，甚爲難得。昔鄭子産謂范宣子曰：『非無賄之患，而無令名之患。』以父台之才之守，從此益豎起脊骨，立定腳跟，凡事當爲即爲，不當爲即不爲，雖漢之循良，何難媲美？一切細人姑息之言，諒不至熒其聰聽也。督署幕府中人，如粤東陳荔秋蘭彬，四川蕭廉甫世本，安徽吴摯甫汝綸、薛叔耘福成，皆先後就見。荔秋尤留之懇懇。桐城方存之宗誠，即中堂奏調來直整頓吏治者，徒步過訪多次；贈書九種，皆其師友所著，屬蘭作序，並索拙著甚殷。此人古貌古心，可稱今之古人。高陽李坦園相國《文遠堂集》，不知尚可尋覓否，希留意。

（此文中『文遠堂』當爲『心遠堂』之誤。）

與吴摯甫

所屬雙壽祝詞，勉强應命。將來壽筵獻頌，百幅琳琅，恐草野無文，不足厠諸名作之後。惟敷陳俱照事實，不敢泛作揄揚，或可藉侑一觴耳。

上直隸制軍湘鄉侯相

去冬晉謁崇墀，備承優禮。垂問殷拳，並荷壽額、書籍之賜。永篆寸丹，莫宣尺素。敬維宮太保中堂侯爺，河山列爵，鐘鼎銘勳。型垂百辟，伊周傾中外之心；威震六軍，韓范落羌夷之膽。臨風翹首，額頌彌殷。前由李守送上樂亭志稿數本，敬呈鈞政，並求弁言。如蒙賜教，希即發還，以便改補。外有古近體詩二册、試律二册、制義一册，曩爲李守索觀，及臨行討取，云亦送呈上覽，不知已邀青睞否，並希擲付。時永郡雨雪俱未霑足，麥秋大約無望。諸色糧價日見昂貴，以去年關外歉收，海上無糧船故也。惟禾苗出齊，秋成有望；地方安靜，桴鼓不驚，可以上慰憲懷耳。

與倪宜之

昨成之兄到舍，以先世遺書二種屬爲校栞。《孝經勘誤辨説》首尾完具，體例分明，自是當年定本。至語録、詩文一册，序次淩雜，無體例可循，意爲當時讀書有得，因事感發，隨手筆録，未及删定之書也。中有可省者，有宜釐正者。若使自經删定，必不如此。《洪範占法》，觀圖後之説，似亦前有所因，非其創造。但占法未備，後人無從入手，或係未成之書。《律吕大略》全是鈔撮舊文，删繁就簡，以備遺忘以示初學者，非自著之書，別有發明。此二種與《讀書日程》及論文論詩數則，似可不刻。其餘略加序次，另紙呈閱。愚學識淺陋，何足仰測高深？惟以既承校栞之命，用敢少獻芻蕘，不知有當否？足下素日潛心古學，持論綦嚴，凡事不肯苟同，務希與成之兄詳爲定之。

又

《孝經》舊有今文、古文二本。今文稱鄭康成註，而《鄭志》不載其名。古文稱孔安国註，而《隋志》已言其僞。唐以明皇御註用今文，遵制者從鄭。宋以朱子《刊誤》用古文，講學者又轉而從孔。要其文句小異，義理不殊。後儒互相辨駁，致滋水火，皆未免賢者之過，宋儒黄東發論之詳矣。國初毛大可有《孝經問》一卷，皆駁詰《孝經刊誤》及吴艸廬《孝經定本》二書，設爲門人張燧問而奇齡答。凡十條，負氣叫囂，似非儒者氣象。而意主謹守舊文，不欲啟變亂古經之習，其持論不得不謂之正也。《辨説》不詬厲朱子，而謂爲他人假託，其論視大可爲平。朱子平生著作最多，每有非出一手者。如《通鑑綱目》，書法森嚴，筆與《麟經》並重，而其書實非自作。蓋其體例爲晦翁所定，書則成於門人趙師淵之手。《綱目》如是，它可知矣。

復游太守

前承手諭，適接大小兒凶問，忽忽未及裁復，歉甚。所屬敬勝書院太公廟碑記，題目甚大，文宜副之。蘭才非皇甫持正，似不如晉公自撰之爲愈也。

與蔡邑侯

日前拜謁，知貴體違和，今當勿藥有喜矣，念念。小圃藤花遲台駕久矣，連朝風日清和，花苞漸拆，紫穗纍垂，正好以飛觴賞之。擬於某日敬備小酌，希即便服輕騎，來與花神踐約，何如？至賜賀一節，既不敢當，亦似不必拘此套禮也。

復任、恩二觀察

承屬以拙輯《樂亭志稿》呈政中堂，用備採擇。謹交縣署送上，務乞從實指疵，俾得持衷，並希代求中堂筆削，賜一弁言以爲冠冕。此書照舊志少加增删，繁簡殊多未當。其『户口』一門，尚闕而待補。緣此乃私家撰述，非官爲開局、備有經費；所增人物事蹟，惟二三同志助之採訪而已。曩歲湘鄉相國索觀，許爲製序。嗣因病目告假，數月未痊；旋值津門事起，力疾趨公；繼遂移節兩江，故爾未果。今伯相開局畿疆，與侯相後先接踵，洵稱一時韓范。如使敝邑志乘未得邀序於前，猶得邀序於後，不獨蘭仰藉餘光，稍增聲價，而此書亦或足以徵信於將來也。中堂情殷下問，不棄寒微，諒不責其愚妄耳。

復王砥山

向禽之約已定，不勝欣慰。明年三月二十日爲先慈小祥之期，過此二日，即可啓行。兩兒中擬携一人隨侍，以仲往則持家無人，以季往則鄉試在邇。且五月後天氣暑熱，在外亦有不宜，故止以三月爲期。至道路之間或有可以盤桓之處，行住久速，自當隨地制宜，不容設成心於其間也。從者擬用二人。遊侶實不能多結，不同趣者不可，同趣而無閒身者不能。同趣而有閒身，或行李無資、嗜好太雜者，亦有不便。李蔭香應傅星翁之招，將赴濟南，泰山或可同登。南遊須得另謀。如此遠行，足下亦宜帶一親隨爲便。

復游太守屬代撰《臨榆縣志序》書

《臨榆縣志》大段皆出士紳之手，秉筆之人殊屬掠美。觀其所撰凡例，已足見其底藴。使不求公祖作序，原可不問。今既爲之作序，實有不能已於言者。彼謂志乘爲立教之書，必須智愚皆可披讀，無庸典贍；於諸家採訪尚詞藻者，皆易以明顯易解字樣。不知所易何苦！至『駁辨謁』一條，謂書多不能偏讀，非聖孰能無過，我辨舊志，焉知人不辨新志？信如斯言，多言易失，誠不如承謁襲謬，以墨墨自藏其拙爲得計。然又謂杜元凱黨於左氏，毛西河力排程朱。非惟厚誣武庫，亦且取笑西河。西河立説，好駁朱傳者有之，何嘗與二程爲難？此等繆悠之論，不過爲掩其固陋起見，而不知其欲蓋彌彰也。若使郭解諸君操筆，當不至此。不知諸君見之，以爲何如。

書院條規

◎書院爲師生肆業而設。無論上憲過境、新官蒞任，概不得借作公館，以杜拉雜摧殘之漸。

◎禮聘山長，必須邑令與紳士秉公商議，擇外州縣或外省品端學優，物望所歸，兼能勤於教誨之舉人進士，由邑令出名邀請。邑令不得自延交好之人。即有中外顯官薦牘，苟非其人，不得徇情延聘。

◎署中幕友、本邑紳衿，即品學兼修，亦不得擅居此席，致滋物議。歷來書院廢弛，多由未聘名師。或常不到院，祇領乾俸；或借住衙署，幫辦公務，偶爾院課，一暴十寒，於文教有何裨益？本書院創建之始，聘請名師，必須嚴立學規，永遠住院，時時與諸生講質。庶文風蒸蒸日上矣。

◎兩學儒師監院，每季各送銀四兩，折東錢四十千。

◎山長束脩，每月銀二十兩，每年應按十個月核計。往來盤費銀二十兩。俱由監院支送。嗣後延請山長，無論道途遠近、回里與否，往來盤費以二十金爲準。

◎院内設齋長一名。宜於諸生中擇其年長而公正曉事者，由衆紳及生童公同保舉。酌給薪火，常住院中。凡收發生息銀兩，及院内房屋、器具、書籍，與夫院役之勤惰、一切零雜事務，均同監院管理，以便彼此互相稽察，使無疏漏。

◎每年分春、秋二季甄别，録取者與課，見遺者俟下季甄别再與。生員超等三名，特等五名，一等十二名，備取十名，共三十名。童生上取五名，中取八名，下取十七名，備取二十名，共五十名。以連課三次優劣爲升降，間取等次不論。備取升一等，一等升特等，特等升超等，降亦如之。童生倣此。一年甄别兩次，將以半年各分乎？則六月正當大暑，道路難行。再者一年重行甄别，上半甄録者，或平時文字可取，一天失手，將棄之乎？抑不論此日之文乎？若多次信之，一朝棄之，殊爲可惜。若不論文，何以服佳文之口？文有一日之長，二次甄别，不必此日不勝也。若隔一年，則各無欣怨。此條似覺有碍，未知是否。

◎每月官課、齋課各一次。初二日官課，十六日齋課，定爲準期。至日諸生童赴院，應名領卷，扃門考試。一文一詩，由書院禮房備卷。此外另添小課，或文或賦，或經解策論，則官與山長分課，隨便命題，以初七、二十三爲期。初七日題，於官課日領；廿三日題，於齋課日領。令其回館去作，至日交卷。卷皆自備，用紅格或白紙裝訂成帙，卷面填寫生童姓名。交卷不得過遲，若初七小課逾十六日齋課、二十三小課逾下月初二官課之期始交卷者，概置不閲。

◎官課由縣令點名，出題畢，回署。監院駐視終日，諸生交卷迄，由監院封固鈐押，移送縣署。榜由縣發。齋課由山長出題。文卷批閲后，移送監院，即由監院印榜發貼。

◎小課録取生童名次，標於卷面，惟將前列榜示講堂。生員頭名奬錢五千，童生三千。

◎每月膏火，生員超等東錢十千，特等八千，一等五千。童生上取八千，中取六千，下取四千。

◎齋課奬賞，生員超等一名，東錢六千，二名五千，三名四千。童生上取一名東錢四千，二名三千，三名二千，四名一千。

◎官課所取前列，加給獎賞，由官捐廉給發。不定名額錢數，不得在書院經費内動支。

◎官、齋兩課，二位學師輪流監場。早晚酒飯，由縣備送，與齋長同席。茶湯、點心、燈油，亦由縣斟酌預備。每月以東錢三十千爲率，在公項息銀内動用。如有不敷，縣署捐賠。原議惟官課通備酒飯，折錢付給院役備辦。若館課一次，生童無飯，山長、監院但備此一天茶點，不用酒席，每次折東錢三二千足矣，亦由院役經理。至常用茶點燈油，已入束脩、季禮内矣。由縣捐賠，何可作爲長例？此宜再商。

◎禮房卷資，生卷每本東錢一百五十文，童卷每本一百廿文。生卷六頁，童卷四頁。生卷五頁足用。用綱連紙直格刷印，外用川連紙刷印横格，每行二十字。隨卷給領套用。其用卷多少，一課一算。

◎自二月至十一月，共開大課廿次。應云自二月至十一月，官課、齋課各十次。惟六月道途泥濘，十一月天氣嚴寒，此兩月權停小課。大課題目於五、十月齋課日領取回家，限五日交卷，以示體恤。

◎官課早飯四碟大米粥，每月共用錢三十二千。晚飯每棹四人，每席八碗，折錢四千；每月廿棹，共用錢八十千。均不給酒。

◎現捐銀項，宜變價生息。銀價漲落，年易月殊。漲易生奸，落虞不給。茲照現行作價，發當生息，實爲永久良規。

◎每月經費開銷，俱由本城各當按季輪流分管，周而復始，以均勞逸。

◎各當生息，按季交本城值月當典，以備開銷。

◎收支生息銀兩，由監院同齋長管理。某月日收某號銀錢若干、某月日支某項銀錢若干，須一一登記明晰。每至季終年終，令值月當典開列清單，兩相核對，期無差誤。

◎每季帳簿，宜由紳士輪流查驗。屆期赴學，同監院、齋長閲畢，各鈐戳記，注明『查核無獘』字樣。

◎每年年終，宜由縣宰將一年帳簿，邀同紳士、監院公同查驗，蓋用騎縫縣印，移交監院收存，以昭覈實而備稽考。

◎膏火獎賞每分應得若干，均於卷面注明。放榜之後，文卷發學，聽本人領取。其應得之獎賞膏火，亦即由監院開給條單，鈐用戳記，粘於卷面，值月當典照單給發。不假書斗院役之手，以杜尅扣之獘。

◎每歲息銀，除山長束脩及膏火獎賞等項動用外，年終核計，自有盈餘。於每歲十二月將帳查明，榜示書院。所有盈餘，分交本城當商收存，取具領狀附卷，留備閏月加增膏火獎賞，及他年修葺書院之用。與發交成本永不准提用者有别，應免其生息，以酬值月之勞。日後或添置田産，或者緊要工程，必須提用此項，應由齋長稟明官師，邀齊各紳董，公同議辦。緊要工程亦不得提用成本，方免滋獘。此言宜酌。若由官徑提，各當商徇私呈繳，即責令賠償。互保之當商，亦分成追賠。

◎各當生息銀兩，應另立一堅厚帳簿，務足數年之用，送官蓋用騎縫印信。簿内前面，分開某當領成本若干，每年應生息若干；又總開通共成本若干，每年通共應生息若干。後面逐年登記其出入揔數。或本當歇業，須知會紳董，全數交清，另爲安置。倘有虧欠，如數賠償。

◎生息銀兩，歷任官不得因事挪移，以防虧缺。

◎院役由監院派老成門斗輪流代管。每月共支東錢十千，官米二斗。每年按十二月核計。院役每月以派二名爲率。

◎書院房舍，責成院役灑掃。如有作踐不服禁止，以及風雨摧殘、致有損壞之處，立即稟明監院，酌量辦理。

◎住齋生童如有不遵約束、犯卧碑條款者，由山長同監院查實，輕則責懲，重則逐出。

◎書院製存器具什物，立有清册，一存縣案，一存書院備查。無論何項，概不准挪移他處，任意損壞，以及外人借用與各衙門預備差務。如有失落，惟該院役是問。肄業生童視爲公家物，不知愛惜，併院役出借盜賣等情，均由齋長稟明，責令賠償。

◎院内所藏書籍，止許在院繙閲。不准轉假於人，亦不准官與山長及諸生童藉端攜出。將來監院與齋長有更换時，必須逐部查清，移交下手，以專責成而免散失。

◎住齋生童宜自備火食傢具，酌雇飯夫公同起爨。不准各自帶人，恐閒人太多，致生事故。

◎凡住齋生童，如有族人戚友涉訟來城者，不得借宿齋中，以肅學規。

◎查昌黎書院條規，山長脩脯、節敬、程儀等項，每歲不到二百金。撫寧亦然。我邑似應仿照辦理，山長脩脯、節敬、程儀等項，每歲以二百金爲率。

◎書院爲激勵人才而設。儻甄别之日偶有事故，不得進場；或一日失手，未蒙録取，即終年不得與課，未免向隅。似宜逢課收考，隨課升降，均照所取名次以給膏火獎賞，不必另行甄别。士情多有不願甄别。然逢課與考，未免博濫無羈，且視去取不足輕重，反難鼓勵。此條姑删去未録。

◎書院爲生童肄業之地，凡涉詞訟，無論曲直是非，住齋者蓋宜遷出。不住齋者暫免考課，俟其案完結再與考試，以杜鑽營。

唐蘭舫司馬《宦蹟圖》序

永平在勝朝爲邊疆重地，故同知府事者，銜曰『清軍』。國初，糧捕同知與理刑推官並置，嗣裁理刑歸糧捕，尋又改糧捕爲理事，仍兼糧捕。官制屢更，官事亦漸繁。然而邊疆之悉紓矣，至今世俗猶稱爲軍廳者，蓋沿有明之舊也。蘭自丙子春應太守游公之聘，與修郡志，凡於府屬官僚之有造於時、政績昭著者，莫不採擇入傳，列之名宦。一日，蘭舫司馬以所繪《宦蹟圖》見示，皆蒞永十餘年事。鞅掌王事，足徵勤勞。即一眺一遊，上下恬熙，亦見與民休息意。它年名宦傳中，定當褎然首舉。昔尤悔菴作《年譜圖》十六，其中『北平聽訟』『盧龍賑饑』『榆關觀獵』三圖，皆官永平推官時事，二百年來傳爲佳話。司馬此圖，洵堪媲美。從此由郡伯而監司而開府，雖所到之蹟而歷繪之，豈悔菴之十六圖所能概哉？其以此爲發軔之始乎？爰書此以弁諸君題詠之首。

與方存之

正月十三日，由永平府署送到手書三封、大著六本，並《棘津詩册》一本。味來書之意，大有歸志。方大吏推轂之時，忽作神武挂冠之想，足徵志趣高遠，特不能不爲蒼生抱憾耳。南遊之舉，終擬補作。緣次女孫於十月内出閣，其父母俱已不禄，一切奩具瑣碎之事，不能不身任之。今歲料不能出門。足見向平五嶽之願，非特禽慶難邀，即一己婚嫁，亦未易畢也。不勝浩歎。

又

壬午七月廿一日，由永定河道署遞到去歲八月内手書，敬悉道履安和爲慰。匡廬之遊，去歲於游觀察任内已經得知，不禁神往。頃讀來示，又聞順路歷遊諸名勝，並四登東岱。今復攜眷同登，何樂如之？弟遊興頗豪，遊福甚薄。前年買舟南下，意欲使齊魯吴越之郊，遍留屐齒，而乃以先生四登之東岱，竟失之交臂，不覺因羨成惱。然一息尚存，此志不懈。它日發憤往遊，定當造訪。敝同年汪梅邨先生處，亦可將此意再爲告之。並前代爲通信之處，如彭宫保、孫琴西、應敏齋諸大老，轉乞達知。俾到南日，使異鄉羈旅，得所居停，藉爲山水之導，且以解行路之難也。

上游太守

至翻刻之費，爲數無多，已諭伊等於晚刻書項内統算支銷，無煩再動公款也。

（此爲原文末三行，刻本截去未録。）

游子代先生像贊

其像巍巍，如瞻東岱。其容藹藹，如坐春風。一生不作宣明之面，萬甲常羅小范之胸。由守牧而開府，由畿甸而川中；凡旌幢之所涖，莫不騶從。減於琴鶴，被服樸若章逢。此其廉以儉著，惠與威從。才學素裕，勳業斯崇。它日續圖宦蹟，重繪真容；縱使虎頭添豪於頰上，恐亦寫其外貌而莫克罄其淵衷。

答楊璞生明府書

另札藉悉：天水生因事南遊，望門投止，居停得所，改名易安。高誼既垂情舊雨，下懷亦敬仰仁風。東案將完，自北歸有日，斯真化險爲易，因危得安矣。惟此君託身幕府，頗稱有用之材；謀食硯田，恐致無年之歉。茲因證佐，受此牽連，雖似檢制之偶踈，實是友朋之貽累。使當客子途窮，俾得呈其雞肋；故人情重，不徒費乎豬肝。器使量才，彼此兩便，此尤可以處常之道。仁明如足下，當早在洞鑒中也。

與梅小樹

昨在津得王炯齋明府《毋自欺室文集》一部，乃其子屋字景符者所贈。學問經濟，俱非泛常可比。所論之事，對證下藥，皆可見諸施行。聞其宰津有善政，至今遺愛在人。景符亦温文爾雅，不知吾兄亦識其人、見其書否？

與梅小樹

尊集屬作跋語，勉强應命。至《遊仙》之作，前人多有，要皆各有寄託，不必相同。尊作穠豔清超，通體一色，相其面，絶無懈可擊。如欲有所去取，它人以意逆志，終不如自作自喻之爲真也。

續修府志採訪事蹟條目

歸官採訪事蹟條目：

恩詔　自乾隆四十年後，凡蠲除賑卹、東巡詔旨，並宜查檔備録。

行宫　凡東巡駐蹕之所，宜查明興建朝代。有碑者全録。

城池　修濬年代、承辦官員姓名，俱宜查明録送。有碑者全録。邊營、城堡視此。

公署　修葺年代、姓名，查與城池同。署中如有革除陋規、嚴禁積弊及遺愛、德政諸碑，並宜備録。武營官廨視此。

壇廟　凡在祀典者，俱宜查明創修續修年代、姓名及有無毁廢。育嬰堂、養濟院視此。

職官　各屬歷任州縣教佐、武營將弁及旗營各員，凡自乾隆四十年後舊志所未載者，查明姓名、籍貫、履歷，及到任、去任年分，分年録送。其中有口碑藉藉、遺愛在人者，即查明事實，以備立傳。

選舉　凡制科薦辟，及歷科文、武進士、舉人，並恩、拔、副、歲、優各貢，詳考科分、姓名，按門分録，斷自乾隆四十年後。制科自乾隆初年舉行後，至今未舉，薦辟亦與古異，似可以孝廉方正等當之。

户口　保甲之法，視爲具文久矣。今當修志之時，務須實力奉行，逐户細查。不得委之書吏鄉地，約略飾報。前此自舊志以後，凡經某任實力確查者，亦開明年代、數目，以備參考。

田賦　此項自有定制，然經歷任受報，及因灾蠲除各欵，其數不無增減。經費留支，亦有變更。務須於舊志後，查檔備載。

倉儲　廒宇廢興，及有無穀石，社倉、義倉，詳列地名、去城遠近。

鹽政　舊制新章，及歷任場官姓名、籍貫、臨任年份，並宜查明。若咨文長蘆，尤當便捷。

文廟學舍　修葺年代、官紳姓名，查明詳載。舊志外碑記，亦宜全録。書院、義學有無興廢，一並詳查。

學額　自乾隆年來實增學額者，惟臨榆一縣。其餘如遇恩廣額，及因捐輸加恩廣額，年分、名數，皆宜查檔備録。

旌表恩賚　節烈、貞孝、義士、高人，五世同堂、九世同居，鄉飲大賓、百年耆壽，及年老進士、舉人，重赴瓊林、鹿鳴、鷹揚各宴，曾經旌表、身受恩賚者，俱宜查檔備載。

驛站　據現設之地方，現辦之章程，並曩來有無增減之處，查明始末，各開馬疋、夫料、工食細數。

營制　舊志至今百有餘年，兵制此增彼減，屢有變遷。自道光十年後，海防不靖，邊防員弁改作海防者尤多。俱宜查明年代，分門詳載。

旗營　此宜知會副都統，同緑營辦法，按營查報。

歸士紳耆老採訪各條：

水利　各署村鎮，有近河岸泊淀及低窪蓄水之區，可以布種稻田及灌溉田園之用，即將地名、水名分析填註。或有現在雖無水利，可以設法興辦者，並立説候採。灤州横河左右，及遷安劉家營、冷口外温泉一帶，俱有稻田。灤州青河下流高各莊、潘各莊各村，夾河俱有蔬圃，農民頗享其利。然此皆山泉細流，或水性之不衝塌者，方可引用。如灤水泛濫無情，每遇漲發之時，沙石俱下，毀蕩田廬，斷不可輕爲引決，開門揖盜。近人有謂灤河亦可營作水田，開渠引流，藉殺水勢，可以興利去害，妄爲稟請大憲者。此真不諳地利，不達時務之言。

河道　某水發源某處，舊志已載，無庸複贅。惟經流支流、新道故道，此開彼閉，今昔不無異形。且某水自某處入某水，某水至某處又入某水，至某處入海，入海之處，雖境外必載。其或昔從某入、今從某入，與某口通船、某口不通船，並查明録送。

鎮堡關隘　如某鎮某堡，本朝設兵屯守，及古來曾經設險屯兵之要地，俱查明事實載入。

古蹟　凡歷代名賢遊覽、居處之地，及一切勝蹟可考者，一併載入。

邱墓　古今名人墳墓，應敘明年代、姓名。其有墓志墓表、御賜祭葬及誥命敕命各碑文，亦宜詳録。

金石文字　鐘鼎碑碣、古文篆籀，及經幢銘誄、石刻詩詞等類皆是。如昌黎香山有鐫『忠孝節義』四大字，盧龍黑石有鐫『龍吟虎嘯』四大字，夷齊廟、偏涼亭及一切東巡駐蹕之所，皆有石刻、御製詩碑或名人石刻遺蹟，皆宜録送。外此可以類推。永平在前代，僻處邊隅，名人遺蹟絶少。凡遇遼金元明人碑文，無論文之雅俗、字之完缺，俱宜采録以備參考。至近人碑文，自當擇其雅者存之。

宦績　各屬牧令、教佐，及滿漢各營將弁，如有政績、武功，載在史策；或守土保城，殉難盡節，聲名卓著，赫赫在人耳目者，查明事實，按文秩武階，分類臚載。名宦之已入祠者，尤宜詳考。

鄉型　此門分政績、行誼、忠烈、文學四目。各屬有學問、經濟兼優，出仕而德澤加民者，歸政績；有孝友於家、仁讓於鄉，或賦性奇特、肝膽逼人，無論富貴貧賤，能爲人所不能爲者，歸行誼；有服官外省，效力戎行，及紳商士庶臨難盡節者，歸忠烈；有闡揚性理，躬修實踐，窮經講學，及著書立説、淹通博雅，或以詩文名家者，歸文學。以上各條，俱宜詳考事實，及所著書籍、詩文名目，廣爲採訪，分門載入。至鄉賢之已入祠者，尤宜詳考，别爲立傳。陳志有忠藎、孝友、節義、鄉賢、武功、儒林、文苑、獨行九目，未免細碎，此以『鄉型』二字括之。

封蔭　前代、本朝受有封爵及世襲恩蔭者，查明官銜、姓名載入。

流寓　如異地名賢曾居此地者，亦查明事實。

列女　如已故之節烈貞孝，及名媛閨秀之有善行賢聲，或有著作者，詳考時代、姓氏、事實載之。節婦之存者，年歲若干、自何年守節，及守節若干年、得旌與否，並詳查分載。

隱逸　如歷代高人逸士，行義過人，不求聞達，以著述自娱者，詳考時代、姓名、事實及著述，載入。

仙釋　歷代緇流黄冠，如有道行禪機，可以感化鄉民者，亦可確實開載。否則寧嚴勿濫。

方技　歷代醫卜星相及一切技藝，實在出衆者，確實開載，否亦寧嚴勿濫。

灾祥　如天象、地形、人事、草木、鳥獸之有嘉應咎徵，與水旱、風雹、蝗蟲、疾疫迥異尋常者，俱查明時代、年月、事實載入。無關本地休咎者不載。昌黎新志灾祲門，徧載日月食，則太無限制矣。

軼事　新聞舊事，有關風化及足廣見聞者，皆可載入。若無稽村談俗説，毋庸混載。

風俗　永平舊稱士重名節，勤儉務農。驗之今昔，不甚懸殊。惟是末流踵事增華，凡食飲被服，日趨於奢；婚喪儀節，亦多踰制。今當采風問俗之時，宜亟思移風易俗之道。各屬父老子弟，如有留心世道者，無論士農工商，尚其各述聞見，俾得垂爲法戒。庶幾人知返本，識所從違。

寺觀　緇流黄冠，無關治道。然暮鼓晨鐘，亦足發人深省。此神道設教，先王所以不廢也。境内山陬海澨，凡有梵刹琳宫，相傳已久者，並查明坐落何方、修葺何年，及有無廟會，與廟會何日。如有前代古碑，自宜全録。近人碑文，亦當擇其雅馴者，附録於後。

藝文　凡七屬文人著作，業有成書，無論已梓未梓，俱宜送局校勘，查明卷數，以備開載。其餘題詠記載，有關本地山川形勝、古蹟人物者，雖零章斷句，亦宜録送。

以上採訪各條，歸官辦者，限兩個月報齊。歸士紳辦者，限四個月報齊。限内亦當隨時録送。明年動筆之初，擬先作沿革、水道、職官、選舉各表。職官問吏房及營書，選舉問禮房及學書，最爲易查。務祈速爲督促，限二月半報齊，以便排輯。户口、田賦、倉儲、鹽政四門，非深明其事，無從措筆。此事宜歸官辦，祈飭各屬分門查核，限期送呈府署。送到後，再交錢穀先生及府署書吏，詳查總算，録成清册，加以序論，便可成書。

曩來修志，往往專派數人，分路採訪。此數人中，勤惰既有不齊，志趣亦或各異，且車馬匆匆一過，何能細訪？遺漏必多。今擬將條約刻成，散布各屬。凡進士、舉人、貢監及在籍官員，人給一紙，令其轉散知交，廣爲延訪，一月一催。其中如有采送最多，而且確鑿可用者，列名卷首，以示崇禮。或外加獎勵，惟候尊裁。外如年老生員、有心耆舊，閲歷既多，未必無留心文獻之人。亦飭各屬學官，廣爲延訪，給與條約。亦一月一催，問其有無。

與黄子壽太史

惠賜局刊圖書數事，欣幸無既。二世兄秋闈高捷，定當聯步登瀛，橋梓繼美。今年家事雖小有拂意，儘可用此消除矣。弟郙居守拙，無善可陳，惟家慈叨庇粗安，二小兒亦附列賢書，與先生家得結一重年誼，不勝僥倖之至。西山之遊，弟有志未逮久矣。今聞先生徧覽戒臺、潭柘、翠微之勝，不勝羡而生妒。《通志》稿本已具，自當先睹爲快。《遷安志》草草刻成，殊未愜心。尚希指疵，俾知改補。永平郡志局面更大，力薄任重，又別無將伯之呼，恐難濟事，先生將何以教之？《樂亭志稿》尚多挂漏、繁冗之處，明年修郡志之暇，尚擬大加增删，就正有道。王文翁刻書之事，聞以兄喪中止，不知現刻幾種；敝鄉所寄，不知亦有見收者否。陳抱潛、陳繹蕘二太守，俱留心斯道之人，不幸後先物故，殊令人悒怏。弟三載神交，猶且如是，先生更當何以爲情也？《武功縣志》不知已用畢否？此書雖經讀過，已不復記憶。現應修志之役，擬欲詳其體例，祈暫爲擲還一閱。明年如有用此備查之處，尚當與春夏之交復爲繳呈也。

與郭廉夫比部

春初匆匆出都，致違良晤，歉甚。嗣奉到手書，並大著志料一本，深慰鄙懷。現已按門編入。嗣府局送到定甫兄處采訪各本，約即當年舊稿。所録新事，亦皆有條理，可備采録。貴鄉文獻，可謂足則能徵矣，佩服佩服。其它五州縣，雖間有留心之人，然多所用非所采，所采非所用，披沙揀金，所得無幾。求其如貴縣所送，實不一二覯。現在郡志各門粗已就緒，期於年終告竣。踈舛挂漏之譏，當所不免，尚祈時賜箴言，匡其不逮。灤州汪愚泉先生，學業、宦績，意必有可稱述，而灤人並無一道及。蓋以其宦游三世，久離鄉井，與里人無甚連屬故耳。伯遵子弟如有在都者，希一訪之。

盧龍孝廉某，所送事件最多。其書名曰《永東聞見録》，前後收到數本，率皆鄉曲無稽之談。然其自信甚堅，每本皆自註云『事事確實』，又云『凡人所同知者，概不入録』。其中記世俗所傳『殺家韃子』之語，謂是元世祖時事，並註云『可補《元史》之缺』。因撫寧有在漢爲驪城之説，遂謂撫寧爲古驪戎國地，並引驪姬姊妹入『列女』中，註云『見《東周列國志》』。似此非惟杜預《左傳註》未曾留心，即《左傳》亦未曾寓目，殊屬駭人聽聞。其餘如『瞎子指路』『跛人剪徑』『醉者捉地方鬼』諸標題，大似新《齊諧》，而詞筆又冗俗不堪。其人誕妄如此，其書如不見採録，必發怒造謗，然亦末如之何矣。此本無足道，因久疏晤對，索居寡懽，聊述之以博一笑何如？

公舉孝廉方正呈

竊聞周禮設官，先嚴糾孝；漢皇有詔，首重興廉。智圓必貴夫行方，明道尤期乎正誼，此孝廉方正之科爲朝廷所最重。上既皆以實求，下固不可徒以名應也。兹有歲貢生石奉元者，係黑崖子社民籍，年屆周甲，業勤拜庚。列膠庠者六葉，矩本高曾；樹坊表於一身，穀詒孫子。事親克孝，持己惟廉。既不抏方以爲圓，亦非矯枉而過正。恭逢盛典，儘教舉爾所知，博訪鄉評，詎敢阿其所好？爰臚其行實如左，幸垂收采焉。

都門喜晤駱慕韶邑侯

三年契闊歎緣慳，燕市相逢一解顏。時懸車已數月。老具豪情猶顧曲，舊留遺愛在鋤姦。公所到，除暴安良，人心翕服。而有造於我樂者尤大。絶無富貴因人熱，難得優游似我閒。滿架圖書充宦橐，寓樓藏書甚富，令嗣又皆能讀。勝它琴鶴伴松關。

高熙亭太史以銀魚紫蟹見餉賦謝

海壖衡宇遠相望，我住東溟君北塘。樂亭海面曰溟海。知我離家已三月，故鄉滋味許分嘗。我本畿東一老饕，忽來金甲配銀刀。蟹黄如金；蟹，甲蟲也。銀魚有刀形，故呼『銀刀』。菜園慣被羊蹄踏，食指緣君動幾遭。

李子丹太史遺以蓮子扁豆百合山藥粉，詩以謝之

太白真文伯，新歸自汴梁。新自河南典試回京。載君扶老意，助我養生方。所賜食品皆養生上藥。衰已同蒲柳，恭猶等梓桑。萲庭稱壽日，翰墨尚留香。先慈八袠壽屏，書者列秩壽卿名，實乃令兄子錚太史代筆也。

駱慕韶明府招飲觀劇屢以雪阻戲柬

天公誇玉戲，誤我戲蹉跎。此日添茶興，煮雪烹茶，大是雅事。連朝負酒多。九重方致禱，一尺未爲過。屈指陽春到，還聽白雪歌。時距立春七日。

都門除夕

茫茫人海幾桑田，暮景飛騰本杜詩。歲又遷。不道區明如願日，用區明元旦遇青洪君事。竟符梁灝大魁年。半生名利甘居後，翌旦屠蘇早讓先。眼望西山皆舊識，春風還擬著吟鞭。區同歐。白髮婆娑化日中，偷閒時入少年叢。酒樓客醉盃浮緑，歌館塵飛袂染紅。百歲光陰原易邁，九衢景物尚從同。余道光甲辰以乙巳會試留京度歲，迄今已五十年，景物尚依稀如昨。遥知家讌當今夕，儘有曾玄念老翁。

前詩既成，見查初白《敬業堂詩集》有《癸巳除夕家讌有懷諸弟》二首五律。是歲初白以侍從之臣歸田，蓋康熙癸巳也。因次其韻，再作二首寄示家人

酒泛金樽煖，香焚寶鼎煙。壽成萬人傑，古謂人生八十以上者，萬中不過得一，故戲云。春到五更前。先一日立春。耄耋生何幸，衰顔漫自憐。龍蛇今已過，不必問流年。

人倘心期合，何妨蹤跡違。我來依子舍，君去返初衣。但得明年健，休言昨日非。東西有兩眷，姑勿憶吾歸。計日當歸，無庸憶也。

人日口占

人言此日最宜人，人壽年豐祝歲新。儉歲人多資穀養，更將晴霽望明晨。『七人八穀』，古諺有云。近畿連年大水，民多流亡。賑恤費國帑不貲，官紳亦多助賑。此二日如果占豐有驗，民力其有瘳（？）乎？

駱慕韶明府以新得嘉書數種見貺，大似分太官之味以餉餓，夫口未接而涎已流。無如廉頗老矣，不能善飯，奈何！因作小詩致謝，並以解嘲

鄴架圖書萬軸攢，忽教枵腹得分餐。爭如珍錯羅山海，總覺廉頗善飯難。

高熙亭太史以二律見贈，久未奉和。甲午新正三日，以太后六旬萬壽，皇帝奉皇太后懿旨，凡京外大小臣工，悉加恩賞。太史以上書房行走賞加五品銜。恭次原韻以鳴賀忱

久飲香名幸欵顔，談詩不厭數迴還。教徵桃李春風外，君屢秉文衡，得士甚盛。契節蒹葭秋水間。余到京

後屢蒙過訪。齋樹蒽蘢留古澤，海塘包孕有名山。君住北塘海口。祖雨香先生著《獨樹齋詩》一卷。父慎菴先生著古近體詩四卷，詞一卷，《看詩隨録》八十餘卷。一編蜀學開宗派，遠紹濂閩與洛関。視學四川，刻《蜀學編》一書。詩禮趨庭得所宗，淵源家學獨春容。官似清稱柯亭柏，品秩榮分泰嶽松。昔秦皇登泰山，封松爲五大夫。五大夫者，秦官名也。蓋封松爲五大夫，非謂封大夫者有五松也。故借用之。春滿上林鶯睍睆，樂鳴阿閣風和雍。御垣照晚前星耀，講讀常聽午夜鐘。

李子丹太史以長律見贈步原韻

謬得瓊瑶報，深慚糠粃前。詅癡方獻醜，拾慧詎云賢。間或芻蕘備，材惟樗櫟全。不圖逢李白，竟爾賞陶淵。賞句類陶淵、孟郊也。故許班荆道，情從饋藥傳。謙光逮群紀，佳句媲郎錢。憶昔歌棠棣，相將究簡編。二難名並起，三輔譽同延。謂與令兄子錚太史。試士金鍼度，量才玉尺專。歐陽知舉日，劉向校書年。君主考同考，屢掌文衡。猥以鄉鄰誼，新聯翰墨緣。川流期不息，山壽祝無騫。來詩有『耆年協南極』之句。自可居王後，何須競祖先。詩筒來往便，略迹（？）意懽然。

光廠即目

都門燈市以琉璃廠爲最。廠前陳設，珠玉玩好畢集。自正月初四五至十六七而罷，名曰光廠。

火齊珊瑚間木難，趁墟人自寶山還。手持匕箸渾難下，大似何曾食萬錢。

正月十七日口號

滿城簫鼓作新年，一窨黄塵散曉煙。看罷殘燈燕九到，遊人又報會神仙。西便門外白雲觀祠長春邱真人。都人以正月十九日致漿祠下，謂之燕九，亦曰宴邱。相傳是日真人必來，不一其形。觀中有牓，曰『會神仙處』。

示三兒履晉時以榜下用主事分刑部

讀律還須細讀經，引經斷獄有前型。于公自識門閭大，一念哀矜在慎刑。

幾人能不負科名，仕學相資漫自輕。不見湘鄉老侯相，三朝元輔一書生。

（自此詩至頁末《壬辰元日作》頁前原有題曰『補録舊作』。）

辛卯秋闈次孫亦傑挑取謄録戲占

天官門外榜高懸，謄録榜例粘吏部。尚勝龍門點額邊。周甲光陰剛一瞬，祖孫前後亦同年。余道光辛卯初試京兆試，卷内詩以書手誤脱二字，抑置謄録。

壬辰元日作

蠟鼓鼕鼕如雷吼，我年已過七十九。懶將舊事憶從頭，且喜新年又入手。年來兩著告存詩，此後年光從可知。但得廉頗常善飯，日日飽喫撚吟髭。太公八十渭濱釣，飛熊入夢鷹揚蹈。臣之壯也不如人，龍鍾久已甘稱耄。今晨早起整衣帽，適值飛霙光繞繞。堂前燈燭尚輝煌，子孫候立堂之隩。長者前行幼者隨，前者鞠躬後者效。童癡跪拜不成儀，爭梨索棗唯有鬧。鳩車竹馬聲喧喧，階前又聽爆竹爆。老夫座上時加訶，訶之不止旋復笑。世上生兒皆欲大其門，世人幾見孫生孫？今雖眼見孫生孫，豈皆玉友與金昆？爲龍爲鳳爲麟爲驥爲大豚，此異日事姑無論。

附：

有所感

鄰村一農家婦温氏，幼適李，未逾月夫亡。翁姑早歿，孑然一身，家赤寒。勸之别適者日夕聒耳，而堅志不移。乃勤績餬口，居賤食貧，以至於今。年將古稀，鄉里無間言。似此小家之女，何知大義？而一念之恥，茹蘗含冰，嫠以終老。歲九月，予偶過其居，見此婦以帚掃樹葉爲爨，想窮苦猶昔。念其一生煢煢，今已暮齒，尚艱辛如是，不禁爲之潸然。途中賦此以志感。

行路遇孤嫠，攜筐掃黄葉。想見竈無薪，日午炊煙竭。哀哉此一生，嚴霜映寒月。多少豪華人，高宴未肯歇。紅燭燒如肘，盛宴連席接。崇堂傑閣延，金玉牣箱篋。横陳惟羅綺，被地光明氎。杜子美詩：「光明白氎巾。」長夜醉鴉片，列屋充媵妾。田園甲桑梓，隆隆矜門閥。使之濟煢獨，蹙眉謝乏闕。伊雖苦如荼，於我奚所涉？其心如鐵石，不救人顛蹶。奔走炙手門，昏夜俯首謁。衹知望炎趨，千金獻重疊。嗟予食貧賤，中懷常鬱勃。徒有惠人腸，無力爲任俠。感此一酸辛，淚下凄風發。

（原稿册中夾一紙，小楷書此詩並序，未署作者。從字跡上看，應爲史夢蘭手書。）

香厓師續刊《永平詩存》，摘録拙作數篇以附卷尾，破選例矣。稿示之下，喜愧交集。亦異數也。呈二絶以鳴謝悃

倪垣

墨池未出雪峰攀，附尾名流豈等閒。非是豫凶寬乞死，權虛一座北邙山。

蹇叔奚嫌木拱遲，朱張難得遇宣尼。從今且儆方三拜，總慰幽魂未必知。

受業内姪垣呈政稿。

（此詩原書於《丁亥子月十二日第六曾孫生書示其父傑》詩後一頁。《丁亥子月十二日第六曾孫生書示其父傑》同於刻本《光緒戊子十月二十九日玄孫喜兒生書示其父桂》。）

君牧來書

史一經

其一

今日偶擷《右丞集》，序末有趙鐵巖一篇，首以孟襄陽、韋蘇州、柳連州並稱。柳連州竟不知何人，疑『柳』字是『劉』字之譌。然夢得雖改刺連州，唐時皆稱爲劉賓客，未嘗稱爲劉連州也。子厚

未爲連州，『柳』字之誤，毋庸置疑。然此序刊行百餘年，閲者既無人議及，而在當日難弟註詩，專精考訂，亦不以隨筆改稱爲非。想昆玉之間，自必有一番議論。必是以夢得叔文之黨，故欲特示《春秋》之筆，不與其賓客之稱，而從其貶責之階。所謂一字之褒，嚴於斧鉞，殆其謬文之用心歟？寳夢蓮太守刺定州日，修州志，黜夢得爲不忠，罷其鄉賢之祀。佐之秉筆者，州同勞沅恩也。或前人已有此稱，寡陋未見，尚望指示。謹書所疑，以當面談。

其二

讀手示，領悉種種。論劉連州處，鄙意亦頗相同。至於叔文一案，雖曰當時清議，然其釁始實由宦官。觀其舉措，似未可盡非。范文正公之論，可謂推見至隱。且柳、劉諸人，亦僅有附和之過，並無黨邪劣欵可指。後之君子務爲高論，不思善善從長、惡惡欲短之義，竊謂過焉。且八司馬中，如吕衡州輩，並有治行。如寳夢蓮之識，又將並其循治而没之乎？夢得晚節，名高一時，可見當時亦且恕其前愆，未嘗禁錮。宋時亦未有罪之使不齒於鄉者。今日忽發此議，自比《春秋》褒貶之筆，毋乃近於僭妄？且甘露之禍，死者皆忘身爲國，欲誅宦官不克，遂爲仇士良輩屠戮耳。史家既無特筆，今世論者亦無有表其冤者。獨於往古一二知名之士，必求其疵疊而刻責之，吾輩何忍拾其唾而益其毒乎？謬窺如此，更望示教。

（底稿在刻本所收《與家君牧》之後題『附來書』，附抄以上兩封史一經來信。）

爾爾書屋詩文輯補之二

和梅小樹《九月十五日對月有懷樂亭史香厓卻寄》

君居渤海畔，我家溟海濱。室遠心自邇，異苔而同岑。憶昔少年日，邂逅占同人。匆匆五十載，勞燕東西分。日月無停晷，俯仰成古今。知交半星散，悵悵德無鄰。西方有彼美，望遠懷山榛。相思不相見，雲樹遥且深。久抱向平志，五嶽相攀尋。迴櫂過沽上，言尋梅子真。子真神仙侣，風雅兼絶倫。太白詩無敵，子美筆有神。今幸生同時，常冀朋盍簪。使得從之遊，集或成題襟。事乃與願違，前路茫無垠。落月照顏色，兩地應同心。今歲水大溢，滿目多窮鱗。飢溺矢虚願，憂思空殷殷。忽覩朵雲至，示我長短吟。其風真肆好，頓使眉爲伸。我非鍾子期，適聽伯牙琴。高山與流水，敢詡爲知音。邯鄲勉學步，晉帖以唐臨。好起竹間樓，即此紹前聞。尊先人樹君先生著有《欲起竹間樓詩文》各一集。

（該詩附於《聞妙香館詩鈔》下卷。）

恭和邑侯駱慕韶老父台留别四律原韻

有脚陽春氣挾秋，才兼文武似驍遊。廉公曾惜來時暮，召伯還思去後留。良牧惟知除害馬，頑民何敢佩耕牛。三年報最今年一，德化從來速置郵。

是翁矍鑠貫長虹，到處清餘兩袖風。下邑早看消祲黑，塞垣恰亦報旌紅。（左近匪蹤俱斂，而邊外逆燄亦適報肅清。）帡幪暫託殊多幸，頌禱雖誠愧末工。歷指仙鳧翔集處，循聲卓卓徧畿東。

紛紛雀鼠政難平，得遇神君漸化爭。晚育佳兒書有種，（公五旬後連得丈夫子三人，均善讀。）廣培多士筆惟耕。（考課書院，捐廉加奬，士氣鼓舞。）囹無冤獄歸心易，鏡在虛堂照膽明。漫向廉頗誇善飯，天生勇壯異恒情。（公秉賦異常，自少餐飯無多而老至益健。）

驪駒一曲悵分襟，衆母初離痛至今。道路爭傳碑口在，權衡有定秤隨心。官清如印千潭月，身健真同百鍊金。此日津南方額首，臨風翹望碧雲深。

樂亭治愚弟史夢蘭拜稿

慕韶父台大人德政聯

鄭卿東里多才以猛濟寛非市惠乃堪稱惠，鄴令西門爲政有威可畏不敢欺實無能欺。

遺愛在閭閻看今朝萬衆攀轅共嘆頹民難借寇，神威讋遐邇幸此後四鄰安堵豈徒晉盜使逃秦。

（詩與聯均録自《樂亭輿誦集》。）

題《九梅村詩集》

重簾香篆漾波紋，讀罷新詩夜欲分。千里神交憑夢到，幾回飛逐海東雲。

千首珠璣手自編，詩家三昧證唐賢。笑他王屋山人句，衹附青蓮集裏傳。
了翁才調絶風塵，常建論交意倍親。遥憶臨溟城畔月，夜深曾照兩詩人。常職卿與子亨先生同客海城，交最善。乙卯冬歸，攜《九梅詩集》見示。
梅花冰雪濯吟魂，鄧尉羅浮晤夙因。他日詩成逢驛使，也應遥寄一枝春。

孤竹香厓史夢蘭題

題《宋豔》

摘豔紛披碎錦叢，幾多白白與紅紅。一言括盡詩三百，不出無邪兩字中。
宋史高標道學名，風流天子卻多情。安安唐與師師李，盡得承恩入禁城。風流道學，千古竟難其人。
樂既不淫哀不傷，關雎好色亦何妨。眼中有豔心無豔，任爾常窺宋玉牆。
色界茫茫結淨因，須彌破後一微塵。笑他欲障鳩羅什，只把吞針駭世人。
我夢遊仙恨不真，胡麻飯熟幾經春。開編笑語霞城守，阮肇劉晨是部民。君舊守台州，天台仙子或亦望收録。
貞淫正變盡師資，一片婆心託豔辭。君是南朝徐孝穆，閒情應續玉臺詩。陵有《玉臺新詠序》。

光緒辛卯子月上浣樂亭史夢蘭香厓題

《春眴軒殘稿文集》序

吾鄉王西塘尚書，明嘉靖進士。在諫垣時，抗直敢言。《明史》雖未爲立傳，然其爲曾銑訟冤，及覈内府諸監局歲費諸事蹟，見於曾銑、王治傳中者，歷歷可考。所著《春眴軒集》三十六卷，婁東文瑞樓書目載之，余求之數十年不可得。嗣從友人處借得一册，止詩十卷；近又得張小峰茂才所鈔古文一册，然皆已殘缺過半。爰擇其字句完好及粗有尾首者，略爲編次，釐文爲六卷，詩爲二卷。譌者正之，闕者仍之，授之手民，用以備一鄉文獻之徵焉。邑後學史夢蘭。

《永平三子遺書》序

古之所謂異端者，曰楊墨，曰佛老。自孟子、韓子辭而闢之，其風亦幾乎熄矣。今世儒講學，又分兩途。遵程朱者，至詆陸王爲異端，同室操戈，是亦不可以已乎？孔門學分四科，愚魯辟喭，俱受裁成。曾子之學近於漸，顔子之學近於頓，而皆爲孔門大賢。甚矣！聖道之大也。使洛、閩諸賢與象山、姚江同時執經於洙泗之上，當必與顔淵同鑄。過者俯而就，不及者仰而企；高明沈潛，剛柔互克。後世議從祀大典，並當在四配十哲之列，何有門户之可分哉？吾邑楊復庵先生，以名進士講學於家，闡姚江良知之旨，遠近翕然宗之。同邑倪損齋先生，亦於其時扃門著書，研窮經學。所著《尚書存疑》《孝經刊誤辨説》，往往於宋儒有微詞。二先生書，余既校而梓之矣，嗣又得山海佘儀部《潛滄集》殘本。集初分七卷，載《四庫全書目録》中。今板片散失無存，迺擇其《四書解》一種，重付剞劂。與楊、倪所著，彙爲一書，名曰《永平三子遺書》。夫潛滄，國朝進士，爲明儒陳幾亭高弟，幾亭則私淑文成者也。文成之學近於陸，與晦庵所論不無異同，然要皆學聖人之道而得其性之所近者也。後之學者亦善學古人，得其性之所近，並祛其性之所偏，斯幾矣。若以末流之歧，咎源流之誤，豈篤論哉？知此，可以讀程朱陸王之書，即可以讀吾永平三子之書。

光緒五年歲次己卯二月之朔，鄉後學史夢蘭謹識。

《知白齋詩草》序

《知白齋詩草》，山海王守愚先生遺集也。予童子時即耳先生名，時先生角勝文場，試輒冠軍。而應京兆試輒報罷，竟以副車終其身。晚歲家居授徒，成材甚衆。道味淵永，入其座者時覺春風風人。年八十餘終，距今已七載於兹矣。喆嗣緝軒茂才手此卷問序於余。竊惟詩之一道，本乎性情，亦視乎遭際，遭際有所感觸而性情見焉。士君子讀萬卷書，行萬里路，思一從軍絶塞，遇事見奇，得於秦關漢月、雨雪楊柳之間，磨墨盾鼻，以大吐其胸中磊落雄傑之氣。不然，即入值承明，日給筆札，爲朝廷歌功頌德、紀颺盛美。凡夫郊廟樂章，平鐃鼓吹，柏梁、甘泉應制諸什，自當簪筆爲之。至若遭逢不偶，望古傷今，激爲詩歌，率不免侘傺悲怨之什。如雍門之琴，子野之篴，荆山之泣。此詩因境異，亦理勢之所必然者也。先生安貧樂道，素位而行，雖不得志於時，而性情澹退，絶無願外之意。故其爲詩也，紆餘沖淡，皆如其爲人，無愁苦語，無噍殺音。偶有託興，恒見《南華》《楞嚴》妙旨。正如靈山會上，惟見拈花微笑者得正法眼藏。三復斯編，猶想見知白齋中，正襟危坐，風雨蕭然，几上攤玉版長牋，撚髭靜詠時也。雖然，秦晉之邦，山有泰華、終南之高，水有黄河之大且深，斷碣殘碑，無非漢唐故迹。先生曾幕遊其地，登高能賦，尤大得江山之助。而今卷中秦晉之作寥寥數首，意其散佚者必多。讀者即其見存之詩以慨想其餘焉可矣。

光緒壬午四月下浣樂亭史夢蘭拜手謹序。

《論語説》序

宋蘇子瞻、范淳夫、謝顯道、張敬夫皆有《論語説》，語録體也。張子韶《論語絶句》用韻矣，而説不全。國朝尤悔菴摘句爲題，止可謂之詩，不可謂之説。吾師畢雪莊先生著有《論語説》上下二卷，每章四句，每句五言。似詩非詩，似説不説；説此不專是此，不説此實恰是此。正喻並用，莊諧雜陳，書旨所在，俱可於言外會之。妙解人頤，不讓匡衡之説《詩》也。或謂説偶駁朱，得毋效尤陸居仁耶？余應之曰：説經主經不主傳。朱可從則朱，陸可從則陸，諸説可從則從諸説，諸説不可從則直抒己見，又何知孰爲朱、孰爲陸耶？善乎象山之言曰『新安亦無朱晦菴，青田亦無陸子靜』。

受業史夢蘭百拜謹識。

《萱庭壽言》序

蘭生六月而孤，其得以成立、不至以晏安廢學者，皆吾母王太宜人督責之力也。太宜人爲灤州庠生王台先先生次女，性嚴而明，遇事有體。年十七，歸先大夫輯五公。閲五年而蘭生，時嘉慶癸酉四月也，先大夫即於是冬見背。維時太宜人上事尊嫜，下撫藐孤，旁和築里，其含冰茹蘖之情，即蘭所記憶者言之，已有筆墨難罄者。蘭素不慧，生五歲始能言。偶出門，聞村童相詈語，不知其非禮，入輒加之婢僕。太宜人聞之變色，叱問此語從何來，立批其頰者三。兩大母陰太安人、郭太安人聞蘭號啼聲，入室問訊。太宜人告之故，相對環泣，哽不能言者久之。蘭斯時仍不解何以爲非禮，然自是不敢以穢語加人矣。嗣後，蘭知識日開，太宜人防閑亦日密。七歲，使就外傅，恒以勤惰爲憂喜。道光庚子，蘭捷京兆試，五上公車，俱薦而不售。庚戌，闈卷已入彀，因本房朱久香先生與總裁某相國以選刻闈墨，言語搆釁，内監試某又媒糵其間，怒而撤去之。榜後，或勸之謁選人。時適以史館議敘，當得山左朝城令。蘭心動欲往，太宜人召而諭之曰：『人生窮達有命，不必强求。汝承先人餘業，衣食粗足。吾年屆六旬，汝亦年近四旬，但得母子常相團聚，終吾天年，勝禄養多矣。』蘭應曰：『唯唯。』自是遂絶意進取，晨夕侍側，即有事外出，亦不敢踰旬月焉。太宜人勤儉持家，一絲一粒無妄費。至遇人有飢寒疾病者，必周以衣食，拯以藥餌，終身無倦色。同治五年丙寅，太宜人年七十五，蘭發啟徵詩，海内名流贈壽言者數十百幀。至十年辛未，玄孫蟾桂生，太宜人適於是年爲八十正壽，戚友製屏稱慶，欲招優侑觴。蘭乘間以請，太宜人止之曰：『汝以是爲孝乎？抑以吾必藉此爲榮乎？人子之盡孝自有所在，何事此浮文爲？』蘭遂不敢復請。太宜人生於乾隆壬子四月初八日，道光二十年以節孝得旌，同治十年以五世同堂得旌。今又八旬晉五矣，步履雖艱，神明尚未衰焉。子一，孫三，曾孫三，玄孫三。茲次第前後所得壽言，付之剞劂。故序其緣起如此，非惟識大人先生之賜，亦以著太宜人婦道母儀之梗概云爾。男夢蘭謹述。

光緒二年歲次丙子十月上浣。

《圖書便覽》自序

自圖書出於河洛，而天文、人文以次而顯，苞符之祕盡洩於著作之林。然求以一書貫串百家，包羅萬象，則未有如我朝《古今圖書集成》者。是書也，始於康熙季年，成於雍正初年。聖祖仁皇帝廣命儒臣，宏開書局，搜羅經史諸子，別類分門，自天地人物以至昆蟲草木、一器一用之微，無不備載。歷十有餘年而未就。世祖憲皇帝復詔虞山蔣文肅公督率在館諸臣，重加編校，補闕正譌，經三載而始釐定成書。徵引既博，圖繪尤精，以內府銅字聯綴成版，計印六十餘部，未有刻本也。其書爲編有六，爲典三十有二，爲部六千一百有九，爲卷一萬，實古今未有之奇書。當時儲之內府，並分賜王公大臣及纂輯有勞與四庫獻書最多之家。日久收藏不謹，率多散失，迄今首尾完善者，十不得二三焉。同治三年，余於都門故家購得一部，幸無殘缺，以兼車載歸，鑿壁藏之，護以紗廚。涉獵之餘，時用自快。

惟卷帙浩繁，艱於披覽，爰摘其乾象、曆法、職方、山川、邊裔、藝術、神異、禽蟲、草木、經籍、學行、字學、食貨、禮儀、樂律、戎政、考工各典之有圖者，命工摹出，酌爲圖說。共得一百五十卷，名曰《圖書便覽》。以其所重在圖，故圖必取其全，而書止摘其要。從此推而廣之，凡國朝禮樂制度、冠服器用載在《會典》、有異前代者，無不繪圖立說以續其後，而外洋諸國山川人物之圖說，亦加博採焉，豈不更爲宇宙之大觀也哉。迺書此以當息壤。

光緒元年歲次乙亥三月下澣，竹素園丁香厓氏自識於梧風竹月書巢。

《梧風竹月書巢試帖》自序

余夙嗜吟詠，然不甚喜帖體之詩。蚤歲習舉業時，間一爲之，日久稿皆散去。歲己巳，二三門人及兒子泰、升輩，搜輯成帙，略加註釋，共得詩一百首，將欲付之梓人。請示於余，余止之曰：『試帖始於唐，至我朝而極盛，幾於無美不備。吾於此素無深造，何堪接武前人？』兒輩請之再三，因俯從其意，俾存之家塾，以爲子弟肄業之助。若云出以問世，則真無異於遼東豕矣。同治辛未春分日，竹素園丁香厓氏自識於左右修竹之軒。

《聞妙香館詩鈔》跋

《聞妙香館詩鈔》上下二卷，迺沽上梅小樹外翰所撰、泰州宫玉甫太守所刊者也。小樹爲樹君先生喆嗣，橋梓濟美，世以詩名。小樹年踰古稀，杜門養痾，足不履官府之門。而玉甫太守攝津篆，重其詩名，索其集讀之，擊節嘆賞，遂出資代爲梓行。嗟呼！此事豈晚近所易覯哉？自古文人多窮，著作亦强半不傳。陸天隨詩藏之祠像之腹，唐山人詩得之水濱之瓢。方干以詩謁姚武功，雖覽卷駭目變容，亦不過館之數日，與偕遊山水間。而其詩三百七十餘篇，卒待門人楊弇與釋子居遠收得，乃傳於世。甚矣，知音之難也！今小樹乃遇太守，鄭重編輯，壽諸棗梨。古誼高情，可感可泣。然傳小樹者，太守也；而小樹所以可傳者，仍在小樹也。小樹傳而太守之古誼高情亦與之俱傳矣。余故展閲斯編，而並欽慕不已云。

光緒丁亥重陽後一日，樂亭愚弟史夢蘭香厓氏謹跋。

《樂亭四書文鈔》發凡

俞寧世選名家制義，自宋嘉祐至國朝康熙間共一百二十家，俱按世次科目相間序列。是卷遵之。無世次科目可考而存文亦無幾者，則附於其父兄師長之後。仿作史家合傳體例，使有所統，庶不混淆。

卷中人與文並重，或因文以存其人，亦或因人以傳其文。爲一鄉備文獻，非爲後學示法程，故所收淺深高下，不執一格。

元季以八股取士，有明因之。越今六百餘年，作者甚夥，而流傳於世者，一代數家而已。數家之所傳亦甚夥，而膾炙人口者，一人數篇而已。是卷祇存一邑之文，謂皆卓卓可傳，殊難共信。閲者分別觀之可也。

人之早登仕版者，別有建豎，每不暇操此賸技，故其文所收者甚少。至於布衣韋帶之士，困坐寒氈，孳孳矻矻，無他嗜好而忽焉殂謝，人文俱亡。苟無人焉表而章之，則覆瓿糊壁，消歸無有矣。余與同人遠近搜採，務求無遺，聊存發潛闡幽之意。

作者名下未詳生平者，祇載其表字與科目、官爵之有無。若傳志可考，軼事可傳，俱畧綴數語以見梗概，使閲者讀其文並想見其爲人。

吾鄉先輩淡於求名，自刊文稿者甚少，藏稿久多散佚。卷中所收，從全稿録出者十之三，從友朋採録者十之七。故所存未盡其人之長，而佳者又不能盡存，實堪惋惜。

鄉塾鈔文，多不記名。故先輩佳搆，嘗有互相傳寫、訂入讀本者，不能指爲誰作；又或寶爲枕祕，不肯出以示人。是鈔挂漏實繁，不無遺憾。

文章之道，與年俱進。古人爲文，每隨時改定。方靈皋選本朝四書文，凡其人現存者皆不録，用意良厚。兹遵其法，亦欲以遠到相期也，識者鑒焉。

時文之有圈評，起於前明。嘉、隆以後，漸至字櫛句比，濃圈密點，殊非雅式，且不盡合作者之意。近世惟《望溪集》自訂儲仲子選《熊劉合稿》最簡嚴有法，兹竊仿效之。余於先輩極知嚮慕，而不敢爲恢夸逾量之辭，斯則寸心所自信者。

邑人寄籍他邑而里居未遷者，如方簡菴先生係奉天義州籍貫、楊亦聞先生係灤州籍貫，其父子兄弟俱隸本籍，故兩先生文亦同收入。

國家設科，文武分途。楊公德潤，乾隆戊辰武會元，與文榜間序，終嫌淆雜，故以其會卷敘列亦聞先生之前。

曩欲輯永平合郡文鈔，艱於搜採。姑即目之所見者，聊摘數藝附於卷末，以識嚮慕之意，非謂佳文止於此也。

香厓又識。